やまのおと

尾形信吾は少し眉を寄せ、少し口をあけて、なにか考えている風だった。他人には、考えているると見えないかもしれぬ。悲しんでいるように見える。

尾形信吾微微皱起眉头，稍稍张着嘴，似乎在考虑什么。别人看来，也许看不出他在动脑筋，只是显得很悲伤罢了。

[日] 川端康成
かわばたやすなり
著

陈德文 ⊙ 译

山音

图书在版编目(CIP)数据

山音 / (日) 川端康成著；陈德文译. - - 北京：人民文学出版社, 2025.
- - (川端康成作品精选). - - ISBN 978-7-02-019223-6

Ⅰ. I313.45

中国国家版本馆 CIP 数据核字第 2025XV2813 号

责任编辑　陈　旻
装帧设计　刘　静
责任印制　王重艺

出版发行　人民文学出版社
社　　址　北京市朝内大街 166 号
邮政编码　100705

印　　刷　侨友印刷(河北)有限公司
经　　销　全国新华书店等

字　　数　409 千字
开　　本　880 毫米×1230 毫米　1/32
印　　张　18.75　插页 3
印　　数　1—4000
版　　次　2025 年 7 月北京第 1 版
印　　次　2025 年 7 月第 1 次印刷

书　　号　978-7-02-019223-6
定　　价　69.00 元

如有印装质量问题，请与本社图书销售中心调换。电话:010-65233595

目　录

名　人

名人 …………………………………………… *1*

舞　姬

皇居的护城河 ………………………………… *115*
母女·父子 …………………………………… *136*
睡眼蒙眬 ……………………………………… *164*
冬天的湖 ……………………………………… *194*
爱的力量 ……………………………………… *215*
山那边 ………………………………………… *245*
佛界与魔界 …………………………………… *272*
深刻的往昔 …………………………………… *296*

《舞姬》解读 …………………………… 三岛由纪夫 316

山 音

山音…………………………………………… 325

蝉翼…………………………………………… 341

云炎…………………………………………… 359

栗子…………………………………………… 372

岛梦…………………………………………… 393

冬樱…………………………………………… 411

晨水…………………………………………… 426

夜声…………………………………………… 440

春钟…………………………………………… 455

鸟家…………………………………………… 474

都苑…………………………………………… 490

伤后…………………………………………… 509

雨中…………………………………………… 525

蚊群…………………………………………… 537

蛇蛋…………………………………………… 549

秋鱼…………………………………………… 564

　译后记……………………………………… 584

附录　川端康成简谱………………………… 587

名　人

一

　　第二十一世本因坊秀哉名人①,昭和十五年②一月十八日晨,在热海鱼鳞屋旅馆去世。虚岁六十七岁。

　　这个一月十八日忌日,在热海很容易记得。《金色夜叉》③热海海岸的场景,纪念贯一的那句台词"本月今夜的月亮"之日,在热海是一月十七日,称为红叶祭。秀哉名人的忌日,正值红叶祭的第二天。

　　红叶祭当天,历年皆有文学活动。名人故去的昭和十五年红叶

---

① 本因坊秀哉(1874—1940):东京人,日本明治、昭和时期围棋棋士。本名田村保寿,生于东京芝樱田町,父亲田村保永。法名日温。八岁能棋,十岁为方圆社塾生,十三岁入段。棋风雄健奔放,被誉为"不败之名人"。
② 昭和十五年:一九四〇年。
③ 《金色夜叉》:尾崎红叶(1868—1903)于1897—1902年创作的长篇小说,主人公间贯一,得知未婚妻鸨泽宫为金钱诱惑,离开自己时,悲痛欲绝,于明月下的海岸,怒斥阿宫背叛爱情,并向高利贷者及维护金权主义的社会复仇的故事。

祭,其规模最为盛大。除了尾崎红叶之外,再加上与热海深有缘分的高山樗牛和坪内逍遥,缅怀三位文坛故人。市政府又给在前一年作品中介绍过热海的竹田敏彦、大佛次郎和林房雄三位小说家颁发感谢状。我当时待在热海,也出席了此次纪念活动。

十七日夜,在我下榻的聚乐旅馆,市长举办招待宴会。十八日早晨,我被电话铃声惊醒,得知名人故去。我立即赶往鱼鳞屋吊唁名人。回到旅馆吃罢早饭之后,同参加红叶祭的作家以及市里主办者一道参谒逍遥墓,敬献鲜花。转往梅园,出席在抚松庵举办的宴会。宴会进行一半,再去鱼鳞屋,拍摄名人遗影照片。不久,为名人遗体归返东京送行。

名人一月十五日来热海,十八日故去。仿佛就是专来这里去世的。我十六日到旅馆拜访名人,并与之对弈两局。傍晚,我回来不久,名人的状况急剧恶化。名人所喜好的将棋,是以与我的对阵为最终局。我还写了《秀哉名人胜负(隐退)的最终盘围棋观战记》。就是说,我既是名人最终盘将棋的对手;又是名人最后面颜照(遗像)的拍摄者。

名人与我之缘,始自东京日日(每日)新闻社,选我作为他最后胜负(隐退)局的观战记者。作为报社举办的围棋赛,其规模之大,这次是空前绝后的。六月二十六日,于芝公园红叶馆打响战斗,至伊东暖香园宣告结束,已是十二月四日。一局棋下了几乎半年。一共十四回。我的观战记在报纸上连载六十四次。不料,下了一半,名人病倒了,八月中旬至十一月中旬,休战三个月。然而,名人因这场重病,而使得这盘棋赛越发悲戚。可以说,这场对弈夺走了名人的性命。这盘棋赛之后,名人身体一直没恢复,过了一年光景,他死了。

二

准确地说,名人此次隐退终盘战,应是昭和十三年十二月四日午后二时四十二分。停止于黑方二百三十七。

名人默默无言地将提子放回盘中"目地"时,在场的小野田六段,小心翼翼地问道:

"是五目吗?"

他当场看明白名人输了五目,于是考虑到如此便可免除名人心中之劳,或许是为名人着想吧。

"嗯,五目……"名人嘀咕了一句。他抬起肿胀的眼睑,已经不打算再数目下去了。

聚集在比赛室内的主办者们,人人一句话不说。为了缓和紧张的空气,名人静静地说道:

"假如我不住院,本可以八月中旬在箱根就该结束的。"

接着,他询问了自己所花费的时间。

"白方十九小时零五十七分,……加上其后余下的三分正好一半。"书记员少年棋士回答。

"黑方是三十四小时零十九分……"

围棋所用的时间,高段者大体是十小时,但这盘棋可以延长四倍,即四十小时。尽管如此,黑方时间三十四小时,是大致的消费时间。自打围棋时间制的规定出台后,这是空前绝后的。

结束时,正好就要到三点钟。旅馆的侍女端来了点心。人们仍然默默不语,眼睛望着棋盘。

"怎么样？吃点小豆汤团什么的吧。"名人向对手大竹七段说。

"先生，谢谢您了。"

年轻的七段在结束终局时，向名人施礼，他深深低着头，身子一动不动。两手整齐地搭在膝盖上，白皙的脸色愈加苍白。

名人将盘上的棋子推乱，七段也受到他的驱使将黑子放入棋盒。名人对于对手的感想一字未吐，像平常一样站起来走了。不用说，七段也没有发表感想。要是七段败了，一定会说点什么的。

我回到自己的房间，倏忽向外一看，大竹七段早已熟练地换好棉袍，走进庭院，独自一个人坐在对面的长椅上，紧抱双臂，低俯着清白的面孔。冬日阴霾的黄昏逐渐降临了，他坐在寒气森森的广阔庭院里陷入沉思。

我打开靠近廊缘的玻璃门喊了两声：

"大竹先生，大竹先生！"

七段似乎气愤地蓦然回头望着我，他大概在流泪吧。

我不再看他，闷在屋子里，这时名人的夫人过来打招呼。

"长期以来，给您带来不少麻烦……"

我和夫人交谈了三言两语，这期间，大竹七段的身影从庭院里消失了。忽然发现他早已换上印有家徽的衣服，威仪凛然，夫妇相偕，向着他和主办人员的房间走去。他们先去那里寒暄一番，也来过我的房间。

我也到名人的房里表示问候。

三

　　费时半载的棋赛一旦决出胜负,次日主办人员都慌忙撤离了。那天正好是伊东铁路线试行通车的前一天。

　　新年前后,是温泉场繁忙的时节,电车将要开通的伊东城镇,张灯结彩,气象一新。而我却同那些被称为"罐头盒"里的棋士们一道,龟缩在旅馆内,等着乘坐回程公共汽车。此时看到满街的装饰,仿佛走出洞穴,获得解放。新车站一带,土色新鲜的道路开通了,快速建造的房屋鳞次栉比。这类新开辟地区的杂乱,在我眼里却充满了世间活气。

　　公交车驶出伊东镇之后,在海岸道路上遇到一群背负木柴的女子,手中拿着植物里白。有些女人将里白扎在木柴上,我随即涌起怀人之思。越过山巅,犹如看见乡里炊烟的时候。可以说就像准备过年,怀念起寻常生活的习惯①。我就像逃离一个异常的世界。女人们或许拾薪回家做晚饭吧。大海迎着太阳的地方,也是一片看不清晰的钝光,旋即就是一派暗淡的冬的色相。

　　然而,我坐在公交车厢里,依然对名人浮想联翩。或许因为对老一代名人的感念渗透肌肤,所以才会产生怀人的情思。

　　围棋主办人员一个不剩地全部撤回之后,只有老名人大妇留在伊东旅馆。

　　"不败的名人"败于一生最后的决战。对于比赛的场所,最不想

---

① 日本自古以来就有用里白的叶子迎接新年的习俗。

待的应该是名人。尽管为了带病苦战而疲惫不堪的身子，但还是尽早改换场所为好。对此，名人难道一味麻木而无感吗？就连主办人员和我都不想在这里停下脚步，只巴望快速逃离。而只有战败的名人留下来。那种抑郁和可怖，任凭人们去想象。名人一脸平静，无动于衷，就像平常一样，一个人呆呆地枯坐下去吗？

对手大竹七段及早回去了。他和没有孩子的名人不同，他有个热闹的家庭。

全家共有十六口人。这是我从大竹夫人的来信中知道的。想是这盘棋赛过去两三年之后了。拥有十六口人的大家族，可以感受到七段的性格或生活做派。我很想访问他家。后来，七段的父亲死了，十六人变成十五人。我曾经去吊唁，说是吊唁，其实葬仪已经过去一个月了。这是我最初的访问。七段不在，夫人待人亲切，把我让进客厅。对我问候一番之后，回到门扉旁边，对人吩咐道：

"好吧，叫他们都进来吧。"只听得一阵杂沓的脚步声，四五个少年一起涌入客厅。孩子们规规矩矩的身姿，站成一排，看来他们都是门徒，年龄十一二岁到二十岁的青少年。中有一人，面孔红润，身体滚圆，整整混进一位大个子少女。

夫人向他们介绍了我，然后说：

"请先生讲话。"弟子们对我稍稍点点头。我感受到这个家庭的温暖。这并非有意做作，而是家中自然之行仪。少年们立即走出客厅，逃离宽阔的家园，我应夫人约请，登上二楼同弟子们对弈一局。夫人一次次送来吃食。我待了好长时间。

所说的家族十六人，徒弟们也包括在内。养活四五个门徒，在青年棋士中，除却七段没有别人。这固然需要一定的人气与收入，但还需要大竹七段疼爱门徒弟子的宽广的家族意识。

作为名人隐退战的对手,待在罐头盒般的旅馆之内,逢到有比赛之日,即便酣战至夕昏,回到屋里也会尽快给夫人打电话。

"今天多亏先生好意,我前进了(多少)步。"

仅仅是这样的报告,不会涉及使人嗅到棋局形势般的不谨慎言语。不过,每次七段房间里听到电话声,我不能不对他满怀好意。

四

芝地红叶馆开赛式,黑一手,白一手,到了第二天也仅仅走了十二手棋。然后,对局地点转移到箱根,名人、大竹七段,再加上主办人员,到达堂岛对星馆当天,围棋尚未开局,对局者之间也没有什么接触。名人似乎很有兴致,晚酌时喝了将近一瓶酒,谈笑自若。

他们首先被请进大厅,面对一张大桌子打开话题。名人从津轻漆谈到漆器的故事。

"记得有一回,看到过一副漆的围棋盘。不是那种涂漆,而是全用漆凝结而成的纯漆棋盘。这是一位青森的漆匠,利用业余时间制作成的。费时二十五年。或许每涂一次,都要等晾干后再涂。所以才要花这么长时间吧。棋盒和棋箱都是纯漆制作而成。将此拿到博览会上,标价五千元,未能卖掉。后来求人照顾,要价三千元。这回拿到日本棋院,你猜怎么着?重得很,比我还重,足有十三贯①呢。"

接着,他望着大竹七段说道:

---

① 贯:旧时重量单位,一贯约为三点七五公斤。

山　音

"大竹君又发胖了。"

"十六贯……"

"哦？正好是我的双倍，可是年龄不到我的一半。"

"三十啦，先生。真不好意思啊，三十……我去府上学艺时，身子很瘦小。"大竹七段回忆起少年时代，"我在先生家里，生了病，受到夫人无微不至的照料。"

随后，谈起七段的夫人娘家信州乡间的温泉场，以及家庭琐事等。大竹七段当时还是五段，二十三岁结婚，有了三个孩子。弟子三人，十口之家。

六岁的长女时常在旁观战，学会了本领。

"最近，试着打了场圣目①，让她九颗子。还保留着棋谱呢。"

"嚆，圣目战？真不简单！"名人也跟着说。

"第二个孩子四岁了，也能明白个大概。是不是天分，还不清楚。如果可以继续下去……"

当时在场的人们，都不知道如何回答。

棋界第一人七段，以六岁和四岁女儿为对手。他似乎在认真考虑，若是年幼的女儿们富有天分，很想培养她们成为同自己一样的棋士。一般地说，围棋的天分十岁左右得以显现，不打这时努力，就不会成才。尽管如此，对于我来说，大竹七段的话听起来很特别。仿佛早已迷上围棋，永不厌倦，这不就是三十岁年轻的样子吗？他的家庭想必也一定很幸福。

---

① 圣目：围棋盘面所标记的九颗黑点，称为"星位"。这里指围棋中让九子的对局。

此时，名人还谈起位于世田谷的家宅，占地二百六十坪①，建筑面积八十坪。庭院狭窄，很想卖掉，迁移到稍微宽阔的庭院去。他还谈到目前身边只有自己和夫人两个人，如今也没有弟子了。

五

名人从圣路加医院出院，休战三个月之后，转移到伊东暖香园继续对弈。第一天黑方白一百零一手开始，到一百零五手，仅向前推进了五手就发生纠纷，使得继续开战的日子定不下来。名人因为生病，变更对局条件，大竹七段不同意，坚持放弃这盘对弈。比起在箱根之时，其纷争更难消解。

对弈者和主办人员憋闷在旅馆里，徒然地过着沉重而忧郁的日子。为了改换一下心境，名人曾去了一趟川奈。不愿出门的名人，这次是主动出行，可以说十分罕见。名人的弟子村岛五段，以及书记员少女棋士，还有我一起前往。

一走进川奈观光旅馆，坐在大厅豪华的椅子上休息，只好喝一杯红茶，这对于名人来说很难适应。

这座大厅镶嵌着玻璃，圆浑浑地突向庭院，又像是展望室或日光室。布满广阔草坪的庭园左右，分别是富士和大岛两处高尔夫球场。庭院和高尔夫球场前方是海洋。

我很早就喜欢川奈广阔而明朗的景色。我也希望抑郁的名人看看这里的景象。我瞅着名人的样子，名人只是神情茫然，似乎不像是

---

① 坪：面积单位，一坪约合三点三平方米。

眺望风景,也不瞧着周围的客人。名人面色不改,也不愿对景色和旅馆谈个一言半语,倒是夫人有意从中缓和局面,对风景略加赞美几句,以求得名人同意。名人既不表示认可,也不明显反对。

我想让名人置身于明朗的光照之中,邀请他到庭院里去。

"好,您就去吧。那里暖和,没关系,肯定会心情好起来的。"夫人照例从中帮衬,同我一道催促名人。名人倒也不是那种十分懒惰的人。

大岛看去是一派迷蒙的小阳春景象。鸥鹰在和暖而平静的海面上飞舞。庭院内草坪两侧,排列着松树,以大海为边缘。草坪与海水的连线上,点缀着一对对新婚旅行的夫妇。或许置身于广阔明丽的景色之间的缘故,丝毫不见蜜月旅行时的做作表现。新娘子的穿着,浮现于大海与松树的绿色之中,从远处望过去,更加增添一层鲜活的幸福之感。大凡到这里来的,都是富贵之家出生的男女,我也产生一种类似悔恨的羡慕之情。

"那都是新婚旅行的人们。"我对名人说。

"没有什么意思啊。"名人嘀咕了一声。

名人这句毫无表情的低语,直到后来我曾想起过。

我很想到草坪上走一遭,坐一会儿;然而名人只是站立一旁不动,我也没办法,只好像他一样站立不动。

回来路上,汽车绕道经过一座碧绿小湖。这座小小的湖泊,晚秋午后寂静无声,美丽无比,出乎意料。

名人也下了汽车,站着观赏了片刻。

川奈旅馆富丽堂皇,我从翌日一大早开始,又去邀请大竹七段。因为七段顽固地闹起别扭,我是出于一番好意。心想,要是能使他心情获得缓解,不是很好吗?我也邀请了日本棋院的八幡干事以及日日新闻的砂田记者。大家中午就在旅馆的庭院内吃牛肉火锅。一直玩到黄昏。从前,在川奈旅馆,我曾受到过舞蹈家们以及大仓喜七郎的召请,自己也曾来过,所以很熟悉路。

从川奈归来后,这盘棋赛的纠纷,照旧持续下去。尽管观战者只有我一人,竟然也为了本因坊名人和大竹七段之间的关系进行斡旋。十一月二十五日,好歹战局得以继续。

名人身旁有一只桐木大火钵,他还要人在他身后放置一只长火钵。为了活跃热气。经过七段的主动劝说,名人围上围巾,看上去里面是毛线衣,外面裹着看起来好像毛毯的类似披风的防寒服。即使待在自己的房间,他也不离开这些东西。据说这天,他出现了低烧。

"先生平常体温是……?"面对棋盘的大竹七段问道。

"这个嘛,五度七、八或九,就在这些之间,不会超过三十六度。"名人正在品味什么似的小声回答。

分别时,名人又被问起身高。

"征兵体检时是四尺九寸九分,后来又长高三分,五尺二寸。上了年岁又缩了,如今整整五尺。"

箱根对弈中,为生病的名人诊断的医生说:

"像没有养育好的小孩子,腿肚子不但谈不上丰满,甚至没有长肌肉。所以看起来没力气运动自己的身体。吃药不能照着成年人的分量,只能减少到十三四岁小孩子的分量……"

六

　　一旦坐到围棋盘旁边，名人看起来就很高大。这当然来自他的技艺实力和地位，是专业修养的回报。较之五尺身高，上半身显得很长。还有面孔又长又宽，鼻梁、口唇、耳轮等硕大无朋，宛若道具。尤其是下巴颏，向前突出。这些特征，在我拍摄的遗容照片上很明显。

　　名人的遗照拍得如何呢？直到洗照前我都很担心。

　　我很早就托付位于九段的野野宫照相馆为我的摄影洗印照片。我把胶卷送到野野宫那里时，谈起这是为名人拍摄的遗照，我叮嘱他们可要认真冲洗好。

　　红叶祭过后，我回了趟家，又去了热海。我对家人说，要是野野宫将遗照寄到镰仓家里，就赶快派人送到聚乐旅馆。我再三叮嘱妻子，千万不要看遗照，也不要给别的人看。我这个外行拍摄的遗照，假如将名人的遗照拍得很丑，又很可怜，这种遗照，给人看了，那会永远遭人骂的。我认为那就是给名人抹黑。要是照片没有洗好，那就不要给遗孀和弟子们观看，干脆洗出来扔掉。我的照相机快门有故障，很可能没照好。

　　我和出席红叶祭的人们在抚松庵用午餐，正在品味火鸡火锅时，我的妻子打来电话，传达名人遗属的托付，她们要我为名人拍摄遗照。当天早晨，我拜谒名人遗容，回去后灵机一动，想到倘若遗属愿意先塑造成石膏像再拍成照片，怎么样呢？我会让他们照的。我将这一想法嘱咐其后去吊唁的妻子。他的遗孀厌恶石膏像，但她还是打算托我拍摄。

然而，一旦着手，我感到责任重大，对拍好遗照没有自信。再说，我的照相机，快门关闭时时常出毛病，有可能拍不好。所幸，为了拍摄红叶祭的情景，摄影师从东京来这里出差，同我在抚松庵会和。我请他们拍摄名人遗照，摄影师很高兴。带来一个与名人毫无缘分的摄影师，虽说遗孀有点厌恶，但比我拍摄更加合适，随之决定下来了。但是，红叶祭主办者对我诉苦，说特地来拍摄红叶祭的摄影师又被派作别的用场，这使他很为难。他说的很在理。打从今天早晨起，对于名人之死，独有我一个人感到激动，在参加红叶祭的人们中，我的心情显得很不协调。我请摄影师检查了一下相机快门的故障，他教我打开之后，可以用手遮挡，代替快门。他还为我装上新的胶卷。我乘车前往鱼鳞屋。

安置名人的房间，紧闭着挡雨窗，开着电灯。遗孀和弟弟还有我一同进来。弟弟说道：

"好黑，开开门吧。"

我大概拍了十张，一直担心快门会出毛病。我遵照摄影师教给我的办法，用手遮挡代替快门。变换各种方向和角度。我满怀敬意之心，不好随便在遗体周围转来转去。我只能坐在一个地方不动。

镰仓家里送来照片，妻子在野野宫专用的袋子背面写着：

"野野宫刚送来的。我没看内容。撒豆节是四日五点钟，他们说届时请你到社务所去。"鹤岗八幡宫的撒豆节——当年镰仓文士中适逢本命年的男人，撒豆迎福驱鬼的节日即将临近了。

我看了袋子里的照片，啊——我被遗容吸引住了。照片拍得很好，仿佛活生生躺在那里，而且荡漾着一种死的静寂。

我是坐在名人仰卧着的腹胁一边拍照的。其侧影稍稍望着上方。作为死人的标记撤去了枕头,面孔稍稍向后翘起,显得饱满而硕大。紧绷的下巴骨,少许张开的大嘴,更加显眼。这样一来,自紧闭的眼睑皱纹,到阴暗浓郁的前额,笼罩着深深的哀愁。

房门半开,窗外的灯光从门底下透进来。天花板上的电灯,也从脸孔下方照射过来,头颅略微低俯着,所以前额布满阴影。灯光自下巴向两颊,然后再向凹陷的眼窝和眉根以及鼻翼等突出部位照耀。再仔细一看,下唇沉入阴影,而上唇映着灯光。其间,口中含着浓荫,唯有一颗门牙泛着光亮。发现短短的口髭中有一根白毛。照片上,对侧的右边面颊有两颗大黑痣,也布满阴影。还有,从太阳穴到额头鼓出的血管,也沉浸在阴影里。黑暗的前额也浮现出横向的皱纹。额头上方短短的平头,有一处映照着灯光。名人长着一头可怕的毛发。

七

发现两颗大黑痣,是在右侧面颊。其实右侧的眉毛也长得很长。眉毛尖端在眼睑上描成弓形,直达紧闭着的眼睑直线。为什么照得如此之长呢?而且,这种修长的眉毛和硕大的黑痣,似乎为遗容增添了爱的温馨。

然而,这样长的眉毛曾经给我带来伤悲。名人将要去世的好多天前的一月十六日,我们夫妻二人前往鱼鳞屋拜访名人。

"是的,是的,等见了面我会及早提起眉毛的事……"夫人稍微提醒名人似的扫了他一眼之后,又转向我:

"是十二日吧。天气暖和了,为了去热海,原说要刮刮胡须,变得清爽一些。于是叫来一位熟悉的理发师,在向阳的廊缘上刮刮脸。当时他突然想起似的,说道:'师傅,左边眼眉上有一根特别长的眉毛是吧?师傅,都说这长眉毛是长寿眉,您可要注意保护,别给刮掉了啊。'师傅停下手,'有的有的,先生,是这样的,是长寿眉。您会长寿的,好好保护吧。我知道了。'丈夫又转向我,'您瞧,浦上君在报上写了观战记,看到了这根长眉毛。他是个细心周到的主儿。他在发现这根眉毛之前,我自己倒一向没有注意。实在是太叫人感动啦!"

名人照例一声不响,一副颇为惊讶的神色。这使我很难为情。

然而,作为长命相,被理发师傅精心留下的长眉毛的故事,令人没想到名人翌日就会死去。

还有,发现老人眼眉里一根长毛,并且写下来,这是很无聊的事。不过,这根眉毛,仿佛使我获得了救赎,令我安然沉浸于悲痛的场面之中。我在箱根奈良屋旅馆写下的观战记里这样写道:

> 本因坊夫人陪伴老名人住在旅馆里。大竹夫人是三个孩子的母亲,最大的六岁,往来于平塚与箱根。两位夫人的辛劳有目共睹。名人强忍病苦,继续出战第二场,八月十日等日子,两位夫人尽皆为之耗尽心血,形销骨立,完全改换了模样。
>
> 名人夫人在对局中无心在一旁观战,但唯独这一天,守在隔壁房间,一心记挂着名人的情况。她不是观望战局,而是两眼不能离开病中的丈夫。
>
> 一方面,大竹夫人绝不在棋赛室里露面,她似乎坐立不安,在廊子里走来走去。她到底有些不放心,一进入主办人员房间

就发问:

"大竹还在思考吗?"

"嗯,战局正面临困难哩。"

"尽管想法都一样,但要是昨夜睡着了,心情会轻松些……"

大竹七段与病中名人继续对弈,心情懊恼,彻夜未眠,今朝一早就面临战局。而且,约定的开局时间是十二点半,黑方先行。如今将近一点半了,现在尚未决定封手。根本谈不上吃午饭。夫人在房间里自然待不住,其实夫人昨夜也没有合眼。

只有一个人心情愉快,那就是大竹第二代。这个婴儿出生八个月了,发育良好。我想,要是有人问起大竹七段的精神如何,那就让他看看这个婴儿好了。婴儿仿佛就是七段雄魂之象征,实在优秀无比。就连我这个心性忧郁之人,不管遇见哪个成年人,只要看看这个宝贝儿子,就能获得一种温馨的救赎。

另外,这天一开场,我首次发现本因坊名人的眉毛中,有一根一寸长的白毛。眼睑肿胀,颜面爆出青筋。名人这根长长的眉毛,同样是又一种温馨的救赎。

棋赛室简直是鬼气森森。当她站在廊下,猛然俯瞰到夏日炎炎的庭院,一位装扮时髦的小姐,正在一心一意为鲤鱼投喂麦麸饵食。我仿佛眺望一个奇怪之物,难以相信那个人存在于同一世界之上。

名人夫人、大竹夫人也都面孔皲裂,面色白皙。对局一开始,名人夫人照例走出房间,但今天却是立即回来,躲在隔壁房间继续守望着名人。小野田六段也闭着眼睛,垂首无言。观战的村松梢风也是一脸悲戚。不愧是大竹七段,他只是一言不发,也不肯正眼瞧看名人。

白方九十手封手棋开始,名人不住地左右倾斜着脑袋,九十二。于是白方九十四,长考一小时零九分——名人时而紧闭双眼,时而左顾右盼,时而向下俯视,强忍着吐气,显得十分痛苦。身子像平时一样衰弱无力,或许是逆光而看,名人的脸孔轮廓肌肤松弛,宛若幽鬼。棋赛室的寂静也不同于平常那种静寂。九十五,九十六,九十七,棋盘上时时传来落子的声音,空谷传响,凄然动人。

白九十八,名人又考虑半个多小时。他微微张着嘴,眨着眼睛,扇着扇子。仿佛要将魂底下的火焰扇起来。难道不如此就不能战斗下去吗?

此时,走进棋赛室的安永四段,跪在门槛处双手扶地,满含真诚地行礼。这是虔敬的礼仪。两位棋士没有注意。而且,名人或七段朝这边转头,安永就恭恭敬敬低头行礼。他只能如此顶礼膜拜。这是一场鬼神凄怆的对局。

白九十八落子不久,少年书记员报告已到十二点二十九分。封手时间是十二点半。

"先生,累了吧?到那边休息一会儿……"小野田六段对名人说。去洗手间回来的大竹七段也说道:"还是休息一下吧。请放松一下……我一个人考虑考虑,准备封手。我决不会和别人商量的。"他的话第一次引来大家的笑声。

因为不忍心再让名人继续坐在棋盘旁边,其后,大竹七段只是封手于九十九,名人不一定非要待在那里。名人歪着脑袋沉思，他不知离开好还是坐在那里好。

"稍微等一等……"

然而，不一会儿，他上了厕所，再去隔壁房间，同村松梢风谈笑一番。一旦离开棋盘，就显得格外精神。

独自留下来的大竹七段，一直盯着右下角，想侵入白模样中，一点十三分，黑九十九向中央刺了一手，这是过了一点的封手。

当天早晨，主办人员前往名人房间询问，今日的对弈是在附属馆为好，还是主馆二楼为好。

"我已经不能到庭院里散步了，那就在主馆进行吧。不过，大竹君说主馆里的瀑布声音太大，那就请问问大竹君，由他来决定吧。"

这就是名人的回答。

八

我在观战记中写到的名人的眉毛，是左边眼眉上的一根白毛。可是，遗容照片，右侧整个眉毛照得都很长。莫非名人死后，又很快长起来了？还是名人的眉毛本来就这么长？照片似乎夸大了右侧眉毛的长度，不合真实。

我并不怎么担心照片洗坏了。我是用康泰司[①]相机光圈一点五的 Sonnar 镜头拍摄的。尽管我的拍摄技术和熟练程度还不够，但镜

[①] 康泰司：康泰司(CONTAX)诞生于一九三二年，是蔡司全线产品中最优质的机种之一，在光学发展史上有着举足轻重的地位。

头的性能完全没问题。对于镜头来说,活人或死人,不分彼此,也不存在感伤和尊敬。我的使用方法并未出大错,Sonnar镜头的照片是可以成功的。虽然是遗容照,要照得丰满、安详,或许主要靠镜头。

然而,我对照片打心里浸满情感。或许,这种情感存在于被拍摄的名人的遗容上吧。感情总会出现于遗容之上,但这位死者已经没有感情了。这么一想,对于我来说,这些照片看起来既非生亦非死,仿佛是活人睡着拍下的。不过,我不是这个意思,这些作为遗照放在这里,看起来就会感觉是既非生亦非死。是因为按照生前的面容拍摄的吗?从这些照片上可以想象名人生前的各种往事来吧?或者说这不是遗容本身,而是遗容照片。较之遗容,还是遗容照片可以更加显现出遗容的明净与细致。这是颇为奇妙的。在我看来,这些照片或许象征着某种不可视的秘密吧?

最后,我还是为盲目地拍下这些遗容而悔恨。或许这些遗容照不应该保留。不过,通过这些照片,名人非凡的一生正向我走来。这可是事实。

名人决不是美男子,也不是高贵相。毋宁说,他是个卑俗的"穷措大"。眼睛鼻子生得都不美。比如,耳朵的耳垂似乎压坏了,嘴阔目细,加上长年磨练技艺,面对棋盘的姿影,高大而沉静,遗容照片上也洋溢着灵魂的香气。犹如生前酣睡的紧闭的眼睑线,也笼罩着深深的哀愁。

接着,我的眼睛从遗容转移到胸脯,仿佛只有脖颈的人偶,突出在布满粗劣的龟甲梨花白的和服上方。这大岛织造的梨花白衣裳,是名人死后被更换的,不是很合体。肩头一带鼓鼓囊囊。尽管如此,我感到这就是名人的遗体,纵然缺少胸部以下部分。"看那情况,几乎没有载动自己身体的力量。"在箱根,医生说过。他指的是名人的腰腿部分。名人的遗体自鱼鳞屋搬出来,装上汽车时,名人就像缺少脖颈以下的肢体。撰写观战记的我最初所见,只是坐着的名人小小单薄的双膝。遗容照片也只是脸部。脑袋似乎转动了一下,阴森凄然。这张照片,看起来似乎是非现实之物。这就是一味热心于技艺,失去众多现实之人,悲剧终生的面颜。我将此殉难者的命运的面孔保留在照片上了。秀哉名人的技艺,以隐退战告终,名人的生命也随之结束了。

九

往昔,围棋开赛仪式等活动,除了此次隐退赛之外,恐怕史无前例。只是黑一手、白一手,其后就是庆祝宴会。

昭和十三年六月二十六日,下个不停的梅雨,当天露出了晴空,飘曳着淡淡的夏云。芝公园的红叶馆庭院,绿树经过雨水一番洗涤,炎阳普照,斑驳的竹叶上明光闪烁。

一楼大厅壁龛正对面,本因坊名人和挑战者大竹七段——名人左边是将棋关根十三世名人、木村名人、联珠高木名人,亦即名人四人并列。将棋和联珠名人观看围棋战,报社召集名人齐聚。高木名人下面,坐着我这个观战记者。其次,是大竹七段的右边,是发起者报社主笔和主编,日本棋院理事和监事,棋士长老七段三人,此次棋赛的现场监督小野田六段,此外还有本因坊门下棋士等有关人员。

主笔看到人们穿着印有家徽的服装,正襟危坐,便宣布棋赛开始。棋盘置于大厅中央,排列有序的人们屏住呼吸。名人照例按照面对棋盘时的老习惯,静静地沉下来右肩。他那小小的膝盖十分纤弱。扇子显得很大。大竹七段闭着眼睛,前后左右摇晃着脑袋。

名人站起身,他手握扇子,亲自携带上古代武士小刀,然后坐在棋盘边。他左手手指插入裤裙内,轻轻攥着右手,向正前方抬起头来。大竹七段也坐下了,对着名人略作施礼。他将棋盘上的棋盒放在右胁下,再施一礼。七段闭上眼睛。纹丝不动。

"开始吧。"名人催促道。声音虽小,但很威严。究竟想干什么,他就是不说。他或许不愿看到七段那般演戏的样子,或许充满战斗的豪情。七段安然地睁开双眼,又立即闭合。后来,在伊东旅馆阅读《法华经》的大竹七段,此时正在瞑目镇魂。他在念叨什么呢?想到这里,此时忽然响起棋子落在棋盘上的响声。当时是上午十一时四十分。

是新布局还是旧布局,是星位还是小目?大竹七段的布局是选择新还是选择旧,正引起天下人注目。

黑方第一着子是右上角的"17 四",属于旧布局的小目。随着这一手黑一的小目,关于这盘围棋比赛的巨大谜团之一解开了。

对于这种小目,名人将手指盘扣于膝上,注视着棋局。关于这些,报社照片和新闻电影镜头很多,在刺眼的光线下,名人紧闭嘴巴,突出口唇,一副旁若无人的姿态。我观看名人下棋,这是第三局。名人面向棋盘,始终散发着馨香,为周围带来清澄的凉爽的气息。

五分钟过去了,名人忘记封手的规定,一不留神,摆出要下子的姿势。

"已经决定采用封手的规则了。"大竹七段代替名人说,"先生还是不下这手棋就不舒服啊。"

名人经日本棋院干事带领,退回隔壁房间,关闭敞开的隔扇,在棋谱上填上"第二手",装入信封。除了封手本人,若是别人窥见,就不算封手。

不一会儿,名人回到棋盘旁边。

"没有水啊。"他用两根手指蘸了唾沫,糊上信封。名人在封口上签上自己的名字。七段在下面一个封口签了名。然后把这个信封装在另一只大信封内。主办者在加封处署了名。随后,保存在红叶馆的保险柜里。

今天的开赛仪式到此就算结束了。

木村伊兵卫说要照张照片向海外介绍,特让两位棋士摆开了阵势。拍完之后,众人总算松了口气,老前辈七段们也都集中到围棋盘周围,一边赞赏棋盘,一边谈论白石的厚度,有的说三分六厘,有的说八厘,有的说九厘……众说不一。

此时,将棋木村名人,半道上插进来:

"这可是棋子中最好的棋子了。让我抓起来试试看。"说完,随即抓起一把放在手掌里瞧看。因为棋盘总要敷上金箔,所以,凡是名贵的棋盘,总要送一些进来的。

休息了一阵子,祝贺宴会开始了。

列席开赛仪式的三位名人年龄如下:将棋木村名人三十四岁;关根十三世名人七十一岁;联珠高木名人五十一岁。均为虚岁。

十

本因坊名人生于明治七年,两三天前刚过六十五岁生日。因为

是日中战争①时期,就在家里庆祝了。那时已经有了红叶馆,第二天继续比赛前,名人问:

"我和红叶馆,哪个更早些啊?"他还提起明治时期的村濑秀甫八段、本因坊秀荣名人,也都在这个家里下过棋。

翌日的棋赛室,设在浸染着明治时代古典韵味的二楼,从隔扇到栅栏,全都用红叶装饰。盘曲于一隅的金屏风也绘上光琳风格的红叶,色彩浓艳。壁龛里插着八角金盘和大丽花。十八叠的房子连同下一间十五叠,一起打通,毗连一处。大轮花朵也不碍眼。那枝大丽花稍微衰谢了,只有梳着稚儿髻的少女,插着花簪,时时前来换茶,其他再没有别人进出。名人的白扇映在盛着冰水的黑漆盘里,有静有动。观战者只有我一人。

大竹七段身穿黑羽双层单纺罗纱家徽外褂,今日的名人,似乎有点随便,外褂上的家徽是手缝的。棋盘和昨天也不一样。

昨日黑白各着一子,不一会儿就举办庆祝仪式了。正式的对决可以说是从今日开始的。大竹七段刚想扇起扇子,又立即将两手在背后相握,把扇子靠在膝边,支起双肘,两手托腮,看起来仿佛坐在扇子上。他在考虑黑三的时候,瞧,名人急促地喘起气来。我看到他双肩高耸,但并不慌乱,而是有规律的波动。在我看来,似乎有一股强烈的情绪涌动上来。又似乎在他内心深藏一物,而他自己未能觉察。此种感觉,依然压抑着我的心胸。不过,只是很短时间,名人的呼吸又自行平静下来,又和平素一样安然呼吸了。我想,名人可能是面临决战,抖擞精神的缘故吧。名人于无意识之中迎来灵感,才会有如此

---

① 日中战争:一九二七年七月七日,日本发动侵华战争。

心态吧？或者，重整火焰般的热情和斗志，站立在无我的"三昧境"清澄的渡口了吧？他之所以号称"不败的名人"，其缘由正在于此。

大竹七段，尚未在棋盘前坐下来，首先对名人殷勤地施礼。

"先生，我好上厕所，对弈中可能要频频解手。"他说道。

"我也一样，夜里起来三回呢。"名人嘀咕道。他完全不了解七段的神经性体质，我觉得很奇怪。

像我这个人，一坐在桌前就要小解，还不断喝茶。这容易患神经性泻肚。大竹七段尤其厉害，就在日本棋院春秋两季的升段赛上，大竹七段也将大茶壶放在身边，大口大口喝粗茶。当时，大竹七段的好对手吴清源，也是一坐在棋盘前就要小解，我曾计算过，四五个小时的对弈中，要去十多趟厕所。吴六段没有那样猛喝粗茶，但每次去厕所，声音都很大，真是不可思议。大竹七段不光是小解，裙裤不必说了，就连腰带也是边走边解，你说奇怪不？

考虑了六分钟，下了一手黑三。

"对不起。"迅速离开了，接下来下了一手黑五，又一次离席而去。

"对不起。"

名人从袖筒里抽出一支"敷岛"牌香烟，慢慢点上火。

大竹七段在琢磨这五手棋时，有时袖手怀中，有时双肘抱臂，有时又把两手支撑在膝盖旁边。他还收拾棋盘上肉眼看不见的灰尘，或者把对方的白子翻过来。实际上，就是把表面露在上面。如果说白子有正反的话，就像贝壳的内侧没有纹路的一面是正面，不过没有人这么在意。然而，大竹七段，总是把名人不注意放置的白子的反面用手撮起，一下子翻个个儿。

这是他对弈中的态度：

"先生很冷静，我也被吸引过去了，劲头上不来。"大竹七段半开玩笑地说道。

"还是热闹些好嘛，太冷静了很累啊。"

七段有个毛病，一边对弈，一边不住地闲扯，说些不着边际的笑话。名人一向佯装不知，不作回应。一个人自说自话，觉得很无聊，七段每当面对名人时，总是比平时更谨慎。

面对棋盘，雄姿英发，或者是人到中年以后的自然拥有，或者是现在对行为礼仪的不屑一顾。年轻的棋士时而扭动身子，时而显露怪癖，我看了之所以感到异样，那可能是不知何时的一次升段大赛，一位年轻四段一边对弈，一边在对方着子期间，将文艺同人杂志置于膝头打开来阅读小说。对方着子，他抬头思考，轮到自己着子对方思考，他依然装作不知，眼睛落在同人杂志上。他很没有礼貌，好像瞧不起对手，有意触犯对方。后来，我听说这位四段不久发疯了，恐怕是神经性疾病，对方考虑时他或许不堪忍受。

大竹七段和吴清源六段，访问某心灵学家，请教要想取胜应保有何种心态。那位专家回答说，对方思考时，保持自然心态即可。名人隐退决战时作为观赛者的小野田六段，数年之后临终前，不仅在日本棋院升段大比赛上取得全胜，更厉害的是赢得很漂亮。对弈的态度也不一样，对方在思考时，他静静闭上双眼，据说已经脱离取胜之欲。升段大赛结束后住进医院，自己临死时不知道得了胃癌。大竹七段少年时代的师傅久保松六段，临死之前也在升段大赛上取得了优异成绩。

名人和大竹七段在紧张的决战中，动与静，有意和无意，表面上似乎显露出完全相反的局面。名人一旦沉浸棋盘之中，就不会再去厕所了。棋盘的形势，只要看看对弈者的举止和脸色，大体上就会弄明白。但是，关于这些，名人自己并不知晓。不过七段的棋并非如此神经质，相反，却表现出一种强劲的棋风。他生性惯于长考，总是嫌时间不够用。一旦时间到来，只剩最后一分钟，一边叫书记员读秒，他好像还有百手、一百五十手，当时勇猛的气势，反而更能威胁对方。

七段刚一坐下又起身离开，这似乎是决战的准备，与名人急剧地喘息一样。然而，看着名人窄小的溜肩膀，我很感动。既不是苦恼，也不是危险，名人自己也不知道，别人也不会觉察出来。我仿佛感觉到灵感到来的秘密。

可是，后来连在一起想想，只不过是我一厢情愿罢了。名人或许只是胸中憋闷。接连数日的比赛，名人的心脏病又恶化了，也许此时正是首次轻轻发作时期。我不知道名人的心脏不好，之所以有那种印象，尽管是出于尊敬，但也有点荒唐。但那时候，名人尚未觉察自己有病，甚至也没有觉得自己气喘吁吁。从脸色上看不出有什么痛苦和不安。也不曾将手放在胸口摸摸看。

大竹七段的黑五花去二十分，名人着子到白六费时四十一分。这局是第一个长局。预先约定，今天午后四时轮到谁谁就封手。七段下到黑十一，两分钟内，只要名人不着子，就可以成为封手者。名人白十二于四时二十二分封手了。

今天从早晨起就是晴天，眼下阴霾了。这是大雨的前兆，从关东到关西将蒙受一场水灾。

十一

红叶馆翌日,本应上午十时起继续对决,由于一早就发生争执,所以一直延迟到下午二时。作为观战记者的我是旁观者,事情与我无干,但目睹主办者的狼狈相,日本棋院的棋士们跑来,似乎在另一房间里开会。

今天早晨,我走进红叶馆大门,碰巧大竹七段也才来,提着个大箱子。

"这是大竹先生的行李吗?"我问。

"是的。今天我这就去箱根,深居不出了。"七段用决战前沉闷的语调回答。

今天不再回家,参加比赛的人员一起离开红叶馆,前往箱根旅馆。虽然我事先听说过,但看到七段庞大的行李,还是觉得有些异样。

对手名人却没有做去箱根的准备。

"是那么说的吗?要是这样,我还要去理发馆呢。"他是这个意思。

大竹七段做好了思想准备,这盘棋要下完,大约三个月都不能回家。他本来劲头十足,这下子不仅打乱了计划,原来的规定也变了。那些规定是否经过名人同意,也很暧昧,同时也惹起七段的不快。还有,此次比赛,制定了严格的规则,可是一开头就不遵守规则。七段也对今后感到不安。有些事情没有叮嘱名人,这的确是主办者的疏忽。不过,看样子,对于有些特殊的名人,没有人敢向他提出意见,只好让年轻的七段忍耐,好歹应付过去吧。

如果说今天名人不知道要去箱根,那也就罢了。人们或集中于另外的房间,或不安地在廊下走来走去。对手大竹七段,长时间不露面,这个时候,原来的座席,只有一个人坐等。午饭看来也少许晚了。问题好容易解决了,今日二时至四时比赛,隔两天再去箱根。

"两个小时怎么也不够,等到去箱根之后,慢慢开始也行啊。"名人说。

这样自然也可以,但不能这般办理。名人这么办,日后照例还会发生今日这样的事。不能按照棋士的心情随便改变比赛日期。现在的围棋比赛,一切都按规矩进行。名人的隐退赛也要订立严格的规约,同样是防止名人像以往那般任性而为,不承认名人级别的特权,目的是始终坚持以对等的条件进行比赛。

因为采用所谓"隔离制",为了彻底贯彻这一规定,今日就得要棋士不必回家,直接从红叶馆前往箱根。所谓"隔离制",就是说一盘棋下完之前,棋手既不能离开比赛场所,也不能会见其他棋士,以防止获取帮助。虽说保证了胜负的神圣,但可以说失掉了对于人格的尊重。不过,如此一来,棋士们也都互相自命高雅起来。更何况这盘棋每隔五天要继续交战,持续三个月之久,不论棋士们愿不愿意,第三者的智慧,都有渗透进来的风险。若有怀疑,就不堪收拾。不用说,棋士之间也存在职业道德和礼节之类,对于正在进行的赛局,况且又要面向对手,必须十分谨慎,稍有疏忽,就会酿出祸害。

名人晚年,十余年间,仅仅参赛三盘,而且三次都途中生病。第一局下完棋就成了带病之身,第三局之后因病而逝。虽然三局都下完了,然而中途为了养病,第一局两个月,第二局四个月,第三局隐退战长达七个月。

其中第二局,隐退战五年前的昭和五年,同吴清源五段对弈。中盘下到一百五十手左右,虽然很细,但白方显然不是很好。名人放白一百六十子,妙手天成,赢得二目。然而,谣诼纷呈,传说这一天外绝招,是名人弟子前田发现的。真伪难辨。那位弟子加以否认。这盘棋花了四个月,其间,名人的弟子们,或许也对这盘棋做了调查,而且发现了这一百六十绝招。正因为是绝招,可能是弟子对名人提出的,也可能是名人自己发现的。除了名人和弟子之外,不会有人知道。

此外,第一局是大正十五年,日本棋院与棋正社之间的对抗赛。作为双方统帅的名人与雁金七段,率先上阵,整个二月期间,无论是日本棋院,还是棋正社,他们的棋士们肯定都在积极研究这盘棋,他们有没有给自己的主帅出谋划策我不知道,恐怕没有人帮助,这种事儿名人非但不会主动要求,他也难以应允别人从旁帮忙。名人技艺的威严,令其他人只好沉默。

然而,第三局隐退赛,因为名人生病而中断。有人传播流言,说名人或许有什么企图,不过一直从旁观战的我,听到这种说法甚觉愕然。

三月休息之后,迁至伊东继续比赛。第一天,最初一手,大竹七段费时二百一十分,即经过三小时半的长考,就连主办者也感到惊奇。上午前十时半开始考虑,其中加进一小时午饭和休息时间。秋阳西斜,棋盘上方亮起灯光。三时二十分前,黑子总算走了一百一手,"要跳到这里,这是不用考虑的棋,真傻。啊,不稳了。"七段微红着脸笑了,"到底是跳、还是托,选择哪一手,竟然考虑了三小时半……"

名人苦笑着,没有回答。

正如七段所言,黑子这一百一手,就连我们也都知道。棋局已经进入中盘,按照自黑方侵入右下角白模样的顺序,黑方只能落在这个好点上。除了一间跳这种"18十三"的一手,还有一手向"18十二"托的一手。即使一时迷惘,也会明白。

  大竹七段为何不尽早着下这一子呢?就连观战的我也等急了,感到奇怪,最后产生疑惑。看来他是故意不下子,搞点小调皮,耍点小花招。这种胡乱猜疑,也是有缘由的。就是说,这盘棋暂停休战三个月,其间,大竹七段自己没有充分研究过吗?估计到百步棋之内是个细棋①的局面。即使到了中盘阶段大体能有个好坏之分,直到最后也分不出胜负吧。也许想了几着棋,但没完没了也不是事儿。尽管如此,这般重要的棋局,七段在休战期间是不可能不仔细研究一番的。所以黑方这一百一手应该是琢磨三个多月了。眼下又煞有介事地考虑了三个半小时,这不正是有意掩盖休战期间的研究吗?不光是我,就连主办者们也对七段多余的长考感到诧异,流露出厌恶情绪。名人也一样,七段离席时,他嘀咕道:

  "好耐心啊。"要是练习,倒可以理解,这是决定胜负的比赛。名人从来没有像今天这样说过对方。

  不过,同名人和大竹七段都很亲密的安永四段说:

  "这盘棋休战中,或许名人和大竹似乎都没有好好研究过。大竹也是个严格正直的男子,名人罹病期间,他自己是不愿意研究棋局的。"抑或事情就是如此。大竹七段不仅三个半小时考虑了黑一百一的这手棋,还极力将心思收回到脱离三个月之久的棋盘,还要尽最大可能把握全局形势和今后的对策。

---

① 细棋:围棋中对于盘面形势的一种说法,意即黑白两棋的局势相差细微。

十二

所谓封手,也是名人首次经历的规则,翌日继续对弈时,从红叶馆取出信封,日本棋院干事当着参赛双方的面,确认封印,昨日填写封手棋的棋士,先给对方看棋谱,随后将那步棋放在棋盘上。箱根和伊东的旅馆里也是沿用了这个规则。即不给对方知道打挂的那一手,也就是封手。

没有下完的棋,由黑方暂停,乃自古因习,是对高手的礼让。然而,这样对高手有利。近来,为了防止此种不公平,改变了办法。例如,约定下午对弈到五时,到了五时,轮到谁谁就暂停。由此更进一步,想出了将暂停的这一手棋封起来的方法。将棋先行运用封手,后来围棋也照着做了。这样的规定是为了尽量防止不合理现象:看了对方的手法,下边便可以从容考虑自己的战法,直到继续开战之前。而且不管一天或几天,都不受时间限制。

一切限制都集中于几条规定里,弈事之雅趣已经衰微,失去对长辈的恭敬,相互的人格得不到重视。不得不说,名人生涯中最后几年的棋艺也会饱受如今合理主义之苦。即便棋道,无论日本还是东方自古而来的美风受到损害,一切都依靠统计和规则办事。左右棋士生活的升段,也是来自精确细微的分数制,只要取胜就好。此种战法,先于一切。使得围棋逐渐失去作为弈道的品位的余裕。当世,对手纵然是名人,也要凭公平进行战斗,这不是大竹七段一个人的事。再说,围棋也是竞技,当然也要决出胜负。

木因坊秀哉名人,三十年不曾执黑子了。他是"没有与之匹敌的第一棋圣"。名人生前没有后进的八段,同时代的对手都被他制服,下一个时代也无人达到他那个地位。名人殁后十年的今天,围棋尚未寻得继承名人地位的途径。一种原因是秀哉名人的存在太伟大了。作为艺道的围棋的传统受到尊重的"名人",恐怕这位名人就是最后一个了。

正如将棋名人争夺战那样,霸权意味很重,名人的地位,其名称就是一面优胜的旗帜,将成为体育比赛的商品。或许,事实上,名人将这场隐退赛,以空前未有的高价决战费,卖给了报社。与其说是名人主动提出,毋宁说是多半被报社引诱。这种一旦登上名人的地位,到死都是"名人"的一代制、段位制,正像日本各种艺道流仪、师门执照等封建时代的遗孽。假若一如现在的将棋名人战那样,围棋也是年年举办名人争夺战,那么秀哉名人说不定早已不在人世了。

以前,一旦成为名人,其权威就有受到伤害的危险,即便练棋也避免直接交锋。以往不曾有过六十五岁高龄举行胜负比赛的先例。但是今后大概不会允许不比赛的名人存在了。从各种意义上说,秀哉名人似乎是站在新旧时代的分界线上的人,他受到旧时代名人精神的尊崇,同时又获得新时代名人物质的功利。而且,置身于崇拜偶像与破坏偶像相互交织的今日,名人作为古典式偶像的存在,君临于最后的棋局。

名人幸运地诞生于明治勃兴时期。例如当今的吴清源,没有尝过像秀哉名人修炼时代那种的人世悲酸,即使棋艺的天分超越名人,其个人也难以构成整个历史观。名人历经明治、大正、昭和三个时代,取得辉煌战绩,为今天围棋的繁荣立下汗马功劳,象征围棋本身而岿然屹立。这位老名人要用围棋装饰人生终点,我们应该让他拿出心满意足的作品。我们应该具有后辈的珍爱、武士道的期盼,以及艺道的优雅对待他,不要将名人置于平等规则之外。

制定法律,又在处心积虑钻法律的空子。为了封堵狡猾的战术而制定了规则,但年轻的棋手也不是完全没有这种想法。限制时间、暂停、封手等,千方百计使用各种武器。为此,作为作品的一局棋,就变得不纯了。名人一旦面对棋盘,就是"昔日之人"。他不懂当世这种详细之术策。他或许估计时机会来临,正是对自己有利之时,就说"今天到此为止",随之叫下级棋手着子之后暂停,然后自行决定下回续战的日子。作为上级棋士的名人,如此自行其是成为当然的惯例,长期对弈至今。也没有时间的限制。而且名人特别享有的无限的欲求,也成为名人的一种修炼,这和今日那般烦琐的规则也不成比例。

但是,较之平等的规则,名人更习惯于昔日的特权,例如,同吴清源五段交战,由于名人生病,比赛不能心情愉快地进行,竟然产生了许多流言蜚语。这回作为隐退赛的对手,晚辈的棋士们都以严格的对局条件,截堵名人的恣意妄为。这种围棋的交战条件,不是大竹同名人约定的。名人为了选择对手,在日本棋院的高段者们举办循环赛之前就决定下来了。大竹七段作为高段者的代表,极力争取名人也共同遵守誓约。

后来,名人生病,引起种种纠纷,大竹七段每每扬言要放弃这盘棋。作为晚辈,对老名人不肯做出礼让,对病人缺乏温情,从道理上是说不过去的。致使主办者也很狼狈。不过,七段始终站在理上。况且,让一步就有让百步的危险,一旦让出一步,说不定此种松懈的心绪就会成为失败之源头。在你死我活的决胜局上,是不应该有此想法的。这盘棋必须取胜,七段立场坚定,决心已下,不可能按照对方意志行事。此外,在我看来,对手正因为是名人,会更加为所欲为,这就逼使七段更加顽固地履行规定。

当然,这种对局条件,又和棋盘形势不同,交战时间与场所,都可以看对方情况,遵照约定实行。但在盘上不讲情面,只管交战,也有这样的棋士。基于此种意义,抑或名人遇到一个可恶的对手。

十三

在一决胜负的世界,时常将英雄捧上天,这似乎是人们的喜好。双方势均力敌固然可以招徕观众,但有时也期望一人独占鳌头。"不败的名人"的伟大形象屹立于棋士之上。名人一生也曾多次舍命战斗,但他在这首盘对弈中从未失败过。世人过于相信,他在成为名人之前的战斗气势,也将使他成为名人之后,尤其是晚年的战斗记录保持不败。他自己也满怀自信面对比赛,这倒是他的悲剧。将棋关根名人败北后心情轻松,与他相比,秀哉名人就很难承受。常言道,围棋先手者有七成必胜。名人执白败于七段亦很正常,只是外行人不知道。

在大报社的推动下,名人不单是为了那笔参赛奖金,他为了个人技艺,颇为重视自己出马的意义。他的内心一定有一种火一般旺盛的斗志,倘若心中老是惦记着失败,名人恐怕就不会出战。更何况常胜之冠一旦落地,名人的生命也会随之消泯。名人顺乎自己异常的天命而生存,如此顺天命而存在,怎么同时可以说是逆天命呢?

正因为这种"绝对一人""不败的名人"相隔五年才出场一次,那也只好承认比赛条件已经脱离时代。后来想想,此种小题大做的比赛条件,犹如梦幻,又像死神。

这种条件的约定,在红叶馆第二天就被名人打破了,一到箱根也被打破了。

原定第三天的六月三十日离开红叶馆前往箱根,由于暴雨成灾,延长到七月三日、八日,关东一片汪洋,神户地方皆被水淹。八日,东海道尚未完全恢复。住在镰仓的我,本打算从大船车站坐火车,换乘载有名人一行的列车前往米原,这趟列车原定三时一刻从东京发车,结果晚点九分钟。

这趟列车在大竹七段住居的平冢不停,决定到小田原车站会合。不久,七段头戴巴拿马帽,帽檐低垂着,一身藏蓝色夏服出现了。他提着一个大箱子去红叶馆,准备在那里幽居不出。

"我家附近的脑科医院,至今仍用小船作交通工具,一开始还用过竹筏子呢。"七段说。

乘坐空中缆车去堂岛,望身下边的早川,浊流翻滚。对星岛似乎矗立于这条河的河中洲上。进入房间一坐下来,七段恭恭敬敬对名人施礼:

"先生,累了吧,请多关照。"

当天晚上,名人喝了酒,有了几分醉意。他心情很好,乘兴说了段故事。大竹七段也讲了一桩少年往事和家庭情况。名人主动提出要与我下将棋,见我退缩,他就说:

"好吧,大竹君。"

这盘将棋下了将近三小时,七段胜了。

第二天早晨,名人在浴场旁边的走廊上,叫人给他刮胡子。或许为了明日出战,他要打扮一番。现有的椅子没有靠背,夫人抵着身后,支撑着他的脖颈。

当天傍晚,列席比赛的小野田六段和八幡干事也来到对星馆,名人发起的将棋和连珠棋正下的热火朝天。名人连珠棋(一名朝鲜五目)继续输给了小野田六段。

"小野田君很强啊。"名人啧啧称赞。

日日新闻负责报道围棋赛的记者五井和我下围棋,小野田六段为我们记棋谱。六段棋手为之作书记员,其豪奢就连名人对弈时也不曾有过。我执黑,五目胜了,这盘棋还登载在日本棋院机关杂志《棋道》上了。

到达箱根,很累,中间休息一天。七月十日眼看就要到继续再战的日子了。比赛当天早晨,大竹七段神色表情有些异样,他紧闭嘴唇,双肩比平时生气地晃动着,气呼呼地在廊子里走来走去。眼睑鼓胀在单眼皮内,双目怒不可遏。

然而,名人也有苦恼,两个晚上都因为溪水声音太大,睡不着觉。他想尽量将棋盘挪到远离溪水的地方,在此地只拍了一张照片。名人虽然勉强地坐下了,但将这座旅馆当作比赛场,使他感到很不满意。

睡眠不足,不可作为延迟继续比赛日期的理由。哪怕正逢双亲去世,或者病倒在棋盘上,都必须严守比赛日程。这是棋士的因习。如今,这样的例子也不少。临到比赛早晨还要诉苦,即便是名人,似乎也太矫情了。棋赛乃盛事,对于七段来说,这局棋赛更加重要。

不论在红叶馆还是在这里,每次比赛临场总是违反规矩,又没有一位富有权威的主办者负起裁判的责任,敢于命令名人,加以裁决。

七段也担心今后会走入斜路。然而,大竹七段索性一切听从名人,也不表现在脸上。

"这家旅馆是我自己选定的,先生睡不好觉,我很过意不去啊。"七段说。

"明天请求搬到一家安静的旅馆,让先生好好休息一个晚上。"

七段从前来过这家堂岛旅馆,他觉得这里对棋赛是个理想的地方,因而选定了这里。但是不巧又遇到下雨涨水,水势猛烈,似乎连石头都能冲走。住在这座位于激流中的旅馆里,实在难以成眠。七段感到有责任,向名人致歉的吧?

十四

那天一早,宿舍搬到奈良屋。第二天十一日,相隔十二三天,在奈良屋一号别馆继续比赛。从这天开始,名人沉入棋赛,再也不为所欲为了,老老实实,仿佛变了个人。

列席隐退赛的是小野田六段和岩本六段两人。十一日午后一时,岩本自东京来到这里,坐在走廊的椅子上观看山景。日历上是出梅的一天,久雨初晴,阳光普照,树木的叶荫散落在湿漉漉的地面上,泉水里的锦鲤明丽耀眼。比赛开始时,天气又稍稍阴了下来,壁龛插花的枝条在微风里轻轻摇动。除了院子里的瀑布和早川的流水声,唯有远处传来的石匠的斧凿声。院子里飘来鬼百合的香气。不知名字的小鸟,从檐端大声飞起,同棋赛室内的静寂形成强烈对比。这天,从白十二的封手开始,下到黑二十七封手,下了十六手棋。

中间休息了四天。七月十六日,是在箱根的第二次接着下棋。

在这之前,身穿藏蓝色碎百花和服的少女书记员,换了一件夏天的白色绢麻衣服。

说是别馆,其实是同一院子中的厢房,距离本馆约有百米。名人从这条路回去吃午饭,他的背影偶尔停留在我眼里。除了一号别馆的大门,有段稍高的斜坡,名人微微弯着腰,独自攀登。他倒背双手,两拳轻握,虽然看不分明,但青筋非常细密而杂乱,再拿着一把闭合的纸扇子。腰杆微微前倾,但上半身很直。腰间以下至腿足,反而显得无所支撑。道路一旁的山白竹下边,传来沟渠的流水声。路面广阔——眼前只是这些。可是,我望着名人的背影,眼睑猝然发热,似乎深有感触。刚刚离开赛场,步履轻松的背影,呈现着这个世界看不到的平静神态,令人想起明治时代人的风采。

"燕子,燕子!"名人的嗓子里发出干涩的叫声。他抬头仰望天空,停住了脚步。"明治大帝御驻辇御座所之础",名人已经到达这块岩石前边。石础上方是枝叶广大的百日红,尚未开花。奈良屋是往昔诸侯的驿站旅馆。

小野田六段紧跟其后,他离名人只有一步,用心照顾着名人。名人的夫人来到房间前有泉水的石桥边迎接。上午和下午,夫人一直将名人送到棋赛室,眼看着名人坐定了,她就迅速离开。逢到午休和暂停,她必然前来迎接。

此时名人的背影,似乎有些不太平衡。就是说,他还没有从围棋的三昧之境中苏醒过来,所以他直挺挺的上半身依旧保持对弈的姿态,脚跟没有踏稳在地上。看上去,犹如一副神态高大的偶像漂浮于虚空之中。名人心神恍惚,上半身始终面对棋盘,丝毫不变。他的姿影仿佛放散着馨香。

"燕子,燕子!"声音干涩,不易发出。一开始,名人或许就觉察自己的身体很难恢复常态,对于老年名人来说,这是常有的事。我之所以感到名人亲切可敬,正因为他那时的形象深深印在我的心中的缘故。

十五

"名人的身体似乎有些不适。"夫人首次露出忧郁的神色,是在箱根第三次续赛的七月二十一日。

"他说这里很疼痛。……"夫人一边说一边抚摸自己的胸脯。自那年春天开始,据说这种事情经常发生。

此外,名人的食欲也减退了。昨天没有吃早饭,午饭也只吃了一片薄面包,喝了不到二两牛奶。

名人紧绷的下巴颏下边,面颊瘦削的肌肉耷拉下来,这天我发现这些坠落下来的肌肉微微晃动。我想,他因暑热太疲劳了吧。

这年梅雨已过,依旧不住下雨,到处湿漉漉的,夏令来得很慢。七月二十日大暑之前很快热起来了。二十一日,薄薄的雾霭阴沉地包裹着明星岳,檐头的鬼百合招来了黑凤蝶,天气燠热。这株百合一根茎上竟然开着十五六朵花。乌鸦群聚在庭院里鸣叫,也叫人觉得闷热。少女书记员也扇起扇子来了。这盘棋赛,首次遇上天热。

"天气真热啊!"大竹七段拿起布手巾擦擦额头,他用手巾裹住头发,拶去汗水。

"围棋也变热啦。我是爬山过来的,箱根山……箱根山是天下险阻。"

七段黑五十九这一手,中间夹一午休,耗费三小时三十五分钟。

名人的右手轻轻支着身后,一个劲儿挥动着搭在腹胁上的左手,扇着扇子,时时看看院子。他心情放松,似乎颇为清凉。眼前年轻的七段浑身都在用力,就连我也是全神贯注,但名人力量的重心放在远方,沉静而安稳。

然而,名人的脸上也渗出油汗,他突然双手抱头,然后又按住两颊。

"东京很厉害吧。"他说完,好半天张着嘴,不知想到何时的热天或远方的热天,只是一味地觉得酷热难当罢了。

"哈,去湖水边的第二天起,立即就……"列席的小野田六段回答。小野田六段从东京刚刚抵达这里,他所说的湖水是指前次比赛的第二天十七日,名人、大竹七段、小野田六段等,一起到芦湖钓鱼的事。

大竹七段,一旦长考后下出黑五十九,其后三手紧随落子声而至。因此,上边一带告一段落。黑的下一手有各种手段,比较难选择。但是七段转战到下面,黑六十三手仅一分钟就落子了。这是一个看上去理所当然的一步棋,在下面的白模样中下一步试探棋,然后再转回上面。据说这是大竹七段独特的凌厉的进攻,其后的目的便心中有数了。就连落子也充满急不可待的金石之声。

"稍微转凉快些了。"七段很快出去了。他在廊下脱去裙裤放在那里,出来后将裙裤前后弄反了。

"裙裤穿成裤裙啦。"七段说罢重新穿好,灵巧地系上带子,这回到厕所小解,回到座席之后说:

"着棋时最早知道天热呢。"他拿布巾用力揩拭了一下模糊的眼镜。

名人吃了冰糯米团子。午后三时。名人似乎对黑六十三有些意外,考虑了二十分钟。

对阵中,七段不住地出外小解。在芝红叶馆杯赛一开始,他就预先对名人打过招呼。上次七月十六日比赛时也很频繁,名人感到惊奇。

"是哪里生病了?"

"肾脏不好啊,神经衰弱……只要一思考,就要出去。"

"不要喝茶了。"

"是可以不喝茶,但一考虑问题就想喝。"七段正说着,"对不起。"站起身出去了。

七段的这个毛病,成为围棋杂志的趣味栏和漫画栏的好素材。曾经这样写过:一盘棋来往走步,或许沿东海道可以到达三岛驿站旅馆了。

十六

中途暂停,离开棋盘前,参赛棋士要计算当天的子数,检查消耗时间。对于这种时候,名人也很难承受。

七月十六日四时三分,名人听说大竹七段对黑四十三就封手后,今天上午下午合起来,共走了十六手。

"十六手……走了这么多?"名人颇为诧异。

少女书记员从白二十八记录到黑四十三封盘,反复告诉名人是十六手。对方七段也跟他说明是十六手。开赛时,棋盘上的棋子只有四十二颗,一目了然。尽管两人都给名人说明,他似乎还不承认,把当天走过的棋子,用手指按住,一颗一颗,慢慢亲自点数,似乎依旧不肯答应。

"摆摆看就明白了。"他说。

于是,他同对手二人将当天下的棋子临时拾起来挪开。

"一手。"

"二手。"

"三手。"

就这样,重新数到十六手。

"十六手……?走了好多呢。"名人稀里糊涂嘀咕了一句。

"先生走得很快呀。"七段说。

"我不快。"

名人依然茫然地坐在棋盘前边,一直没有站起来的意思,别人也不好先行离座。过了一会儿,小野田六段说:

"到那边去吧,那里倒可以换换心情。"

"下下将棋吗?"名人似乎如梦初醒地说。

名人既非有意装傻,也不是特地发呆。

这天只着了十五六子,用不着查对。整个局面,都在棋士的头脑里,吃饭睡觉都缠绕不放。之所以要亲自重新摆一摆才能安心,或许出于名人一丝不苟、力求完美的性格。还有,或者与名人迂远的偏见有关系。似乎从这位老名人的有趣表现中,感知到了他并非幸福的孤独的癖好。

中间隔四天,第五天继续战斗。七月二十一日,自白四十四至黑六十五封手,前进二十二手。

到了暂停时,名人问道:

"我今天用了多少时间?"

"一小时二十九分。"

"这么多呀。"名人愣了一下,似乎很意外。名人这天十一手全部加起来所使用的时间,比起七段黑五十九一手所花费的时间,一小时三十五分还少六分钟。然而名人似乎以为自己走得太快了。

"没花那么多时间,走的也并不快……"七段应道。

名人转向少女书记员:

"镇这一手呢?"

"十六分。"少女回答。

"顶这一手呢?"

"二十分。"

七段从旁插嘴:

"是粘这一手,花的时间很长啊。"

"白五十八啊。"少女边看时间记录边回答。

"用了三十五分钟。"

名人还不放心,从少女手里接过时间表,亲眼看了看。

喜好沐浴的我,夏季不用说了,棋赛一休息,不论何时,立即就去洗澡。这天,大竹七段兴致冲冲,几乎与我同时进入浴场。

"今天进展很大啊。"我说。

"先生下得很快,有很多步好棋哩,简直如虎添翼啊。好像这盘棋就要下完啦。"七段突然笑了。

体力还没有用尽,比赛前后,棋士们不便在棋赛室以外的地方见面,那样不好。这时候七段满怀斗志,似乎决定要干一件事情,他头脑里或许正在考虑一场猛烈的攻击吧。

"名人走步很快呀。"列席的小野田六段也很惊讶。

"凭着那样快,在我们棋院升段赛上要花十一小时,这个时间足够用了。这是个颇难的地方。白方的那个镇,并非很快就能得手。……"

看看两人所花时间,到第四回续战的七月十六日,总计花费白四小时三十八分,黑六小时五十二分。第五回续战是在七月二十一日,白五小时五十七分,黑十小时二十八分。这一天差别很大。

其后,第六回七月三十一日,白八小时三十二分,黑十二小时四十三分。第七回的八月五日,白十小时三十一分,黑十五小时四十五分。

不过,第十回的八月十四日,白十四小时五十八分,黑十七小时四十七分。差距逐渐缩小。这天,名人白百手封手后,进入圣路加病院。还有,在八月五日的对阵上,名人强忍病痛,为白九十这一手,作长考两小时七分钟。

接着在十二月四日终战时,全局所花时间,秀哉名人十九小时五十七分,大竹七段三十四小时十九分,颇为可怖地相差十四五个小时。

十七

说起十九小时五十七分,几乎等于比一般对弈多一倍的时间。即便如此,名人按规定还有二十多小时。纵然同大竹七段对阵三十四小时十九分,按四十小时计算,还剩六小时左右。

这盘棋局,名人白一百三十是不自觉的失手,这一手成为致命伤。倘若名人这一手没有失误,继续战斗下去,形势就将变得不明或微妙。七段说不定还需费尽心思,竭尽全力坚持到四十小时。自白一百三十之后,黑方已经胜利在望。

名人也好,七段也好,两人都是具有耐力的长考型棋手。七段费时大致接近规定时间,感觉剩余一分钟要落子百枚,令人生畏。但名人不是在时间制束缚下修炼而成,他不可能如此放达不羁,或许更想在规定时间内投入一生最后的拼搏,毫无遗憾地完成这场棋赛吧。所以这才规定四十小时。

很早以前,名人的胜负决战所用时间就特别长久。大正十五年对雁金七段战,花费十六小时。雁金七段因时间已到而败北。但是,黑方纵然有时间,名人也是胜过五六步,确保无虞。人们说,假若没有时间限制,雁金将会从容投入,他和吴清源五段对弈时,用了二十四小时。

这回隐退赛规定四十小时,即便同名人破例的时限相比,也要延长两倍。比一般棋手延长了四倍,等于没有了时间限制。

这般超出常规的四十小时,假如是名人一方作为条件提出来的,那么名人自身就会背上重负。就是说,名人一边强忍病苦,一边等待对方长考,他只能承受如此双重的折磨。大竹七段三十四个多小时的消费时间,证明了这一点。

每隔五天就要续赛,也是出于照顾名人衰老病体的考虑,想不到却招来相反的结果。假若双方全部用完自己所有的时间,合起来是八十小时,以每次五小时算,连续战斗十六回,每隔五日一次,即便顺利进行,大约也需要三个月。一次棋赛集中精神,持续鏖战三个月,即使从一决雌雄的意志上说,也是太勉强了,似乎一心要耗干棋手们的心血。对阵期间,不论是醒着还是睡着,战局总是萦绕心头,其间停歇四天,谈不上休养生息,反而更累。

名人生病之后,中间四天休息更是一种负担。名人自己不必说了,就是棋赛主办者们,也巴不得早一天结束比赛,以此解除他们的顾虑。他们一直担心名人会随时倒下。

名人在箱根,身体很不好,顾不得胜败,一心只想早点结束赛事,他甚至对夫人也流露过这个想法。

"他以前从未对我说过这样的话啊……"夫人凄清地说。

他还对主办人说:

"只要棋赛存在,我的病就不会好起来。我时常会突然这么想,干脆将这些棋子扔在这里不管,落得个轻松。但我又不能对棋艺如此不忠……"

有一次,他低着头说:

"当然,我还没有认真考虑过,只是痛苦时在脑子里一闪而过……"

尽管是私下谈心,也按捺不住真实想法。名人不管在何种情况下,都不发牢骚,都不甘示弱,五十年围棋生涯中,或许有不少次是比对方更具耐性而获胜。还有,名人不会有意夸大自己的悲壮与苦痛,他不是一个虚张声势的人。

十八

伊东续赛不久,有一天我问名人,打完这盘棋,是再次住院还是像往年一样到热海避寒？名人立即敞开胸怀回答：

"唉……问题是，直到今天我还没有倒下，好歹也就坚持过来啦。我自己也感到奇怪。我也没有什么深入的思考，也没有什么称得上信仰的东西。即便把下棋当作一种责任，直到现在我也没有完全做好。嗨，纵然是一种精神力量，也还是……"名人微微倾着脑袋，慢悠悠地说。

"或许，我不动脑子。呆滞，对吧……甚至认为，正由于发呆，反而好了。发呆的意义在大阪和在东京各有不同。在东京说发呆，带有一半傻气；在大阪说发呆，是指画画则此处有点模糊，下棋则指此地有点不明，总是带有这方面的意味。"

名人意味深长地说着，我也意味深长地听着。

名人难得地如此袒露胸怀。名人是一位不动声色、不苟言笑的人。作为观战记者的我，长时期专心守在他的身边，对于名人自然流露的音容笑貌，立即就能切实感知。

自打明治四十一年秀哉袭名本因坊以来，遇事总是支持名人并协助名人著书立说的广月绝轩，在书中写道：他在随侍名人三十余年期间，名人对他从未表示过感谢和问候。据说因此名人被误解为冷酷的人。还有，社会上疯传绝轩为名人奔波是拿了工钱的。对此，名人也超然物外，不予理睬。绝轩还写道，至于说名人在金钱上不干净，纯系误传，他可以提出反证。

隐退比赛中，名人也一次不曾问候过别人，所有的礼节都由夫人代他做了。他并不以"名人"自居。他就是这样的人。

若是有围棋方面的人找他谈棋艺，名人先是答应一声，随即就直愣愣地默不作声了，因此，很难弄明白他是什么看法，人家又不便对一个具有"名人"绝对地位的人滔滔不绝问个没完,在我看来,很使人为难。在客人面前,夫人多半都在极力为名人周旋、应酬,名人一旦发呆,夫人就赶紧为之救场。

名人一方面头脑迟钝,理解力缓慢,他自己所说的"发呆",也时常出现于娱乐和余兴之类的比赛中。下将棋或连珠棋自不必说,名人在打台球或搓麻将时也经常长考,令对手很无奈。

在箱根旅馆,名人、大竹七段,还有我,曾经玩过几次台球。名人轻取七十分。大竹七段犹如围棋比赛,详细诉说了所得成绩:"我得四十二,吴清源君得十四……"名人每击一球,不仅从容仔细考虑一番,摆好架势之后,然后猛然一击。名人击球次数众多,每次都是认真地长时间思考。即使玩台球,他也是根据球与人体的速度,也要摆出一种姿态来。名人没有运动流派。看到名人迅疾的动作,实在叫人着急。然而,再接着看下去,我逐渐感到名人有着一副悲哀的情怀。

搓麻将时,名人将怀纸折成长条,把骨牌排列在上头。怀纸和骨牌都摆放得很整齐,很仔细。我询问名人是否有洁癖,他回答说:

"啊,那样在白纸上排列,骨牌明亮易见。你可以试试看。"

一般人看来,搓麻将快速干脆,容易决出胜负,但名人总是长时间思考,缓慢出牌。对手只要坚持忍耐,超越他的悠游与繁琐,就能出奇制胜。但是,名人对于对手心情一概麻木不觉,只是一门心思沉沦于个人冥想,即使对方再三催促,他也置若罔闻。

十九

名人曾经就业余围棋表述过意见,对那些一知半解同时又爱说三道四的人表示义愤:

"下围棋和将棋,是不可能了解对手的性格的。因此,通过对弈观察对方性格,从围棋精神考虑,可以说是一条邪路。"

"我等较之考虑对手心理,更加专注于围棋三昧之境。"

名人去世那年一月二日,也就是去世前半个月,他出席日本棋院围棋比赛开幕仪式,并参加围棋联合赛。比赛方法是,那天来棋院的棋士,当场找到对手,平均打五手就可以回去,临走前留下名片表示祝贺。鉴于按顺序排队时间过长,可以另外再开战局。这第二局选到二十手时,濑尾初段闲散无聊,名人便选之为对手。从二十一手至三十手,各自下五手。这盘棋再无后续棋士。名人下完就中途休息。但最后三十这一手,名人竟然考虑了四十分钟。其实只不过是为开幕式助兴,并无后续之人,名人完全可以轻松待之。

隐退比赛进行一半,名人就住进圣加路病院,我去探视过他。这家病院病房设施粗大,合乎美国人躯体。高高病床上,坐着小身个儿的名人,似乎显得很危险。脸部浮肿大都消失,双颊稍微长了些肉,仿佛卸了重负,变得轻松愉快了。待人也很亲切,同比赛中的名人判若两人。

连续报道隐退赛的各报社记者云集此处,据闻,就连每星期的颁奖也非常受欢迎。每当周六,都征集读者解答下一手会是如何。我也为报社人帮腔:

"本周的问题是黑九十一手。"

"九十一……?"

名人突然转脸看着棋盘。坏了,我意识到万不可谈论棋局。

"白一间跳飞,黑九十一反跳。"

"啊……那里只有两种情况:反跳或长。猜对的人很多吧?"

正说着,名人的脊背自然挺直,摆正双膝,扬起头颅,一副对弈的身姿。气度非凡,凛乎难犯。面对虚空的棋局,名人一时表现出茫然自失的样子。

即便现在的棋赛或新年下联棋,他总是热心于棋艺,每一手都不马虎,要说这是作为名人的责任,或许更出于自己的本分。

年轻人一旦被抓住当作名人的对手,心理就难以平静。不妨说说我见过的一两个例子,同大竹七段在箱根的"香落"(让车)一盘,从早晨十时直到傍晚六时。还有,这盘隐退赛之后,大竹七段和吴清源六段举行三轮赛,名人受聘做解说,依旧由东京日日新闻做报道。当我撰写第二局观战记时,藤泽康之助五段前来看棋赛,名人曾经抓住他下将棋,从午前下到夜间直至凌晨三时。第二天早晨天一亮,他和藤泽康之助一见面,又立即拿出将棋盘来。

在箱根,七月十一日,隐退赛继续进行之后,住在奈良屋旅馆负责名人安全的东京日日新闻的围棋记者砂田,于下一轮比赛之前同我们一起聚会时说:

"我对名人简直没办法,自那以后的四天,早晨一起床,名人就来吆喝要玩台球,一玩就是一整天,夜里也玩到很晚。天天如此,不仅是天才,更是超人。"

听说名人也不对夫人流露一句比赛累了或倦了。此外,我还经

常听夫人说过关于名人钻研棋艺的例子,那是住在奈良屋旅馆的时候:

"这还是住在麻布笄町时候的事呢……家里的房子不很大,十铺席的地方既是棋赛室,又是演习场。不好的时候是,隔壁八铺席房间成了茶室,前来喝茶的客人大声谈笑,吵吵闹闹。

"有一回,丈夫正在比赛,我妹妹将刚刚生下不久的婴儿抱来给我瞧。孩子懂得什么,不停地哭闹,我很焦急,想叫妹妹快点回去,但好久未见面了,她特来看我,我立即撵她走,不好意思啊。妹妹回去以后,我向丈夫道歉,说想必很吵闹吧?可是丈夫对于妹妹来访,婴儿啼哭,似乎毫无觉察。"

接着,夫人又补充说:

"已经去世的小岸说过,他每天晚上很想及早成为先生一样的人。每天晚上睡前,都要在床上施行静坐法。当时有冈田式静坐法。"

夫人所说的小岸指的是小岸壮二六段。他是名人唯一最为信赖的心爱弟子,名人曾经考虑让他来继承本因坊的家业。没想到小岸竟于大正十三年一月夭折,虚岁二十七岁。晚年的名人,似乎动辄就想起小岸六段。

野泽竹朝还是四段的时候,曾在名人家中对弈,那时也发生过同样的事情。弟子房内少年们的嬉闹声时刻震动着棋赛室,野泽走过去对他们说,这样下去会遭师父骂的。然而,名人对弟子们的嬉闹毫无察觉。

二十

"中午休息的时候,他一边吃饭,一边专心凝望着空中,一句话不说……或许正被一步难棋给难住了吧?"名人的夫人说的是七月二十六日在箱根举行的第四轮比赛。

"我对他说,吃饭的自己不知道,这么一来,肠胃就不动了,影响消化,对身体不利。他听罢,一脸苦涩,依旧望着虚空发呆呢。"

黑六十九严酷的进攻,名人似乎也没有想到。为了应付这一手,他冥思苦索,花费了一小时四十分钟。对于名人来说,这是这盘棋开始以来的一次长考。

然而,对于大竹七段来说,或许五天前就瞄准了这手棋。今早继续对弈时,七段又耐着性子用二十分钟重新思考一遍。其间,他浑身充满力量,自己一个人左右晃荡着,膝盖突向棋盘,继黑六十七之后,又强行下了黑六十九。

"是雨,还是暴风雨?"七段说罢,大笑起来。

正巧,此时一场暴风雨袭来,院子里的草坪突然被水淹没。风雨叩击着慌乱中关闭的玻璃窗。七段既是得意的流露,也是会心的呐喊。

名人望着黑六十九,立即显出惊讶的神色,神情恍惚,忽而又变得和颜悦色。名人很少有如此的表情变化。

后来在伊东的续战,黑方下了意外的一手,看来是为了封手而下了疑似封手的一步棋。名人见此,顿时火起,他认为围棋竟然被糟蹋到如此境地,真想一把撒掉。他好容易忍到休息,随即对我们吐露了满腔愤恨。然而,即便那时候,面对棋盘的名人,也不大显露于脸上,没有人会注意到他心情的动荡。

这么说来,黑六十九犹如匕首闪光。名人立即陷入了沉思,午休时间到了。名人离开赛场之后,大竹七段仍然站在棋盘一边。他说:

"下到这会儿,算是到了最高峰了。"说罢,恋恋不舍地俯视着棋盘。

"是很猛!"我说。

"我总是独自陷入思索。"他爽朗地笑了。

午休后,名人刚刚坐下,就下了白七十。午饭时间的休息,不算入规定时间内,大家看到名人依旧继续考虑。其实,为了不让人觉察,可以装作稍微考虑一下午后开始的走法,但名人不懂得这一技巧。因而,他在午饭期间,同样凝视着虚空。

二十一

黑六十九的攻击被称为"绝招",名人后来讲评时也说,这是大竹七段一次独自强大的狙击,要是应对不当的话,白方将出现不可收拾的局面。故而,名人回应白七十这一手,费时一小时四十六分。接着,十天后的八月五日,白九十花了两小时七分。这是名人本次棋赛的长考,而白七十是仅次于此次的长考。

如果说黑六十九是进攻的绝招,那么白七十就是腾挪的妙手。列席观战的小野田六段十分敬服。名人在此忍了一手,解除了一时之急。

名人退一手避开了被吃,想必是很难下的一步手筋吧。黑方以锐不可当之势冲杀过来,白方仅此一手缓解了攻势。黑方仅仅吃到几个费力的棋子,而白方变得很轻了。

"是雨,还是暴风雨?"大竹七段所说的骤雨,一时使得天昏地暗,点起了电灯。灯光照亮了镜面般棋盘上白色的棋子,同名人的身姿化为一体。庭院里风雨猛烈,反而令人想起棋赛室内的平静。

一场骤雨很快过去了,雾霭在山坡流动。河流下游小田原方向天空放晴。面对山谷的山峦,阳光普照,蝉鸣嘒嘒。打开走廊上的玻璃窗。七段走到黑七十三时,四条小黑狗,也在草坪上相互嬉戏。接着,空中又布上一层黑色的薄云。

一大早下过一场骤雨,午前对局时,久米正雄坐在廊下的椅子上。

"坐在这里真舒服啊,神清气爽。"他自言自语地说。

久米新任东京日日新闻学艺部部长不久,昨晚来住了一宿,今日观战。小说家担任报社学艺部长,最近未有此例。围棋本是学艺部所属专业。

久米对围棋一窍不通,他坐在廊下,一边观赏山景,一边凝视参赛棋手。但是,比赛中棋手心灵的波动却能传达给久米。当名人面带悲痛陷入深思之际,久米和蔼可亲的容颜里同样蕴含着悲痛的表情。

我说久米对围棋一窍不通,其实我与久米相比是五十步笑百步。尽管如此,我在近处连续观战,其间忽地感到棋盘上不动的石子猝然活了起来,可以相互传递话语了。棋手击打棋子的声响,听起来似乎震撼了广大世界。

棋赛室位于二号别馆,一间十铺席,两间分别为九铺席,一共三间,各不相连。十铺席房间内的壁龛里,插着一束合欢。

"这是吊钟花。"大竹七段说。

这天推进十五手,白八十而封手。

临近下午封手时间,书记员少女前来通知,名人似乎没有听到。少女微微探出身子,稍稍犹豫了一下。七段替代她说道:

"先生,请您封手了。"他像摇醒小孩子,名人好容易听明白了,嘀嘀咕咕,不知说些什么。但嗓子嘶哑,发不出声音,听不清说的什么,多半是定下封手的时间了。这时候,日本棋院的八幡干事,将预先备好的信封捧来,名人仿佛与己无关,好半天都处于茫然状态。接着,他又带着一时回不到现实的表情说道:

"还没决定哪一手哩。"

然后又考虑了十六分,就是这个白八十长考了四十四分钟。

二十二

七月三十一日的续赛场地,改在新上段之间。八铺席、八铺席、六铺席,三座房间连在一起。房内分别悬挂着赖山阳、山冈铁舟、依田学海的字画。三座房间位于名人房间楼上。名人房间廊缘上一簇簇紫阳花绽然开放。今日,黑凤蝶飞来落在这些花朵上,鲜明的蝶影映照着泉水。庇檐边藤架的绿叶,印下一地浓荫。

名人在考虑白八十二的时候,一阵水声传到棋赛室,向下一看,名人的夫人站在泉边石桥上投喂鱼食。一群鲤鱼聚在一起,水声哗然。

这天早晨,夫人跟我说:

"家里有客人从京都来访,我得回去了。这个时候,东京也凉爽了,眼看就好过啦。"

"不过,等天一凉,我就担心他别感冒了……"

夫人站在石桥上时,天空细雨飘零,不一会儿,就大滴大滴地降落下来。大竹七段不知道下雨,经人提醒,看看庭院说道:

"老天爷也患腰子病啦。"

一个全然多雨的夏天。来到箱根之后,续赛时不曾遇上一个响晴的天气。而且,时晴时雨,下下停停。七段思考黑八十三这一手期间,阳光照在紫阳花上,山间绿色,明朗如洗……这些景象刚一出现,就又立即阴暗下来了。

黑八十三,超过白七十的一小时四十六分钟,是一小时四十八分的长考。七段支撑双手,一侧膝盖连同坐垫往后挪动一下,凝视棋盘右侧。不久,他把两手揣在怀里,挺起肚子。这意味着七段就要进行长考了。

棋局进入中盘,这时的每一手都十分艰难。黑白之间的形势大体上开始明确,虽然还不能进行准确的计算,但已经接近进行准确的计算了。此刻是进入残局,还是打入敌阵,或者在某地挑起战斗?目前是可以一观全局形势,判断胜败,并由此制订作战计划的时候了。

在日本学习围棋后返回德国,被称作"德国本因坊"的菲利克斯·蒂尤巴尔博士,为此次名人隐退赛发来贺电。今天早报刊登了两位棋手阅读贺电的照片。

另外,白八十八是今天的封手,所以八幡干事迅速说道:

"先生,这是米寿①的贺礼啊。"

---

① 米寿:八十八岁。三字叠合,状如"米"字,故名。

名人已经极为清瘦的面颊和脖颈,看起来又瘦了一些;但比起炎热的七月十六日,精神好多了。抑或可以形容他瘦骨嶙峋,而意气风发!

五天后续赛,出人意料,谁也不曾想到,眼前的名人却带病上阵。

然而,黑方走出八十三时,名人似乎等不及了,他猛地站起身来,似乎疲惫难熬。已经是十二点二十七分了,本是当然的午休时间。名人不顾一切,猝然起立,这是从来没有过的。

二十三

"我真心祈求菩萨保佑,要是不出现这类事情该多好啊。他很可能失去了信心。"名人的夫人八月五日早晨对我说。

"不出事该有多好,我也一直担心来着。不过,担心过分,反而……如此一来,只好祈求菩萨保佑了。"我也附和着说。

作为观战记者,怀着极大好奇,深深被名人这位胜败定于一身的棋坛英雄所吸引。听到他长年厮守的发妻的话语,仿佛被猛然一击,无言以对。

名人为这盘棋,原有的心脏病愈益加重,胸口比以前更加沉闷。但他从不向别人诉苦。

八月二日前后,面部开始浮肿,胸也疼痛起来了。

接着,八月五日是规定的比赛日,那就决定对阵两小时,在这之前,还要接受医生一次检查。

"医生呢?……"名人问。当他听说医生到仙石原看急诊去了,就催促道:

"是吗？好,那就开始吧。"

名人一旦坐到棋盘前边,双手就静静包住茶杯,慢饮一口温热的茶水,接着就将两手相握,轻轻放在膝头上,正襟危坐。可是,面部表情却像小孩子,随时都会痛哭起来。这是因为他口唇紧闭,向前突出,面颊浮肿,眼睑发胀的缘故。

比赛大致定好了时间,上午十时十七分开始。今天也是一早浓雾笼罩,然后下雨,不一会儿,早川下游天空渐次明亮起来。

从白八十八封手开局,大竹七段于十时四十八分落下黑八十九。接着,名人的白九十这一手,正午过后接近一时半尚未决定下来。他强忍病苦,实际上作了两小时零七分的大长考。这期间,名人保持姿态不变,脸部的浮肿反而初见消失。终于决定午间休息。

平素都是午休一小时,今天是两小时。名人接受了医生的检查。

大竹七段也说他胃肠不好,同时服用三种药。脑贫血的药也在吃。对弈中,七段曾经昏倒过。

"发生脑贫血,大体上同时具备三个条件:棋艺不高、时间不足、体况不良。"

至于名人的病情,他说:

"我本来不想对阵,但先生坚持要续战。"

午休后,在回赛场之前,名人决定以白九十封手。

"先生,您辛苦了。"大竹七段对名人慰问道。

"对不起,是我任性了。"名人难得这样道歉。棋赛暂时停止了。

"我对面部浮肿倒不太在乎,而这里很不舒服,弄得我很痛苦。"名人一圈圈抚摸自己胸口,向久米学艺部长等人诉说病苦。

"每当气喘或心慌,还有胸口受到压抑,感到憋闷的时候……一直以为自己还年轻,谁知过了五十就算老年人了。"

"老当益壮就是好嘛。"久米说。

"先生,我也感觉老了,三十岁啦。"大竹七段说。

"你还早着呢。"名人回应道。

名人坐在休息室里,同久米部长闲聊了一会儿。他提及以往的事情,说少年时代去过神户,在接受检阅的军舰上看到了电灯。

"生了病,被禁止玩台球,真受不了,倒是可以稍微下下将棋。哈。"他笑了,站起身来。

名人虽说"稍微",但远不止"稍微",今天马上就要决出胜负了。于是,久米对名人说:

"搓搓麻将,可以不费什么脑筋。"

午饭时,名人只吃了稀粥和咸梅。

二十四

名人生病的消息也传到东京,所以久米学艺部长来看他了。弟子前田陈尔六段来了。担当观战角色的小野田六段、岩本六段两人,八月五日结伴到达。听说连珠棋名人高木,旅行途中经过这里。住在宫之下的将棋土居八段,也前来观看游艺。每有胜负,场面颇为热烈。

听从久米的劝慰,名人不下将棋而转麻将,久米、岩本六段和砂田记者,都做过对手。这三人犹如手摩肿痛,轻轻而过;名人却沉溺其中,独自陷入长考。

"您若思考得太投入,面部就会浮肿起来。"夫人不放心,对他耳语,名人似乎没听见。

我在一旁向高木乐山名人学习移动连珠棋或活动五目棋。高木名人通达一切游艺,还在进一步研究新的游艺项目。他的性格照亮了周围人们的心灵。今天他又告诉大家,他正在考虑制作一项名叫"闺阁小姐"的游艺。

晚饭后,名人以八幡干事以及五井记者为对手,下了两盘"二拔连珠"①,直到天亮。

前田六段,只是在中午同夫人稍微说了会儿话,便匆匆离开了旅馆。对于前田六段来说,名人是师傅,大竹七段是师兄,他或许害怕遭人误解和谣传,才有意避开对手们的吧?他也许想起以往,名人同吴清源五段对弈时,有人风传说,白百六十这一绝招是前田六段发现的。

第二天六日早晨,在日日新闻的关照之下,川岛博士从东京赶来为名人做检查,病名为"大动脉瓣膜闭锁不全"。

体检完毕,名人坐在病床上,不久,又下起将棋来了。以小野田六段为对手,采用"利于实战"的手法。接着,高木名人与小野田六段对弈,名人靠着扶手观看。

"来,打麻将吧。"他急不可待地催促道。但是,我不会玩麻将,所以人数不够。

"久米君呢?"名人问。

"久米先生送走医生,顺便回去了。"

"岩本君呢?"

"回去了。"

---

① 二拔连珠:别名朝鲜五目、朝鲜围棋。

"是吗,都回去了?"名人有气无力地说。他那寂寞的心情,也深深感染了我。

我也决定回轻井泽。

二十五

报社和日本棋院有关人士经过协商,根据东京的川岛博士与宫之下冈岛医生的诊断,决定让名人继续参加比赛。不过,由原先五日对局一回,每日对局五小时,改为三日或四日一回,每日两小时半,减轻名人的疲劳;此外,每回对阵前后,都要接受医生诊断,获得许可才能继续参赛。

来此地之后,减缩后期赛程,虽然为了使名人从病痛中解放出来,以便完成这场棋赛,但也是迫不得已。为着一盘棋局,两三个月住在温泉旅馆,想想实在太奢侈了。正如"隔离制"这个词儿所表达的,我们被禁锢于围棋之中了。倘若每四天休息一次,可以回家,离开围棋,就可散散心,使得疲劳得以恢复。但如此禁闭于赛场的旅馆内,无法获得心情的转换。要是两三天或一星期倒也问题不大,但却要禁闭两三个月。这对于六十五岁高龄的名人来说,那就太残酷了。今天的对弈,无疑是依照定规,即使是老人,时间也太长久,但人们决不会认为是有意使坏。这种过于苛刻的棋赛规则,通过名人的亲身经历,说不定将获得"英雄桂冠"的美誉呢。

名人持续对阵,不到一个月就病倒了。

然而,这样的棋赛规则是到这里之后变更的。对于对手大竹七段来说,这是重大的改变。假若不能像最初时的协议进行,名人或许有理由抛撒棋子扬长而去。可是，名人到底也没有这么说：

"我休息三天，疲劳得不到恢复；一日下两小时半，也提不起劲。"

虽然做了让步，但同一位老朽的病人厮杀鏖战，实在是进退两难。

"先生有病，我若强迫他对阵，那将很难堪……我不想打，先生非要打不行。然而，社会上或许不这么看，可能看法相反。还有，为坚持续战，会使得先生病情更加恶化，这就是我的责任了，那还了得？那将在围棋史上留下污点，一直传至后代，遭人唾骂，成为众矢之的。从情理方面考虑，让先生好好休息些日子，养养身体再继续比赛，不是更好吗？"

大竹七段这段话的意思是，尽管改变了规则，但同一个重病在身的老人进行围棋比赛，不论在谁眼里，都会觉得难以实行。倘若乘人之危而取胜，并不显得光彩；万一打败了，那就更加不堪收拾。目前，胜败尚不分明，论起名人的脾气，一旦面对棋盘而坐，也会极力忘掉自己的病体。若是强迫对手抱病参战，反而不利于大竹七段一方。名人将会成为一个悲壮的剧中人物。续战时倒毙于棋盘一边，据说本是棋士所望，被报纸刊载，以殉身棋艺之名人广为传扬。神经过敏的七段，没有被对手的疾病所束缚，也没有寄予同情，不得不战斗下去。

逼使这样的病人出场，违反人道主义。报社的棋赛记者也是这样说。然而，实行隐退围棋赛，并且希望名人主动提出续赛的正是报社。这场棋赛，经报社全程连载，受到广泛欢迎。我的观战记也取得了成功。就连不懂围棋的人也都看了。也有人对我耳语，据说名人担心突然中断,庞大的续战费用如何处理?像这样穿凿附会的猜测也太过分了。

好歹到了下一个比赛日八月十日前夕,大家动员大竹七段同意续赛。但左请右劝,像哄孩子一般。而他偏偏故意撒娇,一会儿行,一会儿又不行,真是难缠。报社记者和棋院负责人一个个拙口笨腮,不知如何收拾。安永一四段本是大竹七段知心朋友,又善于排忧解纷。他自动出面调停,开始说服七段。哪知道,这可是个十分棘手的难题。

半夜,大竹夫人怀抱婴儿从平冢赶来,夫人耐心劝解丈夫,汍澜不止。夫人虽然哭诉,但对丈夫体贴入微,条分缕析。不是那种贤女谏夫的姿态,而是动以真情,浓云密雨。我在一旁,深受感动。

夫人本是信州地狱谷温泉旅馆的女儿,大竹七段与吴清源禁闭在地狱谷,埋头钻研棋子新布局这段故事,在围棋界传为佳话。我早就听说夫人在姑娘时代就是美女。当年,一些青年诗人从志贺高原下山来到地狱谷,听他们说,印象中夫人的众姊妹尽是丽人。

而今,大家一起聚首箱根旅馆,这位颇不显眼的家庭妇女,令我一时对不上号。举止身段暂且不表,但从家事繁累、容颜憔悴、怀揣婴儿的姿态上看,依旧残留着山村牧歌的面影。温存贤淑,一眼看出。所抱婴儿,十分俊秀,乃为仅见,使我深深感动。生后初满八个月的小男孩,竟然如此威风凛凛,一表人才。可以看出,其体内蕴蓄着乃父大竹七段之雄心壮志。肌肤白嫩,洁净无比。

之后过了十二三年的今天,大竹夫人一见面就跟我说:

"承蒙先生夸奖的婴儿……"和我谈到了那个孩子,又转头对少年说:"当你还是个婴儿时,浦上先生曾经在报上写文章称赞过你呢。"她的话令我想起那件往事。

这位怀抱婴儿的夫人，泪眼汪汪一顿苦口婆心的诉说，终于使得大竹七段改变了心情。七段到底是个忠于家庭的人。

但是，他尽管答应续赛，一夜也未合眼。他极为苦恼，凌晨五六点钟，一个人在廊下徘徊不定；接着，一大早就换上印有家徽的礼服，闷闷不乐地横卧在玄关大厅的沙发上。

二十六

名人的病，直到十日早晨也没有变化，医生允许他对阵。不过，双颊依然浮肿，身体越发衰弱。早晨有人问他，今日赛场是在本馆还是在别馆，名人回答他已经不能行走了，今早还是这句话；而大竹七段却回答"可以"，因为以前，他嫌本馆房间的瀑布太喧闹。那就按照大竹七段的意见办吧。瀑布由自来水管道控制，关闭瀑布，决定续赛就在本馆进行。

听名人一番话语，我仿佛觉得，有一种类似愤怒的悲戚涌上心头。

名人一俟埋头于这局围棋，就仿佛失去自我，大多听任主办者安排，不再固执己见了。纵然因为疾病而迫使名人不得不考虑今后的路，比如一旦出现不测应该如何应对。对于作为关键人物的名人说来，似乎事不关己，茫然不知。

八月十日，昨晚的月光也很明亮。早晨阳光强烈，影像鲜明，白云澄净，这是棋赛入夏以来，头一次遇到的晴天丽日。合欢也扩展了，满树枝叶。大竹七段羽织裙的白纽扣，惹人注目。

"天气也稳定啦,真好。"名人的夫人说道,可她像是变了个人,消瘦多了。大竹夫人也睡眠不足,脸上没有血色。两位夫人都显得面容憔悴,目光里闪着不安,各自都在为自己的丈夫日夜操劳,徘徊辗转。每个人的自我主义都公开地表达出来了。

盛夏时节室外光线强烈,室内的名人经逆光反照,越发显得神色黯然,表情凄怆。赛场的人们都低着头,不在看着名人。爱说笑话的大竹七段,今天也闷声不响了。

非要这样继续打下去不行吗?那么,围棋到底是个什么东西呢?我心疼名人,想起直木三十五临死前,在他珍爱的私小说《我》之中写道:"我很羡慕下围棋。""说它没有价值,的确没有价值;说它很有价值,它又很有价值。"

直木逗弄猫头鹰,问它:"你不寂寞吗?"猫头鹰啄烂桌子上的报纸,原来这张报纸上,登载着本因坊名人同吴清源的争夺战。因为名人生病,这场棋赛半途而废。直木想象着围棋不可思议的魅力与胜败的纯粹,试图考虑自己的大众文学的价值。——

"对此,最近渐渐厌倦起来,今晚九点之前,必须写完三十页初稿,眼下已经过了午后四时。不过,我总觉得这些都是无所谓的事。最好让我用一天时间玩玩猫头鹰吧。我不是为了自己,谁又知道我是如何受到新闻记者的追逐与家庭重负而写作的呢?而且,他们是如何冷酷地对待我啊!"直木硬是写下去,劳累而死。我当初也是通过直木三十五的引荐,才结识本因坊名人与吴清源的。

直木临死时恰似幽灵,如今,眼前的名人也酷似幽灵。

然而,这一天,却前进了九手,大竹七段以黑九十九手迎来规定封手的十二时半。其后由七段独自考虑,名人离开了棋盘。这时候,才听到谈笑声。

"当学仆①那阵子,香烟抽光了,从那时起就改用烟管儿了……"名人慢悠悠地抽着烟卷,"曾经把家里的一点存货都抽完了,这才满足。"

凉风微微吹来。因为名人不在眼前,七段脱去罗纱外褂陷入沉思。

今天休息时分,名人回到自己房间,便立即同小野田六段下起将棋来。这实在有些出人意料。据说下完将棋,又搓麻将。

我感到很沉闷,无法继续待在举行棋赛的旅馆内,逃进塔之泽的福住楼里。在那里写完一章观战记,第二天返回轻井泽山间小屋。

二十七

名人活像棋赛中的那个幽灵,关进屋里埋头于胜负,无疑越来越损害健康;但他向来不肯放松情绪,而是始终保持内攻实力,不论是比赛中的休息,还是离开棋盘,只顾埋头钻研棋艺,琢磨如何取胜。名人也不出外散步。

以胜负为职业的人,一般地说,也都喜欢其他比赛的胜负;但名人态度不一样,他没有愉悦身心的比赛游戏,以便使情绪获得放松。他始终坚持,没完没了,夜以继日,无休无止。看不出是为了怡养精神,消除寂寞,只是感到被幽灵吞噬的恐怖。麻将和台球,也和围棋比赛时一样,进入忘我之境地,且不说使对方为之担心,但可以说名

---

① 学仆:在富贵人家边做工边读书的少年。

人自己永远真实而且纯粹。名人异乎常人之执着,正向远方消弭而去。

从棋局暂停到吃晚饭这短短的时间,名人也在考虑胜负。一旁观战的岩本六段一旦晚酌,名人就等不及了,过来呼喊。

在箱根第一天比赛,中间休息时,大竹七段一回到自己房间就吩咐侍女说:

"要是有棋盘就拿一只来。"于是传来了着放棋子的响声,他似乎在研究刚才的战局。而名人很快换了薄夏衣,出现在主办人员的房间里。下了一盘连珠棋,让了两颗棋子儿,不到五六回合,就轻而易举地把我打败了。

"让两颗子有点胡闹,挺没意思的,还是下将棋吧。在浦上君的房间里。"

名人急匆匆首先走了,接着同岩本六段下起将棋"飞车落"①,一直下到吃晚饭的时候。六段微带醉意,盘腿而坐,拍打着两条裸露的大腿,最后还是输给了名人。

晚饭后,从大竹房间里传出了棋子的响声。不一会儿出来了,大竹硬要砂田记者和我,各自玩了一盘"飞车落"。

"哦,我一旦下起将棋,不由地就想唱歌,实在抱歉。说真的,我很喜欢下将棋,为何不去下将棋而下围棋呢?这个问题反复考虑,直到现在也不明白。我下将棋比下围棋时间更早,到了四岁肯定就会了。学得那么早怎么水平不高呢?……"

大竹说到这里,就得意洋洋地唱起同调异词的歌曲来,儿歌、民

---

① 飞车落:走棋方法具有一定规则的日本将棋。

谣等,不断地捯弄着歌词。

"棋院里,就数大竹君的将棋水平最强。"名人说。

"哪里,先生水平最强。"七段回答,"日本棋院,没有一个人是初段。说起连珠,先生总是让对方先走子儿吧?我不懂棋谱,只是拼力气……先生毕竟是连珠三段啦。"

"虽说三段,敌不过行家初段,行家还是强的。"

"将棋名人木村的围棋水平怎么样?……"

"也就是初段吧。近来似乎又提高了。"

大竹七段继续和名人进行一场势均力敌的将棋赛,他唱着歌,"喀喀喀,喀喀喀"。

名人也被吸引了,嘴里叨咕着"喀喀喀,喀喀喀"。

名人很少如此兴奋,他的飞车突入敌阵,稍微占了优势。

那时候,将棋也很盛行,自打名人的病重之后,游戏的胜负之举,也飘荡着一股妖气。甚至八月十日对阵之后,名人依旧必须为胜负绞尽脑汁,类似堕入地狱。

下一个比赛日是八月十四日。名人的身体越来越衰弱,仍然在痛苦中煎熬。对于棋赛,医生禁止,主办人劝诫,报社也死心了。十四日,名人只打了一手,就决定停止这场围棋比赛。

棋手们一旦落座,双方首先将棋盘上的棋盒拿到自己膝前。这棋盒在名人手里显得很沉重。然后按顺序你追我赶,布置中间休息之前的战局。一开始,名人的棋子似乎要从指间掉落下来,但随着局势进展,落子渐次有力,声音也响亮了。今天第一手名人纹丝不动地考虑了三十三分钟,按约定将由"白百"收官,但此时名人却说:

"还想再战一会儿。"看到他有这份心情,主办者连忙进行协商,然而有约在先,遂决定下完这一手就封手。

"那么……"名人完成"白百"封手后,望着棋盘。

"谢谢,先生。谢谢长期以来的关照,请多保重……"大竹七段向名人施礼,名人也只是简短地应合一声,其余由夫人作答。

"正好是百手……? 第几回?"七段问书记员。

"第十回吧? 东京两回,箱根八回,一共打了十回百手。一天平均十手半呢。"

其后,我到名人房间暂时作别,名人好半天凝视着庭院上空。

估计名人从箱根旅馆直接住进了筑地圣路加医院,听说两三天都不能乘车。

二十八

七月末,我们全家也迁往轻井泽,为了这场棋赛,我往来于箱根与轻井泽之间,光是单程就要花费七个多小时。对阵前一天就得从山间小屋出发。因为休战要到傍晚,归途中可以在箱根或东京住上一宿,路上共三天。一般是第五天续战,隔上两天就必须返回。每天还得撰写《观战记》。夏天多雨,令人心烦,容易疲倦,住进赛场旅馆,虽说舒服一些,但是我在休场之后,草草吃罢晚饭,就得忙着往家里赶。

我和名人以及七段都住在同一旅馆里,写起他们深感困难。纵然都待在箱根一家,我从宫之下到塔之泽住宿,就无法续写他们。否则,直到下一个赛日,我都不能同他们见面。《观战记》乃报社主办的一种活动,为了鼓动读者情绪,必须稍加修饰。那就只好舞文弄墨起来。外行的人,本来对高水平的棋赛无法理解,一次棋赛往往要在报上连载六七十天。要把棋士风貌以及一举一动活生生地描写出来。与其说我在观察棋赛,毋宁说我在观察下围棋的人。还有棋赛的棋手是主人,主办者和观战记者都是仆从。因为自己不很懂得围棋,要想无比尊敬地进行描述,那就只有对棋手持有敬爱之心。我之所以不光对胜负感兴趣,而且还对这种技艺富有激情,正在于我自己心地空茫,只顾凝视名人的缘故。

名人为疾病所迫,不得不中断棋赛。当天,我也怀着黯淡的心情回轻井泽。在上野车站,刚刚把东西搁在行李架上,从对过五六排的座席上,迅速走来一位身材高高的外国人。

"那是围棋盘吧?"

"是的。看来您很熟悉啊。"

"我也有一只。这个真是十分聪明的制作啊。"

金属板棋盘带有磁性,能够吸引住棋子,方便时也可以在火车上玩起来。合上盖子,不知为何物,可以轻便地随身携带。

"来一局吧。围棋很有意思,是个好东西。"

外国人说着日语,随即将棋盘放在自己的膝盖上。他的膝盖又长又高,比起放在我的膝盖更便于落子儿。

"十三级。"他似乎是很不含糊的美国人。

开始让他六子。据他说,他是在日本棋院学的围棋,曾经同一位著名的日本人对弈。整体上倒也蛮像样的,不过还不够专心,虽然出手快,但技术不到家。他连输几局,也毫不介意,对此种游戏求胜心切,完全是自讨苦吃。他按照所学的那样,威风凛凛地摆开阵势,出手不凡,但缺乏战斗性,我只要稍加还击,攻其不备,他就败下阵来,溃不成军。仿佛轻易攫取一个彪形大汉,心生厌恶,很想随手扔将出去。那样做是否显得自己太残酷?实在觉得有点恶心。本领高低暂且不论,但应对麻木,毫无斗志。碰到日本人,即便棋艺甚低,也会拼命争取胜利,不会像他那般软弱。他根本没有下围棋的气质。我泛起异样感觉,到底是不同民族啊!

怀着此番心情从上野车站到轻井泽近郊四个多小时,还要继续对局。输了好几次,他也毫不气馁。我对他这种乐观精神实在无奈,对他这种天真老成的弱点,我也觉得他有点故意使坏。

或许西洋人下围棋稀奇,四五个乘客围过来,站在我们身边观看。我虽然觉得不自在,但这位累遭失败的美国人,对于这些观战者似乎毫不介意。

看来这位美国人,是从文法学的日语,说话像吵架,下起棋来也不专心致志。同他下棋完全不像和日本人下棋,情况的确大不一样。我甚至想,西洋人不适合玩围棋。这是因为在箱根时大家经常谈论,蒂尤巴尔所在的德国喜欢围棋的有五千多人;美国也即将迎来围棋活动。拿这位刚刚入门的美国人做例子作比,或许太轻率,不过一般人都认为,西洋人下围棋缺乏底气。日本围棋已经超越游戏娱乐的范畴,而被作为一种技艺。围棋活动传递着东方人自古以来的神秘主义与高风亮节。本因坊秀哉名人所在的本因坊,本是京都寂光寺塔头的名字。秀哉名人亦得度,于初代本因坊算砂高僧日海三百年祭时,被授予"日温"法号。我同美国人对局,也感到这个人所在的国家没有围棋传统。

论起传统,围棋也是从中国传来的,不过,真正的围棋是在日本成长起来的。中国围棋之棋艺,不论是现在还是三百年前,都比不过日本,是日本人使得围棋逐步变得高深莫测。以往,从中国传入的文物,大多不同于那些在中国已经取得辉煌成就的东西,唯独围棋是在日本发展起来的。不过那是在近代受到江户幕府保护以后的事。围棋传来已经是千年之前,漫长的时代,日本围棋的智慧也未能培养起来。然而,在中国被当作修行成仙的游戏,蕴含着神灵之气。三百六十行,总有一行是围棋。其中包含着天地自然和人生法理。开启其中智慧奥秘的是日本。日本精神,在于模仿外国、超越输入,这在围棋方面最明显。

其他民族抑或没有围棋、将棋之类等智慧的游艺和赛事。一盘围棋按时限可以思考八十小时,一胜负,需要花费三个月,这在别的国家绝无仅有。围棋就像能乐与茶道,或许进一步深化了日本奇妙的传统。

我在箱根,曾经听过秀哉名人的中国漫游谈。他主要提到在哪里同何人下过几目棋。我感到中国围棋相当强盛。

"那么说,中国技艺高超的棋士和日本的业余强手旗鼓相当,对吗?"我问。

"是的,大体就是如此,或许对方还要弱一些。哦,也可能都像是业余棋手吧。因为在中国,没有专业棋手。"

"那么说,要是像日本一样培养专业棋士,中国人同样具有这方面的素质吗?"

"是这样的。"

"还是有希望的。"

"有希望,不是出了个吴清源吗?……"

我最近打算拜访吴六段,随着隐退赛的棋局进展逐渐明朗,很想见识一下吴六段对这盘棋赛如何解说,作为我的观战记的补充。

这位天才,生在中国长在日本,乃天惠良才。吴六段天才之产生,是因为来到日本。自古崇尚一技之长的邻邦人,在日本一直受到尊重,这方面的例子不在少数。眼下最好的例子就是吴六段。对那些在中国停滞不前的天才加以培育、爱护与厚遇的是日本。真正发现这位少年天才的,也是在中国游历的日本棋士。少年从在中国时起,就钻研日本棋书。我也感到,比起日本,古老中国围棋的智慧,在这位少年身上闪现着一股灵光。他背后巨大的光源,沉潜于深深的泥土之中。吴虽有天生之才,然幼时未得磨砺之机会,致使这位天才未获伸展而遭埋没。即使今天的日本,昙花一现的棋才似乎亦不在少数。不论是个人或整个民族,人们的能力常有这样的命运:一种是光耀于民族的往昔,如今黯然失色的智慧,一种是从古至今隐没不见,未来大放光明的智慧。肯定多属于以上两种。

二十九

吴清源六段在富士见高原疗养院,每次箱根对阵,砂田记者都要去富士见取来解说的口述笔记,我也适当地摘录到我的观战记里。报社选中他担任解说,也是因为大竹七段和吴六段,皆是年轻棋士中的双璧,实力和人气不相上下。

吴六段过分花力气,损害了健康。他对中国与日本的战争感到痛心。他还写了文章,呼吁迅速迎来和平,日中两国人士雅集,泛舟于春光明媚之太湖。他躺卧于高原病床,阅读了《书经》《神仙通鉴》《吕祖全书》等书籍。昭和十一年入日籍,取日本名吴泉。

我从箱根回到轻井泽，学校虽然全部放暑假，但这个国际避暑胜地，也有军事教练的学生队进驻，枪声可闻。文艺界也抽调二十多人，包括我的熟人和朋友，参加陆海军战斗。我被漏选，未能入伍。我在观战记中写道：从前就听说，围棋在战时照样盛行。打仗时，兵士们在战场上照旧下围棋。这方面的故事不在少数。日本的"武道"与"艺道"息息相通，这是宗教式人格的融合，围棋就是最后的象征。

八月十八日，砂田记者应我之邀路过轻井泽，从小诸乘上了小海线。一位乘客谈起，经过八岳山路高原时，有好多像蜈蚣的虫类，夜间爬到铁轨上乘凉，被火车车轮轧死。线路满是虫油，滑腻腻的。当夜，住在上诹访鹭之汤温泉旅馆。翌日早晨，前往富士见疗养院。

吴清源的病房位于玄关二楼上，角落一间两铺席大的房子。小小的木板围棋盘，架在组合的木腿上，上面铺一块小布垫。吴六段一边摆列着小小棋子儿，一边解说。

在伊东暖香阁，我和直木三十五一起，观看吴清源和名人下二目棋。那是昭和七年，已经是六年以前的事了。当时他身穿蓝色碎白花筒袖和服，手指修长，脖颈肌肤白嫩，使人感到一种贵族少女般的睿智与哀怜。如今，又加进了高贵青年男子的品格。耳朵、头形看上去都是一副贵人相。从未有过如此天才的人物，给我留下如此明朗的印象。

吴六段毫不迟疑地叫人将他的解说记录下来，他又时时支起下巴陷入思考。窗外栗树的叶子被雨水打湿了。我问他，这是下的什么棋？

"这个嘛，这是细棋。非常细的细棋。"

这是下到中盘就暂停的一盘棋,况且其他一些棋手对名人的胜负不好妄加推测。比起这个,我更想知道名人与大竹七段的打法,也就是想通过棋风的鉴赏,听到有人将这场棋赛看成是艺术化的作品。

"下得很好啊。"吴清源回答,"总而言之,这盘棋对于两个人都很重要,下起来都很用心,斗志昂扬,双方都没有疏漏和忽落的地方。此种情况很少见到,确实是异常精彩的对弈。"

"啊?"我有些不满足,"黑方意志坚定,手法多变,白方也是这样吗?"

"是的,名人同样意志坚定,稳扎稳打。一方步步紧逼,另一方要是不坚决顶住,其后必然局势大乱,不可收拾。时间还很充裕,因为这盘棋实在很重要……"

这是一种不疼不痒的肤浅的见解,看来我不大可能听到我所希望的评判。倒是针对我的问题,他对于细棋形势做了分析,或许就是大胆的回答。

然而,我观战一直看到名人病倒,也是我对于这场棋赛最为感动的时候。很想听听能够触及精神的解说。

文艺春秋社的斋藤龙太郎,在附近一家旅馆疗养,我们顺道去看望他。斋藤告诉我们,不久前,他就住在吴清源隔壁的房间。

"经常是夜深人静之时,传来噼噼啪啪棋子的响声,真不容易啊!"

斋藤送我们到门口的时候说道,吴清源的行为举止温文尔雅。

名人隐退赛结束不久,我应吴六段之邀,到南伊豆去了一趟,听他讲述"围棋梦"的故事。据说睡梦中发现妙策,醒来之后,还记得一部分。

"自己下着下着,深深感到这盘棋似乎在哪儿遇见过。或许就是梦里所见吧。"吴六段说。

梦中围棋的对手,大竹七段当数第一。

三十

"这盘棋因我生病中途暂停了,不过我不希望第三者抓住一盘未下完的棋妄加评论,对黑与白说三道四。"

名人住进圣路加医院前,似乎说过这样的话。当时名人到底怎么说的,不是参赛者本人很难弄清楚,因为对阵是有一定流程的。

名人这个时候对局势似乎抱着希望,过后他对日日新闻记者五井和我,突然冒出这么一句:"住院时,我并不认为白方弱。真有点奇怪,没想到竟然会输棋。"

黑九十九,是针对白大飞的点刺,之后白百的"接"是住院前的一手。名人后来的讲评也曾提到,若是不接白百,右侧挡住黑方,防止向白方侵入,"或许黑方不太容易获得如此乐观的局面"。此外,他还说到白方四十八手可以走下边星位,"作为布局来说,必须指出,占据天王山,也是白方较为圆满的构图"。名人及早于此处看出"相当有希望"。因此,"黑四十七为白方让出天王山,看来过于保守,免不了'缓手'之非议。"

然而,大竹七段在对弈者感想的文章里写道:

"如果黑四十七步法不够稳健,此处定然为白方留下可乘之机。"

此外,吴六段的解说中,也曾提及:黑四十七是基本手法,被当作撒手锏使用。

观战的我,看到黑方沉着地推出四十七,接着,白方占据下边的星大场,甚感惊讶。我从黑四十七这一手,一方面感受到大竹七段的棋风,更要紧的是,觉得七段正为赢得这盘棋打算决一死战。他让白爬至第三线,筑起一道铜墙铁壁,直抵黑四十七。大竹七段浑身充满力量,采取绝不陷入对方圈套的打法,步步为营,沉着前进。

中盘百手一带,乃是细棋形势,或者说形势不明。黑方虽然被动挨打,但战略方式,正出于大竹七段的沉着冷静,成竹在胸。论厚实,黑方稍胜一筹,首先黑方阵地稳固,将会逐渐蚕食白方阵地,随即转入七段擅长的战法。

大竹七段曾被称为本因坊丈和①名人转世。丈和乃古今第一棋圣,秀哉名人也经常被推崇为丈和之转世。技艺深湛,以战为主,稳扎稳打,克敌制胜。棋风豪宕强劲,临危不惧,变化无穷,局面华彩……因而也深获业余棋手们的好评。他们会想,此二人力与力的拼合,势必激战一个接着一个,举全局而纷纠,绚烂多彩。但他们的希望破灭了。

大竹七段或许很警惕吧,他可能意识到正面迎击秀哉名人之所长很危险。他避免全面开战,防止陷入对方圈套,极力缩小名人作战的余地,同时努力引导局势向有利方面发展。即使将大场让给白方,那也是为了稳定脚跟,巩固后方。此种战法非但不消极,反而是蓄积底气,保存实力,自信满满,始终一贯。看起来忍辱负重,其实力量倍

---

① 本因坊丈和(hon-inboujouwa,1787—1847):江户时代棋士。十二世本因坊,名人棋所(godokoro,官职名,负责管理全国棋士)。法名曰竟。

增。既然已经树立目标,那就只能瞅机会发动进攻。

不过,尽管大竹七段精心防备,名人每场总有机会挑起强攻。白方起初先占据两角,这是更加富有情趣的打法。白方目外①,黑方进入三三左上角,对可谓最后一场决胜赛的六十五岁的名人使出新招。果然,不久这个角落风起云涌,弄得整个棋盘越困难起来。对于名人来说,毕竟是一场重要的棋赛,他有意避开瞬息变化混战,选取加强匿名的走法。从此刻到中盘,大都接受黑方的打法。于是,大竹七段便极力操控全局,独自将棋赛引入有利于己方的细棋形势。

当然,这盘棋从黑方来看,必定走向细棋局面。大竹七段每一手确实都想保留下来,但也看到了白方的成功。这倒不是名人施行什么特别的策略,也不是对黑方落井下石。随着黑方步步为营的推进,白方只得采取行云流水的战法,于下边形成舒缓的模样,随时变作微妙的胜负。这或许就是名人的圆熟之境吧。名人的棋力至老不衰,也未受病苦之侵害。

三十一

本因坊秀哉名人,从圣路加医院回到世田谷宇奈根自家说道:

"算起来,七月八日离开此地,从夏至秋约有八十天不在家里。"

名人当天在附近走了两三条街,这是两个月间最远的一次散步。躺在医院里,四肢乏力,出院后两周,好容易能够坐起来了。

"我五十年来,我一直习惯于正襟危坐,盘腿而坐反而很痛苦。

---

① 目外:棋盘四角三线与五线的交点。

但住院期间一直躺在病床上,刚回家时还不能正坐,吃饭时盘腿而坐,把腿藏在垂下的桌布后面。说是盘腿,其实是伸开两条瘦腿。此种情况,以前一次也没有过。长时间不能端坐,不能和对手对弈,实在困难。如今好容易可以正坐了,但还不能说很灵活。"

名人喜欢的赛马季节来临了,他似乎心脏不好,十分小心。不过,他还是忍耐不住了。

"也算是练习走路,我到府中去了。看到了赛马,很高兴。我也莫名其妙地觉得'我能行',浑身充满力量。谁知回到家中,依旧疲惫不堪,没有力气。尽管如此,我两次去看赛马,下围棋也不会有什么困难了。于是,决定十八日前后继续开战。"

名人的谈话是东京日日新闻的黑崎记者笔录下来的,谈话提到的"今日"是十一月九日。名人隐退赛自打八月十四日在箱根暂停之后,正好三个月了。因为接近冬日,赛场选在伊东暖香园。

名人夫妇在弟子村鸟五段和日本棋院的八幡干事陪同下,于开赛前三天的十一月十五日来到暖香园。大竹七段十六日抵达。

在伊豆,蜜柑山很漂亮。海边的夏季蜜柑、橙子也变黄了。十五日,稍稍寒冷的阴天。十六日小雨,广播里说,各地下了雪。但十七日空气温润,是伊豆小阳春天气。名人去音无神社和净之池锻炼身体。这在不爱散步的名人来说,十分罕见。

在箱根,对弈的前一天晚上,名人总是把理发师叫到旅馆来。他在伊东也一样,叫理发师刮去了一直留到十七日的胡须。就像在箱根一样,夫人照旧从背后扶着丈夫的头颅。

"你能为我染染白发吗?"名人小声对理发师嘀咕着,静静望着午后的庭院。

名人从东京是染过白发来的。染过白发而出战,似乎于他并不合适。但后来比赛到一半就病倒了,恐怕他也是这副打扮吧。

鬓角一直留得很短的名人,现在蓄长发了,而且分开。头发染黑了,有些异样。然而,随着理发师剃刀的运行,名人布满青筋的粗劣而沉滞的皮肤,同颧骨一起渐次凸显出来。

名人的脸孔,就像在箱根时一样,面色苍白但不浮肿,不过也看不出很健康。

我到达暖香园后,即刻去名人房间探望,问候。

"哦,唉……"名人茫然地应和着,"来这里前,去圣路加看病,饭田博士也歪着脑袋想了想说,心脏病还没全好,这回肋膜又有少量积水。来伊东后也请医生看过,说是气管炎……可能感冒了吧?"

"啊?"

我不知说什么好。

"就是说,旧病未愈,再添两种新疾,三种病了。"

日本棋院和报社的人,也一同商量了。

"先生,您的身体状况,请不要告诉大竹君……"

"为什么?"名人露出怪讶神色。

"他们说大竹君会嘀嘀咕咕,使得事情更加困难。"

"本来是这样的……瞒着总是不好。"

"您哪,还是不对大竹君说明的好,否则又像在箱根的时候,他嫌您是个病人。"

名人默不作声。

名人喜欢晚酌和吸烟,此时断然停止了。在箱根时,名人几乎没散过步,来到伊东,一个劲儿外出,很想多吃些东西。染发,也许就是此种决心的表现。

我问名人,这场棋赛结束后,依然像历年一样到热海或伊东过冬,还是再去住院呢?

听我这么一问,名人立即乐了,道:

"唉,问题是到时候会不会倒下……"

他之所以没有倒下,而能继续对局,也许是自己"朦胧不清"的缘故。

三十二

暖香园赛场头天晚上新换了榻榻米。十一月十八日晨,一走进这间屋子,就闻到新铺席的香气。箱根使用的名棋盘,已经由小杉四段从奈良屋运来放好。名人和大竹七段就座,一打开棋盒,黑子就放出夏天的霉味。就连旅馆的伙计和侍女也都叫来帮忙,当场擦去了霉点。

名人白百启封是在上午十时半。

黑方九十九刺了一手白的大飞,白百粘。在箱根的最后一天,名人只走了这一手。结局之后,名人作讲评,他说:

"白百的粘是在病重住院前夕暂停休战的一手,稍有考虑不周之憾。此处应该脱先,挡在'18 十二',以此加强右下角空白。黑既然刺了,势必切断,即便被断,白方也不会有多大痛苦,如若用白百守住阵地,其形势黑方恐怕不容乐观。"然而,白百并非坏棋,也不能说这一手毁了整个形势。大竹七段看出对于自己的刺名人会粘,第三者也看出来名人当然会粘的。

这样看来,白百封手这步棋,大竹七段三个月前就该算到了。黑方下一妙招只有侵入右下白方空白这一手。而且,这一手也只限于二线的一间跳。我们这些局外人也看出来了。可是直到十二点午间休息,大竹七段都没有下这手。

午休的时候,名人走到院子里。这是很难得的。梅枝晃动,松叶闪光。八角金盘、石蕗都盛开鲜花。大竹七段房间下的山茶树,杂色的一朵花及早绽放了,名人将那朵茶花扶起来观看。

午后,赛场障子门上印上了松影。绣眼儿飞来鸣叫。廊缘外的泉水里有大鲤鱼。箱根的奈良屋旅馆有锦鲤,这座旅馆有黑鲤鱼。

七段老是不出妙招,名人也等得不耐烦了。静静地闭上眼睛,似乎睡着了。

观战的安永四段也低声叨咕着:

"有点难下。"说着,他半跒①而坐,闭目养神。

哪里难下?不就是"12 十三"的一间跳这一手棋吗?七段有意不下,犹豫什么呢?我也感到有点不可思议。主办人也很焦急不安。七段在《对弈感想》讲评中说:他当时犹豫不决,是跳"18 十三",还是在"18 十二"爬一手呢?

名人也在某次讲评中说过,那正是"得失难解之处"。即便如此,续战的第一手,大竹七段之所以花费三个半小时,总之,是有异样感觉的。他的这一手,直到秋阳西斜、电灯点亮。

名人仅用五分钟白百二便冲了黑的一间跳。七段对黑百五又思考了四十二分钟。伊东的第一天,只打了五手,就出现黑百五封手。

---

① 半跒:一侧小腿搭在另一侧大腿上。

这天两人所用时间,名人只用了十分钟,大竹七段用了四小时十四分,从一开始加在一起,黑二十一小和二十分。所费时间是空前的,超过四十小时的一半。

列席的小野田六段和岩本六段,出席日本棋院的升段赛,今天没到这里来。

我在箱根,曾经听岩本六段说过这样的话:

"这阵子,大竹君的围棋下得很黑暗啊。"

"围棋也有黑暗与光明之说吗?"

"当然有啊。这是以围棋性格为特色说的。啊,围棋是阴性的,使人感到黑暗。这种黑暗和光明与胜败无关,并不意味着大竹君变弱了。"

在日本棋院春季升段比赛中,大竹七段八局全败;然而,却在选拔名人新闻杯隐退赛对手时荣获全胜,成绩喜忧参半,令人惊讶。

黑方对名人的战法也不能说是光明的。给人的印象是:似乎从地底下猝然钻出,突然来袭,屏息喊叫,幽闷异常。力量凝聚在一起,硬碰硬,不是自然的流露。出手就不轻,其后又急于咬住不放。

我听说棋士的性格,大致有两种,一种是一边对阵,一边老想着自己不行自己不行;另一种是一边对阵,一边一心以为自己很行自己很行。例如,大竹七段属于前者,而吴清源六段属于后者。

自觉不行的七段,自己也将这次对阵说成胜负微妙的比赛,倘若看得不准,就不轻易走子。

三十三

在伊东,过了一天之后,果然发生了纠纷,闹得何时续战,一下子难于决定下来。同在箱根是一样,名人因病,要求更改对阵条件,大竹七段不愿接受。比起在箱根,七段更加顽固。也许在箱根吃过大亏吧。

这些内部矛盾不好写入观战记,所以我记忆不确,但问题在于对阵日期。起初约定,每隔四天对阵一天,在箱根就是这样的。四天时光用于休养,禁闭在旅馆里,反而使老年名人疲劳加剧。名人病笃之后,也曾提出过缩短四天休息时间,大竹七段予以拒绝。箱根最后一天提前一天,第四天就续战了。不过,名人当天只下了一手,尽管对局日是按规定进行了,但事先约好从上午十时下到下午四时,最终还是被打破了。

名人的心脏病是老毛病了,不知何时才能根治。因而,圣路加的稻田博士对他去伊东不太赞成,希望这场棋赛尽可能在一个月内结束。伊东第一天,名人面对棋盘时,眼睑有些浮肿。

名人担心发病,很想早点放松心情;报社方面,也在尽量想办法促使这场深受读者欢迎的棋赛顺利结束。时间拖长了,太危险。那就只能减缩对阵日程内的休息时间。然而,大竹七段就是不答应。

"我是大竹君的老朋友,我去求求他。"村岛五段说。

村岛和大竹都是作为关西少年棋手来到东京的,村岛进入坊门;大竹做了铃木七段的门生。有着过去这段友谊,又是棋坛同行之交,村岛五段心想,只要说明缘由求他,大竹七段总会给个面子的。所以他似乎很乐观。可是,村岛五段竟然连名人身体状况不好也说了,结果反而使得大竹七段的态度更加强硬起来。

"你们对我隐瞒名人病情,同时又让我和病人续战,是吗?"七段为此质问主办者。

名人弟子村岛五段,一直住在棋赛中的旅馆,时常同名人会面。大竹七段或许对此早有意见,以为这样有损于棋赛的神圣。既是名人弟子,又是七段妹婿的前田六段,即便来箱根,也不待在名人房间,而是住在别家旅馆。严肃的棋赛规矩,因友谊与人情的干扰而改变,或许七段对此耿耿于怀吧。

还有,七段也不愿意同一位老迈的病人对弈,尤其是以名人为对手,这使七段更加难办。

话不投机,大竹七段干脆不打了。又和在箱根时一样,夫人带着孩子从平冢赶来劝慰七段。还请来一位姓东乡的掌疗法的医者,大竹七段曾托此人为伙伴们治过病,所以东乡在棋手们中也很知名。七段不仅着眼于东乡的治疗,似乎在生活方面也对他言听计从。东乡有点像修行者。七段每天早晨读《法华经》,有时对别人深信不疑。他似乎很重恩义。

"东乡君说的话,大竹君必定听。东乡好像同意续战……"主办者说。

大竹七段也劝我说,这是个好机会,也让东乡帮我看看。大竹亲切而又热情。走进七段房间,东乡用手掌摸了摸我的身子,立即说道:

"哪里都很好。瘦弱而长命。"

说完,他又把手掌伸向我胸前。我自己用手一摸,感觉右胸口上方的棉袍温热了。好奇怪,东乡只是将手掌靠近我,并没有触及我胸口,左右都是同样的动作,棉袍右侧胸口是热的,左侧胸口是冷的。据东乡说,右胸的毒素之类,经过治疗外泄而发热。我的肺和肋膜不曾有过自觉症状。拍 X 片没有异常,但右胸有时感到郁闷,或许以前有过轻度肺病什么的,一时还没除根。东乡的手掌尽管很灵光,但竟然能够透过棉袍而产生热量,着实令我感到惊讶。

东乡也对我说,这次围棋赛是大竹七段的重要使命,倘若放弃了,七段终生都会遭到世人的谴责。

名人只是等待主办者同大竹交涉的结果,别无他要做的事。谁也不会把事情详细告诉名人。他大概也不会知道矛盾竟然使得对手一度想放弃比赛。不过,白白浪费时日,也叫人焦躁不安。名人到川奈旅馆散心,我也应邀前往。第二天,我邀请大竹七段。

七段虽然说要放弃,但他没有回家,仍然住在赛场旅馆。依我看,经过好言相劝,过些时候,他会作出让步的。果然如此,规定第三天对阵,当天中午休息,四时开赛。这是二十三日约好的。从十八日暂停算起,到第五天就解决了。

在箱根,对阵由每隔五天改为每隔四天进行。

"我休息三天也消除不了疲劳;下棋一连下上两小时半,也提不起劲来。"七段说。这回缩短为中间两天休息了。

三十四

然而,好不容易实现的妥协,又立马遇上暗礁。

名人听说谈定了,就对主办者说:

"明天尽早开始吧。"

不过,大竹七段主张明天休息一天,后天开始对阵。

名人很气馁,也很焦急,一直耐心等着,眼看要续战了,便抖擞精神,希望立即开始。他想得也简单;然而七段做了种种推想和防备,几天来的纠葛,弄得头脑昏昏,疲惫不堪,他想静下心来,做好续战的心理准备。这也是两人的性格差别所致。还有,七段最近过于劳神,肚子不舒服,再加上从家里带来的孩子患感冒,发高烧,一向疼爱小孩的七段,弄得身心交瘁,明天哪里还能继续交战呢?

然而,作为主办者一方,先前一直使名人白白等着,本来就很不明智;眼下名人心情好了,跃跃欲试,不好对他提出,由于大竹七段的关系比赛还得继续延长一日。名人提出明日续战也是绝对不可改变的。鉴于名人与七段的地位之差,开始说服七段。七段十分恼怒。因为正在气头上,更加难于接受劝解,他竟然提出放弃这次棋赛。

日本棋院八幡干事和日日新闻五井记者,关在楼上小房间里,呆然无语。他们坐在那里似乎都累了。实在很难应付,真想撂挑子不干了。他俩本来就沉默寡言,不爱说话。晚饭后,我也待在这座房间里,旅馆侍女来找我说:

"大竹先生说有话找浦上先生说,他在另一个房间等着呢。"

"找我?……"

这是我没有想到的,他们两人也看着我。我在侍女带领下过去一看,宽大的房间里坐着大竹七段一个人。虽有火钵,还是寒颤颤的。

"请先生来,实在对不起。长期以来,一直受到先生照顾。可是我已决定,无论如何,都不能再将这场棋赛进行下去了。看样子,我很难奉陪下去了。"

"啊？……"

"因此,我想见见先生,向您致意……"

我不过是个观战记者,从地位上来说,他也没有必要特别向我致意。受到他的问候,表明这是相互的好意,我的地位也改变了。我不能仅仅说一声"是吗",听过就算完了。

至于箱根以来的纠纷,我只是旁观,既没有参与其中,也没有说三道四。眼下,七段不是和我商量,只是告诉我一声。然而,两人面对面相向而坐,听到七段的难处,我就开始打主意,心想,我可以从中调停。

我大体讲了以下的话：作为秀哉名人隐退赛的对手,大竹七段是靠着自己的实力战斗。并且,这不是大竹个人在作战,而是作为下一时代的选手,作为继承历史潮流的代表,同名人战斗。在大竹七段被选出之前,进行了大约长达一年的"名人隐退围棋赛挑战者选拔赛",先是六段中的久保松、前田获胜,随之并入铃木、濑越、加藤、大竹的七段一伙,实行六人循环赛,最后大竹七段击败其他五人,获得全胜。铃木和久保松两位恩师也都败在他手下。铃木七段正是当打之年,曾在让先赛中战胜过名人,又在分先赛中和名人互有胜负。不想,失去了和名人交手的机会。据说这使铃木抱恨终生。从情面上说,大竹应该先让两位恩师再次获得同名人对弈的机会。然而,大竹七段竟然击败铃木七段。最后争夺优胜的是同为四战四胜的久保松和大竹七段师兄师弟二人。这样一来,也就意味着大竹七段是作为恩师和师弟二人的替身同名人对阵的。较之铃木和久保松这样的元老,年轻的大竹七段自然是当今棋坛的代表。而且,大竹七段首屈一指的棋界老友与劲敌吴清源六段,也是和他不相上下的棋界代表。但是,五年前同名人布阵,他采用新的战术,结果失败了。吴清源即便获得参赛资格,但当时他是五段,不可能和名人进行手合赛,也不能参加名人的隐退赛。名人上一回的围棋决胜赛,可以上溯十二三年以前,同雁金七段对阵。然而,那是日本棋院和棋正社的对抗赛,雁金七段虽是名人的宿敌,但很早以前就是名人的手下败将。名人再次获胜。于是,"不败的名人"最后的决胜赛,就是这次的隐退赛了。这次与雁金七段对弈和与吴六段对弈意义不同,即使大竹七段战胜名人,也不会给下一代名人造成麻烦。不过,隐退赛是时代的转折点,时代的过渡,后来的围棋界将出现新的活力。隐退赛的中止,等于是历史断流,大竹七段责任重大,凭着个人感情意气用事,就放弃这盘棋赛吗?大竹七段活到名人现在这样的年纪,还要三十五年。就是说,比起七段出生后的年龄还要长五年。生长于围棋隆盛期的日本棋院的七段,与名人往昔的苦难不同。自明治草创期起始,经发展壮大直至眼下繁荣兴旺时期,名人好歹肩负着"棋坛首要人物"一路走来。使得他这次六十五周年的隐退赛得以圆满结果,难道不是后继者的道路吗?在箱根,老人虽说有些放任,但他还是强忍病苦,坚持续战过来了。他虽然身体不好,还是希望在伊东将这次棋赛继续进行下去,故染了头发而来。看来要豁出性命而战。再说,纵令年轻的对手放弃棋赛,世上的同情皆集中于名人一身,而大竹七段却成为众矢之的。七段即便有正当理由,也必然是各执一辞、互不相让,其间真相也不会为世人所了解。鉴于隐退赛的历史性,大竹七段的放弃也将留在围棋史上。不管怎么说,对于下一代,七段应该负起责任。如若半路撂挑子,那么就会引起人们对于续战胜负的揣摩与猜测,喧嚣一时,而变成臭不可闻的街谈巷议。作为青年后进,可以妨碍病中老年名人的隐退赛吗?

我断断续续说了很多,然而七段不为所动。他不表示要续战。不用说,七段自有他正当的理由,容忍加让步,一种不服的情绪长期淤积于心间。这次要是让步,可以不考虑自己的情况,干脆答应明天就开始续战。这样一来,不能充分战斗,所以还是不打更符合自己的良心。

"那么再延长一天,后天开始怎么样?"

"唉,是啊,不过已经不行了。"

"后天大竹君总是可以的吧?"

我又叮嘱一句。但我没有说要跟名人商量一下看,就和大竹七段告别了。七段再次向我表明放弃棋赛。

我回到主办者房间,五井记者枕着胳膊躺着。

"大竹君说他不打了吧?"

"是的,他把这事对我说了。"

八幡干事团缩着肥硕的脊背,倚靠在桌边。

"我看后延一天也可以吧。那么,我去征求一下名人的意见,看看到底行不行。"我说,"我去跟名人商量一下,可以吗?"

走进名人的房间一坐下,我就直截了当地说:

"有件事想来求求先生……按说,我是没有资格直接提出这种要求的,我是多管闲事。大竹君说了,明天的比赛是否可以再向后延长一日呢?带来旅馆的那个小孩子病了,发高热,大竹君很担心,他自己也在闹肚子……"

名人呆呆听完我的请求,爽快地说:

"可以啊。"

"就这么办吧。"

我突然涌出眼泪,事情出乎我的意料。

问题很快解决了,我不便马上离去,于是就同名人夫人闲聊了几句。名人后来再未提及过延期和对手大竹七段的事。延后一天本来不算什么,但名人至今已经等得有些不耐烦了,再延长一日,必然会挫伤续战的锐气,对于一个竞争中的棋手来说,非同小可。就连主办者一方,都不敢向名人贸然提出。名人也看出来了,我来求他也是迫不得已。名人爽快的许诺,深深使我感动。

我到主办者房间,将此事告诉他们,然后再到大竹七段房间。

"名人说他同意延长一天。"

七段似乎有些意外。

"这回名人对大竹君作了让步,下回必要时,也请大竹君给名人一个面子。"我说。

夫人照看着躺在床上生病的孩子,他对我郑重地表示感谢。房里一片凌乱。

三十五

到了约定的第三天,即十一月二十五日,自十八日以后,隔了七天又开始比赛了。列席观赛的小野田六段和岩本六段,因棋院的大手合赛没有他们的事,头天晚上就来了。

名人的坐垫是绯红色缎子做的,衬着紫色的扶手,犹如僧侣的座席。本因坊家自名人棋所初代的日海——算砂以来,皆为僧籍。

"如今的名人也得度了,取僧名曰温,可以持袈裟。"八幡干事说。

比赛室内悬挂着半峰题写的"生涯一片山水"的匾额。我一边拜读着右下侧的题字,一边回忆起从报上看到这位高田早苗博士病危的消息。另一幅匾额是中洲三岛毅博士的《伊东十二胜记》,下边一间八铺席房间,悬挂着云水《放浪诗》挂轴。

名人身边放着一个巨大的椭圆形桐木火钵。为了预防感冒,背后还放了一个烧开水使之冒蒸汽的长火钵。七段说了声"请",名人照例围上围巾,里面是毛线衣,外面裹着类似披风的防寒服。据说他有点低烧。

开封黑百五,名人两分下出白百六。大竹七段再度进入长考。

"好奇怪啊,时间到了。就连豪杰也用光了四十个小时的时间,真叫人吃惊。这是有史以来第一遭。拼命地浪费时间,本来只需一分钟就能走完的一步。"大竹像是在说梦话。

阴天里,白头翁叫个不停。走到廊下一看,泉水旁边盛开两朵杜鹃花,也有打骨朵的。黄色鹡鸰飞来走廊附近。远处传来电动机搅动温泉水的响声。

七段黑百七,花了一小时零三分。黑百一打入白右下的模样中大约是先手十四五目、黑百七的左下小飞确保角地是后手二十目。在有目共睹之下,这两个大场均由黑方占得,黑得心应手。

这里,先手又轮到白方。名人表情严肃,他闭上眼睛,静静调整呼吸,不知何时,满脸涨成古铜色,两腮的肌肉不住翕动。他似乎连风声和法华大鼓的声音也听不见了。即便如此,名人依旧下了四十七分钟。这是名人来伊东之后唯一的一次长考。然而,下边的黑百九,大竹七段又花了两小时四十三分,遂作为封手。这天,只下了四手。消耗时间,七段三小时四十六分;名人只有四十九分。

"在这生死攸关的时候,能出什么就出什么,这可是撒手锏啊!"七段半开玩笑地说。

白百八具有威胁左上角黑方,消除中间黑方厚度两层意思,另外还兼顾守卫白方左侧。此乃为颇有意义的一手。吴清源在解说中也加以说明:

"这个白百八是十分难下的一手。我们以极大兴趣注意它,看究竟会下在什么地方。"

三十六

中间休息两天,第三天续战的早晨,名人和七段两人都说肚子疼。大竹七段听说五点就疼醒了。

黑百零九封手后,七段立即脱去裙裤走了。返回座位时,看到白百十,吃惊地说:

"已经落子了啊?"

"你不在时下的,抱歉。"名人说。

七段交抱两臂,倾听风的声音。

"还不是寒风吧? 不过,叫做寒风也可以吧。已是十一月二十八日了。"

昨夜的西风今天早晨就停息了,但还时时吹过空中。

白百八之后,左上角的黑就有死活问题,黑百九和黑百十一守住角上就完全活了。因为一旦被白点进来,不是死就劫的死活问题,变化多种多样,很复杂。

"看来必须在角上补一手,因为一直是欠一手棋的,欠债太久了。借钱就得付利息。"大竹七段封手后下黑百九时说道。而且,黑方消弭了此角之谜,随即平稳下来。

今日很少见,上午十一点之前,只进行了五手。不过,黑百十五是消除白大模样以此决一胜负的时刻,看来,七段不会轻易下手。

名人一方面等待黑方下子,一方面聊起热海的鳗鱼店的盒饭箱以及泽庄等故事。他谈到过去的事,那时候火车只开到横滨,然后换乘轿子,在小田原住一宿,再去热海。

"我那时十三岁,五十年前了……"

"老早以前了,当时我父亲还不知生没生呢。"大竹七段笑着说。

七段在思考期间,说肚子疼,出去了两三次。他不在时,名人说:

"真是好耐性,已经思考一个多小时了。"

"过会儿就到一个半小时了。"少女书记员回应说。正午的汽笛声响了。女孩子用她熟练的时间计算法,数着长鸣的汽笛声。

"正好是一分钟。紧急时是五十五秒。"

七段回到座席上,在额上涂一些万金油,指头揉得发出了响声。身边放着"微笑"牌眼药。凭着这副模样儿,人们猜测,他不到十二点半休息之前,是不会下来的。到了十二点零八分,还听到走棋子的响声。

"哦,"靠在扶手上的名人不由嘀咕一句,随即坐正身子,收紧下巴颏,睁开上眼皮,全面扫视了整个棋盘。名人眼睑肉厚,从睫毛向眼球深陷,凝视起人来双目光亮澄澈。

黑百十五是厚实的一手,白必须保住实地。午休的时间到了。

午后,大竹七段暂时在棋盘前坐了一会儿,然后回房间去,在喉头涂点药又回来。飘散着药膏的气味。又点了眼药,揣了两只怀炉。

白百十六费时二十二分,从这里到白百二十进展都很快。从棋形上讲,白应该应在沉稳的退为形,但是名人走出了味道很不好但又很严厉的三角形的挡。这就是决一胜负的气势。稍以疏忽,就会损失一目以上。这样的细微棋局是不能让步的,而且又是决定胜败的关键的一手。名人只用一分钟,就令敌方心惊胆寒。较之走出白百二十,名人不是更早开始估算到这一局面吗?脑袋似乎在细微颤动,他在快速地数着棋盘上的目,这种估算,令人心惊胆战。

一般认为,胜负在一目左右。这里,白方既然力争二目,黑方也在顽强奋战。大竹七段扭动身子,孩童般的圆脸上第一次爆出青筋来。他更加烦躁地扇着扇子。

一向怕冷的名人同样打开了扇子,神经质地扇动着。我不想看他们二人。不一会儿,名人似乎放心下来,轻松多了。该轮到七段走子了,他说:

"考虑起来没个完,又热起来了。对不起。"说着,脱掉外褂。受他影响,名人也用两手向后提提衣领,露出脖颈,样子很滑稽。

"热啊,热啊,又是这么长时间,真难办。看来要出笨招,问题来啦。"大竹七段控制住了急躁的情绪,他以一小时四十四的长考,于午后三时四十三分,推出黑百二十一,并以此封盘。

来伊东后的三天续战,自黑百一至黑百二十一共二十一手,所消耗的时间,黑十一小时四十八分,白只有一小时三十七分。按照常规,大竹七段仅仅下了十一手就到时间了。这种白黑时间太大的悬隔,只能令人想到名人和七段或许会有什么心理上和生理上的问题。

说真的,这是名人长时间练就的棋风。

三十七

每晚都刮西风。然而,十二月一日续战那天早晨,烟霞迷离,阳光普照。

昨日午休,名人下完将棋,到街上去打台球。晚上,他和岩本六段、村岛五段、八幡干事等人打麻将,直到十一点。今早八点前起身,到庭院里散步,院子里落满红蜻蜓。

大竹七段的房间在二楼,楼下的红叶还有一半呈绿色。七段七点半起床。他说感到剧烈的腹痛,也许会病倒。桌子上放着好几种药。

名人的感冒似乎总算好了。年轻的七段的身体,倒是出现了种种故障。比起名人,七段之所以更加显得神经质,这不能只看两人的体质外表。名人一旦离开赛场,就想力求忘掉棋赛,热心于其他赛事的胜负。他在自己房间,也不用手触碰棋子。七段在休息日也要面对棋盘,不忘暂停期间的对阵研究。不仅年龄,风度也不一样。

"神鹰号飞机,昨夜十时半到达……真快呀。"一日早晨,名人来到主办者房间里说。

赛场朝向东南方向的障子门,映射着明丽的朝阳。

但是,续战之前,出现了奇怪的事情。

八幡干事给比赛棋手看了封印之后,打开了信封。一边拿来棋谱放在棋盘上,一边寻找黑百二十一封手,结果未找到。

封手本来由执行的棋手亲自写在棋谱上,不给对手和主办方看,直接放入信封。这之前暂停时,大竹七段是在走廊上写的。参赛棋手在信封上封印,然后再装进一只更大的信封,由八幡干事再加封印。到下次对阵早晨,一直存放在旅馆的保险柜里。名人和八幡都是不知道大竹七段的封手的。然而,在一旁观战的人们可以做出种种推测,大体上是可以找到的。黑百二十一封手棋究竟落在何处呢?作为这盘棋赛的最高潮,使得我们这些观战者也都觉得非常紧张。

不会找不到的,八幡惊慌失措地眼瞅着棋谱,一点也没有迹象。好容易找到了。

"啊",即使黑子放入了,对于稍稍离开棋盘的我来说,也闹不清放在哪里了。即使看到那地方,也不会知道那样做有何用意。他离开战火方炽的中原,无缘无故飞走到遥远的上边。

简直是强取豪夺的一手,连外行都看得出来。我心中立即蒙上乌云,很是激动。大竹七段为封手而封手,还是将封手作为战术使用?未免太卑劣、丑陋了。我有些疑惑不解。

"本以为会走中原呢……"八幡干事苦笑了,从棋盘上离开身子。

黑方正指向白方自右下至中央高耸的大模样,企图消灭之。因为是攻防战中心,本不该着手于别处。八幡干事只注意搜索中央至右下方战场,理所当然。

名人对于黑百二十一,白百二十二在上面做眼,如果脱先,白的一团八个子就会死去。这就好比打劫时不去理会这种劫材。

七段将手伸进棋盒,抓住棋子,思考了一会儿。名人在膝盖上握紧拳头,倾着脖子,屏住呼吸。

黑百二十三费时三分,果然回手侵消白地。先侵入右下,接着,以黑百二十七再次指向中央。终于用黑百二十九突入白地中央,切断了刚刚名人的白百二十非常勉强的三角形的头。

"白强行地挡在百二十,所以黑也决意以强示强走出百二十三以下至百二十九的强手。黑方此种战法,也是细棋所常见。是决定胜负的气势。"吴六段如此解说。

不过,名人对黑方的殊死切入不予置理,腾出手来,逆袭右侧,控制黑方出子。我大吃一惊。这可是意外的一手。仿佛被名人的鬼气所击中,浑身紧缩。莫非名人在大竹七段黑二十九高明的意图上发现什么漏洞,大杀回马枪,出兵逆袭吗?或者亲自带伤捣敌,以求得相互厮杀呢?这白百三十,与其说是决定胜负的一步,莫如说是名人愤怒的一着。

"厉害,好厉害啊!这一手……"大竹七段反复地说。他在考虑下边的黑百三十一时,已经到吃午饭了。

"亏了亏了,这手棋有点恐怖。真是惊天动地!好比走了一步废棋,竟被杀了回马枪……"

观战的岩本六段也感叹地说道:

"所谓战争就是这个样子啊!"

实战中时常风云突变,出现无法预知的事情而决定命运。白百三十就是这样的一手。对局者的老谋深算,局外人固然看不出来,就是专业棋手所有的预测,都会被这一手粉碎。

白百三十这一手,是"不败的名人"的败着,这对于我这个外行人来说没看出来。

三十八

  但是,这倒是一个不寻常的局面。午休时,我当然跟着名人一起行动,不然,名人就邀请我们一起过去。名人一回到房间,尚未坐稳,就说:

  "这盘棋局算是最后一次。大竹君的封盘,使我寸步难行。仿佛一幅精心制作的绘画,被撒上了黑墨。"他声音很小,但语气激烈。

  "看到这一手,我当时就想干脆认输算了。按照以往的意思……觉得还是认输为好。但一时决定不下来,所以又重新考虑一番。"

  我记不清当时八幡干事在还是五井记者在,还是他俩都在。总之,我们都鸦雀无声。

  "他下了那一手,要休息两天。这个时间他要调研。真狡猾!"名人不吐不快。

  我们没有回答,我们不能附和名人,也不好为七段辩护。不过,我们与名人同感。

  只是我当时没能觉察到名人打算认输,没想到他会那么愤怒,那样沮丧。面对棋盘的名人不动声色,看不出情绪有什么变化。名人内心的波动,没有一个人感觉出来。

  但是,八幡干事长在棋谱上找不到黑百二十一封盘子,后来终于找到了。我们只是为这个所吸引,其间没怎么过多注意名人。但是,名人将下面的白百二十二于时间外,亦即一分钟之内下的。名人内心的动摇我们并不知晓。这也不是八幡找出封盘子以后的一分钟,而是离开规定时间还有一点空隙。尽管如此,名人竟然在短暂时间内控制情绪,始终维持住对阵的态度。

名人若无其事地继续对阵,我也出乎意料地听到他说些愤怒的话,心里很不平静。从六月到十二月的今天,名人一直坚持参加隐退棋赛,这使我很感叹。

名人一直将这盘棋当作艺术作品精雕细磨。当他兴致达到高潮、忘乎所以之时,猛然向这幅绘画上涂抹黑墨。黑百相互重叠混合,使得围棋既有创造的意图和结构,也有音乐般的心灵交流和旋律。突然奇怪的声音闯入,二重奏的对手突然利用离奇的音节加以搅乱,这就是破坏。有时因为对方漏看或错看,也会妨碍著名棋局的制作。大竹七段的黑百二十一,总之令人觉得意外、惊奇、怪诞与怀疑,一下子打断了棋赛的程序和色调。这是不争的事实。

果然,这步封手棋在棋友和社会上成为议论的话题。我们这些局外人谈起围棋也感到黑百二十一颇为异样和不自然。心情不好是确定无疑的。不过,在专业棋士之间,却有人看出,此刻黑百二十一便宜一手正是时候。

大竹七段在《对阵感想》一书中关于《考虑黑百二十一这一手何时打出》中写到了这一点。

吴六段的解说是:此刻白"五一""六一"的扳粘之后,即使黑走百二十一,白的做活应手应在"八一",那么黑就没有劫材可用了。黑百二十一的意义就失色很多。大竹七段打出这一手,肯定是有这个想法的。

只是正值中原逐鹿之时,因封手而惹怒名人,也引起众人的怀疑。就是说,中途暂停的一手,是当天最后一手,倘若想不失时机地在这最困难的时候打出这一手的话,那么就应该在三日后续战之前,充分研究今天最后打出的一手。即使是日本棋院的升段赛,有的棋手在最后一分钟读秒时,为了延续生命,有的棋士也是很不情愿下出一些浪费劫材的棋来。也有人极力想办法使得暂停或封手有利于自己。新规则产生新战法。伊东续战之后,连续四次都是黑方封手,也许并非仅仅出自偶然。正如名人自己所说:"如果白百二十退,总觉得不能满意。"可见他斗志昂扬。下一手便是黑百二十一。

总之,大竹七段的黑百二十一,那天早晨激怒了名人,使他失望、沮丧和动摇,这是事实。

结束这盘棋后的当时,名人在讲评中,没有提及黑百二十一。

但是,一年后,在《名人围棋全集》的《走棋选集》的讲评中明确地说:"黑百二十一眼下正是让他便宜的时机。"并提醒说,"倘若犹豫(指的是白扳粘之后),注意黑百二十一就占不到便宜了。"

作为棋赛的对手,名人既然如此承认,应该没有问题了。名人之所以恼怒,因为当时没有意料到。他想必在怀疑大竹七段用心不良,才被激怒了。

名人或许耻于不明,所以在这里特地不提及黑百二十一。不过,《走棋选集》的出版,正值隐退赛一年之后和名人去世半年之前。抑或想起大竹七段因黑百二十一而累遭物议,如今心情稳定,这才承认这一手法的吧。

大竹七段所说的"总有一天",是否就是名人所说的"现在"呢?作为局外人,我还是有些不解。

三十九

名人为什么会打出白百三十这样的败着呢？这似乎是个谜。

名人费了二十七分钟，考虑出这一手，上午十一时三十四分下子。考虑近半小时，走错了棋。虽说出于偶然，名人为何不再等一个小时，留待过了午休之后再下子呢？过后我为他感到惋惜。或许离开棋盘休息一小时，会打出正确的一手吧。但愿他不为路上恶魔附体吧。白方时间还剩余二十三小时，一两个小时不成问题。可是，名人没有将午休当作战法，而黑百三十一这一手，却连上了午休。

白百三十一手像是官子棋，大竹七段也说被"扼腕擒拿"；吴六段也如此解说：

"这里是微妙的地方。就是说，一旦被黑切断百二十九，百三十意义就在于先便宜一下。"对于黑的必死的切割，白方不能脱先。双方正在紧张对峙，一方稍有放松，就会被对方击倒在地。

伊东续战以来，大竹七段深入研究战局，十分执着，慎重精确。百二十九的切入，正是黑方战斗力量的大爆发。白方百三十的脱先，我们都深感惊讶。七段没有胆寒，白方如果夺取右边黑四目，那么黑就可以踏平中央白地。七段没有应对白百三十，而是将黑百二十九延长至百三十一。果然，名人以白百三十二，回手应对中央。此时，还是以白百三十应一手黑百二十九为宜。

名人讲评时，叹息地说：

"白百三十以此为败着。这一手，落在'17九'，正是顺势问一下黑的应手。黑如果应对'17八'，那么白百三十就是正确的。就是说,下边即使黑百三十一长一手,白也用不着考虑黑'16 十二'的挖,可以悠悠然在'12 十一'防一手。其他,不论发生任何变化,局势总要比棋谱复杂一些,这些都将成为微小的争执。接受黑百三十三以下的严酷侵入,就是白方的致命伤。此后尽管努力收束,然而缺乏挽狂澜于既倒之术。"

此乃决定白方命运的一手,说不定是名人心理或生理上的破绽。白百三十,既是强大的一手,又是纤弱的一着,名人继续护持着,是想用来进攻吗?当时,作为局外人的我这么看,这是名人不堪忍受、孤注一掷的爆发。然而,白先去断黑一手就好了。白百三十这一步败棋,恐怕是名人对今早大竹七段封盘怨怒的余波。然而,到底如何,不得而知。即使名人本人,也认不清自己内心命运的波澜和途中妖魔。

名人打出白百三十之后,不知从哪里传来尺八的乐音,稍稍缓和了盘面上风暴。名人侧耳倾听。

"自高山望谷底,香瓜和茄子花儿盛开……初学尺八,首先要学这个。比尺八少一洞眼,谓之'一节切'①。"看他表情,似乎想起什么。

大竹七段下黑百三十一手时,中间夹着午休。他认真考虑一刻钟,午后二时,一度抓起棋子又在考虑"噢",一分钟后落子。

名人看到黑百三十一,挺起胸脯,伸长脖颈,焦急地敲打着桐木火钵的边缘。敏锐地扫视了棋盘一眼,一边估算。

黑方切入百二十九,对白三角的另一端黑百三十三再次断,三个

---

① 一节切:日式竖笛。

子被打吃,由此至黑百三十九一路滚包打吃,这就是大竹七段所说的发生了"惊天动地"的巨大变化。黑方直接突入白模样正中,我仿佛听到了白方阵势哗啦啦崩溃的声音。

白方百四十直接再逃,还是要提掉横的黑二子。名人不住呼啦呼啦扇着扇子。

"不懂,似乎都一样,不懂。"他无意识地嘀咕着。

"不懂,不懂。"

然而,这手意外地快速,二十八分钟。不久就打出了。不久三点钟上点心,名人对七段说:"吃点蒸寿司吧。"

"我肚子不好……"

"吃点蒸寿司治一治,怎么样?"名人问。

大竹七段针对名人白百四十说道:

"这一手我以为就封手了呢,但是还是下了……落子啪啪地响。难受啊,但是并没有被打吃那么难受。"

名人一直下到白百四十四,最后以黑百四十五封盘。大竹七段抓起棋子刚想落下,又陷入沉思。到中间休息的时间了。七段来到廊上,直到下封期间,名人严厉地环视棋盘一遍,岿然不动。他的下眼睑发热,微微浮肿。在伊东对阵时,他不断地看时钟。

四十

"我觉得,今日要是能下完那就下完吧。"十二月四日早晨,名人对主办者说。午前对阵中,又对大竹七段说:"今天就下完算了。"七段静静地点点头。

约莫长达半年的这盘棋赛,也要在今天结束了。作为一名忠实的观战记者的我,心情也很不平静。而且,名人失败,人人皆知。

还是早晨的时候,七段从棋盘前站起来离开时,名人看着我们,微微笑着说:

"都完了,没什么可打的了。"

不知何时叫来的理发师,今天早晨,名人剃了个和尚一般的光头。本来他住院时留着长发,两边分开,将白发染黑才来伊东的。突然弄得极短极短的。看来,名人也会耍个小花招啊。不过,倒也清爽多了,仿佛涤荡了一层什么。

四日,院内的梅花开了一两朵,这是个周日。打从周六开始,客人多了起来,所以今天把棋赛场地转移到新馆去了。名人相邻的房间,时常是我居住的屋子。名人房间位于新馆最里面尽头,顶上的二楼和三楼,从昨晚开始,也被这次棋赛主办人员占领了。就是说,不让别人住进来,以此保护名人的睡眠。大竹七段原来住在二楼,前天还是昨天也搬到楼下来了。听说他身体不好,上下楼不方便。

新馆朝向正南方,庭院开阔,阳光照进来,挨近棋盘。在等待黑白四十五封盘开启的时候,名人歪着脖颈,盯着棋盘,双眉紧蹙,神态严肃。大竹七段或许胜利在望,落子十分快捷。

眼看进入收官阶段了,双方棋手的紧张程度,在布局或和中盘阶段与平时大不一样。精神抖擞,探身落子的姿势颇为可怕。一如短兵相接,呼吸也急促起来。仿佛看到智慧的火花瞬间闪耀。

平常对弈,大竹七段总是在这里保留最后一分打出百手,大显追击气势。但此次棋赛,七段尽管还有六七个小时,临近收官,斗争越发勇猛,不甘罢休。仿佛自己激励自己,时时将手指伸进棋盒,突然又陷入沉思。名人也是一样,一旦抓起棋子,又犹豫不决,举棋不定。

看着这种收官的场面,好比看到飞速运转的机器,灵敏快捷的数学运算,活跃着一种秩序井然的美感。纵然是战斗,也具有美丽的形态。更为全神贯注的棋手,平添一层秀艳。

由黑百七十七到百八十期间,大竹七段也热血沸腾、神情恍惚,饱满的圆脸看起来像是神态安然的佛面。宛若进入心旷神怡的技艺园地。那是一张无可形容的美颜。再也想不到肚子不好的事了。

在这之前,大竹夫人或许因担心在房间里待不住,到庭院里散步,抱着宝贝儿子,远远地一直望着棋赛室。

大海传来汽笛的长鸣,刚好停歇时,名人打出白百八十六,突然抬起头来说:

"空了,空席了。"他转过头来,对着这边亲切地招呼道。

今天,小野田六段结束了秋季升段赛,也来观战。此外,八幡干事、五井和砂田两位记者,还有东京《日日新闻》的驻伊东通信员等。这盘棋赛的工作人员也都聚集而来,观看即将临近结束的终盘战。紧邻的隔壁房间挤作一团,有的人就站在隔扇背后。看到此番情景的名人,招呼大家:

"请进来观看吧。"

刹那间,大竹七段的佛颜又变得斗志昂扬了。名人小巧的身材,稳健地坐在座席上,显得颇为高大,使得周边寂静无声。名人一直在默算。七段一旦打出黑百九十一,名人就低垂着头颅,猛然睁开眼睛,突出膝盖。两人都呼啦呼啦激烈地扇着扇子。黑方打出百九十五,随后进入午休。

午后,又搬回原来的棋赛室,旧馆六号房间。过午,天气阴霾,乌鸦不停地鸣叫。棋盘上方开了灯。一百瓦的电灯太明亮,用了六十瓦的灯泡。棋盘上映射着朦胧的暗红的阴影。这是棋赛最后一天,旅馆老板用心装饰的。还把壁龛的挂轴换成了川端玉章的山水双幅,摆设着骑着大象的佛像,近旁放着盛满胡萝卜、黄瓜、西红柿、椎菇和三叶菜的盘子。

我听说,这种重大的决胜场合,临近终局,极尽残酷,不忍卒睹;但名人不动声色。单看态度,并不知道名人面临败局。从二百手左右开始,名人也面颊泛红,初次解开了围巾,气势迫人,但姿态严肃,不稍改变。黑二百三十七最后一手,名人默默地提子填入空中时,小野田六段问道:

"是五目吗?"

"嗯,五目……"名人嘀咕一句,抬起浮肿的眼皮,不再打算数下去了。终局当为午后二时四十二分。

第二天,名人说完参加棋赛的感想后,笑着说:

"没数子就当作五目了……不过,通过目算是六十八七十三。如果实际数子,或许更要少一些。"后来自己实际数了一下,黑五十六目,白五十一目。

产生这五目之差,正是白百三十败着的缘故,黑方攻破白模样儿之前,无人能预料得到。白方自百三十之后,至百六十前后,忽略了"17十八"的先手断,失去名人所说的"缩小几分败差"的时机。这样一来,即使有白百三十的败棋,也应该是五目以下三目左右的差,那么如果没有白百三十的败着,不发生"惊天动地"的变化,这盘棋会是什么样子呢?黑方会败吗?外行人是不知道的,但我也不认为黑方会败。我大致相信,大竹七段面对这盘棋的觉悟和态度,即便硬如岩石,黑方也要啃下来。

不过,六十五岁的老名人,忍受着病苦,使得死死盯住自己的现在首当一面的棋手失掉进攻主动权,不能不说打得很漂亮!这不是对黑方乘其不备,也并非白方巧用方策,而是向胜负作了微妙的引导。然而,最后也许不堪忍受疾病带来的不安吧?

"不败的名人"败于隐退赛。

"据说名人一向主张,他只对于第二位者,亦即仅次于自己的人才会全力以赴,投入战斗。"他的一位弟子说。名人有没有如此说过,这不重要,但名人一生就是这么实行的。

终局第二天,我从伊东返回镰仓老家,等不及写完这部长达六十六天的《观战记》,仿佛逃脱这场棋赛,便到伊势、京都旅行去了。

名人依旧留在伊东,听说体重也增加了一公斤,四十一公斤了。他还携带二十盘围棋到疗养所去慰问伤病员。那是昭和十三年①底,温泉旅馆当作伤病员的疗养所使用。

四十一

说起隐退赛的第三年,过年时期,也就是一年多之后,名人的内弟高桥四段,在镰仓家里教授围棋。开学那天,名人带领弟子前田六段和村岛五段两人出席,那天是正月初七。隔了不久,我又同名人见面了。

名人好歹下了两盘示范棋,显得很吃力,手指撮不住棋子,落子

---

① 昭和十三年:一九三八年,日本发动侵华战争期间。

也很轻,听不见声音。下第二局时,他有时喘息,眼皮稍有浮肿。虽然不显著,但我想起了箱根时候的名人。名人的病一直没有好。

今天是给业余棋手上练习课,本来不算什么事,但名人很快进入忘我之境地。到了要去海滨旅馆吃晚饭的时候了,第二盘以黑百三十而结束。这是以业余初段强手为对手的四目棋,黑方通过自中盘出力的棋风,破坏白方大模样,使得白方成为薄棋。

"黑方还是很强吧?"我探寻似的问高桥四段。

"是的,黑方很强。黑方厚实,白方下得很苦。"四段说道。

"看来,名人越发恍惚了,和以前不一样,变得脆弱了。他已经不能下棋了。自打隐退赛之后,他明显衰弱了。"

"他很快变老了。"

"是的,这阵子成为好好爷们了……假若隐退赛胜了,还不至于这样吧。"

海滨旅馆告别之际,我与名人相约:

"下回在热海见面吧。"

名人夫妻一月十五日到达热海鱼鳞屋旅馆。我在那之前住在聚乐,十六日下午,我同妻子前往鱼鳞屋看望他们。名人及早摆出了将棋,我们下了两盘。我的将棋很差,没有进攻的威力和气势,他虽然让我两子,但我还是失败了。名人一个劲儿留我们吃晚饭,相约饭后聊天,我回他说:

"今天太冷了,别客气了。下回拣个暖和天,陪您一块去'重箱'或'竹叶'用餐。"

那天是个雪花飘舞的日子,名人喜欢吃鳗鱼。我回去后,听说名人泡热水澡,夫人从身后将两手伸进他的两胁架着。不久就睡了。

名人胸疼,呼吸困难起来。接着,第三天黎明之前就去世了。高桥四段用电话告诉了我。我打开挡雨窗,太阳还没有出来。我想,我前天去探望他,是否给名人的身体造成不好的影响呢?

"前天,名人还极力挽留我们一起吃晚饭……"妻子说。

"可不是嘛。"

"就连夫人也都这么说,我们却不顾一切,转头走了,总觉得不是个事儿。他们还嘱咐女佣,及早做好了准备。"

"这我知道,但天太冷,我担心名人的身体吃不消……"

"他会不会这么理解,好容易忙乎一番,竟然……也许有些不快吧?不过,他是真的挽留我们,不想让我们回家啊。照他的意思留下不就得了。他想必很寂寞吧?"

"确实很寂寞啊。不过,他始终都是如此。"

"那天很冷,他一直送我们到门口……"

"算啦,人已经……不说了,不说了。好难过,好难过,他人已经走啦呀。"

名人的遗体当日回归东京。当汽车从玄关运出时,被裹在细长的被子里,简直就像没有尸体一样。我们站在稍远处,等待车子出发。

"没有鲜花,喂,花店在哪儿?快去买花来呀。车子马上要出发了,快点儿……"我对妻子说。妻子跑着回来了。我把鲜花交给车子上的夫人。

舞　姫

皇居的护城河

东京日落时分是四点半左右,这时正当十一月中旬……

出租汽车刺耳地怪叫一声停住了,车尾喷出了黑烟。

这辆车后边拖着炭包和柴袋,还吊着一只歪歪扭扭的旧水桶。

听到后面车子的警笛声,波子回过头去。

"我好怕,我好怕呀!"

她缩起肩膀,紧靠着竹原。

接着,她把手举到胸前,似乎要捂住脸孔。

竹原发现波子的手指尖儿不住颤抖,吃了一惊。

"怎么啦……?怕什么呀?"

"会被人看到的,好像会被人看到的呀!"

"啊……"

原来是这样,竹原看看波子。

从日比谷公园后头进入皇居前广场,其间的交叉路口上车辆很多,下班的人们来来往往。他们两个人那辆车堵在道路中间,后头还停着两三辆,左右的车流连续不断。

后面顶住车尾的车子向后一倒,头灯照进他们车内,波子胸前的宝石闪闪发光。

波子黑色西装外套的左胸别着一枚胸针,细长的葡萄形,白金的蔓子,碧玉的叶子,点缀着几颗钻石葡萄。

配合着项链,她还戴着一副珍珠耳环。

不过,耳环掩在头发里,时隐时现。因为穿着白色蕾丝绣衣,颈上的珍珠不太显眼。绣衣的花边似乎是白的,但也可能是淡白的珍珠的颜色。

那花边直到乳沟之下,滑爽、柔软,为此种年龄的她,平添了几分高雅。

而且,蕾丝的领口不是高得直挺挺的,从耳下打上几个褶子,一直向前,越来越圆浑而又深邃,使那细长的脖颈看上去波浪起伏。

薄明之中,波子胸前宝石的闪光,仿佛也在向竹原求援。

"被人看见?在这种地方,有谁会看见呢?"

"矢木……还有高男……高男对他父亲言听计从,一直监视我呢。"

"你丈夫不是在京都吗?"

"不知道。再说,谁知道他什么时候回来。"波子摇着头,"都是你叫我乘坐这样的车子。很久以来,你就净干这种事!"

这时,车子"吱呀"一声又开动了。

"哦,又走了。"

波子小声说。

这辆车在十字路口冒黑烟,交警也看见了,没有过来拦截,因为停的时间非常短暂。

波子的恐惧似乎依然留在脸上,她用左手捂住面颊。

"叫你乘这种车,我反倒挨骂了……"竹原说,"因为我看见你冲开人群,逃也似的出了公会堂,神色很是慌张。"

"是吗?我自己倒没有感觉到,也许是这样的。"

波子低着头说。

"今天也是,走出家门时,忽然戴了两枚戒指呢。"

"戒指?"

"是的。是丈夫的财产啊……如果碰到了丈夫,看到这宝石,他就会想到,自己不在家的期间,东西也没有丢。矢木会很开心的……"

波子说话的当儿,车子又"吱呀"一声停住了。

这回,司机下了车。

竹原盯着波子的戒指说:

"你是有意想让矢木先生看到,才佩戴宝石的吧?"

"是的。不过也没有特别在意,只是偶然想起。"

"好叫人惊奇啊。"

波子似乎没有听见竹原说什么。

"真讨厌,这车子……又坏啦,真可怕。"

"烟好大啊。"

竹原望着后面的车窗。

"看来要打开盖子点火呢。"

"这种鬼汽车,我们下去走走吧。"

"先下车再说。"

竹原好容易推开车门。

车子停在通往皇居前广场的护城河桥上。

竹原走到司机那里,回头看了看波子。

"急着回家吗?"

"不,没关系。"

司机用一根长长的旧铁棍,打开炉盖,搅得炉膛嘎啦嘎啦直响。似乎在引火。

波子避开人眼,俯视护城河里的水,竹原走了过来。

"今晚家里只有品子一个人。那孩子一看我回去晚了,就问去干什么了、到哪儿去了,两眼泪汪汪的,随时要哭的样子。她是不放心我来着。她可不像高男那样监视着我。"

"是吗?不过,你刚才谈到宝石,我很纳闷。宝石本来不是你的吗?你们家里的生活,不是还像往常一样,一切都是全靠你支撑着吗?"

"是这样。我虽然没有太大的力量……"

"这事确实很难办。"

竹原看着波子有气无力的样子说:

"我真不理解你丈夫是怎么想的。"

"这是矢木家的家风。打结婚那天起,从未改变过。已经成了习惯。竹原君你不是老早就知道吗?"

波子继续说下去:

"也许结婚前就是如此,从婆婆那一辈人起……矢木的父亲死得早,婆婆一手将矢木拉扯大,又培养他读书。"

"这和那时候不同。战前,靠你那一笔陪嫁钱,过着富裕的生活。现在也不一样了。这一点,矢木先生比谁都清楚。"

"这我知道。矢木他说过,人人都各自背着一个痛苦的包袱,痛苦的包袱若是太重,就会带来其他后果,比如对另外的事情或熟视无睹,或束手无策。其实,我们也能互相理解。"

"别犯傻啦!矢木先生有些什么痛苦,我不知道,可是……"

"日本战败后,矢木心里的美好理想也破灭了。他说他自己就是古老日本的亡灵……"

"又嘟囔什么亡灵不亡灵的,难道波子夫人在家里的痛苦,他都打算视而不见……?"

"他不光是视而不见,东西减少,矢木也会感到很不安,所以他才监视我的行为。对于零花钱都计较得很厉害。我担心,一旦到了一无所有的时候,矢木可能会自杀的。一想起这个,我就害怕。"

竹原也不由打了个寒噤。

"所以你就戴两枚戒指出来了……?矢木先生倒不是亡灵,而波子夫人你也许是亡灵附身了呢。对于父亲这种卑怯的态度,一直袒护他的高男,又是怎么看呢?他也不是个孩子了吧。"

"哎,他也很苦恼。在这一点上,他是同情我的。他看到我工作,说想退学去找活儿干。不过那孩子对于父亲这位学者,一直无比敬仰。所以,要是他一旦怀疑起父亲,指不定会变成什么样子呢。好可怕呀。这些话,在这里说说也就算了……"

"好的,以后静下心来,再听你细说。可我看到刚才你那样害怕矢木先生,真是于心不忍啊。"

"对不起,不说这些了。我有时会因为恐怖而精神不正常,像癫痫,又像歇斯底里……"

"是吗?"

竹原有些将信将疑。

"真的,刚才车子停了,实在有些受不了,现在好了,没事了。"波子说着抬起头来,"多么美丽的晚霞啊!"

天空的颜色似乎也映在项链的珍珠上了。

午前晴天,午后云淡,这样的天气已经持续两三日了。

这是地地道道的薄云呢,日暮后的西边天空,云彩和暮霭互相交织、融和;然而,迷蒙的夕雾之所以带有微妙的色彩,这也是因为有云朵的关系。

霞光照耀的天空,烟霭低垂,朦胧而甘美地继续包裹着昼间的温热,然而其中也开始透露着秋夜的寒凉。深红的晚霞的颜色,正好也是这样的感觉。

红彤彤的天空,有的带着绛紫,有的显露薄红,也有极少处略显绛黄、淡蓝。还有的是别样的颜色。这些色彩,一概融于暮霭之中,看样子一直是低俯不动,实际上早已渐渐移转,消泯,无影无踪了。

接着,皇居森林的梢顶,仍然保留一带狭长的蓝天,犹如横空飞起一条彩练。

这一条蓝天,没有丝毫浸染晚霞的色彩,于黝黑的森林和深红的彩云之间,描画出一道鲜丽的境界。这一带蓝天,看上去似乎十分辽远,静寂而悲戚。

"多么美丽的晚霞!"

竹原说道,他只不过重复刚才波子的话罢了。

竹原只是顾及着波子,才跟着说晚霞是美丽的。

波子继续望着天空。

"从现在到冬天,晚霞很多。难道你不觉得,这晚霞令人想起孩子时代的情景吗?"

"是吗?"

"冬天虽说很冷,但是外面可以看到晚霞。大人骂道,这样会感冒的。啊……我呀,爱看晚霞,说起来,原以为也是受到矢木感化的缘故,其实从幼年起就是如此。"

波子转向竹原。

"你说奇怪不奇怪?刚才那座日比谷公会堂前边和公园出口,不是各有四五棵银杏树吗?虽然都是一排相同的树,但每棵树发黄的程度都不一样。有的树叶子落得很多,也有的树落得很少。看样子,树木也各各有着不同的命运哩……"

竹原沉默不语。

"我正在迷迷糊糊思考着银杏树命运的当儿,车子嘎嗒嘎嗒停了。我简直吓了一大跳,就害怕起来了!"

波子看了看汽车。

"修不好啦,站在旁边等下去,人家会注意的,到对面去吧。"

竹原给司机打了招呼,一边付钱,一边回头。波子已经横着穿过了马路,一副活泼而又年轻的背影。

护城河对过正面,麦克阿瑟司令部大楼顶上,刚才还一直飘扬着的美国星条旗和联合国的旗子,转眼之间已经不见了。也许正碰上降旗的时候。

司令部大楼上面东边的天上没有晚霞,高高的薄云渐渐消散。

竹原心里明白,波子容易感情冲动,看着她那风风火火的背影,想到波子自己所说的"恐怖发作"期,大概的确像她说的一样过去了。

竹原也来到了马路对过。

"看你十分显眼地穿过车流,想必是像跳舞一样地在运气吧?"

他轻描淡写地说。

"是吧,你是在开我的玩笑呀!"

于是,波子迟疑了一下。

"我也开个玩笑……行吗?"

"对着我吗?"

波子点点头,俯首沉思。

司令部的白粉墙,从正面映入护城河,窗户里灯影也照进河水里了。

但是,大楼的雪白影像很是淡薄,不知不觉之间,唯有灯光印在水面上。

"竹原君呀,你觉得幸福吗?"

波子低声问道。

竹原回过头来,闷声不响,波子的脸色泛起红晕。

"你现在已经不再向我提这类问题了,不是吗?过去是经常挂在嘴边的。"

"对,那是二十年前了。"

"二十年没有提了,所以现在我要替你问了。"

"这就是对我开的玩笑……?"

竹原笑了。

"现在不问也明白。"

"你过去不明白吗?"

舞　姬

"那也是明知故问呀。对于一个幸福的人,谁还会问'你是幸福的吗'这种问题呢?"

竹原说着,向皇居走去。

"对于你的这桩婚事,我当时就认为是错误的。所以你结婚前和结婚后我都向你问过。"

波子点点头。

"可是有一次,忘记是什么时候了,好像是西班牙女舞蹈家来访,你们结婚之后五年吧?在日比谷公会堂,我偶然碰见了你。你的座席是楼上靠前边的贵宾席,有你的芭蕾舞同伴,还有你的丈夫。我坐在后头,一直躲躲闪闪的。可是你一看到我,就立即跑上来,坐到我的身边,再也不动了。我想,这对你丈夫和朋友们都不好,劝你回原来的座位,你说就要坐在我身旁,保证不说话,老老实实的……就这样,一直到终场,两个多小时,你始终坐在我的旁边。"

"是这样的。"

"我有些忐忑不安,矢木先生不时向上面看,你就是不肯下去。那时我真感到迷惘。"

波子放慢脚步,蓦然伫立不动了。

竹原看到皇居前广场入口立着一块木牌:

　　　　这座公园是大家的公园,请保持清洁……

"这里也是公园?已经变成公园了吗?"

看完厚生省①国立公园部竖立的木牌,竹原问道。

波子向广场的远方遥望。

---

① 厚生省:相当于中国的卫生部。

"我家高男和品子,战争期间,两个幼小的男女初中学生,经常从学校到这里来抬土、拔草。孩子们一说要去宫城前,矢木就叫孩子们用冷水洗干净身子。"

"那时的矢木先生,就是这样的吧。那座宫城,如今也不叫宫城,而称皇居了。"

皇居上空的晚霞,渐次淡薄,灰色向四方扩散,反衬着东边的天空,依然保有昼间的明净。

然而,那为皇居森林镶边的一带蓝天,尚未消泯,呈现着铅灰色,愈加深邃。

森林里三四棵长得较高的松树,插向一带蓝天,在迷离的霞光里描画着黝黑的松影。

波子边走边说:

"天黑得真快啊!离开日比谷公园的时候,议事堂的尖塔还是一片桃红色呢。"

那座国会议事堂,早已被晚霞包围,顶端红灯闪烁。

右首的空军司令部和总司令部楼上,也同样闪烁着红灯。

总司令部窗户里的灯火,越过护城河岸的松林明灭可睹。松树下面,一对对情侣,人影憧憧。

波子犹疑地停下脚步,竹原也看到了那些情侣寒战战的身影。

"这里太冷清了,到对面去吧。"

波子说道,两人折回去了。

看到那些幽会的人影,两人都感到,他们自己也是以幽会的方式走在一起的。

竹原送波子去东京车站,路上车子出了毛病,这才下来步行。但是,是波子打电话,邀他出席日比谷公会堂的音乐会,所以从一开始,他们就是幽会无疑。

可是,两个人都过四十岁了。

谈论过去,就是谈论爱情。波子谈起到自己的身世,听起来就是一场爱的苦诉。这样的年月,在他们之间流逝了。这种岁月,既是两人的纽带,又是两人的阻隔。

"你不说感到迷惘吗?是什么使得你迷惘呢?"

波子回到原来的话题。

"是这样,那个时候……我还年轻,对于你的心理,我判断不清。放着矢木先生不管,一直坐在我的身边,这真是一个胆大妄为的行动啊!你当时为何会做出这种决断呢?究竟是怎么一回事?想来想去,觉得你以前就容易感情冲动,有时很叫人害怕,莫非脾气又上来了?我当时认为肯定是这个原因……"

"刚才,波子夫人你不也说是发作吗,那时和刚才假如都是感情的发作,那还是有很大区别的。那时你根本不把京都的丈夫放在眼里;可现在,你对身在京都的那位丈夫,时时感到胆战心惊……"

竹原说道。

"当时,要是带着你悄悄溜出公会堂,二人一同远走高飞更好,对吗?那时我还没有结婚呀!"

"可我都有孩子啦。"

"不过,当时我对你的所谓幸福的理解,也许也是错的。那个时代的我,还很年轻,始终相信:女人一旦结婚,她的幸福只能从家庭生活里寻找……"

"现在也是一样啊。"

"也是,也不是。"

竹原轻声而又坚定地说道:

"但是,那时你之所以能够离开矢木先生,安然坐到我身边,说明你的婚姻是幸福的、平和的。当时我想,你信赖着矢木先生,对他十分放心,所以任着性子、凭感情用事也可以得到原谅。当时只不过是看到我,一时感到怀念罢了。你坐到我身旁,也未曾感到有什么对不住矢木先生的地方。不过,你一直坐着不走,就有点儿反常了。你一句话不说,我感到不便,甚至不敢侧面看你一眼。那时候,我真的感到很迷惘呀!"

波子默默不语。

"矢木先生的外表也迷惑了我。那样一个温厚的美男子,看到他,谁能想象他家里会有个不幸的妻子? 要是没有幸福,总会令人觉得只能怪妻子不好。眼下也一样啊。那是前年或大前年的事吧,我租住你家别墅厢房那段期间,一次你说没钱缴电灯费,我把工资袋给了你,你泪流满面地说,工资袋还没打开过……你还说,自从结婚之后,你从来没见到过丈夫的工资……我很吃惊,当时我首先想到的是你不好,矢木先生反而显得神气十足。更何况过去,你们俩走在一道儿,人家都回头瞧看一番。你们的婚姻一开始就错了。我尽管心里这么想,但让我问你是否幸福,那就像是怀疑自己的眼睛。你没有回答,也是当然的事。"

"你不是也没有回答我吗?"

"我?"

"嗯。刚才我问过你了呀。"

"我们很平凡。"

"会有平凡的婚姻吗？你说谎。大凡结婚,总都是非凡的呀!"

"但我这个人可不像矢木先生那般非凡……"

竹原试图转一个话题。

"不是。看看我的那些同学,大体也都是这样。不是说一个人非凡,结婚也就非凡,而是说即使是两个平凡的人走到一起,他们的婚姻也会变得非凡起来。"

"真伟大啊!"

"又是真伟大,什么时候学会的口头禅……？像大人糊弄孩子一样,讨厌不讨厌呀?"

波子柳眉上挑,向竹原的脸上睃了一眼。

"每当谈起家里的事,都是听我一个人说。"

波子主动岔开话题。

她有时也想试着诘问竹原,内心里为此焦躁不已,但对于竹原的家事,她从不插嘴。

"那车子还没有发动,在冒烟呢。"

波子笑着说。

日比谷公园上空升起了月亮。这是初三初四的新月,那弯弓般的形状,不偏不倚,直立云间。

两人来到护城河岸。

望着水里的灯影,伫立不动了。

司令部窗户的灯光从正面射来,河水里晃漾着悠长的火影。右边河岸上的一排柳树和左首稍高的石崖,还有石崖上的松树,都在火影里映现出黯淡的影像。

"今年中秋赏月,大概是九月二十五六日,对吧?"波子说。

"这里的照片登在报纸上了。画面是司令部上空的圆月啊……也有火影。那排窗户也在水里映出一条条亮光。可上面还有一缕光影,那似乎就是明月的影像。"

"报纸上的照片,能看得这样清楚吗?"

"是的,就像明信片一样,我印象很深。城墙的石崖和松树都照进去了,照相机似乎是安放在那边柳树之间的。"

竹原感到了秋夜的寒气,像是催促波子快走一般,边走边说:

"你把这些事情也对孩子们说吗?那会使得他们变得柔弱的。"

"柔弱……?我也柔弱吗?"

"品子走上舞台就会变得强韧起来,但将来她要是像母亲就糟啦。"

渡过护城河,再向左转。日比谷方面走来一群警察,皮带上的金属零件闪闪发光。

波子让到一旁,紧靠竹原,抓住他的胳膊。

"所以嘛,我希望你能支持品子,保护她。"

"比起品子来,你……?"

"我在许多地方,都已经仰仗了你的帮助,不是吗?在日本桥有一处排练场,也是托竹原君你的福呀……而且现在你保护品子,也就等于保护我。"

波子避开警察之后,依然靠路边在河岸柳树下走着。

那些垂柳的细叶大多还没有飘落。

可是,电车线路旁的一排排悬铃木,靠这边的叶子刚刚泛黄,而另一侧同样是悬铃木,树叶早已落光,只剩赤裸裸的树干了。也许是被公园的树木挡住了阳光。仔细一看,这里的一排街道树,也有的叶子大都散落,有的还郁郁青青。

竹原想起波子说的话:"树木也各自有着不同的命运哩……"

"要是没有战争,品子现在说不定在英国或法国的芭蕾舞学校跳舞呢。我也许会跟她一道去。"波子说。

"那孩子,正当上学的时光都给耽搁了,再也夺不回来啦!"

"品子还年轻,今后的路还长着呢……不过,你不是也考虑过那种摆脱的方法吗?"

"摆脱……?"

"从婚姻里摆脱……离开矢木先生,逃到外国去……"

"哦,那是……? 我只考虑品子,我活着就是为了女儿……现在也是……"

"逃到孩子们中间去,这是作为母亲的一种摆脱的方法啊。"

"是吗? 但是我的做法更偏激,像个疯子。品子成为芭蕾舞演员,是我终生的梦想……品子就是我。我们偶尔会分不清,到底是我为品子牺牲,还是品子为我牺牲。倒也无所谓了。每每想起这些,就感到我们自己能力有限,实现不了啦。"

波子漫不经心地向下看了看。

"啊,鲤鱼,银鲤鱼!"

她大声叫着,望着河水。她用手撩开垂在脸前和肩头的柳枝。

护城河流到日比谷十字路口,在这里拐了个弯儿。

河水一角里,一条银鲤纹丝不动,若浮若沉,好似停在水的中央。

因为是拐角儿,积了些垃圾,唯有这里,清浅见底。也有沉下了一些落叶,但也和鲤鱼一样,在水里纹丝不动。其中也有悬铃木的落叶。波子拂动的柳叶散落在水面。河水浑浊,微微带着浅黄。

借着司令部的灯光,竹原也凝神瞅着鲤鱼,但他马上又后退一步,仔细瞧着波子的背影。

波子玄色的裙子一直收紧到裙裾,展露出腰部至腿脚的线条。

打从青春时代起,竹原就从波子的舞姿里发现了这一点,这是一种激动人心的线条。女人的身段至今未变。

然而,那时候的波子的背影,如今却变换为站在夜间护城河岸边窥视鲤鱼的背影,对于这一点,他实在有些受不住。

"波子夫人,你要看到什么时候啊?"

他尖声喊道:

"走吧!你不能再盯着那种东西看啦!"

"为什么呀?"

波子转过身子,从柳树下面回到人行道。

"那么小的一条鲤鱼,谁也不会瞧上一眼的,偏偏被你看到了……"

"尽管没人看见,尽管没人知道,可这条鲤鱼就活在这里。"

"因为你就是这样的人,所以才会发现这种孤寂的鲤鱼……"

"也许是吧,不过,这样宽阔的河流,偏偏挑一个行人很多的拐角儿,待在水里纹丝不动,你不觉得很奇怪吗?来来往往的人都没注意,往后对谁谈起这条鲤鱼来,都以为是说谎呢。"

"反而是注意到的人才显得非同一般……也许这条鲤鱼就是为

了被你看到,才游来这里的呢。孤独一身,同病相怜嘛!"

"是吗?我看见鲤鱼前面河水中央,竖立着一块牌子,写着'爱护河鱼'。"

"嘿,不对吧,会不会写着'爱护波子'啊?"

竹原笑了,看着河水寻找那牌子。波子也笑起来了。

"在那儿,你连牌子都看不到吗?"

两人身边,开过来一辆美国军用大轿车,乘坐着男男女女的美国人。

人行道一侧,停放着一列新型的美国汽车,一辆接一辆开动了。

"在这种地方能盯着那条可怜的鲤鱼,你不能这样下去啊!"

竹原又说起来。

"你的这种性格该丢掉啦。"

"是呀,为了品子。"

"也为了你自己……"

波子沉默了片刻,静静地说:

"虽说不单是为了品子,我决定卖掉家里的厢房。因为是你从前租住过的房子,所以预先想跟你说一声……"

"是吗?我买下来吧。这样一来,假如以后你还想卖掉堂屋,不是更便当一些吗?"

"哎呀,竹原君,你这种判断,是一时心血来潮吗?"

"实在对不起了。"

竹原赔起礼来了。

"我太冒失了,不该这样有先入之见   "

"不，正像你所说的，堂屋早晚也要卖掉的。"

"到那时候，购买堂屋的买主一定很在意厢房里住的是什么人。虽说是厢房，同在一所宅子里，说话互相都能听见，到头来，堂屋也许很难脱手。如果我买下厢房，等你卖堂屋时，可以一并转让……"

"哦……"

"你若想卖掉厢房，那么相比之下，把四谷见附焚烧的废墟地卖掉怎么样？那里光剩下围墙，长满了杂草。"

"嗯。可我想在那里为品子建造一座舞蹈研究所，将来……"

竹原本想指出，在那里建造舞蹈研究所的可能性很小，但他没有说出口。

"不一定选那里，到时候，可以找更好的地方。"

"倒也可以，不过那块土地藏着我和品子的舞蹈梦想。我年轻时、品子幼小时候的舞蹈灵魂就在那个地方。在那里，我总能看到各种舞蹈的幻景。那块土地我不能交给别人。"

"是吗……？那么，不单卖厢房，到时干脆把北镰仓的宅基地整个儿卖掉，在四谷见附建设一所研究所兼住宅，怎么样……？这是可以办到的。我工作上，照现在的样子，多少可以帮助你一下。"

"丈夫根本不会答应的。"

"这就看波子夫人你的决心了。要是不狠狠心的话，研究所也建不起来。我以为，现在就是个机会。前人栽树，后人乘凉，光靠吃老本，终究不是个办法。听说好多人苦于没有便利的排练场，要是现在就建起一座漂亮的研究所来，也可以供给其他舞蹈家使用。这样，不是对品子更有利吗？"

"他不会答应的。"

波子无力地说。

"即便对矢木说了,他照例会想得很多很多。我以前真的认为他是个深思熟虑的人,可实际上,他口头上应和着,心里却在打自己的小算盘。"

"怎么会呢……"

"我是这么看的。"

竹原看看波子,波子也瞧着他。

"不过,我对于竹原君你,也感到奇怪呢。不管和你商量什么,你总是立即下结论,一点儿也不感到困惑。"

"是吗?或许因为我对你没有私心,要么因为我是个俗人。"

波子的眼睛盯着竹原的面孔不放。

"竹原君,我问你,买下我家的厢房,作何打算呢……?"

"是啊,干什么用呢?我还没考虑。"

接着,竹原半开玩笑地说:

"我本来是被矢木先生从那厢房里很体面地赶了出去,我要是买下来住进去,或许会试着报复矢木先生吧。但是,矢木先生不会卖给我的。"

"要是矢木的话,他也许会开动脑筋,卖出个好价钱呢。"

"矢木先生不大会斤斤计较的,打小算盘始终是波子夫人你的事啊!"

"可不。"

"但是,正如你所说,矢木先生也许会答应卖给我。他是个绅士,即使有妒嫉,也只能留在梦里,不会显示在脸面上的……要是不卖给我，人家就会说他吃醋，矢木先生是不愿这么干的。但是，你们之间，究竟有没有嫉妒，互相似乎都看不出这种迹象，在别人眼里，总显得有些阴森可怖。这好像是暴风雨前夕的寂静啊……！"

波子没有吭声，心底燃起一股冰冷的火焰。

"我并不是早就另有企图，才说要买下你家的厢房，我只不过想常常在那间厢房里露露面，叫矢木先生看了难受，这也是挺有意思的事。我要剥掉矢木先生的那副伪君子的脸皮……不过，比起矢木先生的嫉妒来，我更担心的是，首先是苦了波子夫人你了。说到我自己，这回又要出现在你们的身边，我心里也不会平静吧。"

"竹原君不管在哪里，我都一样是苦。"

"因为我而受苦吗……？"

"有这方面的苦恼，也有另外的苦恼。刚才提到的卖掉房子，盖舞蹈研究所，这对女儿很好，可高男怎么办？高男是个模仿性很强的孩子，逐渐就要学他父亲了。尽管站在高男的角度，也没有什么奇怪。我一味袒护品子学习芭蕾，高男就会陷于姐姐的阴影之中……"

"这倒也是，这一点要注意。"

"再说，经纪人沼田拼命离间我们四个人的关系，就连我和品子之间，他也插手……他想把我们一家四口搞得四分五裂，还耍弄我，企图一口吃掉品子。"

那里河岸上的柳荫里又立着一块招牌："爱护河鱼。"

司令部正前方，也许窗内的灯光十分明亮的缘故，对岸的松影和这边的一排柳荫，在这一带河水里显得稍微清晰些。

窗内的灯火迷离地照射着对岸石崖的一角，石崖上面站着一个幽会的男子，烟头闪着光亮。

"好可怕,那、那路上刚刚跑着的车子里,是不是坐着矢木……?"

波子冷不丁地缩紧了肩头。

母女·父子

矢木元男领着儿子高男，走出上野博物馆。

父亲来到石砌的大门中央，停住了脚步。他来参观古代美术展览，眼睛疲倦了，悠然地望着公园的树木，若无其事在原地伫立不动。古代美术留在他的脑子里，自然界使他感到赏心悦目。

父亲轻松地咧着嘴角，眺望着公园。高男站在一旁，看着他的父亲。

父子两个十分相像，儿子只是比父亲矮一点儿，瘦一些。

二十天没见父亲了，儿子盯着他，觉得父亲很神气。

两人是在雕刻陈列室碰到的。

当时矢木从二楼下来，一进入雕刻室，就看见兴福寺的沙羯罗像前，站着高男。

未等矢木走近，高男回过头来，发现是父亲，显得很不好意思。

"您回来啦？"

"啊，回来了。"

矢木点着头。

"怎么回事啊？想不到在这里见到啦。"

"我是来迎您的。"

"迎我……？你早知道我会来这里吗？"

"您信上说和博物馆的人一同坐夜班车回来,我想您大概不会直接回家,很可能顺便路过这里一下。不过我倒是在家里等了一个上午呢……"

"是吗？谢谢你了。信什么时候到的？"

"今天早晨……"

"正巧赶上啦？"

"不过今天是姐姐的排练日,信送来之前,妈妈也一起出去了,她们两个都不知道爸爸要回来。"

"是吗？"

两个人都避免面对面,各人只望着沙羯罗像。

"我估计爸爸要来博物馆,可是会在哪里碰见呢？我一直在琢磨。"

高男说。

"我最后决定在沙羯罗和须菩提面前等着,这个主意不错吧？"

"嗯,真是个好主意。"

"爸爸每次来博物馆,最后必定要到兴福寺的须菩提和沙羯罗这里,站上一些时候吧？"

"是的。在这里,头脑会变得更清醒,心中的暗云和污浊也会一扫而光。而且,还能驱除疲劳和隐痛,使人有一种说不出的温馨之感。"

"我看到长着一副娃娃脸的沙羯罗,皱着眉头,有点儿像姐姐和妈妈的老习惯,对吧？"

父亲摇摇头。

矢木之所以摇头,是因为他觉得这话太荒唐,但又立即神情和悦地说:

"倒也有点儿。总之,高男看出妈妈和品子有些像天平时代①的佛,也很了不起。要是给她们说说,她们也会变得温柔一点的。但是,沙羯罗不是女人。女人没有那样的脸庞。沙羯罗是个少年啊,是东方的神圣少年!他凛然而立,使人感到,在天平的奈良国都,也有着这样的少年。须菩提也一样。"

"是啊。"

高男应和着。

"我等爸爸,在沙羯罗和须菩提像前站了好久,渐渐觉得表情上有些悲哀……"

"唔,两尊都是干漆像,干漆这种雕刻的素材,使得雕刻师易于进行更为抒情的处理。所以天真少年像里,也含有日本的哀愁。"

"姐姐的眼睑经常闪动,时时蹙着眉,和这很相像,眼神里含着悲哀。"

"是的。使眉根皱起来,这是佛像的一种做法。这尊沙羯罗的伙伴——八部众的阿修罗像②,还有与须菩提同为释迦十大弟子③的造像里,有好几尊都是蹙着眉的。还有,这尊沙羯罗雕成可爱的儿

---

① 天平时代:天平为圣武天皇在位时(729—749)的年号。天平时代,即美术史及文化史上的奈良时代,自和铜三年(710)至延历十三年(794)。
② 八部众:佛教用语,指守护佛教的异形之神,又称"天龙八部"。《法华经》中以"天、龙、夜叉、乾达婆、阿修罗、迦楼罗、紧那罗、摩睺罗伽"为八部众,而日本兴福寺的八部众则为"五部净、沙羯罗、鸠盘茶、乾达婆、阿修罗、迦楼罗、紧那罗、毕婆迦罗"。
③ 释迦十大弟子:舍利弗、目犍连、摩诃迦叶、阿那律、须菩提、富楼那、迦旃延、优婆离、罗睺罗、阿难陀。

童形态,但他是八大龙王之一,实际就是龙。他具有护持佛法的巨大威力,是水之王。这尊像也具有这种力量。盘绕肩膀的蛇,在少年的头顶上,高扬着镰刀形的颈项。然而,他的造型仍像人,看上去非常和善、亲切,所以总使你想起一个什么人来。但是,看上去很写实,其实是永恒的理想的象征。一副天真可爱的神态之中,显现着清净无边的大度,含蕴着深沉宁静的力的跃动。很遗憾,在智慧的深度上,和家中的女人们大不一样。"

两人从沙羯罗前面走到须菩提前面。

这尊须菩提像更是神态自若地站在那儿。

沙羯罗高五尺一寸五分,须菩提是四尺八寸五分。

须菩提身披袈裟,右手攥着左边的袖口,脚上套着板金刚靴子,于石基之上,神色肃穆,稍显孤清,沉静而立。他那一副人人常见的清净、平和的光头和娃娃脸,带着促人怀恋的永恒的神情。

矢木打前面默默离开了须菩提。

然后,来到了大门口。

突露在大门外的高大的石柱,成为包容博物馆前院和上野公园的坚实有力的画框。

父亲站在石砌大门正中的大理石地面上,在高男眼里,作为一个日本人,这位父亲显得很神奇,一点儿都不寒酸。

"在京都很幸运,接连遇上了考古学会和美术史学会的学术活动,两个会都出席了。"

父亲说着,悠悠拢着一头长发,戴上了帽子。

矢木说在京都出席了考古学会和美术史学会,但学会的活动中,他只看了私人的藏品展览。

矢木既不是专门的考古学家,也不是美术史学家。

矢木也曾经把考古学样品作为古美术品欣赏,但是,他在大学里学的是国文学①,是一位日本文学史专家。

战争时期,他写了《吉野朝的文学》,这本书在他开设讲座的一所私立大学,作为学位论文提交了。

南朝的人被打败了,一边流浪于吉野山等地,一边捍卫王朝的传统,并发扬光大,这是一本考察他们所憧憬的文学和史实的书。在南朝天皇们的源氏物语研究之中,矢木的笔注入了泪水。

矢木访问了北畠亲房②,沿着《李花集》作者宗良亲王③流浪的旅途,一直走到信浓④。

据矢木所言,圣德太子的飞鸟时代、足利义政的东山时代等,自不必说,圣武天皇的天平时代和藤原道长的王朝时代等,也绝非和平的时代。人们争斗的潮流里飞扬着美的浪花。

矢木看到了藤原时代的黑暗,这是研读原胜郎博士《日本中世史》等书的结果。

矢木眼下正在写作关于研究《美女佛》的文章,这也多是因为受到矢代幸雄博士所著《日本美术的特质》等美学书籍的指引。矢木想用《东洋的美神》作为《美女佛》的标题,但这么做,则显得过分模仿矢代博士了。同时,较之"神"这个词儿,更想使用"佛"的也是矢木。

---

① 国文学:日本文学或研究日本文学的专门学问。
② 北畠亲房(1293—1354):日本南北朝时期的公卿、思想家。
③ 宗良亲王:生卒年不详,南北朝时代的歌人、后醍醐天皇的皇子。
④ 信浓:古国名,又名信州,今日本长野县一带。

在使用日本的"神"这个词儿上，矢木因日本在战争中遭受失败而遇到苦难，他自己有一种内疚感。《吉野朝的文学》，如今也变成了伤悼战争失败的一本书。当然，在日本的美的传统之中，还是将皇室作为"神"来看待。

矢木的《美女佛》，以观音为主。但是，除观音之外，弥勒、药师、普贤、吉祥天女等，这些富于女性特征的美丽的佛像，一概无所顾忌地添加进来，试图从这些佛像、佛画之中，摄取日本人的心灵和美质。

矢木既不是佛教学者，也不是美术史家，所以他在这些方面是肤浅的。但是，《美女佛》将成为一部别样风格的日本文学论。矢木认为，作为文学论，自己是可以完成的。

身为一个国文学家，矢木这方面的知识也许是深广的。

矢木是一个穷苦的书生，和波子结婚的时候，他连女学生所喜爱的中宫寺的观音像都不知道，也没有到过供奉弥勒像的京都广隆寺。他不观看芜村的绘画，而学习芜村的俳句。他虽然毕业于大学的国文科，但有关日本的教养比女学生的波子还少。

"名古屋的德川家发现了《源氏物语》的绘卷，你可以去看看。"

曾几何时，波子说罢就喊婆子把盘缠钱拿来。波子的婆子管理钱财。

矢木那时又惭愧，又悔恨，此种情绪刻骨铭心。

博物馆有南画（文人画）名作展。

当然也摆着芜村的南画。过去，矢木只知他有俳句而不知有绘画。

"二楼上的南画看了吗？"

矢木问高男。

"只是走马观花。我心里一直记挂着,不知道爸爸什么时候到佛像那里去,所以别的都没有好好看……"

"是吗?太可惜啦。今天回头还要和人约会,已经没时间了。"

父亲给高男看了看口袋里的钟表。

这是一只伦敦史密斯公司生产的古老的银质表,稍稍摁一下旁边的轴子,矢木的口袋里就响三次,接着再响两次,每次两声,这两声是表示一刻,从声音上可以判断,现在大约是三点半。

"要是送给宫城道雄①那样的瞎子,那该有多方便啊。"

矢木经常这么说。这是供夜间走黑路,或放在暗中枕头旁边使用的表。

矢木也带上了这只怀中闹表。高男也曾听父亲说过这样的趣事:逢到出席谁的著作出版纪念会,有人正在长篇大论讲个没完的时候,矢木口袋里的闹表就会丁零丁零地响,实在很有意思。

眼下,高男又听到父亲胸前的口袋里响起了八音盒般稚嫩的声音,这是闹表在响。一听到这种声音,高男就感到,能见到父亲真叫人高兴。

"我本来以为您从这里就回家的。还要去别的地方吗?"

"哎,在夜班车上睡得很好。那么,高男你也一块儿去吧。教科书出版社的总编要来找我商量,他想把我写的关于平安朝文学和佛教美术交流方面的文章,收入国语教科书。肯定是想着跟我商量,要避免专业方面的东西,使文章成为通俗的美文,还要放进一些插图。"

---

① 宫城道雄(1894—1956):生田流筝曲演奏家、作曲家。

矢木走下大门口的石阶,眺望着鹅掌楸树叶飘落的情景。

鹅掌楸树叶像槲树的叶子一样大,石门附近只长着一棵,伟岸正直,叶色深黄,像年老的国王一般静静矗立于广阔的庭院。

"我的文章即便删去主要部分,依旧能让人体味到藤原美术的韵味,对于学习藤原文学的学生,还是大有帮助的。"

矢木接下去问:

"芜村的画怎么样?因为高男你也不看他的画,只是通过国语教科书学习芜村的俳句……"

"是的。我喜欢华山。"

"渡边华山①?是吗,不管怎么说,南画方面,大雅②是个伟大的天才。至于华山,如今的年轻人中间比较受欢迎……那个时代,华山摄取西洋,具有强烈的好奇心,并且致力于南画的革新任务……"

矢木走出博物馆正门,说道:

"啊,还要见一见沼田,就是品子的那个经纪人……"

两人乘中央线到四谷见附。

他们打算穿过马路朝着圣依纳爵教堂③方面走。在等待车流通过的时候,高男震颤着眉毛说道:

"我非常讨厌那个经纪人。下次要是再对妈妈和姐姐鬼鬼祟祟

---

① 渡边华山(1793—1841):江户时代末期的画家、兰学学者。
② 指池大雅(1723—1776):江户时代中期的南画画家,同与谢芜村一起并为日本南画之集大成者。
③ 圣依纳爵教堂:St. Ignatius Church,统称麹町教堂,位于JR四谷站前,同上智大学相邻。

的,我要和他决斗到底……!"

"决斗,太激烈啦。"

矢木和蔼地微笑起来。

然而,这也许是当今青年的口头语,抑或是高男性格的展露吧?父亲望着儿子的脸。

"真的,对那种人,就是要拼个你死我活,否则,谁能受得了!"

"对方要是个蹩脚的人物,你也要用一个蹩脚的方法对付他吗?你的生命是宝贵的呀!沼田很胖,块儿头又大,凭你瘦小的臂膀,再挥动个什么小刀子,是根本戳不透他的。"

父亲笑着说。

高男做了个用手枪瞄准的姿势。

"就用这一手。"

"高男,你有手枪吗?"

"没有,那东西,可以随时找朋友借呀。"

儿子不经意地回答,惹得父亲打了个寒噤。

高男喜欢学父亲,人很老实。不过,他身上也藏有母亲性格中火烈的一面,有时会病态地燃烧起来。

"爸爸,过去吧。"

高男急急说了一句,倏忽从新宿方面驶过来的出租车前头穿了过去。

女学生们两人一起或四人一起,穿着制服,微微低着头,走进圣依纳爵教堂。隔着一条马路是双叶学院,女学生们也许是放学的路上前去祈祷。

走在外围护城河土堤的阴影里,矢木望望教堂的墙壁。

舞　姬

"教堂的新墙壁上也印着古松的影子啊。"

他沉静地说。

"去年,方济各的得力部下来过这座教堂。四百年前的前世教宗方济各·沙勿略到过京都,他也在林荫道的日本松影里走过吧。处于战乱时期的京都街巷,足利义辉将军在那里也是东藏西躲。方济各一心想拜见天皇,当然没有获得许可。他在京都只住了十一天,就回平户去了。"

松影摇曳的墙壁,在夕阳里映现着淡淡的桃红色。

相邻的上智大学的红砖墙上,也洒满了阳光。

他们进入前面的幸田屋旅馆,被人引到里面的房间。

"怎么样,很清静吧?这座建筑改作旅馆之前,原来是富贵人家的宅邸,这间房子是茶室。那位获得诺贝尔奖的汤川①博士,也在这间房子里住过。乘飞机从美国回来时,以及后来乘飞机去美国时……游泳选手古桥②等人,来往于美国和日本时,也都在这里寄宿。"

"这间房间,妈妈不也是经常来吗?"

高男说道。

汤川博士和古桥选手,是战败后日本的光荣和希望。矢木认为,

---

① 汤川秀树(1907—1981):理论物理学家。京都帝国大学(现京都大学)教授。一九四九年作为日本学者,首任荣获诺贝尔物理学奖。著作有《基本粒子》《现代科学与人类》等。

② 古桥广之进(1928—2009):游泳选手、教练。"二战"后连续打破自由泳世界纪录。引退后担任日本游泳协会会长等职。

这些深孚众望的人物,来往于美国期间住过的房子,一个青年学生能到这里来一趟,一定会永记心中的。可是高男却没有那样的感觉。

矢木接下去说:

"刚刚我们走来的时候,不是看到一间大房间吗?两间打通,曾充当汤川博士的会客厅。各种人物络绎不绝地涌来,想着尽量不要引到这间卧室来。可报社的摄影记者,不知从哪里悄悄躲在院子里,想偷拍他的生活照,使得汤川博士没有一点儿随意休息一下的时间。为了不让记者进来,这里的两个女佣,日夜都在院子两端站岗,被蚊子叮得好苦。因为是夏天啊!"

矢木望着院子。

大名竹、布袋竹、寒竹、四方竹等,这座庭院只种竹子。院子一角可以看见五谷神社通红的牌坊。

这座房子又叫"竹之间",烟熏竹搭成的天棚。

"汤川博士来这里的时候,旅馆老板娘正病着呢。但她想到,博士阔别很久回到日本,她一边养病,一边细心地照料着。她吩咐要焚上好香,调理好牵牛花使之盛开,又说要是树枝上有蝉鸣该多好。"

"哈……"

"要让他们听蝉叫,这太有意思啦。"

"哈。"

不过,高男从前听母亲也讲过这件事。父亲似乎是打母亲那里现趸现卖,儿子并不感到有多大趣味。

他环顾一下屋内。

"房子很好嘛,妈妈现在也经常来吧?好排场呀!"

父亲背倚吉野原木凹凸不平的壁龛廊柱,心情放松地坐着,点点头说：

"好像当时蝉鸣叫了,汤川博士作了一首短歌：

我来东京此旅馆

独立园中听鸣蝉

入住'竹之间'

满怀惆怅思无限

凉月轻风照无眠

汤川博士很早就喜欢作和歌。"

他继续先前的话题,想阻止高男说下去。

后来的晚饭,结账时也都记在波子的开销上。这阵子,就连这些事情,高男都似乎要怪罪父亲。

矢木轻声说道：

"妈妈和这里的老板娘很亲密,咳,就像朋友一样。再说,品子要登舞台,也得请人家多帮忙啊!"

教科书出版社的总编来访。

矢木请他们看文章之前,先让他们看看藤原时代佛教美术的照片。

"这些照片都是我挑选的,其中有着我的看法。"

高野山的《圣众来迎图》、净琉璃寺的《吉祥天女》、博物馆的《普贤菩萨》、教王护国寺的《水天》、中尊寺的《人肌大日》,还有观心寺的《如意轮观音》等照片,一张张摆上桌面,矢木正要加以说明：

"是,是,讨一口薄茶吧。京都癖也跟着上来啦……"

他拿起河内关心寺的秘佛——如意轮观音的照片,说道:

"关于佛,清少纳言也在《枕草子》里写到了:'如意轮忧虑人心,支颐而坐,未知此世,哀伤而羞愧……'她抓住了一种感觉。这一点,我的文章里也引用了……"

矢木说这话,既不像是对总编,也不像是对高男。接着,他明显地对高男说:

"刚才,在博物馆不是看到了沙羯罗和须菩提吗?奈良佛像那种清纯的具有人情味的写实,经过藤原的人情味儿的写实,变得艳丽而娇媚,富于肌肤的温馨,更具现世性。然而,神秘没有消失。神秘是女人的美艳最高的象征,参拜这些佛像,就会联想到,藤原的秘教似乎是一种女性崇拜。奈良药师寺的吉祥天女绘画,和这里的京都净琉璃寺的吉祥天女像,很相似,但是一比较,依然能深刻地感到奈良和藤原的差别。"

矢木把文件包拉到身边,取出净琉璃寺《吉祥天女》和观心寺《如意轮观音》的彩色照片来,这种彩色完好地保存下来了,他劝说总编将此彩色照片印制在国语教材的首页之上。

"是啊,能和先生的大作互相映照,那太好啦。"

"不,我的幼稚的辞藻华丽的文字尚未决定采用……用不用我的文章先不谈,但我希望日本的国语教科书首页务必印上一张佛像。这并非因为西洋教科书上印着圣母玛丽亚的像……"

"当然,先生的大作是要用的,所以才这般厚着脸皮前来求您了。然而,这佛像因为过于有名,今天的学生大体上是不是都看见过呢?"

总编有点儿犹豫起来。

"插入先生正文中的照片,就按照先生的意思办理,至于……"

"先不说我的文章,我还是希望首页印上佛像。不看日本的美的传统,就没有国语。"

"基于这种意义,先生的论文请务必允许收入……"

"谈不上什么论文……"

矢木又从文件包里抽出剪下的几页杂志交给总编。

"这是回来时在夜班车上修改过的,删去了啰唆的部分,请回去后看看,能不能当教材使用。"

说罢,呷了一口薄茶。

女佣来告诉沼田到了,矢木依然翻过来茶碗看着,低着头。

"请他进来吧。"

沼田穿着深蓝色的双排扣上衣,一副恭恭敬敬的样子。他挺着肚子,连作一下揖似乎都很困难。

"啊,先生,您回来啦。小姐,这回恭喜啦!"

"呀,谢谢。波子和品子多亏你费心了……"

沼田的"恭喜"是一副站在后台对舞台上的人说话的语气。

沼田的"恭喜",是指品子哪一次表演说的呢?矢木去京都这段时间,女儿在哪里,跳的是什么舞,一概不知。所以只好静静地旋转面前的茶碗,仔细观看。

"这只茶碗也是个美人呢。今后天冷的时候,这种热乎乎的美女般的志野茶碗,实在是好啊!"

"就是波子夫人呀,先生。"

沼田不苟言笑说道:

"按说,先生,这次在京都,恐怕也有名品大甩卖吧?"

"哎呀,我对清仓减价的东西不感兴趣,很厌恶。也不喜欢古董。"

"有些名品等着先生加以判别……是啊,便宜货之中也有名品闪光,正等着先生的慧眼呢。"

"哦,不会有的。"

"是的,当然不会常有。像品子小姐这样的名品,也不是十年二十年就能一下子发现的。最近,我呀,先生,我一直想把小姐称作名品。这件名品逐渐发出光亮,从而辉煌起来。不久,妇女杂志要出新年专刊了,先生您请看吧,我想了种种办法,将小姐推销到首页照片中去。我成功了。这是五一年度值得期待的新人明星啊!芭蕾舞也会越来越流行起来的……"

"谢谢。不过,不可勉强,硬是当作商品对待,就会……"

"先生,这个不用担心,有母亲跟着呢……"

沼田冷不丁地说道:

"她名字叫品子,也便于引申为名品的意思。我将尽早让您看到新年专刊上的照片。"

"是吗……?提起首页照片,我们刚刚也正好谈到这个。"

此后,矢木将沼田介绍给教科书出版社的北见。

女佣走进来,用餐之前请他们先入浴。

沼田和北见两人都因担心感冒而谢绝了。

"好吧,我就失陪了,将夜班车上的污垢洗一洗。高男,不去吗?"

高男跟着父亲进入浴场。

看到一只体重计,父亲问道:

"高男,你的体重是多少?看你瘦多啦!"

高男赤裸着身子,一跃而上。

"四十八九公斤,正好……"

"太轻啦!"

"爸爸呢……?"

"来……"

矢木和高男调了个个儿。

"五十六公斤。这几年一直没变。"

站在体重计前,父子两个光着白皙的身子,面对面紧靠着,儿子忽然觉得很不好意思,哭丧着脸走开了。

长州浴池①,两人一进去,皮肤就蹭着皮肤。

高男先去冲洗,他边洗脚边说道:

"爸爸,沼田纠缠妈妈好长时间了,这回您还许他继续纠缠姐姐吗?"

父亲枕着浴缸的边缘,紧闭着眼睛。

没有听到父亲回答,高男抬头看看。他注意到,父亲长长的头发,虽然还很黑,但是头顶中间逐渐稀薄了,前额也裸露得很高。

"怎么回事?爸爸为何要见沼田?为什么从京都一回来就……"

高男本来想说"家也不回就……",还想说"沼田一向不把爸爸放在眼里"。

"我去接爸爸,在博物馆见到了,很是高兴。可是爸爸叫沼田

---

① 长州浴池:圆筒状铁锅周边镶嵌耐火砖的浴池。

来,真是很扫兴啊!"

"唔……"

"我从小就觉得妈妈要被沼田夺走了,我恨他。连做梦都被沼田追赶着,差点儿被他杀死,经常做噩梦。这些,我都没有忘记啊……!"

"嗯。"

"姐姐和妈妈都跳芭蕾舞,一起被沼田缠住不放……"

"不是这么回事,这个嘛,高男,你的看法太偏激了。"

"不对,爸爸心里不是也很清楚吗?沼田为了讨得妈妈的欢心,是如何捧着姐姐的……姐姐之所以思恋香山先生,这也是沼田的计策啊!"

"香山……?"

矢木在水里重新坐正。

"香山君现在怎么样?高男你知道吗?"

"不知道,是不是不跳芭蕾了?看不到他的名字。说不定缩回到伊豆去啦。"

"是吗?关于香山君的事,我也想问问沼田。"

"香山先生的事可以直接问姐姐,不是更好吗?也可问妈妈……"

"唔……"

高男进入浴缸。

"爸爸不冲澡吗?"

"啊,懒得动呀。"

矢木给高男腾出了地方。

"今天学校里怎么样?"

"只上了两个小时课。不过,我这样就算是上大学,可以吗?"

"虽说是大学,其实是新学制,相当于原来的高中级别。"

"让我去工作吧。"

"这个嘛……?躺在浴缸里,不谈这些费力气的事儿。"

矢木笑了,他出了浴缸,揩拭身子。

"我说高男,你有时过分要求人家啦。例如,即使对沼田,有的可以要求他,有的就不能那样要求他。"

"是这样吗?对妈妈和姐姐也是这样吗?"

"说些什么啊?"

矢木制止高男不让他说下去。

两人回到"竹之间",沼田抬头望着矢木。

"先生称作美人的这只茶碗,和我相伴了一会儿。实际上,先生,这里的教堂是圣依纳爵教堂吗?我顺便到里面瞅了瞅,出了天主教堂,讨得一碗薄茶……?"

"是吗?但是,天主教和薄茶过去是有缘分的。例如,织部灯笼,又叫切支丹①灯笼。"

矢木说着坐下来。

"根据古田织部②的个人喜好,灯柱上雕刻着怀抱耶稣的圣母玛利亚像。还有切支丹大名高山右近所做的茶勺,铭刻着'花十',读

---

① 切支丹:指基督徒,"切支丹"为过去日语对葡萄牙语中基督教(christão)的音译。
② 古田织部(1544—1615):江户时代初期的茶人,师从千利休。陶艺方面也颇有建树,为织部陶之祖。

作花库鲁思①。"

"花库鲁思……？很好听呢。"

"高山右近等人，喜欢坐在茶室里，祈祷切支丹之神。茶道的清净和调和使得右近作为气质高雅之人，而成爱神、寻求主的美的引路人。这种颇有意味的事，也被外国传教士写下来了。耶稣教进入日本的时候，在大名和堺市的商人等之间，正是茶道兴盛的时候，传教士也被请去，一起跪坐于茶席之上，向神祈祷，献上感谢之意。寄回本国的传道报告里，详细记述茶道的情况，甚至涉及茶器的价格……"

"这样……最近天主教和茶道又盛行起来，先生居住的北镰仓是关东的茶之都。这是波子夫人说的。"

"是啊。去年，跟着方济各的得力部下而来的什么什么大司教等人，在京都被邀请到茶会上，看到茶道作法和弥撒作法，有好多相似之处，十分惊讶。"

"哈……跳日本舞的吾妻德穗②，也是天主教信徒。这回跳的《踏绘》③舞怎么样？先生也看了吗？"

"是吗？是长崎吗……？"

"是长崎吧。"

"跳的是踏绘过去的殉教。如今，一颗原子弹就把浦上天主堂

---

① 库鲁思：Cruz，葡萄牙语，意思是"十字架"。
② 吾妻德穗（1909—1998）：日本著名舞蹈家，以华丽的舞台风格为人所知，曾率团赴欧美举行公演。一九八六年成为日本艺术院会员，一九九一年获得日本文化功劳者称号。
③ 《踏绘》：模仿检验是否有基督徒信仰的舞蹈。

化作灰烬,长崎死了八万人,其中三万人应该都是天主教徒……"

矢木说着,看看教科书出版社的北见。

北见沉默不语。

"那里的圣依纳爵教堂听说是东方第一。但是我依然喜欢长崎的大浦的天主堂,那是最古老的国宝级的教堂……彩绘玻璃也很好看。因为远离浦上,而得以逃脱原子弹的破坏。不过我去看的时候,屋顶依旧破烂。"

开始上菜了,矢木收起桌子上摆在一旁的佛像照片,装进文件包。

"不过,先生仍然是具有佛性的人啊,过去,先生让波子夫人跳的《佛手》舞,十分美好。这出舞蹈将佛手的千姿百态,组合到一起了。"

沼田盯着矢木的脸,说:

"我想让波子夫人重新在舞台上复活,先生……"

"现在想起《佛手》舞,那真是一个很好的例子。品子小姐到底还没有到达波子夫人那样的年岁,所以,这出舞蹈宗教的深刻性,表演得不会太符合。"

沼田继续说着,矢木冷冷地嘀咕道:

"和日本舞蹈不同,西洋舞蹈是表现青春的。"

"青春……?青春也得看如何解释啊,波子夫人的青春已经过去,还是依然存在?这一点,先生比谁都清楚……"

他略带讽刺地继续说道:

"或者说,到底是想埋葬波子大人的青春,还是使得她的青春得以复活，不就取决于先生吗？波子夫人的心是年轻的，这个，我也知道。即使身体，在日本桥排练场里看起来……"

矢木转向一旁，给北见斟酒。

沼田也含了一口酒。

"波子夫人给女儿做陪练，真是太可惜啦。如果她能站在舞台之上，弟子们也会迅速增多起来。这对小姐也有利。母女都是舞蹈之花，既便于宣传，也能为舞台叫座。我也对波子夫人说了，我打算拍几张母女同台的照片，结果给逃掉啦！"

"她还是有自知之明的。"

沼田反唇相讥：

"她其实没有自知之明。站在舞台上的人，都是……"

传来了圣依纳爵教堂的钟声。

"说真的，今晚难得受到先生之邀，以为是商量波子夫人重返舞台之事，所以我便兴冲冲地跑来了。"

"唔，是吗……"

"除此之外，我想不出先生还有什么别的事找我。"

沼田眯细着他那双本来很大的眼睛。

"就让她跳吧，先生！"

"是波子对你说的吗？"

"是我的极力鼓动。"

"这真难办啊，四十岁女子即使能跳，时间也很短暂，最多到下一场战争为止。"

矢木很暧昧地说，之后便和北见谈起别的事来了。

晚餐的菜单中"八寸料理①"的品种有:鳖鱼冻、乌鱼子、柿子卷;生鱼片有鲫鱼和贝柱;汤以白色酱汤为底,加入小米和白果;烧烤类有酱烧鲳鱼;蒸煮类有清蒸鹌鹑;凉拌类有山药拌黑蘑,再加上火锅:鲷鱼什锦火锅。

沼田要告辞了,矢木看看表。

"先生还是那块表？不准了吧？"

"我的表从来都是一分不差。"

他对照那里的收音机按一下怀表轴。

"《对面三家旁两家》,本月的作者是北条诚。"②

矢木对沼田亮一亮怀表。

"和七点的报时一样。"

"下面播报新闻。"

沼田关掉收音机。

"是朝鲜吧……？先生,斯大林自己说:'我是亚洲人。'他是叫人不要忘记东方啊。"

四人乘同一辆汽车离开幸田屋旅馆。北见在四谷见附车站前下了汽车。

车子由赤坂见附驶到国会议事堂前时,矢木对沼田说:

"刚才,你提起波了重返舞台的事,可香山君怎么样了？他能复

---

① 八寸料理:怀石料理的一种,以八寸(约二十四厘米)的四方杉木平盘盛装的料理。
② 《对面三家旁两家》:一九四七年至一九五三年,日本广播协会(NHK)播放的家庭剧,表现新旧思想混杂的社会面貌,有八仕利雄和北条诚两位编剧。

归吗?"

"香山……?您说的是那个废人吗?"

沼田摇摇头。因为太胖,只能缓缓地稍稍动一下。

"说成废人,太残酷了。现在,他到底在做什么?"

"是个废人啊!作为舞蹈家来说……听说在伊豆乡下,当一名旅游巴士司机。这可只是风闻,我不清楚。那种抛离俗世的人我可不想主动提及。"

沼田回头看看。

"小姐已经不跟他来往了吧?"

"是这样……"

"不过对这件事,不清楚!"

高男没好气地插了一句。

沼田冷冷地说道:

"那家伙很叫人头疼,高男君也可以劝告一声嘛。"

"姐姐有她的自由。"

"舞台上的人是没有自由的,尤其是对于那些前途有望的年轻人来说……"

"极力促使姐姐接近香山先生的,不正是沼田先生吗?"

沼田没有回答。

汽车沿皇居护城河驶向日比谷。

矢木突然想起什么似的说:

"对了对了,在京都旅馆翻阅杂志时,发现竹原君公司的照相机广告栏里,使用了品子的照片。那也是你关照的吗……?"

"不,那不是旧照片吗?是竹原先生住在您家厢房时候拍的吧?"

"是吗……?"

"竹原先生的公司,照相机和望远镜广受好评,生意很红火哩。不知道能不能多多让品子小姐去当照相机的宣传模特儿。"

"那太过分啦。"

"趁这次过分一次嘛。只要波子夫人跟竹原先生说上一声……"

"波子不是不和竹原君来往了吗?"

"是吗?"

沼田登时不吭气了。

车子绕过日比谷公园后面的一角,拐向左方,驶过皇居的护城河。

波子和竹原乘坐的车子,曾在这里出了故障,使波子对身在京都的矢木怕得要命。那是五六天前的事。

沼田在东京站告别了。矢木乘上横须贺线,直到品川一带,一直沉默不语,接着就睡着了。到达北镰仓,高男把他叫醒。

圆觉寺门前的杉树林上,悬着月亮。

披着月光,沿着铁道边的小路步行。

"爸爸,您累了吧?"

"啊。"

高男将父亲的文件包换到左手拿着,靠了过来。

长长的月台上,栅栏的影子连接着小路。一走过那里,这回是人家的篱笆墙的阴影落在线路上。小路依然细长。

"走到这里,就觉得回到家里了。"

矢木稍微停下脚来。

北镰仓的夜,宛如山里的溪谷。

"妈妈怎么样……?又说着要卖什么东西吗?"

"这些吗?我不知道呀。"

"她不知道我今天回来是吗?"

"嗯。今早爸爸的信到了,是寄给我的,我装进口袋就出来了……要是在幸田屋打个电话就好了。"

高男低沉着声音说。父亲点点头。

"哦,没关系。"

进入小路右面的隧道。山稜像一只胳膊伸展过来,掘开这里就变成一条近道。

走在隧道里,高男说:

"爸爸,大伙儿想在东大图书馆前竖立一座阵亡学生纪念像,学校方面不会同意。见到爸爸之后,我本来想告诉您的。雕像已经完成,计划十二月八日举行揭幕式……"

"唔。好像以前也听你说过。"

"将阵亡学生的日记集合成书,出版了《在遥远的山河》和《听吧,海神的声音》,还拍了电影。根据'不要重复海神的声音'这个意思,纪念像也将命名为'海神的声音'吧。和'No More Hiroshima(不许广岛事件重演)'相通,是和平的象征。怀着悲哀和愤怒……"

"唔。那么,学校的意思呢……?"

"好像禁止。学校不受理日本阵亡学生纪念会赠送的纪念像……其理由是:这种纪念像不光是东大学生,还以一般学生和大众为对象。按照东大过去的惯例,在校园里建立纪念像,只限于在学术和教育上具有巨大功绩的人。还有,这种像的制作过于深刻也不行。因时局变化而变化、带有象征意义的纪念像,假如再遇到'学徒出阵①'这类事情,学校里因为有了这种不要战争的阵亡学生像,就会处于两难的地步。"

"唔。"

"但是,阵亡学生的墓标,建立在他们灵魂故乡的校园里,我认为是合适的。这种纪念碑,在牛津大学和哈佛大学好像都有……"

"啊……阵亡学生的墓标已经建立在高男的心中了。"

隧道出口,水滴从山上滴落下来。而且,听到了华丽的舞曲。

"还在练习呢,每天晚上都排练吗?"

"嗯。我先去通知一声。"

高男说着就跑去了,他快步登上排练场。

"我回来了。爸爸回来啦!"

"爸爸……?"

波子正要在排练服外边披上一件大衣,脸色灰白,几乎倒了下来。

"妈妈,妈妈!"

品子抱住了波子。

"妈妈,您怎么啦?妈妈!"

她抱着母亲走向墙边的椅子。

---

① 学徒出阵:"二战"末期,一九四三年以后,日本为补充兵源不足,停止了至二十六岁为止文科生的征兵推迟令,迫使二十岁以上学生入伍,出征。

波子闭着眼睛,女儿坐在她身边的椅子上。母亲的头紧靠在女儿的胸前。

品子用大衣裹着母亲的身子,左手摸摸母亲的前额。

"冰凉!"

品子穿着黑色紧身连脚裤,套着舞鞋。排练服也是黑色的,两腿全部露在外头。高高的衣裾上罩着喇叭裙子。

波子穿着白色的紧身裤。

"高男,把唱片停掉吧……"

品子说。

"是高男吓得呀。"

高男也瞅着母亲的脸。

"我没有吓她,没关系吧……?"

他看看品子。他从姐姐皱着眉头的眼睑上,联想起兴福寺沙羯罗的眉根来。他觉得两者果然很相似。

品子一把揪住头发,扎上发带。姐姐和妈妈都没有搽白粉,因为排练要出汗的。

品子兴奋地微带桃红的面颊,因惊吓而变得惨白了,闪着深沉而澄净的光辉。

波子睁开眼来。

"已经没事了,谢谢。"

她想坐起来,品子一把抱住。

"再躺一会儿吧……喝点儿葡萄酒吗?"

"不用,给我一杯水。"

"好的。高男,倒杯水来!"

波子用掌心轻轻揉一下额头和眼睑,坐直身子。

"不停地旋转后,正在做'白鹤展翅'这个动作吧。这时候,高男突然闯了进来……一阵眩晕,发生了轻度贫血。"

"现在好了吧……?"

品子把母亲的手放到自己胸前。

"品子我也吓得心里直跳呢。"

"品子,去接爸爸吧。"

"唉。"

品子瞧瞧母亲的脸色,然后在排练服外边迅速套上一条裤子,穿上毛衣,解下发带,用手指将头发散开来。

高男跑开之后,矢木慢慢逛悠起来。

开凿隧道的山棱,长着一片又细又高的松树,刚才映照着圆觉寺杉树林的月亮,现在又升到这片松树上空了。

要同沼田决斗的高男,和致力建立阵亡学生纪念像的高男,两者是统一的呢,还是分裂的呢?父亲感到有些不安,随之脚步沉重起来。

矢木现在的家,本是从前波子娘家的别墅,没有大门。入口处一棵矮小的山茶树,开放着花朵。

芭蕾舞排练场,位于堂屋和厢房的正中间,削去后山的岩石,高高君临于这块宅第之上。堂屋和厢房灯火通明。

"我们家的电灯好像不要钱啊。"

矢木嘀咕了一声。

睡眼蒙眬

矢木从京都回来的第二天,吃早饭时,唯有丈夫面前放着一盘红烧带壳龙虾①。矢木没有动筷子,于是,波子问道:

"怎么不吃龙虾呢?"

"啊……懒得弄啊。"

"懒得弄……?"

波子露出怪讶的神色。

"我们昨晚都吃过了,这是剩下来的,对不起……"

"唔,懒得剥壳啊。"

矢木说着,看了看龙虾。

波子轻轻笑着说:

"品子,帮爸爸剥掉虾壳。"

"唉。"

品子用自己筷子的另一头剔出了虾肉。

---

① 红烧带壳龙虾:原文为"伊势海老具足煮",将大龙虾连壳一起稍稍剁成几块,放入各种作料蒸煮,辅以海带、竹笋等配料。食用者用手边剥边吃,别有风味。此种料理令人联想起古代战国武士之风。

"真灵巧!"

矢木望着女儿的动作。

"吃带壳龙虾,用牙齿嘎嘣嘎嘣嚼碎,那才叫痛快……"

"人家给剥皮,就没有味道了吧。好了,全去掉啦。"

品子仰起脸来。

矢木的牙齿没有坏到连虾壳也不能嚼碎的程度,况且,即便不用牙嘎嘣嘎嘣嚼,也可以用筷子挑嘛。连这个都懒得动,波子不由一怔。

真的因为是上岁数了吗?

烤紫菜,还有矢木在京都带来的高野豆腐烩腐竹,都一起端上了桌面。即使不动龙虾,也可以吃完饭。可是,矢木看上去确实慵懒得很。

隔了好长时间回到家里,身心放松、精神怠惰的缘故吗?矢木看上去精神萎靡不振。

还是因为昨夜的疲劳之故吗?一想到这里,波子的面庞感到火烧火燎,低下了头。

然而,此时的羞赧一闪即过,当她俯首向下的时候,心底里已经冷了。

波子今早一个好觉醒来,头脑十分清晰,身子也显得很灵活。

气候忽冷忽热,眼下转暖,从一早起就是难得的小阳春天气。

由于芭蕾舞排练时身子不停运动,波子平时就颇有食欲。可是,今天连早饭的味道和平时似乎都不一样。

波子一旦注意到这一点儿,立即没有胃口了。

"今天难得看你穿和服啊。"

矢木没发现波子有什么异常,他说。

"京都穿和服的人倒是很多啊。"

"那是的呀。"

"爸爸,东京今年秋天也时兴穿和服呢。"

品子说着,瞧了瞧母亲的和服。

抑或没有想到,穿和服也是为了给丈夫看吗?波子对自己也感到害怕起来。

"两三天前,丝绸店老板来说过,战争开始的时候,漆花和扎染的和服很好销……"

"漆花和扎染可都是高级品啊。"

"全花扎染的和服要卖到五六万呢。"

"哦?你原来的那件,要是拿到现在卖就好了。太着急啦。"

"旧衣服已经不行了。掉价了,便宜得要命……"

波子低着眉说。

"是吗?新品可以自由购买嘛,手头宽裕之后,精致的,高级的都拿出来了。这还不是钻女人爱虚荣的空子吗?"

"唉,上次战争刚开始的时候,漆花和扎染和服流行一时,这回又再次好销起来……"

"怎么会呢,漆花和扎染和服不可能同战争有关系啊。前一回是战争带来的景气,这一回是因为战争拖得很长,一直没法穿啊。高级和服假如是战争的前兆,那真是一幅表现女人浅薄的漫画啊!"

"男人的装束也大大改变了呀。"

"是啊,可是帽子之类,没有好的卖,多半是夏威夷衫风格的。"

矢木端起了茶杯。

"我喜欢的那顶捷克制帽子,你当时也没有仔细看一下,拿到一家马虎的洗衣店去,结果用水洗,丝绒全都不行啦。"

"那是战争刚刚结束的时候……"

"现在想买也没有。"

"妈妈!"

品子叫了一声:

"文子来信说,就是我的那个同学,还记得吧……?她要参加圣诞节宴会,想向我借一套夜礼服穿。"

"圣诞节,这么早就着手准备了。"

"文子她真有意思,说什么她做过我的梦……梦见我有很多洋装。她看到我的衣橱里挂满淡紫和薄粉的衬衣,一排排足有三十多件……都镶着漂亮的花边儿。还有一只衣橱,挂的尽是裙子,一律白色,也有凹凸布纹的。"

"裙子也有三十条……?"

"她信上写着:裙子二十多条,都是新的。所以,她想既然做了这样的美梦,想必品子有好几套晚礼服吧,所以想借穿一下。她说这是一种梦的启示……"

"可是,梦里不是没出现晚礼服吗?"

"是的,光有衬衣和裙子。因为她看到我穿着各种服装在舞台上跳舞,所以就联想到我的洋装很多。"

"是这样的。"

"我给她回信说,我在后台不穿衣服。"

波子沉默着,点点头。刚才还是神清气爽,眼下,头脑里昏昏沉沉，变得无精打采了。看来，还是因为昨夜为了欢迎丈夫归来，实在太累了的缘故。

波子很不好意思。

有时候，矢木由较长期的旅行中归来，当天夜晚波子总是无意义地拾拾掇掇，不肯就寝。

"波子，波子!"

矢木喊道：

"你老是洗什么呀？一点钟啦!"

"唉，我把您旅行中的脏衣服洗了就来。"

"明天洗不行吗?"

"我不喜欢从包里掏出来团在一块儿……明早要是被女佣看到了……"

波子光着身子给丈夫洗内衣，她对自己的姿态，有着一种罪人的意识。

洗澡水已经不热了，波子仿佛特意要洗温水，她的下巴颏之下冻得直发抖。

她换上睡衣，照了一下镜子，还是不停打哆嗦。

"怎么啦？洗了澡，反而感到冷……"

矢木不解地说。

这阵子，波子在压抑自己，矢木心里明白，却佯装不知。

波子一时陷入一种虚幻之中，她仿佛受到丈夫的考问，然而，那种罪人的意识淡薄了，接着，似乎又被一手推开了。正在这当儿，她又被摇来摇去。这回，她紧闭着的眼睛里，仿佛出现一只金轮子，旋转着,鲜红如火。

从前,波子有一次将脸孔紧靠在丈夫的心坎上,说道:

"哎,我看到了金轮子,骨碌骨碌转呢。眼里立即变得一片鲜红!难道是死吗?这样下去行吗?"

"我是个疯子吗?"

"你不是疯子。"

"不是吗?好可怕呀。您怎么样?和我一样吗?"

她厮磨着:

"哎,快告诉我……"

矢木沉静地回答了她。

"真的吗?那就好……我真高兴啊!"

波子哭了起来。

"不过,男人不像女人那样。"

"是吗……?都怪我。对不起。"

这样的问答,现在每想起来,波子就觉得年轻时的自己很可怜,不由得珠泪盈盈。

现在,有时也看到金轮子和红色,但不像往常了。而且,也不在乎了。

如今,已经不是幸福的金轮子了,紧接其后的是揪心的悔恨和屈辱。

"这是最后一次,绝对。"

波子对自己喃喃自语,为自己开脱。

可是,回想起来,二十多年的岁月里,波子一次也没有明显拒绝过丈夫。当然,她也一次没有主动明显地求过他。这是多么奇怪啊!

男女之差,夫妻之别,难道不是最可怕的差别吗?

女人的审慎,女人的羞怯,女人的真诚,都是幽闭于日本亘古不变因习中女子的标识吗?

波子昨夜一醒过来,就摸索着丈夫的枕头,按了按那只怀表。

敲了三点,接着就丁零丁零丁零响了三回。看来是四十分到五十五分之间。

这块怀表的响声,高男说像那小小的八音盒。

"让我想起了北京人力车的铃铛。我一直乘坐的车子上,就坠着这种清脆响声的铃铛。北京的人力车,车把很长,一跑起来,前端上铃铛的声音,像是在远方鸣响。"

矢木曾经说过。

这块怀表也是波子娘家父亲的遗物。

听到父亲遗物里的声音,似乎母亲正在悲戚,矢木硬是向她索要来了。

今天夜里,波子从北风的呼啸声中醒来,她想尝试一下,一个年老的母亲,听到这块怀表的响声,会是怎样一番心情。母亲该是如何怀念着活着时候的丈夫和枕畔这种亲切的音响啊!

正如高男从怀表的声音上感受父亲一样,波子也感受到了自己的父亲。

这是在高男出生很早之前,自波子的少女时代就有的古老的怀表。这种响声诱发了高男幼年时代的回忆,作为母亲的波子,也由此想起了自己的童年。

波子又摸索一下怀表,这回放在自己的枕头上,使之鸣响。

"丁,丁,丁,丁零,丁零,丁零……"

其后,她听见后山的松林里呼啸的寒风。

住宅前面高高的杉树林里,似乎也有风的声音。

波子背对着矢木合掌。黑暗里,她把手缩在被窝中合掌。

"真没有出息啊!"

同竹原站在皇居前,害怕身在远方的丈夫,昨天晚上,突然听到丈夫归来,竟然害了贫血症,可波子的暗暗抵抗,被巧妙地打碎了。

现在,波子就是为此而合掌,但也不只是为了这个。因为在她心里,也闪现着一丝对竹原的嫉妒。

刚才就寝之前,波子也嫉妒着竹原,自己都感到惊讶。

对于久在他乡、一夕归来的丈夫,波子并不起疑心,也不感到嫉妒。这个且不说,但是迎接丈夫的女人于悔恨之中,波子对丈夫没有嫉妒,却出乎意料地对竹原感到嫉妒。这种活生生的嫉妒之感,甚至含有令她窒闷的欢乐。

眼下,夜半醒来,这种嫉妒又在闪耀,波子合掌喃喃自语。

"对一个未曾见过的人……"

她指的是竹原的妻子。

不为别人所见的合掌,是波子跳罢《佛手》舞之后的习惯。

《佛手》舞始于合掌,终于合掌,各种佛手的形态在舞动的当儿,也插入了合掌,通过合掌将臂腕的一系列动作统合起来。

"……你们之间,究竟有没有嫉妒,互相似乎都看不出这种迹象,在别人眼里,总显得有些阴森可怖。"

听竹原这么一说,波子闷声不响了。就在这个时候,心头也还是为着嫉妒而震颤不已。她不是对丈夫的嫉妒,依然是对竹原的嫉妒。她无法走进竹原的家庭生活话题,波子为此而感到心烦意乱。

然而,波子在迎接丈夫归来的夜晚,一觉醒来,还在嫉妒竹原的妻子,这实在出乎她的意料。丈夫撩拨着波子的欲情时,也会产生对别的男人的嫉妒吗?

"我不是罪人啊,我不是罪人。"

波子合掌,心中默念着。

可是,自己这种罪人的意识,是对丈夫而言呢,还是对竹原而言呢?波子并不很清楚。

波子对远方合掌,向竹原道歉,一颗心也自然飞往那里。

"晚安,你是怎么躺着的?在什么样的房子里……?我没见过,不知道。"

接着,波子又睡着了,这种深沉的睡眠,是丈夫所赐予。

今天早晨醒来,她头脑清晰,精神焕发,这也是如此。

波子起得比平时都晚,早饭也拖后了。

"爸爸今天上午有课,该走了吧……"

高男似乎在催促父亲。

"嗯,好,你先走吧。"

"是吗?我也可以请假……"

"不行。"

高男正要走,矢木叫住他。

"高男,昨晚说的阵亡学生纪念像,学校方面是害怕思想背景吧?"

品子到厨房帮女佣做事。

波子对正在看报的矢木说：

"喝咖啡吗？"

"这个吗，要是早饭前，是要喝一杯的。"

"我们今天要去东京排练，也要出去……"

"我知道，今天是'你们'的排练日。"

矢木带着几分嘲讽的语气：

"呀，出门很久了，今天我想待在家里，好好晒晒太阳。"

位于堂屋和厢房之间的排练场，本来是矢木的书库，兼书斋和日光室，厚厚的窗帘严严地遮住了南边一整排玻璃窗户。

收拾一下书橱，正好做芭蕾舞排练场。

矢木也许上了年纪，读书写作常在和式房间，他不反对给女儿当排练场。

不过，矢木说晒晒太阳，就是待在原来书库里的意思。

波子迟迟不离开座位，矢木将报纸摺在一旁。

"波子，你见到过竹原君了吧？"

"见到了。"

波子似乎被揭了短地回答。

"是吗……？"

矢木一副平静的样子，不经意地说：

"竹原君，他还好吗？"

"他很好。"

波子盯着矢木的面孔，目光不能离开。她一想到自己的眼睛，眼眶似乎就要涌出泪来，她想眨一下眼睛。

"是应该很好呀,望远镜加上照相机,听说竹原君很风光啊!"

"是吗?"

波子的声音有些沙哑,她清了清喉咙继续说:

"这种事儿我没听说过……"

"他不会跟你波子谈生意上的事,历来不就是如此吗?"

"嗯。"

波子点着头,移开了视线。

透过格子门上的玻璃眺望庭院,杉树的阴影落在地面上,那是杉树梢的影子。

从后山上下来的三只竹鸡,时而走进树影,时而又到太阳底下散步。

波子的胸口怦怦直跳,心里十分紧张。刚刚有些平静,顿时又僵硬起来了。

可是,波子感到丈夫的神色含着温暖的爱怜之情。她望着院子里的野鸟说:

"说不定哪天,也许要卖掉厢房,以前竹原君在这里住过一个时期,我想提前跟他说说……"

"哦,是吗……?"

于是,矢木陷入沉默。

矢木的"哦……?"看起来是在深思熟虑,实际上是在打自己的小算盘。波子想起了以前对竹原说的话。

眼下这事也是"哦,是吗……?",真是有点可笑,可波子感到很难受。自己对竹原说了这么多丈夫的坏话,这使她觉得羞愧难当。

"不过,还真是想得周到啊。"

矢木笑了。

"因为让竹原君在厢房住过,现在想卖掉,便去找竹原君,求他能够原谅。这份礼仪真是尽到家啦!"

"我不是去求他原谅。"

"唔,对于竹原君,波子你还是余情未了吧?"

波子被刺了一针。

"啊,好了,厢房的事我不同意,这事等以后再说吧。"

矢木反而安慰起波子来。

"你得走了,否则赶不上排练。"

波子在电车里,茫然四顾。

"妈妈,可口可乐车……"

听品子一说,波子向外一看,车皮刷成红色的货车驶过去了。

快到保土谷站了,布满枯草的山丘上,警察预备队的招募广告十分醒目。

东京来去,矢木总是乘横须贺线的三等车。

波子也乘三等,不过有时乘二等。她有两种车票:三等月票和二等回数票①。

品子练舞很辛苦,必须保证舞台的演出,为了使她不至于太劳累,母亲陪她一起时都乘二等车。

登上二等车厢前,不经意地会看到三等车混杂的情景,但直到品子今天发现"可口可乐车"之前,波子都不曾意识到自己乘坐的是二

---

① 回数票:一次买十张车票,同时优惠一张,共可以乘坐十一次。

等车厢。

品子是个少言寡语的姑娘,在电车里不大爱说话。

波子把身边的品子也给忘了,她一直在胡思乱想,由自己的身世,想到别人的身世。

波子毕业于豪华的女校,同学中有好多人嫁给了名门贵族。这样的家庭因战争失败而大多凋落,她们一方面在操持不熟悉的家务的过程里变成中年妇女;一方面又在旧道德的动摇之中经受了磨炼。

像波子和矢木一样,不是指望丈夫而是依靠妻子娘家的财产过活的同学,也不在少数。但是,这类夫妻也往往失去家庭的稳定。

"每一桩婚姻总好像是非凡的……即使是两个平凡的人走到一起,他们的婚姻也会变得非凡起来。"

波子对竹原说的这段话,也含有她对所看到的这些同学的实际感觉。

因为维护夫妻生活的古老的围墙和基石崩溃了,打破了平凡的外壳,露出了原本的非凡。

较之自己的不幸,他人的不幸更会引起自己的绝望之感。但波子所得到的不仅是绝望,她为他人感到震惊,也使自己保持警醒。

一个朋友因为爱上了另外的男人,和他分手后,才开始知道和丈夫结婚的喜悦。还有一个朋友,因为有个二十多岁的恋人,在丈夫面前也立即变得年轻多了,一旦同那个年轻的恋人疏远,对丈夫也随之冷淡下来。受到怀疑之后,又破镜重圆,从别处汲取爱的泉水,倾注到丈夫身上。不管哪个朋友的丈夫,都没有嗅出妻子的这个秘密。

在战前,波子的朋友即使一块儿相聚,也都不曾谈论过这样的知心话。

电车离开横滨,波子说:

"今早呀,你爸爸瞅着龙虾没有动筷子,是不是嫌是剩下来的……?"

"不是的。"

"妈妈想起一件事:我们刚结婚不久,给客人上的点心,客人走后爸爸伸手去拿。我大声提醒他,不要吃人家剩下来的东西。爸爸满脸露出奇怪的表情。细想想,各各分盛在盘子里的点心,客人剩下的,总觉得就是脏的,而盛在大盘子里的,即使剩下来,感觉也不一样,真奇怪!我们的习惯和礼仪之中,这类事情很多。"

"嗯。不过,龙虾不同,爸爸也许是对妈妈一时撒娇吧?"

波子在新桥车站告别品子,换乘地下铁,去日本桥排练场。

从前年开始,品子进入大泉芭蕾舞团,在团里的研究所上班。

波子虽然也教芭蕾,但为了品子,她还是让女儿离开母亲。

品子经常去日本桥排练场。在北镰仓家中,偶尔也代替母亲教课。

然而,波子却很少去女儿所在的研究所。大泉芭蕾舞团公演的时候,也尽量不在后台碰面。

波子的排练场在一座小型楼房的地下室。

矢木叫别人给他去掉虾壳,也可能是对她撒娇,就像品子说的那样,还可以这么考虑吗?波子一边思忖,一边进入地下室。

透过玻璃门,发现助手日立友子将地图摊在地板上看着,波子停住脚步。

友子穿着黑色大衣在忙碌着,开着古式的领子,衣裾没有分衩。

因为比品子矮，将品子的旧衣服给她，本以为衣裾的尺寸不会太显眼，但依旧显得极为老式。

"辛苦啦，真早啊。"波子走进里间，"天冷，还是点上炉子吧。"

"早上好。身子动起来就热了。"

友子似乎有所觉察，她脱去大衣。

毛衣是用旧毛线重新编织的，裙子也是品子穿过的。

友子跳起舞来，姿势和动作比品子更具一种柔和之美。她为波子做陪练有点儿可惜。波子和品子都劝她和品子一起进大泉芭蕾舞团，可她一直表示只想留在波子身边。这不是仅为了报恩，友子似乎认为，能为波子尽力，就是自己的幸福。

碰到品子登台，友子形影不离，化妆，穿衣，照顾得无微不至。

友子比品子大三岁，二十四了。

单眼皮，有时也露出倦怠的双眼皮来。

在煤气炉边，友子接过波子脱去的大衣，今天的友子，又变成了双眼皮。波子心想，她是不是边哭边擦地板的呢？

"友子，你心里有什么不痛快的事吧？"

"哎，以后再说吧，今天就不……"

"是吗？等你方便的时候……不过，还是早一些为好啊。"

友子点点头，走到对面，换上排练服。

波子也穿上了排练服。

两人抓住把杆，开始练下蹲的动作，友子和平素不一样。

早晨下了冷雨，这是波子在家里练习的一天。上午，她改制品子的旧衣服后给友子穿。

镰仓、大船、逗子的少女们,放学后都来这里排练。二十五个人,不便于分组,从小学到高中,年龄不同,来的时间也不一样。波子觉得很难教,感到劳而无功。可是学生络绎不绝,还是有些收益的。

可是,逢到排练日,这天的晚饭都很迟。

"我回来啦!"

品子登上排练场,摘掉盘在头上的白色丝绒领巾。

"好冷啊,东京昨晚下了雨夹雪,早晨,听说屋顶和院里的脚踏石都变白了……我是和友子一道儿回来的。"

"是吗……?"

"友子路过研究所了。"

"老师,晚上好……今天我想来看看您……"

友子站在门口,对波子说罢,也向学生打招呼:

"晚上好!"

"晚上好!"

少女们回应着,她们都认识友子。

品子走进来,有的女孩儿眼睛为之一亮。

"友子,洗个澡,暖暖身子吧,和品子一起去。我还有一会儿就结束了。"

波子重新面向少女们,友子悄悄走到她身后:

"老师,也让我一起跟着练习吧。"

"行吗?那好,你代我一下……我去看看你的晚饭就来。"

天然的岩盘上凿成的一段阶梯,品子一面从石阶走下来,一面小声说:

"妈妈,友子好像有什么心事。今天妈妈没去东京,她显得有些寂寞难耐呢。"

"一个星期前,她心里就有点事儿。今天是来谈谈的吧。"

"是什么事……?"

"听她说了才会知道。"

"再给友子一件我穿过的大衣吧?"

"好哇,那就给她吧。"

波子走下两三段石阶,说道。

"我对她照顾不周,友子那里虽说只有两个人……"

"她妈妈,是吧……? 友子的妈妈也在工作对吧?"

"是的。"

"把她们娘儿俩接过来照顾着,怎么样?"

"不是这么简单的事。"

"是吗……? 回来的电车上,友子神情悲伤地盯着我看。虽说领巾紧紧裹着头,可网眼儿很疏,我打缝隙里发现她在看着我。可我一直故意装作不知道。"

"我们品子就是这样的人……"

"她一直瞅着我的手呢!"

"是吗? 她呀,还不是一直觉得你的手生得白嫩吗?"

"不是,我看到她眼睛里满含悲戚。"

"因为自己悲伤,就会一直盯着美的东西,不信你回头问问友子看。"

"这种事儿,不好问……"

品子站住了。

两人来到庭院。细雨如丝。

"是一幅什么画来着,是日本的美人画吧,脸画得大大的。头发很漂亮,长长的睫毛,覆盖着乌黑的眸子……"品子停顿了一下,"看到友子的眼睛,我想起了这幅画。"

"是吗?友子的睫毛不怎么浓啊。"

"她低眉时……上睫毛的阴影就映在下睫毛上。"

听见练舞的脚步声,波子抬起头来。

"品子你也陪着她吧。"

"是。"

品子体态轻盈地登上雨湿的岩石板道。

晚饭前,品子带着友子去浴场,等友子一脱掉大衣,品子从后面在她肩膀上又披上另外一件大衣。

"套上袖子瞧瞧……"

友子还穿着一身排练服。

"要是合身,就送给你穿吧。"

友子一惊,缩着肩膀。

"哎呀,这怎么行,太不好意思啦。"

"为什么不行……?"

"我不能要啊。"

"我已经跟妈妈说好啦。"

品子迅速脱掉衣服,进去了。

友子稍后进去,抓住浴缸的边缘。

"矢木先生已经洗过了?"

"你问我爸爸吗?大概洗过了吧。"

"你母亲呢……？"

"在厨房。"

"我先泡澡不太好,只冲冲身子吧。"

"没事的……那样太冷啦。"

"我不怕冷……用水消汗,习惯了。"

"跳舞以后也这样吗……？"

品子沐进水里太深了,她甩甩濡湿的头发梢儿,用手捋一下。

"我们家的浴缸太小了,失火烧掉的东京研究所,那里浴场很大,真舒服。小时候,经常和友子在冲洗间,光着身子学跳舞呢。还记得吗？"

"还记得。"

友子学着品子的口吻,突然身子一缩,遮遮掩掩,慌忙进入了水池。

接着,她双手捂在脸上。

"等我自己成立家业的时候,要建个大浴场,痛痛快快地洗……那时也许会练练舞什么的。"

"打那时候起,我的皮肤就变黑了,真羡慕品子呀……"

"黑什么呀,那是很有品位的肤色嘛……"

"哎呀！"

友子羞涩地随便拉起品子的手瞧着,品子吃了一惊。

"怎么啦？"

"没什么。"

友子说着,将品子的一只手放在自己左手的掌心上,用右手捏住品子的手指尖儿瞧着,然后翻过品子的手,再看看她的掌心,亲切地抚摸了一下,又即刻放开了。

"宝贝呀,这是一个优雅的灵魂的手啊!"

"哪里呀。"

品子将手藏进水里。

友子从水里伸出左手,将小手指靠近嘴唇旁边。

"是这样的吧?"

"哎?"

友子早已把手缩进水中。

"在电车上……"

"啊,这样……?"

品子抬起右手,一时有些迷惑,她用食指和中指的指尖儿,轻轻触动着嘴唇的斜下方。

"这样……?中宫寺的观音菩萨……?广隆寺的观音菩萨……"

"不对,不是右手,是左手啊。"

友子说。品子已经用无名指的指尖儿抵住大拇指的手指肚儿,学着观音或弥勒的手势。

接着,脸上也自然被神佛的思维所引诱,微微前倾,安详地闭着眼睛。

友子不由"啊"地惊叫了一声。

刹那间,品子睁开眼来。

"不是右手吗?不是右手,好奇怪呀。"她看看友子,"广隆寺的观音菩萨,和中宫寺的手指很相像,是御物①金铜佛,大头的如意轮

---

① 御物(gyobutsu):皇室、天皇家族收藏的历代书画及其他文物。

观音,手指伸得笔直,是这样。"

品子说着,这回胡乱地用手指尖儿抵住右边下巴颏儿。

"这是从妈妈的舞蹈中学来的。"

"这不是佛的姿势,这是品子自然的手势。用左手,这样……"

友子像刚才一样,用左手小手指靠近嘴唇旁边。

"啊,这样……"品子也学着,"佛是右手,人就是左手吧。"

她笑着出了浴池。

友子留在热水里,她说:

"是啊,人们思考的时候,多半是用左手支撑着下巴……回程的电车上,品子一成这样的姿势,手背雪白,手掌微红,嘴唇分外好看。"

"哪里呀。"

"真的。樱桃小嘴,犹如蓓蕾初放。"

品子低眉洗脚。

"一直都是这样的,自己也没有注意,也许是模仿妈妈舞蹈的姿势吧。"

"品子,再学一下广隆寺菩萨的手势……"

"这样……?"

品子挺着胸脯,闭上眼睛,用拇指和无名指画了一个圆,靠近面颊。

"品子,跳个《佛手》舞吧,再让我跳一个进香的飞鸟时代的少女……"

"不行啊。"

品子摇着头,停下了模仿菩萨的姿势。

"那观音菩萨胸脯平平,没有乳房,是不是男的?——一个没有救助女人愿望的人……"

"是吗?"

"在澡堂里模仿菩萨的姿态,太随便啦。凭这副心境,是不能跳《佛手》舞的。"

"啊!"

友子犹如大梦初醒,出了浴池。

"我可是认真求你跳的。"

"品子我也是认真对你说的。"

"虽说是这样,但我还是希望你为我跳一遍。"

"好的,等品子我也有了点佛心之后吧。日本的古典舞蹈也是同样,到了想跳的时候,随时都能跳……"

"不要说什么随时……说不定明天就会死呢。"

"谁明天会死呀?"

"人哪……"

"倒也是,那是没办法的。假如明天会死,那么就把今天在澡堂里学着模仿的样子,权当是跳了一次《佛手》舞吧。"

"就这样吧。如果不只是模仿,而且是想着要真正跳一番,那就更好了。哪怕明天就死……"

"明天不会死的。"

"说死,只是个比喻。说明天,也是……"

"天有不测风云……"

品子说到一半嗫嚅起来,她看看友子。

眼前,站着友子活生生的光裸的身子。友子虽然比品子稍黑,但在品子眼里,友子的肤色,因部位不同而或浓或淡,变化微妙。例如,脖颈呈淡褐色,高耸的胸脯自根部至峰顶逐渐白皙,心窝之处略显黯淡。

"品子你说没有救助女人的愿望的人,这是真心话吗?"

友子嘀咕着。

"这个嘛,倒也不是开玩笑啊。"

"咱俩跳《佛手》舞吧。也让我一起跳……你妈妈的《佛手》是独舞。但加上一个拜佛的飞鸟少女也无妨啊,再添加一点儿曲子的话……"

"加上拜佛舞,菩萨的舞蹈比较轻松,可以马虎一些……"

"不能马虎呀……我拜品子,我的动作,对于品子菩萨的动作,是破坏还是衬托,我没有把握。但是,我要和品子两人一起,拼上性命跳好拜佛少女这出舞蹈。我要请你妈妈做指导……"

品子稍稍被友子所慑服了。

"不管怎么跳法,被拜者总觉得很不好意思啊……"

"拜品子,我很想跳呢。这是青春时代友谊的遗物……"

"遗物……?"

"是的。将这作为我青春的遗物……即便现在,一闭上那双眼睛,品子的眼眉就像菩萨的眼眉啊,真是好看。"

友子一个劲儿说着。品子感到,友子最近就要离开妈妈和自己了。

吃过晚饭,友子也到厨房帮忙。这时,波子走来了。

"爸爸听罢新闻,脸色很阴郁。这里完了之后,去品子的厢房待着吧。爸的战争恐怖症又发作了……"她小声说。

"他说,到下次战争,自己的命就完啦。"

品子她们放轻了动作,七点钟的新闻广播结束了。

"厨房里一旦很热闹,他就心烦。"

品子和友子面面相觑。

"战争也不是我们发动的……"

中国军队二十多万人,跨过鸭绿江进入朝鲜,联合国军队开始总撤退。十一月二十八日,麦克阿瑟司令发表声明:"我们面临一场新的战争。""朝鲜战争迅速结束的愿望,最终被打碎。"四五天之前,联合国军队正逼近国境,准备转入最后总攻。形势急转直下,美国总统在十一月三十日的记者会上说:"政府为了对付朝鲜新的危机,必要时将考虑对中国军队使用原子弹。"英国首相说,他要到美国和总统举行会谈。

波子二十分钟之后,来到品子的厢房。

"雨停了,外面还是很冷。友子,你就留宿在这儿吧。"

"嗯。"品子代她回答,"一起回来,就是这么想的。"

"是吗?"

波子坐到火钵一旁,看到放在那里的大衣。

"品子,这个决定送给友子了吗?"

"嗯。但是她不肯要。友子说了,战后我有三件大衣,她拿去两件就太不像话啦。她真是个有心人啊……"

"这不算什么呀。"友子打断她的话:

"马上就要下雪了,没有 件替换的怎么行啊?品子回到后台,总不能穿一件脏兮兮的大衣呀……"

"没关系的,今天早晨,我也改制了品子一件旧的……"

波子喘口气之后,又接着说:

"不过,旧大衣,旧服装什么的,也顶不了什么用啊。友子,今晚上,你就把心里的烦恼说说吧。"

"好的。"

"只要我能帮忙的,不论什么事情,一定尽力。过去,一切事都是友子帮我照料,而不是我自己。你在我身边为我尽力的年月,是我一生当中最为宝贵的一段时间。这段时间很短,不可能永远持续下去,所以我要珍惜你。等友子结婚了,这段时间就算到头了。"

"可是,友子的苦恼不是为了婚姻的事吧。"

友子点点头。

"我打小时候起,就过于仰仗别人的好意和亲切之情,只顾享受着友子的一番尽心尽力。这一点,我自己也很清楚。所以,我巴望你早点儿成家,离我而去,这样更好……我也有这样的想法。"

波子看看友子:

"你的婚姻、事业和生活,可以说都为我而牺牲了。你全神贯注,为我而献身。"

"什么牺牲,根本谈不上呀……这样跟老师厮磨在一起,是我的福气。我受到老师和品子的百般照料,能稍稍为老师献身,我感到非常幸福啊。只有献身才是我的幸福,对于一个没有信仰的身子来说……"

"是吗?没有信仰的身子……?"

波子重复着友子的话,自己也思虑起来。

"说起来……"

品子嘀咕了一声。

"战争结束的时候,品子十六,友子十九了吧?虚岁上……"

"友子说是没有信仰的身子,其实,你对我也是一个竭尽全力献身的人啊……"

波子说罢,友子摇摇头:

"有些事情我是瞒着老师的。"

"瞒着……?什么事呢?是你生活中的烦恼吗……?"

友子又摇摇头。

波子反复叮问,友子就是不肯回答。

"要是不便对我说,以后也可以告诉品子。"

波子说罢,不久就回堂屋去了。

两人并排铺好被褥,熄灭枕头旁边的灯,友子才告诉品子,她想离开波子去找工作。

"我早已预料到了。妈妈也说,我们对友子照顾不周,感到对不起你。"

品子从枕头上转过头来:

"可要是这样……"

"不,我们没关系,不是因为我和妈妈的事。"

友子支支吾吾地说着:

"孩子生病,没办法呀。孩子的命是无价之宝啊。"

"孩子……?"

友子应该没有孩子。

"孩子,谁的孩子……?"

友子说,是她喜欢的人的孩子。那人有两个孩子,都得了肺病,住院了。

"夫人呢……?"

"夫人身体也不好。"

"他是有妇之夫啊……?"

品子突然尖锐地冒出一句,接着压低声音:

"也是有孩子的人……?"

"嗯。"

"为了他的孩子,你要去工作?"

黑暗里没有回应,品子喊了一声:

"友子!"

"这也是友子的献身吗?我真不明白。那个人是怎么想的,我也不明白。自己的孩子有病,要你去挣钱看病……?"

品子越说越激动:

"这种人也值得你爱?"

"不是他强迫我去挣钱,是我自愿要去工作。"

"都是一回事。这人真可怕。"

"不是,品子……孩子的病是我喜欢上他之后得的。这是降临到他头上的灾难?还是命中注定?他的事也就是我的事啊!"

"可是……他的夫人和孩子也要靠你挣钱养活他们了,这样好吗?"

"他的夫人和孩子,根本不知道我。"

品子的嗓子眼儿仿佛一下子堵住了：

"是吗？"

她放低声音：

"孩子几岁啦？"

"老大是女孩儿，十二三岁。"

从孩子的年龄可以推算父亲的年龄，品子想，友子的那个相好也快要四十岁了吧？

品子睁开眼，沉默着。黑暗里，听到友子移动一下枕头的声音。

"我要想生孩子早就生了。我可以生个身体结实的孩子……"

这话听起来像白痴，品子觉得友子不干净，心里有些厌恶。

"我是自言自语，对不起。"

友子意识到了品子的反应。

"我对品子你说这些也很难为情，可要是不说出来，就等于撒谎啊。"

"一开始就是撒谎呀。友子，我问你，为对方的孩子尽力，这不是撒谎吗？听了你刚才的话……也都是撒谎啊。"

"不是撒谎。虽然不是我的孩子，但也是他的孩子呀。再说，这是人命关天的事，他所珍爱的，也就是我所珍爱的。他的苦恼，也就是我的苦恼。哪怕这些不是什么真正崇高的真实，也会成为我个人所信赖的真实。要是按照品子谴责我的道德，或者凭我哀怜自己的理性办事，那么他孩子的病就无法好转，不是吗？"

"即便病好了，往后一旦知道是你出了钱，他夫人和孩子又会怎么想呢？他们会来感谢你吗……？"

"要是这样想来想去的，结核菌也不会等着。以后，孩子也许会恨我,那时候,他能恨我,就是因为他活下来啦。如今,他为了孩子的病努力拼搏,我也要拼死拼活地助他一把力!"

"他可以去拼命干活挣钱嘛!"

"一个老实巴交的职员,到哪里挣大钱去?"

"友子,你怎么去挣钱呢?"

友子似乎很难为情地表明了心思,她说要到浅草的娱乐场找工作。

听友子的口气,品子觉察她要去当脱衣舞女。

友子爱上一个有老婆孩子的男人,为了给他的孩子治病,自愿去跳脱衣舞。这对品子来说,实在不可理解。

对于善恶的判断,也仿佛出于噩梦之中,品子感到茫然。这也是女人的爱的献身?抑或牺牲?不管怎么说,友子已经在浅草娱乐场露出了裸体,这就是铁的事实!

她们两个从小互相激励,即便在战争中也悄悄坚持过来的古典芭蕾,如今对于友子竟然起到了这样的作用。

品子心里很清楚,不论怎样愤怒阻止她,或者苦苦哀求她,决心已定的友子都将一概不予理睬,她将沿着自己的路走到底。

"最近老是说着自由、自由,我也有将自己的自由献给所爱的人的自由。我这样做,对于我来说,就是自由。信仰的自由,不也是有的吗?"

一次,品子曾经听友子这样说过。所谓"所爱的人",品子当时以为指的是母亲波子,看来,当时友子已经爱上那个有妻眷的男人了吧。

今晚洗澡的时候,一反往常,友子在品子面前显得羞答答的,也许想到自己不久就要去跳裸体舞了吧?

友子的那副裸体在品子的眼前浮现。她是否怀过孩子呢?

翌日早晨,友子醒来,品子已经不在被窝里了。

睡过头了,友子慌忙拉开挡雨窗。

友子睡在一座长满松树和杉树的小山之间。茂密的竹林对面,西边小丘斑驳的松影里,富士山依稀可辨。来自东京废墟上的友子,深深吸了一口气,似乎有些头晕,扶着玻璃窗蹲了下来。

垂枝樱的枝条耷拉在眼前,下面一棵小山茶树绽开花朵,鲜红的花骨朵浓艳欲滴。

波子走出堂屋,趿拉着木屐站在庭院里。

"早上好。"

"老师,早上好!这里太安静,我睡过头啦。"

"是吗?你没睡好吧?"

"品子她……?"

"她一大早摸黑钻到我床铺里,把我吵醒啦。"

友子抬眼看着波子。

波子的脸孔至胸脯,掩映在竹叶的阴影里。

"友子,这个……装在你的手提包里……拿去卖掉吧。"

波子伸出握着的手,友子一时没有去接:

"是什么呀?"

"戒指。别被看到了,快收起来。今早品子都跟我说啦。这间厢房,我也想卖掉。你也再等一些时候吧。"

友子攥着手里波子塞给她的小戒指盒,眼里溢满泪水,一下子趴倒在地上。

冬天的湖

《天鹅湖》的音乐响起了。

这是芭蕾舞第二幕,天鹅们的舞蹈。

随着白天鹅公主和王子齐格费里德悠缓的舞姿之后,是四人舞,接着是双人舞……

趴在廊缘上的友子,忽然直起腰来。

"品子……?是品子!"

仿佛被音乐感动了,新的泪水又流过她的面颊。

"老师,品子一个人在跳呢。听了我昨晚那些可厌的事情,她为了驱除阴郁的心情,才跳起了舞。"

"她跳的是四天鹅舞吗?四人舞……"

波子应和道,仰望着山岩上的排练场。

后山松林的对面,飘着一片白云,从边缘到中央,透射着早晨的阳光。

友子的心中浮现着罗曼蒂克的舞台。

山间湖畔的月夜,一群天鹅游到岸边,化作美丽的少女,翩翩起舞。魔鬼罗特巴特施行魔法,使得一群姑娘化为天鹅,她们只有夜间来到湖畔,才能暂时恢复为人形。

白天鹅公主和王子为爱情起誓,也是这第二幕。据说,一旦被不曾恋爱过的年轻人爱上,他的爱的力量,就能解除魔法的咒语。

想着《天鹅湖》的乐曲还会继续,友子等待着。然而,第二幕只有天鹅的舞蹈,排练场随后变得沉寂了。

"已经结束了……"

友子还在幻想之中:

"希望再跳下去。老师,在这里一听到音乐,我就看到了品子在跳舞。"

"是的,友子对品子十分了解,可以说是无所不知啊……"

"嗯。"

友子点点头:

"可是……"

她正要说什么,突然猛醒似的响起了节日欢快的音乐。

"哎呀,《彼得鲁什卡》①……?"

圣彼得堡广场,魔术团小屋前边,参加狂欢节的群众在跳舞。

斯托科夫斯基指挥、费城管弦乐团演奏,胜利公司灌制。

友子热泪盈眶,闪闪地放散着光辉。

"啊,我想跳,老师,我要去和品子一起跳舞。"

友子站起身来。

"告别芭蕾……这场《彼得鲁什卡》的狂欢节最合适啊!"

---

① 《彼得鲁什卡》.俄国作曲家斯特拉文斯基创作的芭蕾舞剧。

波子回到堂屋,只有矢木和她两个人吃早饭。

高男一早就上学去了。

排练场反复传来《彼得鲁什卡》第四场芭蕾舞的音乐。

"今天早晨,真是一场'伟大的节日喧闹'。"

矢木说。

"完全是'伟大的噪音'。"

《彼得鲁什卡》是一幕四场的芭蕾舞剧,第一场和第四场都是在狂欢节的同一座广场。第四场临近黄昏,喧闹的人群似潮水涌动,逐渐进入高潮。

在组曲的唱片中,第四场喧闹的节日音乐是三面录音唱片①,手风琴、铜管乐器和木管乐器,描绘出互相拥挤、互相冲撞,喧嚣不止杂乱狂热的场面;接着是摇篮女的舞蹈,牵着熊的农民的舞蹈,吉卜赛人舞蹈,驾车人和马夫的舞蹈;然后是化装游行的舞蹈。"伟大的噪音",这是某人听过《彼得鲁什卡》之后说的话。

"品子她们不知道跳的是什么角色啊?"

波子也这么说着。节日的人们似乎都在即兴地跳跃着,舞姿热烈,令人眼花缭乱。

不一会儿,雪片瑟瑟飘落,大街上亮起了灯光,震耳欲聋的欢乐声达于高潮。这时,偶人小丑彼得鲁什卡因被偶人舞女拒绝而失恋,最后于节日的人群中被情敌偶人摩尔杀死。接着,魔术团小屋的房檐上出现彼得鲁什卡的幽灵,这场悲剧到此结束。

但是,品子她们播放的节日的音乐,反反复复,震响了客厅。

---

① 三面录音唱片:疑为录制成三面(一张半)的唱片。

"从早饭前就一直喧闹着,品子她们没有想到尼金斯基的悲剧吗?"

矢木嘀咕着,转脸对着排练场。

波子也看着同样的方向:

"尼金斯基……?"

"是啊,尼金斯基发疯,不就是战争的牺牲品吗?精神开始不正常时,嘴里就像梦中呓语,不住叨咕着什么'俄罗斯''战争'这些词儿。尼金斯基主张和平,他是一个托尔斯泰主义者。"

"今年春天,他最终死在伦敦的一家医院里。"

"他疯了之后,从第一次世界大战到第二次世界大战结束后,又活了三十多年。"

彼得鲁什卡,是当年尼金斯基走红饰演的角色,所以矢木才想起他来了。

这阵子,矢木正在根据《平家物语》和《太平记》等描写古代战争的典籍,撰写关于《日本战争文学的和平思想》的研究文章。

因品子她们《彼得鲁什卡》的干扰,上午执笔之前,一整天头脑就给搅乱了。

音乐停止后,品子和友子没有回堂屋,波子过去一看,只见排练场里只有品子一个人坐在那里发呆。

"友子呢……?"

"走啦。"

"她早饭也没吃啊……"

"她叫我把这个还给妈妈……"

品了手里拿着小戒指盒。

品子没有把小戒指盒递过来,波子也没有伸手去接。

"我拼命留她,说妈妈和我都要出去,我们一起走吧。可是友子说走就走,根本听不进去。"

品子站起来,向窗边走去。

"真是个奇人!"

波子坐在椅子上,久久凝神望着品子的背影。

"那样待着,会着凉的。换上衣服吃饭去吧。"

"哎。"

品子在排练服外面,罩上一件大衣。

"友子她呀,不愿碰见爸爸,她感到难为情啊。"

"可能是吧。昨晚哭了,一夜没睡,脸色很不好……"

"我也无法入睡,但浑身的力气都耗尽了,还是昏昏沉沉地睡着了。"

品子从窗边转过身来。

"哦,不过,她把大衣穿走了。妈妈改制的毛呢连衣裙也要去了……"

"是吗?那太好了。"

"友子还说,现在离开妈妈去工作,总有一天一定还会回到妈妈身边来的。"

"是吗?"

"妈妈,友子她那样行吗?您打算如何帮她一下呢……?"

品子盯着波子,走到她身边:

"必须叫她离开那个人。我来让他们分手。"

"妈妈要是早些发现就好了。很早之前,我就看她的表情有些异常,可她为我办事,一点儿都没变。可以说,友子很巧妙地瞒过了我们。"

"对方身份尴尬,她又不好明白地说出来。那种人,我一定叫友子离开他。"品子再一次强调,然后她又说道,"不过,瞒住妈妈还是挺容易的。"

"品子也有什么事情瞒着妈妈吗?"

"妈妈还不知道吧?爸爸他……"

"爸爸,他怎么啦?"

"爸爸存款的事……"

"存款?爸爸的……?"

"为了不给家里人知道,爸爸把存折寄托在银行里了。"

神色怪讶的波子,忽然满脸发青。

紧接着刹那之间,波子胸中涌起一种难于言表的羞耻,心里忐忑不安,紧绷着双颊。

"是高男最先发现的,高男偷了这笔存款,所以我也知道啦。"

"什么,偷了……?"

"高男悄悄把爸爸的存款偷出来啦。"

波子的两只手扶在膝盖上,不停颤抖。

据品子说,一直站在父亲一边的高男,看到父亲将家务事全都交给母亲,对于辛苦操劳的母亲无动于衷,暗地里为自己存钱。他实在看不下去,所以将父亲的存款取走了。

后来,父亲 看存折,知道是家里人干的,他认为这是对他无言的谴责和警告。

"爸爸把存折都寄托在银行里了,钱却给取走了,会是怎样的心情呢?"

品子呆然不动:

"爸爸也太不像话啦,很像友子那个相好的。"

"是高男偷的?"

波子无可奈何地嘀咕着,她的声音在颤抖。

波子羞得无地自容,她甚至不好意思正视女儿的脸。随后,袭来一股恐怖的寒流,她浑身战栗不已。

矢木在一所大学里任职,此外,又在两三所学校兼课。当时,胡乱成立了许多新学制的大学,有时也到地方学校做短期讲学。这些收入之外,还有一些稿酬和书籍的版税。

矢木没有将自己的收入告诉波子,波子也不硬去打听。结婚以来的旧习,她是很难改变的。这里有波子的原因,也有矢木的原因。

波子也不是没有想到丈夫很卑鄙、狡猾,但是做梦也未曾想到,他会瞒着家人私自存款。存钱就存钱吧,还把存折寄托在银行。一个养家糊口的男人,这样做还情有可原,但是矢木全然不同。

波子也知道矢木有所得税,可是,不是由自家缴纳,而是将学校宿舍等地方作为纳税地。或许这样比较方便,所以波子以前也没有在意。现在看来,矢木这样做很可能是千方百计为了对波子隐瞒收入的数额。

想到这里,波子不寒而栗。

"我呀,可以失去一切,没有任何惋惜。"

她说着,捂着额头站起来,从唱片柜一侧的书橱里,抽出一本书来。

"好,我们走吧。"

"干脆像友子一样,我们也变得一无所有,叫爸爸养活我们算啦。那时,高男和我都自己去工作。"

品子挽住妈妈的手臂,从岩阶上下来。

乘上开往东京的电车,波子不想再对品子提起友子和矢木的事。她想看书,随身带来的是一本关于尼金斯基传记的书。

这是刚才模模糊糊打书橱里随手抽出来的。波子想,矢木所说的"尼金斯基的悲剧",依然存留在自己的脑子里吧?

"下次再发生战争,那就给我一点儿氰化钾,给高男一座山间烧炭小屋,给品子一只十字军时期的铁制贞操带。"

品子她们的《彼得鲁什卡》音乐停止的时候,矢木说了这段话。波子一阵反感,她想放松一下心情:

"给我什么呢?怎么把我给落啦?"

"哦,对了,落下一个。波子你呀,可以从三个当中,任意挑一个你所喜欢的嘛。"

矢木放下报纸,抬起头来。

面对丈夫和蔼亲切的面容,波子一时迷惘起来。波子浏览了一下报纸上的大标题,矢木继续说道:

"有个问题,品子贞操带的钥匙谁来掌管呢?就给你这把钥匙吧。"

波子悄然站起身,向排练场走去。

这段笑话听了很叫人恶心,然而,当她知道矢木存款的秘密后,波子再一想起,就感到有些可怕了。

"今早,爸爸听到《彼得鲁什卡》,说什么品子她们还没想到尼金斯基的悲剧吧。"

波子对品子说着,递过来一本《芭蕾读本》。这是一位来日的俄罗斯芭蕾舞演员写的书。品子接过来说:

"看了好几遍啦。"

"是啊,我也读过,不由就带在身上了。爸爸说尼金斯基不就是战争和革命的牺牲品吗……?"

"可是,尼金斯基还在舞蹈学校上学的时候,就有一位医生说过,这个少年总有一天会发疯的。"

电车通过铁桥,品子的声音被抹消了,她眺望着六乡的河滩。似乎想起什么,过了铁桥,她沉默片刻接着说道:

"芭蕾舞演员塔玛拉·淘玛诺娃也是一个可怜的革命的子女。她父亲在沙俄时代任陆军上校,母亲是高加索少女。父亲在革命年代受重伤,母亲被子弹射中下巴,在护送她去西伯利亚的牛车上,塔玛拉诞生了。在牛车里呀……后来,在西伯利亚流浪,被迫离开祖国,逃往上海。在那里,她观看了巡回演出的安娜·巴甫洛娃的舞蹈,小小年纪的塔玛拉·淘玛诺娃立志当一名舞蹈家……淘玛诺娃在巴黎歌剧院演出《让娜的扇子》,被称为天才少女,名噪一时。当时她才十一岁。"

"十一岁……? 安娜·巴甫洛娃来日本演出《天鹅之死》,是大正十一年①啊!"

---

① 大正十一年:一九二二年。

"品子我还没有出生呢。"

"是的……我结婚之前,我还是个女学生。正好是距巴甫洛娃去世前十年左右。她大约是五十岁死的。巴甫洛娃来日本时,和妈妈现在的年纪差不多。"

出生在西伯利亚牛车上的塔玛拉·淘玛诺娃,从上海去巴黎,她在上海观看了安娜·巴甫洛娃的舞蹈,这次在巴黎,自己的舞蹈又获得了安娜的赞许,真是太幸运了。看了小小年纪的塔玛拉·淘玛诺娃的排练,世界一流的芭蕾舞皇后感动了。这位幼小的芭蕾舞演员和她所景仰的巴甫洛娃同台演出了。

后来,她进入蒙特卡洛俄罗斯芭蕾舞团,遂于乔治·巴兰钦等共同举办的"芭蕾一九三三"这一年芭蕾舞会演中,十四岁的塔玛拉·淘玛诺娃就稳稳坐上芭蕾舞表演艺术的第一把交椅了。

据说这位身个儿小巧、神情抑郁的少女,舞姿里也总有一种孤寂的影子。

"如今也许在美国跳舞吧,已经该到三十岁了。"

品子想起什么似的说:

"我经常听香山先生讲塔玛拉·淘玛诺娃的故事。香山先生带我到军队、工厂各处去跳舞,慰问伤病员,那时品子我也十四岁到十六岁左右……正好和塔玛拉·淘玛诺娃加入芭蕾舞团,同蒙特卡洛俄罗斯芭蕾舞团的'芭蕾一九三三'年在巴黎演出时一样的年纪。"

"是啊。"

波子点点头。因为品子难得提起香山的名字,她很注意地听着。

可波子转了个话题,说道:

"在英国,芭蕾舞团到前线、工厂、农村等地做巡回慰问演出,在平民群众之中传扬芭蕾舞的魅力。可以说,这是战后芭蕾舞兴盛的一个原因,不是吗?现在日本芭蕾舞的流行,是不是也有这样的因素在呢……?"

"不好说啊。受到战争压迫的人们的解放,其中尤其是妇女的解放,通过芭蕾舞这种形式,倒确实体现出来了。"

品子回答道。她接着说:

"跟随香山先生慰问演出的时候,我也是很怀念的。到了东京,在六乡川河上,心里老是想,还不知回来能否活着走过这座铁桥。到特攻队跳舞,我一边跳一边想,干脆死在这里算了。坐大卡车还行,也曾经坐过牛车。在牛车上,香山先生给我讲塔玛拉·淘玛诺娃生在牛车上的故事,我听着哭了。空袭时,城市在燃烧,飞机一旦逼近,立即跳下牛车,躲进树林里。香山先生说,就像为革命奔走的俄国人一样。不过,对于品子我来说,也许比现在更幸福。因为没有迷惘,没有怀疑……一心一意慰问为国家而战斗的人们,玩命一般地跳舞。有时也和友子一起去。那时我十五六岁,旅行途中随时都会死,也不觉得害怕。仿佛被一种信仰迷住了……"

旅行途中,香山一直守护着品子,到如今,品子依然感到,他的手臂仍然搭在自己的肩膀上。

"不要再提战争的事啦!"

波子本想悄悄对她说,可声音还是显得颇为严厉。

"是。"

品子看看周围。心想,会不会被人听见了呢?

"那里的六乡河滩,也完全变样啦。从前是高尔夫球场,战争期间,辟为军事训练场,后来逐渐被耕作,河滩一带,都变成麦地和稻田了。"

品子一个劲儿说着,一双美丽的眼眸里,似乎闪现着她和香山一同行进在战火纷飞的旅途上的情景:

"战争年代,没有想得那么多。"

"当时品子你还小,而且大家思考的自由都被夺走了啊。"

"妈妈难道不觉得,战争时代,我们家比现在更为和睦吗?"

"是吗……?"

波子一时不知如何回应。

"那时家里人都生活在一起,不像现在四分五裂。国家虽然衰败了,但家庭还没有破碎。"

"都是因为妈妈我吗……?"波子终于开口了,"也许,品子你说的都是真的。不过,在这种真实当中,有着很大的虚假和误差啊!"

"是的,是有的。"

"还有,过去的回忆,用现在的眼光来看,已经无法做出正确的判断。以往的事情,一般都是令人怀念的。"

"是的。"品子诚恳地点点头,"现在,妈妈的苦恼已经过去,等待它们变为值得怀念的事情,今后还有几多山河。"

"几多山河……?"听到品子的用词,波子露出笑容,"越过这几多山河的,是品子呢。"

品子沉默不语。

"要是没有战争,品子眼下也许正在英国或法国的芭蕾舞学校跳舞呢……"

不过,当时波子在皇居护城河岸上对竹原所说的"我也许会跟她一道去"的话,如今她没有对品子提起过。

"我的学习,被战争给大大耽搁啦。妈妈即使为了我全力以赴,要获得成功,恐怕得等品子的下一代啦。听说在日本,培养一个芭蕾舞演员,要付出三代人的努力,是吗?"

"没有那回事,你就能做到。"波子使劲摇摇头。

然而品子闭上眼睛说:

"可我不想生孩子呀。在世界进入和平之前,我绝对不生孩子。决心已定!"

"什么?"

波子似乎被突然一击,她看着品子。

"什么绝对,什么坚决,不许胡乱多说!品子呀……你这不是战争年代的语言吗?"

波子半是责备半是玩笑地说:

"妈妈吓了一跳。"

"哎呀,我只说一遍,没有多说。"

"说什么世界进入和平之前,品子决不生孩子,突然在电车里听到这样的宣言,妈妈真是不知所措呀!"

"好吧,这么说吧,我一个人一边跳舞,一边等待世界进入和平。妈妈,这回总该满意了吧?"

"把跳舞说得如此神圣。"

波子只好让她含混过去了,然而,品子的话一直留在她心里,不知道女儿到底是怎么想的。

品子是不是害怕日本也会有在牛车上生孩子的一天?抑或她心

中一直想着香山,等待和平,也就意味等着香山呢?

香山已经成为品子爱的回忆,波子从品子的话里也听得出来。这种回忆,作为回忆并没有过去,现在依然鲜活地存在。波子自己在对竹原的回忆上,有着切身的体验。波子现在终于感知,一个少女对爱的思恋是多么根深蒂固!品子的爱的思恋,包裹在回忆的宁静之中,这是因为,品子并未和别的男人结合的缘故吧?假若品子一旦结婚,她对香山的思恋势必重新燃起烈焰,那么,二十年过后……波子想想,还不是和自己一样吗?

昨夜,友子的表白也给品子点起了火花,今天一早起来,品子就对妈妈说了那么多话。

培养一个芭蕾舞演员,在日本要付出三代人的努力。听到品子这么一说,波子凉了半截。

战争年代,家中反倒和平,这话也没有错,那时粮食缺乏,人命危浅,全家人抱在一团儿,战战兢兢打发日子。波子开始对丈夫疑虑重重,深感失望,那也是战败以后的事,父母的隔阂也波及品子和高男。波子为此十分苦恼。国家虽然衰败了,但家庭还没有破碎,品子说得没有错。

波子沉默了一会儿,这时,品子又想起了什么来:

"朝鲜的崔承喜①,不知怎么样啦。"

"崔承喜……?"

"她也是革命的子女,朝鲜战争爆发前,她去了北方,或许应该说是革命的母亲了。品子观看崔承喜第一次演出,就像塔玛拉·淘

---

① 崔承喜(1911—1969):活跃于二十世纪前半叶世界一流的朝鲜舞蹈家。

玛诺娃在上海观看安娜·巴甫洛娃跳舞,大概都是一样的年龄吧。"

"是的,那是昭和九年或十年①的时候,妈妈也感到震惊!从无声的舞姿里可以感受到朝鲜民族的反抗和愤怒。那是一种表现郁闷的控诉、痛苦的挣扎和粗犷而激烈的抗争的舞蹈!"

"品子记得最清楚的是在崔承喜走红之后吧?她一下子就红起来啦⋯⋯在歌舞伎座、东京剧场等地举行公演,没有比她更风光的人啦。"

"她呀,从美国一直跳到欧洲呢。"

"是啊。"

波子点点头:

"据说起初,崔承喜想当一位声乐家。崔承喜的哥哥看了来京城②公演的石井漠③先生的舞蹈,十分感动,就让妹妹作为入门弟子学习舞蹈。在石井先生的带领下,崔承喜来到日本,那年她刚从女学校毕业,大约才十六岁⋯⋯"

"正是我跟着香山先生学跳舞的时候。"

品子再次说道。

波子继续说下去:

"因为是石井漠先生的弟子,看来是传承着老师的舞蹈才看上去如此吧?但是初次登台,崔承喜的舞姿就确实表达了被压迫民族的反抗精神。妈妈想到这里,不由一阵惊恐。随着人气陡增,崔承喜

---

① 昭和九年、十年:一九三四年、一九三五年。
② 京城:汉城(Seoul),韩国首都首尔旧称。
③ 石井漠(1886—1962):日本舞蹈家,秋田县人。日本现代舞之父,致力于发展现代舞蹈,曾获紫绶褒章。

的舞蹈也变得绚烂明丽了。黯淡的悲伤和愤怒碰了壁,郁闷的力量也消失了……这也许因为,朝鲜舞蹈已为观众所接受,而石井流的舞蹈,又不太表现这方面内容吧?然而,她到西方时,称作'朝鲜舞姬',而在日本时,则称为'半岛舞姬'。"

"剑舞,僧舞,还有什么'哎咳呀·诺阿拉',我也记得。"

"她两手和双肩的运动十分灵活。照崔承喜自己的说法,朝鲜是个舞蹈贫弱的国家,跳舞为人所鄙视……她由濒于灭亡的传统推陈出新,仅这一点就难能可贵,是值得庆贺的。对于民族性,崔承喜感触很深,一定是这样的……"

"民族……?"

"所谓民族性,对我们来说就是日本舞蹈,品子没有必要想得那么远……日本舞蹈的传统太丰富了,太强烈了,正因为这样,要想做出新的尝试,那是很困难的,也很容易走回头路。但是,日本是世界舞蹈之国,不是指芭蕾舞,只要看看日本自古以来的舞蹈……的确,日本人天生就具有舞蹈的才能。"

"不过,比起日本舞,芭蕾正相反。芭蕾同日本的精神和肉体完全背道而驰。日本舞的动作向内集中,体态含蓄;西洋舞蹈向外扩展,舞姿开放。舞蹈的情绪也不尽相同。"

"但是,品子从小就学习芭蕾,身子受到训练;身高五尺三寸,体重四十五公斤,是一名很理想的芭蕾舞演员,这是品子的优点。"

品子本该在新桥和波子分别,到大泉芭蕾舞团研究所上班的,可是今天她一直乘到了东京站,陪妈妈一块儿去排练场。

"友了不在了吧?"

"会来的,看她的为人,肯定会来的。即使从这里辞掉,也要来郑重打打招呼的……"

"真的吗……? 昨天不是来告别了吗? 友子晚上没有睡好,而且我们知道她的事之后,再来见妈妈,会很难为情的呀。"

"她不会一声不响就走的。"

波子坚信不疑。

品子陪伴妈妈来这里,是因为她担心,要是今天友子不来,妈妈会感到难过的。

走到地下室排练场,听到了《彼得鲁什卡》乐曲。

"是友子!"

"哎,看!"

友子身穿排练服,但没有跳舞。她倚着把杆,在听唱片。

排练场打扫得很干净。

"老师,早上好!"

友子很不好意思地停住了放唱片,瞥了一眼墙上的镜子。

"《彼得鲁什卡》……?"

品子说着,重新开始放同一面唱片。第一场是狂欢节欢快的乐曲。

波子在镜子里和友子对望着。

"友子,还没吃早饭吧? 你没有回去,直接到这儿来了,是吗?"

"是的。"

友子因为疲倦,眼睑变成双眼皮儿,目光炯炯。

"友子在这儿,我去研究所啦。"

品子对母亲说,她走到友子跟前,把手搭在友子的肩膀上。

"我和妈妈谈到你会不会来,才过来看看的。"

品子从节日喧闹的音乐里和友子温热的身体上,似乎获得了什么,她感到心满意足。友子的身体很温暖,看样子,她刚才一直在跳个不停。

"在电车里,我们还谈到了民族性来着。"

《彼得鲁什卡》也含有俄罗斯民族的节奏和音色。

专供佳吉列夫俄罗斯芭蕾舞团演出的这出由斯特拉文斯基作曲的芭蕾舞剧,初次公演时,是由福金编导,瓦斯拉夫·尼金斯基扮演那个可怜的小丑。所以,今天早晨,矢木一听到《彼得鲁什卡》,就说是"尼金斯基的悲剧"。

《彼得鲁什卡》初次公演是一九一一年,明治四十四年,尼金斯基二十岁左右。他在罗马跳,又到巴黎跳,掀起了一股强劲的旋风。

《彼得鲁什卡》初次公演的一九一一年,尼金斯基离开俄国,直到一九五○年死去,一直未能回归故国。

一九一四年,大正三年,尼金斯基因怀恋故国,在巴黎筹集了旅费,买好了火车票。岂知那正逢八月一日,世界大战爆发的一天。

他离别战后纷乱的巴黎,途经奥地利,被当作敌探逮捕。他的精神受到伤害,嘴里时常狂言乱语,不住叨咕着什么"俄罗斯""战争"之类的词儿。

好容易获得释放之后,他去美国,在第一场公演的《玫瑰花精》的舞台上,尼金斯基一出场,全体观众一起站起来欢迎他。人们投去的玫瑰花,堆满了舞台。

然而,面对美国观众的一片热情,尼金斯基沉浸在忧郁之中,他诅咒战争，倡导和平，与和平人士以及托尔斯泰主义者来往密切。

俄国革命爆发。一九一七年岁末，尼金斯基终于变成了一个白痴，从舞台上消失了。那时，他才二十八岁。

发狂后的尼金斯基在瑞士疗养，一天，他想做一次即兴表演。他把人召集在小剧场里，用黑布和白布在舞台地板上搭了一座十字架，自己站在顶端，表演耶稣受磔的情景。随后说：

"这回，我将让各位看看战争，看看战争的不幸、破坏和死亡……"

一九〇九年，佳吉列夫俄罗斯芭蕾舞团在巴黎初次公演时，尼金斯基作为一名男性的芭蕾舞明星，其舞蹈天才立即获得世界的赞扬，不久就处于半狂半演的境况之中。他的艺术生涯十分短暂。

一九二七年，是昭和二年，品子出生前二三年。佳吉列夫俄罗斯芭蕾舞团在巴黎公演《彼得鲁什卡》，曾经把完全狂痴的尼金斯基领到舞台上。当时之所以这样做，是考虑到十五六年前初次公演的时候，尼金斯基跳的是彼得鲁什卡这个角色，眼下能不能通过这个契机唤回他失去的记忆，使之恢复成正常的人呢？

所有的演员都出现在舞台上，初次公演时，他的搭档、芭蕾舞女演员塔玛拉·卡萨维娜，和过去一样扮成偶人舞女，她走近尼金斯基，亲吻了他。尼金斯基羞涩地盯着卡萨维娜。卡萨维娜亲昵地叫了一声尼金斯基的爱称，然而，尼金斯基却转过头去没有理睬。

卡萨维娜挽着尼金斯基的膀子拍了照，尼金斯基带着一副魂不守舍的神情。

品子不知在哪里也看到过当时这张滑稽的照片。

佳吉列夫将可怜的尼金斯基领到包厢里去了。当扮演彼得鲁什

卡的谢尔盖·利法尔出现在舞台上的时候,尼金斯基便问是谁,嘴里嘀咕道:

"那小子能跳好吗?"

跳《彼得鲁什卡》这个角色的谢尔盖·利法尔,被称为尼金斯基的化身,是没有尼金斯基之后的首席男性芭蕾舞演员。尼金斯基看到他就嘀咕"能跳好吗",这是因为过去的他,曾凭借精彩的跳跃震动了世界,成为人们永恒的话题。

然而,这位发狂的天才的话语,听起来悲凉也罢,真诚也罢,只可听听而已。恐怕尼金斯基本人也不知道舞台上演出的正是自己年轻时演过的人气角色吧?从前伙伴们的友情,也许只是在玩弄尼金斯基这具活僵尸吧?

尼金斯基光辉的一生,他的悲伤和苦恼的结果,如今就像冬天冰封的湖泊,凿开坚冰,深入湖底,已经什么也寻觅不到了。

"'品子没有想到尼金斯基的悲剧吧',爸爸早晨对妈妈说过这样的话呢……"

品子对友子说。

看到友子闷声不响,波子回答说:

"矢木害怕战争和革命,所以他想起了尼金斯基。"

"尼金斯基战争期间,也到世界各国跳舞,他即便发狂,也是属于世界的。他能到瑞士、法国、英国等地辗转疗养,不像爸爸和我们那样,不论发生什么事,也不论会变得怎么样,立即被追赶到日本纸窗帘之内,二者完全不同啊!"

"因为我们不是世界的天才……也不会发疯。"友子说。

"那么,友子昨天晚上的话有点奇怪啊,听了你的话,品子的头脑也有点儿不正常啦。"

"品子,友子的事由妈妈和她商量……"

"是吗……?友子要是能听妈妈的话就好啦……"

品子也不看友子一眼,她在收拾唱片。

"啊,我来吧。"友子连忙跑过来。

品子用肩膀蹭了她一下:

"拜托啦,请留在妈妈身边吧。明年春天,举行妈妈学生们的汇报演出,到那时我们俩一起跳《佛手》舞吧。"

"春天?几月里?"

"究竟是几月,还没考虑好,会尽早一些的。对吧?妈妈。"

波子点点头。

"要迟到的,品子你走吧。"

品子出了地下室之后,一直低头朝前走着,来到东京车站附近,她站了一会儿,抬头仰望这座施工中的钢骨混凝土建筑。

爱的力量

进入十二月之后,接连都是好天气。

舞蹈家们秋季的汇报演出也大体上结束了,这个月只剩下吾妻德穗和藤间万三哉夫妇的《长崎踏绘》、江口隆哉和宫操子夫妇①的《普罗米修斯之火》等节目了。

吾妻德穗和宫操子,年龄都和波子相仿。

波子自年轻的时候,也就是十五年二十年之前,就一直关注他们的舞蹈。吾妻德穗是日本舞,宫操子是所谓的"新舞蹈",和波子们的古典芭蕾不同,但是长年以来他们夫妇持之以恒,这使波子很受感动。

波子和他们这些人共同经历了日本舞蹈的时代变迁。

江口和妻子宫前往德国留学前的告别演出和回国以后的首次公演,波子都曾经观看过。给她留下新鲜的印象。那是昭和十年前

---

① 江口隆哉(1900—1977)、宫操子(1907—2009):舞蹈家,一九三一年两人一同进入德国威格曼舞蹈学校学习。一九三三年回国后,建立舞蹈团,为日本舞蹈界带来欧洲舞蹈新风。代表作有《都会》《创造》("二战"前),以及《普罗米修斯之火》("二战"后)等。

的事。

当时出现了许多五花八门的舞蹈家,他们高喊"舞蹈的时代到来了",到处举行公演,舞蹈晚会的观众,远比音乐会的观众要多。

西班牙舞蹈家阿亨蒂纳和黛莱西娜,法国的萨卡罗夫夫妇,德国的库洛茨贝尔格,美国的路斯·佩姬等舞蹈家相继来日表演,也是这个时期。

波子听闻佳吉列夫俄罗斯芭蕾舞团一开始就以编舞而闻名的米哈伊尔·福金想要来日本,也是那个时候。据说福金还想为宝冢和松竹的少女歌剧团设计芭蕾舞动作。

西洋舞蹈家虽然来日,但没有一个跳古典芭蕾舞的,波子期待着福金的到来,然而最后只是传闻而已。

波子虽然坚持芭蕾风格的舞蹈,但一次也未观看过真正的芭蕾。她一直不清楚,自己在古典芭蕾的基本动作掌握上,正确度如何,是否牢固。

摸索、怀疑、绝望,随着年龄不断加深。

战后,芭蕾舞也在日本流行起来。今天,日本人也大演《天鹅湖》《彼得鲁什卡》等俄罗斯芭蕾的代表剧目了。可是,波子依然感到怯懦。

她让女儿学习芭蕾,自己教授芭蕾舞,有时显得无精打采,心不在焉。

排练场上没有了友子,更使波子失去了教授芭蕾的自信,过去因为有友子为自己献身,或许一直支撑着她的信念。

波子感到疲倦,稍微有点儿感冒,排练场临时关闭了四五天。

"妈妈,我去日本桥排练一个时期吧。"品子担心母亲,"在友子回来之前.我还是帮妈妈一下,不行吗?"

"她不会回来的,不过,她倒是说过要回到我这儿,也许总有一天会回来的……"

"我想见见友子的那个对象,可友子不告诉我那人的姓名和地址,怎样才能打听到呢……?"品子说着,波子有气无力地应道:

"是这样?"

"要么去问问友子的母亲,这样总不太好吧?"

"不好。"

波子毫不经心地应着,一面思忖,岁末和年关会和过去一样,友子的母亲总要来拜年的,到那时说什么好呢?

友子的母亲很早死了丈夫,靠着四五间房子的租金把友子培养成人。战争时期,房子烧毁了,友子来波子的排练场做帮手,母亲到附近一家商店上班。波子因为不能养活她们母女两个,一直是她的心事,想着总有一天要做到,哪知正思虑着,友子就早早离开了。

这期间,不光是友子的事,波子也感到沉闷、寂寞。

她甚至想卖掉宝石,放弃厢房,帮助友子。然而,友子了解波子的生活情景,也不打算过分依赖波子,于是一口回绝了。波子一筹莫展,她与友子性格的差异、生活的不同,令她碰了壁。

"品子不要轻易去见友子的母亲,说不定她妈妈一无所知呢。"波子说。

"还有,日本桥的排练,即使没有友子,也还能坚持,不必担心。品子还是暂时不要考虑教育别人的事。"

波子害怕自己心中的暗影也传给了品子。

波子停止排练休息期间,东京丝绸店两名老板和京都丝绸店的一名老板,来到她家里,谈到他们三人被盗的事。

东京一位丝绸店老板说,他在混杂的电车上被人割毁提包,丢失一大笔钱。另一位老板把行李放在网架上,被人拿走了。

京都丝绸店老板说,他乘"国铁"①去大阪途中,放在膝盖上的东西遭抢。发车正要关车门时,刹那间有一人一把攫走,飞身下车了。

"周围的人大叫一声,被盗者本人惊呆了,都没有吭气。"

店老板站起来,愤愤不平地一边说一边比画:

"他就这样,一只脚踏在车门口,做出正要跳车的姿态。"

波子将此当作年关奇闻讲给矢木听。

"嗯。他们不约而同地都跑到你这里来,是又有什么适合你的货来了吧。"

"该不是出于不明不白的同情,你又买了他们的东西了吧?"

经矢木这么一说,波子立即沉默不语了。

她在京都丝绸商店老板那里给自己买了一件羽织裙,接着心里想着到东京两位那里买点什么,结果没有买,感到有点过意不去。

波子看到一件结城染织的十字花飞蚊花纹的衣服,本来打算为丈夫买一件的,要是以往,她哪怕手头有点拮据,也会让丈夫穿上身的。想到这里,波子再一次感到内疚。

十字花飞蚊扎染,始终留在波子眼前,她本想告诉他这件事,结

---

① 国铁:日本国有铁道的略称,为一九四九年设立的公共企业。一九八七年,实行民营化改革,通称 JR。

果一开口就被矢木怼了回来。

"快过年了,谁还会带着大钱不怕挤电车出门呢?"

"就算您这么说……"

"既然坐在车门口关门时遭抢的很多,就不要坐在那里好了。"

矢木气定神闲地数落着,波子倒是坐不住了。

"看起来不是很可怜吗?我们家也受到他们不少照顾……帮我们买了不少老式衣服。"

"为了做生意嘛。"

"他们也不全是为了做生意,我们家是老主顾,不论是对品子还是我,总是很热情地为我们挑选适合我们穿的料子。战前收藏的进货中,有些也是丝绸店很喜欢的,他们都卖给了我们这些熟悉的人。好可怜的……"

"好可怜的……?"矢木反问道,"什么可怜……?你的声音快发颤了吧?"

要是平常,波子不会当回事的,但这回却有了反应。

三位丝绸商战前各自都有相当规模的店铺,京都的老板疏散到福井,遇到地震,战后五六年了,直到现在都没有店铺。过年时,三家老板都遭了偷,三个人哭丧着脸一起来找波子。

波子遭到矢木的嘲弄,但只要托付前来日本桥或自己家里学习舞蹈的姑娘们,为老板们推销一反①二十反绸料,还是可以做到的。她想到这里,即刻准备一番,前往东京了。

在排练场上,只有学生们像平素一样在练基本功。两个面熟的

---

① 反:日本布匹单位,一反相当于成人的一件衣料。

老生代替波子和友子,离开队列,负责指导。

"哎呀,老师！您已经好些了吗?"

"脸色不好啊。"

学生们齐聚而来,围住了波子。大家都扶住她,让她坐到椅子上去。

"谢谢啦,我休息了一阵,对不起。我看起来身体很弱,但是还没到卧床不起的地步。"

波子说着抬起脸,很想看看周围的少女们。不料,她忽然急剧地咳嗽,眼泪都流下来了。

一位少女掏出手帕为她擦眼泪。

"好啦,你们继续练功吧。我稍微休息会儿……"

波子说着走进小屋。她眼瞅着桌子上的电话,于是就给竹原挂了电话。

竹原来到排练场,看到波子独自一人坐在火炉旁的椅子上,一只胳膊搭在把杆上,脸孔趴在上面。

"谢谢你给我打电话。电话里的声音听起来和平时不一样,本想即刻赶来的,但有笔小型照相机的生意要谈,客人在,是搞出口的。"

竹原一站到波子面前,就摘下帽子,将帽檐插进把杆与墙壁之间的空隙里。

品子抬起脸来,泪眼汪汪地仰望着竹原,额头上印着袖口的衣痕,眉毛也有些紊乱了。

"对不起。"波子顺口说着,"有点儿感冒,这之前连排练都停止了。"

"是吗,看样子还很疲倦。"

"发生了很多令人烦心的事。"

竹原站立着,俯视着波子,他突然转过视线。

"走进这座屋子,就闻到煤气味儿,该不是中毒了吧?"

"一旦开始排练,就热了起来,已经把煤气熄灭了……"

波子转向镜子。

"啊,脸色青白……"

波子用指尖触摸着眉毛,仿佛羞于被人窥到睡起的容颜。几乎没搽一点口红。

竹原向那里看了看,问道:"壁镜还没有装上吗?"

"嗯。"

打从拥有这座排练场起,波子就想在一面的墙壁上安装壁镜;但目前只是将西服店的两块穿衣镜合起来罢了。

"可能不只是镜子啊。"

波子微笑了,她从镜子里看到自己憔悴的面孔,一直记挂在心里。

头发四五天来都没有好好梳理,只是随便用梳子向上拢了一下。

波子以这副姿容会见竹原,感到心情坦荡,她对竹原更加涌起怀念的亲情。

"今天本来打算仍在家里休息,但转念一想,还是出来了。"

竹原点点头,坐到椅子上。

"接你的电话,听声音不知道发生了什么事,但没想到波子夫人一个人待在这里,我就进来了。瞧你那神色,似乎有什么心事呢。"

"心事……"

波子顿时答不出话来,只见眼眉间漫上一丝愁云。

"也想起一件无聊的小事。还记得在护城河看到的那条银色鲤鱼吗……?"

"鲤鱼……?"

"嗯,日比谷交叉路口附近,护城河一角有条银色鲤鱼,当时我看到后,还受到你的斥责,不是吗?"

"是的。"

"后来我问起品子,她说那里有鲤鱼又有什么奇怪呢?"

"当时你不是跟我说过吗,护城河的角落里有条小鲤鱼,谁都不会在意就走过去了,只有我看到了,这是因我的性格决定的。"

"我是这么说的。鲤鱼和波子夫人各自孤独一身、同病相怜啊。当时你一直盯着护城河看,我在后面真想猛推你一把哩。"

"你还斥责我,叫我把这种性格丢掉。"

"我看着看着,心里很难过。"

"不过,即便谁也没看到,鲤鱼照旧在那里生活。当时我就是这么想的,所以后来也对品子说了这事。"

"你告诉她和我一起看到的吗……?"

波子微微摇摇头:

"品子说,那里正是鲤鱼汇聚的地方,到了晚上就剩下一条了……她还说,带孩子到日比谷公园游玩的人,回家时将饭盒里剩下的面包屑、米饭渣都投给了鲤鱼……那里是鲤鱼集中的地方,就算有一条也不奇怪。"

"是吗?"

竹原答道,眼神一派反问的样子。

"我问品子,她说你的斥责很正确。我觉得自己很没有出息,那时候,看到一条小小的鲤鱼,选择一个寂寞的角落,孤零零地生活着,不由得联想起自己。"

"可不是嘛。"竹原很理解,"这种事儿,你有很多。"

"我也是这么想,我对这些不为人重视的小鲤鱼都很在意,为它感到哀伤……虽说同你走在一起,我却看到了鲤鱼,立即感到一阵惆怅……"

波子说罢,眼里倏忽闪耀着光辉,低下了头。

波子眼睑微赤,两腮也涨红了。

"对不起。"

波子似乎想平复一下紧张的心情,她才这么说。

竹原凝视着波子。

"你不能不注意到这些银色鲤鱼之类的东西,对吗?"

波子眨巴一下眼睛,稍稍倾斜着左肩。在竹原眼里,那只肩膀似乎变得又沉重又坚固。

竹原站起身子,离开波子两三步远,接着又靠近过来。

波子将右手搭在自己的左肩上,眼睛一闭,几乎向前倾倒下去。

"波子夫人!"

竹原从旁用力扶着波子,然后转到她身后,打算把她抱住。

竹原将自己的右手叠在波子的右手上,温存地握在一起。波子的右手在竹原的掌心里,手指一旦失去力气,就离开了肩膀。竹原浑身感受着那冷艳与滑嫩。

竹原弓下身来。

"太晚啦!"

波子说罢,转过脸去。

"太晚啦……?"

竹原重复着波子的低语,然后高声叫道:

"不晚!"

然而,竹原如此否定她之后,"太晚了"这句话才开始在他心里蔓延开来。

竹原的身子纹丝不动,似乎泛起犹豫。

波子的头发触及着竹原的下巴,露出耳垂,稍稍偏斜的颈项,闪现着雪白的肌肤。

今天没有佩戴耳坠。

波子患感冒了,没有入浴。临出门时比平时搽了好多香水。这种卡朗黑水仙的气息,微微飘溢着熏烤的枯草般头发的焦味。

竹原刚刚将右臂叠放在波子的右臂上。由于波子将手从左肩上耷拉下来,很自然地成为一个拥抱的姿势,竹原顺势轻柔地抱住波子的前胸。他感受到波子剧烈的心跳。明明没有碰触那里,却能感受到那心跳。

"波子夫人,不晚。"

波子微微摇摇头,将脸转过来正对着竹原。

竹原用前胸支撑着波子,将嘴唇贴近波子的眼帘。先前,竹原也是想首先接触波子的眼帘的。

波子闭上眼睛,她的上眼睑似乎会说话了,较之嘴唇那言语更加温暖和悲戚。

然而,竹原靠近之前,她那满眼眶的泪水早已打湿了睫毛,湿漉漉的眼睫毛,加上那双眼皮的线条,愈加楚楚动人。

波子眨一下眼睛,泪水从眼角里涌流下来。

竹原将嘴唇凑近流下的泪水。

"不行呀,好可怕啊。"

波子晃动肩膀说道:

"可怕呀,有人看着哪。"

"看着……?"

竹原抬起眼睛,波子也抬起眼睛。

对面的采光窗户可以看到行人的腿脚。

那是比道路稍微高起的细长的窗户,只显露出来行人的小腿,看不到膝盖和鞋袜。

地下室光线明亮晃眼,脚步杂沓的大街笼上了暮色。

"可怕啊!"

波子晃动着身子想直立起来,竹原突然放松臂膀,波子似乎站不住脚,朝前打了个趔趄。

"放开我……"

波子说着,依旧向前走了。

竹原眼望着波子离去。不过,他仿佛仍然拥抱着波子。

"从这儿出去吧。"

"是的,等一下……"

波子一看到镜子,自我感到害怕起来,随即走开了。

当天夜里,波子回到家里不到九点钟,比品子要早。她想品子在编舞,可能会晚些回家。波子在品子前头回到家中,这似乎使她很安心,更方便找理由。

她打开丈夫房间的隔扇,手指搭在凹穴里,一边用力,一边招呼道:

"我回来了。"

"回来了?好迟啊。"

矢木说着从书桌上转过头来:

"外出一趟,没出什么事吧?"

"没有。"

"那就好。"

矢木摇一摇锡制茶叶盒给她看:

"这里是空的了。"

波子来到餐厅,想从铁罐里取出玉露茶叶装进小小茶叶盒里,谁知手却不听使唤,茶叶撒在榻榻米上了。

然而,当她拿着玉露茶走去时,矢木已经在写作,他没有看波子。

"今晚要写到很迟的时候吗?"

波子本来打算默然不响地关上隔扇,但还是打了声招呼。

"不,天气很冷,想早些睡觉。"

波子回到餐厅,将散落的玉露茶叶捡起来,放进火钵烧了。

青烟消弭之后,香味依然留存。

波子本想在房间里轻轻走动一下,但还是悄悄抑制住了。

她原来想一到家,就去排练场弹钢琴,这也没有得以实现。

波子乘电车回家的路上,听到贝多芬的《春天奏鸣曲》。这首曲子有着她和竹原那遥远的往昔的回忆,通过音乐,时而变成遥远的梦幻,时而变成眼前的现实。

"一旦品子回来就危险了。"

波子嘀咕起来。

为了不让品子看破遮掩不住的快乐,她只好躲进被窝。因为有点感冒,即使早点就寝,矢木和品子也不会觉得奇怪。

波子走出日本桥排练场,遵照竹原的邀请,走进西银座大阪饭馆。但她一直记挂着回家的时间;可波子在新桥车站和竹原分别后,满心的情思反而犹如决堤的河水,她只好任其汹涌澎湃,奔腾不息。

而且,波子回到丈夫身边之后,比起站在竹原身边,反而更加不怕丈夫了。

她一边理床,一边很想呼喊一声:"啊!"

在护城河畔,在日本桥排练场,她和竹原在一起,一种恐怖的发作宛若闪电猝然划过心头,实际上,这不就是爱情的发作吗?

波子放下褥子坐在上面。

"怎么会有这等事呢?"

她即便强行打消此种想法,静静躺在被窝里,依旧对那道闪电惶恐不安。波子合掌祈祷。

波子正想逐一回忆《大日经疏》的合掌十二礼法,这时矢木进来了。

两手的手掌和手指严丝合缝贴合在一起,谓之坚实心合掌;两掌之间稍留空隙,谓之虚心合掌;两掌隆起呈花蕾状,谓之未开莲合掌;两手拇指和小指结合,其余三指相离,谓之初割莲合掌,其他还有五指相扣的金刚合掌,此外还有归命合掌……至此,有合掌模样的合掌,既易于记忆,又不会忘记。

但是,剩下的七种做法,例如掌心向上,手指屈曲呈掬水状——持水合掌;手背相合,手指相扣——反叉合掌;两手仅拇指相接,掌心向下——覆手合掌等,这些与合掌相去甚远的所谓合掌,波子都不确定,就算可以做出来,也想不起名字。

她试着想起来,从开头反复做了两三次,正做到归命合掌。

"怎么……? 睡下了?"

矢木拉开隔扇,透过薄暗窥视着波子的睡姿。

波子一惊,依旧保持双手合掌缩回胸前。

归命合掌是死人的合掌。有时是一副身体紧缩、惶恐觫惧的姿势,有时是请求恕罪的姿势,有时又是悲惋乞怜的姿势。

波子用力扣紧组合的手指,重重压在胸脯上。

波子以为矢木发现了她和竹原的事,前来谴责她了。

"外出一趟,很累吧?"

矢木将手按在波子的额头上。

"哪里,不发热。"

他说着,将自己的额头伸过去。

"我的倒是很热。"

波子仿佛躲避着矢木,自己抬起胸前的手按在额头上,她惊叫一声:

"哎呀,不行啊,我没有洗澡……六天都……"

不过,波子抑制住了浑身的颤抖。

她打算隐蔽心中的失望。

由此,波子每当遇到绝望,总是断然从不贞的恐惧以及罪愆的思绪中挣脱出来,求得了解放。

波子流泪了。

不久,餐厅里传来丈夫的声音。

"喝不喝点热柠檬汁?"

"我想喝。"

"要放糖吗……?"

"多放些……"

波子想起回家时问丈夫"今晚要写到很迟的时候吗",会不会以为是在引诱他呢?波子紧咬朱唇,陷入沉思。

波子喝着热柠檬汁时,听到了品子回来的脚步声。

"妈妈呢……?"

品子一走进餐厅就问。

矢木有意使得波子也能听到,他说:

"去了东京一趟,太累,睡下了。"

"哎呀,妈妈去东京了?"

品子似乎要到波子的房间去,矢木制止了她。

"品子。"

女儿似乎坐到了父亲面前。

矢木打算说些什么呢?波子侧耳细听,她左右翻来覆去,用手拢了拢纷乱的头发。

父亲喊住女儿,或是为了让她多一点整理装扮的时间,或是为了让品子不进入卧室?波子想到这里,慌乱的手指忽然不动了。

"爸爸喝的是热柠檬汁吗……?"

父亲沉默不语中,品子问道。

"是啊。"

"我也想喝。"

波子听到向杯子里倒开水,搅动汤勺的响声。

矢木似乎看着品子的动作。

"品子。"

他又叫了一声。

"我看了高男的日记,他说一个哥哥一个妹妹,这个世界再没有这么亲的人了。"

事情来得突然,品子正望着父亲吧?

"这是尼采写给妹妹信中的话语。"矢木接着说,"品子,你怎么想呢?你和高男不是一个哥哥一个妹妹,而是一个姐姐一个弟弟,同尼采正相反。高男以为这句话很好,写到日记里了。尽管上下相反,但一男一女,两个同胞姐弟……这个世界再没有这么亲的人了。说得真好!"

"这话说得是好。"

"这是高男的愿望,所以,你也可以把尼采的话给我抄在什么地方。"

"好的。"

波子听到了品子诚实的回答。

不过,品子又像是想起了什么,说:

"爸爸,您是一个哥哥一个妹妹吧?"

品子似乎漫不经心地发问,波子却不由得心头一惊。

矢木和他的妹妹形同路人后,如今已经断绝了来往。

矢木的妹妹本来依靠波子娘家的协助，从女子高等师范学校毕业后，和矢木的母亲一样，做了一名女教师。随着年龄的增长，她同哥哥夫妇逐渐疏远起来了。其原因是来自矢木，还是妹妹，或者是波子呢？恐怕不出这一范围。也或许是自然而然的结果。不过，波子同这位小姑子确实合不来，因为她们的生活和性格都不一样。波子一见到这个妹妹，随即感到这位传承着婆婆和丈夫血统的女子，是个和自己完全不同的别一世界的人。

品子提起这位姑姑，矢木作何回答呢？波子等待着。

"说起来，已经很久没同姑姑见面了，过年时总要给她寄张画片贺年片吧。"

然而，品子对于父亲淡然的态度没有在意。

"爸爸，今天早晨您提到过尼金斯基吧？谈到过尼金斯基、尼采这些发狂的天才了吧……？尼金斯基小时候，上头的男孩子死后，也只剩下他们一兄一妹了。"

今晚，高男也回家很迟，矢木跟品子提到高男的事，波子听起来似乎是对自己说的。

矢木莫非早已识破波子私会竹原，眼下绕着圈子敲打一下作为人母的波子？一姊一弟，一父一母，这个世界再没有比这更亲的人了……

品子也觉得父亲话里有话，但她提起那位姑姑，又说到尼采是疯子，也漠视了波子。尽管品子没有嘲讽的想法，但波子背地里听起来，也猛然一惊，心情落寞了。

"妈妈！"

品子呼喊。

波子没有回答。

"睡着了。"品子对父亲说,"妈妈也喝热柠檬汁了吗?"

"啊,真可厌!"波子不由打了个寒噤,"这孩子怎么回事?"

波子感到,隐藏于女人内心的那种可厌的、肮脏的小算计小心思,如今正在品子心中发酵。

"妈妈也喝热柠檬汁了吗……?"

这只是作为亲切的关照,品子随便说说罢了。

波子深深叹了口气,可厌的不正是自己吗?脑子里只残留着自己可恶的姿影。她感到被自己的丑恶所触碰,才引起空前的憎恶的大发作。

波子仿佛感到,自己的丑态——那种原封不动的丑恶女人的姿态正横躺着。

莫非心中有愧,回家时才对丈夫发出诱请;还是惧怕罪责,不知何时自动沉溺于波涛之中呢?那番负罪的想法,对于丈夫,对于情人,是双重的。然而,正因为如此,又似乎添加了双重喜悦。而且,抑或由此又对丈夫、对情人,多了一层奇特的罪恶之感。

无论是厌恶、悔恨还是绝望,她都想巧妙地隐藏起来。波子即日起彻底换了一副崭新的躯体。

这是为什么?难道是因为没有拒绝竹原吗?

竹原发现波子的恐惧,未能同她接吻;但波子并非出于恐惧而拒绝竹原。

那种恐惧的发作,其实不就是情爱的爆发吗?犹如电光一闪,当她铺好被褥时,或许正是波子的命运之祚吧。

那一闪即逝的电光,似乎照亮了波子的本来面目。

波子抑或以为,恐怖的假面同时欺骗了竹原和自己吧?

吾妻德穗、藤间万三哉的舞剧——夫妇联袂演出的《长崎踏绘》,在帝国剧场公演四天,最后一天波子去看了。

五点开演,波子两点钟自北镰仓车站乘车,路过银座贵金属商店卖了戒指。这枚戒指本打算送给友子的。

将戒指变成金钱,从中拿多少送给友子呢?波子一边走路,一边犯起犹豫。

"当时要是友子收下,也不至于这样了。"

在这之前,友子曾受波子的差使去过贵金属商店,恐怕是在同一家店铺,卖掉过一枚戒指。

离那时没过几天,波子再次为自己来卖戒指。要是把钱带回去,分给友子的部分又要减少了。

她打算委派信使把钱直接送到友子家里。波子折回新桥车站。

她当着信使们的面,数着一千日元一张的现钞,忽然"哎呀"惊叫一声,波子转过头去。她以为是竹原的手触摸着自己的肩膀。

然而一看,是别的顾客的行李碰了一下波子的肩膀。那里站着一个青年,根本不像竹原,带着一件细长的行李。

"对不起。"

"没关系。"

波子脸红了。心里很热。

一万日元,再数一遍,然后裹在手帕里,手帕外面写上友子的住址。

"啊?包在手帕里送去吗?"事务员惊讶地问,"还是装在纸袋里吧,这里有。"

"请给我一个。"

波子先前迟疑着,猛然想到的就是手帕,甚至不觉得这种做法很离奇。

然而,一旦离开这个使她羞愧的地方,波子不由得咯咯咯笑起来了。

波子刚刚一边思忖着送给友子的金额,一边走来时,街边服装店橱窗里的男服尽入眼帘,波子不由想到有没有适合竹原穿的衣服。仿佛唯有适合于竹原的服饰,才会在街上耀目生辉,主动等待着波子,召唤她来挑选。此外,波子的头脑里,立即浮现出身穿新衣的竹原的姿影。

好歹办完友子的事之后,店内的男装更加灿烂夺目,一件件闯入她的眼帘。当她看到橱窗里的男式围巾,宛若伸手触摸着围着新围巾的竹原的脖子。波子被商店吸引住了,最后买下了那条围巾。

"啊,真开心! 不过,这件东西仿佛是友子代我买的呢。是你留下的临别赠品吗……?"

波子嘀咕着,又买了一条毛织领带。

她经过同竹原一道散步的护城河畔,前往帝国剧场。波子来得太早了。

登上二楼一看,休息室的木柱和墙壁上悬挂着林武[①]和武者小

[①] 林武(1896—1975):西洋画画家。日本国学家林瓮臣之子。二十世纪中叶,曾任东京艺术大学教授。

路实笃①的绘画。波子想,到底是怎么回事呢?原来开设了一家名曰"花与和平之会"的小卖部,可以看到诗人和作家题写的色纸②,绘画也是属于这个会的。

波子坐在舒适的椅子上,眺望着林武的彩色粉笔画《舞女》。

"波子夫人!"有人拍拍她的肩膀,"看得好专心啊。"

手到话到,波子心想,这回肯定是竹原了。然而,她还是猛然一惊。

"好久未见了。"沼田换了一副口气。

"久违啦……"

"在这美好的地方,又看到了您。"

沼田说着,落座之前,他转头瞧了瞧那幅《舞女》。

"真是一幅好画啊,手持团扇……"他说着,随之走近画面。

波子琢磨着,要是直到回家前一直被他纠缠,那可怎么办呢?

沼田的身子沉重地坐在了她的身旁,波子的身体也向沙发的凹处倾斜过去,她悄悄离开了。

"上个月,我见到矢木先生了……"

"是吗?"波子不知道。

"我接到先生从京都写来的信,他叫我到幸田屋旅馆去一趟。我去了,心想,会是什么事呢?跑去一看,什么事也没有。我原以为,肯定是关系到夫人您的事吧。结果先生一心想从我这里打听点什么,竹原先生的,或是香山君的事……"

---

① 武者小路实笃(1885—1976):小说家、剧作家、画家。
② 色纸:可写诗作画的一尺见方的硬纸板。

沼田看着波子的脸色。

"我——巧加应对过去了。我们还谈论着波子夫人的青春年华……"

波子以浅浅的微笑企图掩饰过去,而双颊却染上了红晕。

"今天见到您,使我吓一跳。您真的宛若鲜花怒放,娇艳无比啊!"

"请别说啦……"

"不,看起来真的像盛开的花朵!"沼田一再重复着,"我还劝说矢木先生,尽早让夫人重返舞台,再现辉煌……"

"别开玩笑啦,我正考虑要关闭排练场呢……"

"为什么?"

"没有自信。"

"自信……?夫人,您知道吗?在东京,芭蕾舞讲习所有六百多家。六百……"

"六百……?"

波子心头一惊,似乎很气馁。

"啊,太可怕了。"

"据好事者调查,大阪有四百家……"

"大阪有四百家……?真的吗?简直不敢相信。"

"加上地方上的城镇街道,那数字一定很惊人。"

"似乎有人说过,芭蕾舞不是义务教育,这话我很同意。的确,眼下是芭蕾舞狂的时代,就像流行性感冒一样,女孩子们都染上了舞蹈病。最近,一位舞蹈家从税务署那边听说,目前最能赚钱的当数新兴宗教和芭蕾舞。"

"居然这样……"

"不过,我认为,这种芭蕾舞热不可等闲视之。古典芭蕾不合乎日本人的生活和体格,基础动作暧昧含糊,那些编排,基本上都是马马虎虎、糊弄人的,竟然还举办公演,受到了公众非议。但是,全国各地,无数女孩子都在蹦蹦跳跳、转来转去的,倒是很可怕。不过,爱而愈众,英才愈多。垃圾不堆积成山,就不会引人注意。半吊子教师多多益善,半略掉队者多多益善。大凡流行过热的事,尽皆如此。我很乐观,日本的芭蕾舞很有希望,我的工作也一样。"

沼田乘兴继续说下去:

"东京的芭蕾舞讲习所,即便由六百家变为一千家也不值得惊奇。一家家等而下之,波子夫人的排练场自然就会水涨船高!"

"您可真会说话呀。"

"一句话,眼下不是沉沦气馁的时候,波子夫人也要靠芭蕾舞谋生。"

"谋生……?"

"是啊,必须强化商业色彩,要当作职业。我这么说也许有些失礼,不过眼下这个时代,有多少学习芭蕾舞的女子,都将此当作职业,都想成为这方面的专家啊。"

"可不是吗,所以我觉得很可怕。"

"不这样不行啊。不能只是作为令媛的业余爱好嘛……夫人当红的年代,我多方受到照顾,此次作为报恩,我也应该竭尽全力给以襄助。先举办一次波子夫人的公演晚会吧,新春伊始,夫人可以率先搞起一个芭蕾舞热潮嘛。矢木先生那里,我以为不是问题,我可以和他商量。我正在鼓动您这件事,我已经先去跟先生说明了。"

"矢木他怎么说?"

"他说,四十岁女子即使能跳,时间也很短暂,最多到下一场战争为止。唉,二十多年来,一直靠夫人养活,时间并不算短啊。怎么说呢,他总是……说什么我的怀表啊,过去不曾差过一分。他把老婆逼疯了,还提什么表不表的。"

"我疯了吗?"

"疯了。不过,还不像吝啬的矢木先生那么疯……夫人,您恋爱吧,用恋爱来重新上紧发条。"

沼田睁大眼睛凝视着波子。

"该是时候了,当下是个离婚的好时机,如果像他说的一样,能跳舞的时间很短的话……今天倒是像鲜花盛开,娇艳无比……"

"您怎么了?"

"我想问您一下,夫人,昨晚上您和竹原先生到银座散步去了吧? 有人看到了。"

波子不由一惊,难到被沼田看到了?

"我和他商量一下排练场的事。"

"有事尽管商量好了。您要是想背叛矢木先生,我一定站在您一边。就说排练场吧,位于日本桥中心,又靠近东京站,只要夫人经营有方,一定能获得惊人的发展。让我帮您一把吧。"

"嗯……比这更要紧的是我身边的友子,你知道的吧? 要是可能,请给她找个赚钱的职业吧。这事拜托你了。"

"那孩子是不错,但独自一人还不行,最好同品子小姐组成一对,怎么样?"

"品子已经有归属了,她是大泉芭蕾舞团的成员。"

"让我考虑一下。"

开幕的铃声响了。

沼田的身子沉重地从波子身后站立起来。

"夫人,崔承喜的女儿据说战死了,您听说过没有?"

"啊,那孩子……?"

波子不由想起那位穿着友禅织的长袖和服、身材修长,十岁光景的少女。有一次在芭蕾舞晚会的走廊上偶然相遇。那姑娘肩头高耸的衣褶又浮现在她眼里。当时她化着淡妆吧……?

"那孩子挺可爱,可不,对了,正像品子一般年纪。她似乎是劳动党的女战士吧……?参加歌舞团,到前线慰问演出……?"

波子一边说,脑子里一味想着那个身穿友禅织和服的女孩子。

"听说崔承喜一时期逃往满洲。她是朝鲜北方国会议员,开办舞蹈学校。"

"是吗?最近我和品子还谈起过她呢。她的女儿真的是战死的吗?"

波子就座后,那位少女的姿影也没有消泯,与波子自己心中的狂涛融为一体。

沼田一如既往的腔调,有些过了度,波子正听得生疑,他突然就提到看到自己和竹原走在一起,这也没办法。不过,今天晚上还要同竹原在这里相会,怎样才能躲过沼田的眼睛呢?波子为此大伤脑筋。

波子明明知道竹原晚来,但她反而显得更加不安,时而环视观众席,时而注视剧场门口。

正像沼田所言,他无疑站在波子一边。而沼田作为她的经纪人,与其说沼田利用她,还是波子使唤沼田多一些。此外,沼田长期以来,耐着性子缠着波子,很想钻她空子,就连女儿品子,他都想当作工具使用。他看到波子固守不变,决不放松,沼田便等着做波子的第二号情人。换句话说,他巴望波子同另外的男人恋爱破局之后,自己取而代之。

波子对沼田既毫无拘束,也不掉以轻心。

这二三年,波子尽量躲着沼田;自然沼田也疏远着她。一旦见面,沼田肯定要说矢木的坏话,波子的一颗心离矢木越远,沼田的行为就越使得波子反感。

《长崎踏绘》,长田干彦作,是五幕七场新作舞剧,故事说的是:殉教变成悲恋;悲恋变成殉教。

作曲大仓喜七郎(听松),大和乐团演奏。用的是西洋乐器,但似乎依然是日本风格的音乐。这出戏剧既有清元曲①,也有圣歌合唱。

诹访神社的秋祭是第一景。作为神社的祭祀日,或许是为了强化已经遭到禁止的切支丹教的色彩,同时凸显社寺祭祀中的舞蹈场景。

"看过《彼得鲁什卡》中的节日之后,日本的节日就显得太冷清

---

① 清元曲:江户净琉璃之一派,一八一四年由清元延寿太夫根据富本曲创作,曲调轻快洒脱。

了。"休息的时候,沼田说道,"日本的物哀,亦如此也。"

因为沼田缠住她不放,波子决定下次幕间休息不到走廊上去。

昨天,她送给竹原一张入场票,因为座席远离,使得波子反而过多地担起心来。

一直等到临近闭幕的第六景之前,竹原好容易才来。他站立门边,用眼睛寻找下面的座席。

"这儿。"波子呼唤般地站起来,走了上去。

"啊,我来晚啦。"

"我还以为你不来了呢。"

波子蓦地抓住竹原的手,当她意识到又放开时,波子的手里握着竹原的一只手套,她是帮他脱了手套吗?

"佩卡利①……?"

波子拿起来看了看,塞进竹原的口袋。

"什么佩卡利?"

"西貒皮。"

"我不知道啊。"

"沼田君来了。他说昨晚上他在银座看到了我们……"

"是吗?"

"回头出去时,我不想被他发现啊。"

波子顺着台阶向自己的座席走去。

"哎呀,脚有些不对劲了,刚才等你的时候,膝盖以上太用力气了。"她说罢,放松肩头离开了。

---

① 佩卡利:原文 peccary,即西貒(tuān),较之野猪形体更小的灰色野兽。

一开幕就是行刑的场面。

殉教者们的身子被残酷地拖走。一个名叫清之助的手艺人,也遭遇了磔刑。他的恋人阿市夜间潜入刑场,一边仰望十字架上逝去的恋人美丽的容颜,一边跳舞。

这位吾妻德穗的舞蹈看得波子泪流满面。竹原来了,她可以专心致志看跳舞了。她所受到的感动是真率的、生鲜的、无穷无尽的。像是为自己而感动。

但是,舞蹈将要结束时,波子却蓦然站立起来,去招呼竹原一同离开。竹原也望着波子,应她邀约来到身旁。

"下一场就是《踏绘》,我们还是逃走吧?"

"你想逃离?"

"不是因为害怕,我已经不再说害怕了。"

竹原只是以为波子为了躲避沼田的目光而企图退场,波子却说她不再害怕了。波子话音的深处所蕴含的娇媚深情,很使他惊叹不已。

"你难得来一次,只看了一场。"波子的心态显得很乐观,"我也好像只看了一场呢。吾妻女士的舞蹈里,定有一种魔力啊。当我神思恍惚突然醒来之时,她正在舞台上跳舞。衣饰华美,两件服装,一件胭脂红的天鹅绒底子上绣着银波;一件鹅黄的天鹅绒底子上绘着花草纹络。"

接着,波子打开手里的纸包给竹原看。

"我想,这条围巾也许很适合你,所以就买下了。"

"送我的……?"

"要是不合适就糟了。"

"很合适啊,两个人长期相处,互相在心中留下鲜明的印象,肯定合适的。"

"啊,太好啦!"

不过,波子似乎心怀歉意地谈到友子。说是卖了戒指,把钱寄给了友子,还买了这条围巾。

波子打从结婚前,就同竹原时而亲近,时而疏远,二十多年了。找竹原商量对策这类事,并非自现在始。

波子犹豫一阵子,这才说出矢木秘密存款的事。

"关于这件事嘛,"竹原陷入沉思,"看来不是很可怜吗?"

"你是说矢木吗……?"

"不过,或许不只'可怜'那么简单。"

他俩避开日比谷电车线路,走在晦暗的道路上,这时迈入星剧场前明亮的灯光里。波子无意中一回头,看到高男站在那里。

高男凝望着母亲。

"妈妈!"

高男抢先喊了一声,从星剧场售票处走下来。

"啊,你怎么啦……?"

波子停住脚。

儿子说他是和朋友一起来买戏票的。

"刚来吗……?"波子简短问了一句。

"是的,和松坂君一起来的……我想给妈妈介绍一下松坂……"

高男说罢,也跟竹原打了招呼。他那诚恳的样子,使得波子稍稍放心了。

"这是松坂君,近来我们成了最亲密的朋友。"

波子一见到站在高男身边的松坂,仿佛梦中遇到妖精一般,留下了深刻的印象。

"找个地方休息一下吧。你们也一道来吧,怎么样?"

竹原说道,他既没有面对波子,也没有面对高男。

他们走向银座,随后进入附近的温莎尔旅馆。

在进门处,竹原寄存了帽子,波子在身后悄悄掏出围巾的纸包说道:

"回去时把这个也带上吧……"

山 那 边

品子带领研究所新来的四位少女,前往银座吉野屋。

十三四岁的女学生来自同一个班级,四个人又一起成为入门弟子,这是很罕见的事。她们四人都梦想做芭蕾舞舞女。

她们立即想买舞鞋,品子解释说,不会马上练习脚尖站立,但对于少女们来说,脚穿舞鞋毕竟是她们通往理想的不可缺少的一步。

品子只好带她们去鞋店。

走进吉野屋商店,少女们都为自己前来买舞鞋感到自豪,而对于选购普通鞋子的一般女顾客瞧不上眼。

同来的男友代为挑选鞋子的女子们,各自一副娇媚动人的表情。而独自前来购买、不知道买什么式样的女子,有的显得极为认真,有的涨红了脸孔。品子站在远处,眺望着这个奇妙的世界。

品子说,她之后要顺路去一趟母亲的排练场,然后到帝国剧场观看《普罗米修斯之火》。少女们吵闹着也要跟她一道去这两个地方。

"我们都想尽快在排练场穿上舞鞋跳起来呢,可以吗?"

说罢,少女们随之在银座大街翘起穿着普通鞋袜的脚后跟站立起来。

"不行啊，大泉研究所的人，在别的排练场是不准穿着舞鞋跳舞的。"

"品子小姐的母亲，不是外人。"

"因为是母亲，更不行了。她看了或许会批评我的。"

"只看一下排练场，行吗？很想看看呢。"

"参观也不行的……刚进入大泉研究所，就要看别的地方……"

"那么，送您到门口都不行吗？"

如果带她们去看《普罗米修斯之火》，到深夜才能结束，品子为劝说姑娘们回家，说明江口舞蹈团的舞蹈技巧和古典芭蕾不同。一个少女却说：

"可以参考呀。"

"参考……？"

品子咯咯笑起来。

然而，少女们的希望与好奇心，卷裹着品子一起来到波子的排练场。

跟随品子一起来的少女们，带着认真的目光，望着结束排练离开地下室回家的少女们。她们都是脚穿舞鞋的同类，不是一般女子。

品子同少女们告别后下楼来到排练场。

波子在小房间里，同五六位学员一块儿换衣服。

品子在这里等待着，顺便走到小桌旁边放上唱片。这是贝多芬的《春天奏鸣曲》。

品子也清楚地知道，这支曲子蕴含着母亲对竹原的一片回忆。

"让你久等了。"波子走来，她一边对着镜子整理头发，一边问，"品子，你见过高男的那位名叫松坂的朋友吗……？"

"我听高男说起过这位朋友,虽然没见过,但听说长得很帅是吧?"

"是很帅,不过那种帅,却是一种不可思议的妖艳的美……"波子坠入幻想之中,"昨晚,高男向我介绍了他,在从帝国剧场回来的路上。"

波子自是明白,她去看《长崎踏绘》女儿也知道;她同竹原在一起又被儿子撞见,反正早晚也会为人所知。想到这里,自己干脆说出来算了。

"我很惊讶,怎么会有这样的人呢?既不像地上的人,也不像天上的人。同日本人不一样,也没有西洋人的做派。脸色浅黑,并非深黑。也不是麦黄色,怎么说呢?那皮肤上,总有一层微妙的光亮。既像个女孩子,又有点男子气……"

"是妖是佛……?"

品子轻声地问,满心疑虑地看看母亲。

"或许是妖吧。高男交上那样的朋友,我连这个儿子都觉得怪里怪气的。"

波子从松坂身上获取了不祥的天使的印象。这是确定无疑的。

她同竹原正在散步的时候,高男突然出现,波子立即收住脚步,眼前一片黯淡。黑暗之中,松坂犹如一束奇异的光柱,独自站立。他给波子留下了如此的印象。

波子被沼田发现,接着又被高男发现,她的前进的脚步被封锁。当她感到似乎运数已尽时,不巧又遇到了松坂。

走进温莎尔旅馆,波子一边喝红茶,一边仍似看非看地盯着松坂。似乎她同竹原的关系由此即将结束,甚至面临破裂。波子正逢心情抑郁之时,同她毫无干系的松坂正在眼前,似妖精般美艳无比,波子以为,或许这是命运的某种暗示。

高男和朋友在一起,没有什么奇怪,抑或松坂的美艳,对她发挥了奇妙的作用。

里头的座席,同大厅交接之处,挂着一道薄纱的帷幔,松坂的面孔浮泛在帷幔的浅蓝之中。透过帷幔,大厅看过去一派朦胧。波子只得告别竹原,同儿子一起回家。

直到今天,松坂的印象依旧如影随形留在她的心目中。

"高男什么时候同他交上朋友的呢?"

"就是最近吧?一下子就热络起来了。"品子回答,"妈妈,接着继续放后面的吗?"

"算了,咱们走吧。"

《春天奏鸣曲》放到了第一张唱片的反面,是第一乐章快板的结束部分。

"什么时候带到这里来的?"品子一边收拾唱片,一边问。

"今天。"

波子想,今天见不到竹原。

波子连续两天去了帝国剧场。

今晚是江口隆哉、宫操子公演第一场。应邀出席的有舞蹈家、舞蹈评论家、音乐记者,以及其他接受招待的客人。其中或许会有不少波子的熟人。波子接受昨晚的教训,没有再邀请竹原。

还有,因为今天是品子约请波子的。母亲昨晚同竹原在一起,品子也从高男那里听说了。但她着实没有想到,妈妈今晚还想见竹原。

波子本来想给竹原挂个电话,她等待着学生散去之后再说。不料品子来了,终于未能给竹原挂电话。

打从被同情父亲的高男撞见,自昨晚到今朝,矢木并未说什么,也没发生什么事。不过,波子就连这些也想告诉竹原,使他知道。而且只有听到竹原的声音,她心里才会觉得踏实。

电话没有打,波子一时难过起来。

"不知怎的,最近不愿意观看什么舞蹈演出。"

"为什么呢……?"

"或许不愿见到那些老熟人吧……?对方不知如何跟你打招呼,你也不知道如何应对才好。彼此很尴尬。时代变了,已经没有我的位置了吧。看到老熟人,他们经常会对你摆出一副相忘已久的样子。"

"哪儿会呢,是妈妈自己多虑了吧?"

"是的呢,战争期间,被人丢弃不管,这是确实的事,也许是自作自受吧。战前的人战后感到厌世,这在社会上并非罕见。心灵上或许变得纤弱了……"

"妈妈心性一点也不弱啊。"

"是吗,有人规劝过我,自己这样,也会使孩子们变得唯唯诺诺。"

那时候,竹原曾在皇居的护城河边告诫过她。波子正朝那里走去。

钻过从京桥通向马场先门的电车线和国铁线交叉桥门洞,高渺的街道树早已落光了叶子,皇居的森林里升起了细细的夕月。

波子心里闪烁着青春的火焰,她随口说了相反的话:

"到底还是非上台表演不行啊,宫操子她们确实了不起。"

"宫操子的《苹果之歌》……？还有《爱与 scrum(争夺)》……?"品子举出舞蹈节目的名字。

《苹果之歌》,伴有诗朗诵。唤起棒棒女郎①翩翩起舞。《爱与 scrum》则为退伍兵士的群舞,他们穿着褪色的汗迹斑斑的军服,或是白衬衫、黑裤子;女人们则穿一件连衣裙跳舞。

古典芭蕾没有这类节目。战后生活的诸象,生动地编入了舞蹈之中。品子记得以前看过这样的舞蹈。

"战前过来的人,跳得好的,不光是宫操子,妈妈也会跳啊。"

"下次跳跳看。"

波子也回应了一声。

六时开幕,提前二十分钟到达。波子为了避开人眼,坐在座席上一动不动。今晚的座席依然在二楼。

品子提起四个女学生。

"是吗？四个人相约……?"波子微笑着说,"不过,你在这个年龄,已经在舞台上大展头角了。"

"嗯。"

"最近,有个四五岁的女孩子要到我这儿来学舞蹈,说想做芭蕾舞演员……这不是她自己的意愿,而是她母亲想这样。日本舞有从四五岁开始学习的,西洋舞里也不是没有,不过我拒绝了。我劝她至

---

① 棒棒女郎:"二战"后专为在日美国占领军提供性服务的街娼。

少上过小学再来……但我并不想嘲笑她的母亲,因为你生下来后,我就想叫你学习跳舞。也不是孩子的意志……"

"是孩子的意志,我从四五岁时,就想跳舞了。"

"因为母亲在跳,同时又时常领着如此幼小的孩子观看演出……"波子在膝前抬起手比画着,"我牵着你的小手,带着你……"

其实,那些乐器的神童,也都是父母一手培养起来的。尤其是日本艺术,有家族、流派、袭名以及父母传子女的很多因习,子女被命运的绳索捆住了手脚。

波子有时也会从这个角度思考女儿和自己的情况。

"打这么小就开始……"这回是品子将自己的手举到前边,"我就想像妈妈那样跳舞。和妈妈一起站上舞台的那一天,我真的太高兴了!已经是多少年前的事了啊……妈妈,继续跳舞吧。"

"是啊,趁着妈妈还能跳,在舞台上为品子当个配角吧。"

昨天,沼田也希望波子举办一次春季公演活动。

不过,其费用如何筹划?波子如今什么依靠也没有。竹原的姿影留在她心中,波子害怕这两件事会结合到一起去。

"女学生来了吗?我去找找看。我说技巧不一样,叫她们回去,但她们又说,可以做参考嘛……真是令我惊讶啊。"

品子站起身离开了,开幕的铃声响起时回来了。

"也许回去了,也许在三楼座席……"

前边是几种短小的舞蹈,《普罗米修斯之火》属于第三部分。

菊冈久利编舞,伊福部昭作曲,东宝交响乐团演奏。

以希腊神话故事的普罗米修斯为依托,共四场舞剧,从序曲群舞开始,就不同于古典芭蕾,立即把品子吸引住了。

"哎呀,裙子是连在一起的!"品子惊讶地说。

十个女子,跳起序曲舞。演员的裙子连在一起,几个女子钻进一枚大裙子底下翩翩起舞。青春的波涛,汹涌澎湃,时而扩展,时而相聚。暗色的裙裾,看上去就是象征性的前奏。

接着是第一场,不知火为何物的人们黑暗的群舞。第二场是普罗米修斯手持干枯的芦苇,盗取太阳的火焰之舞。第三场,人们接过火炬,跳起欢乐的群舞。

普罗米修斯盗取天火、持往人间。终场第四场是这位盗火者被捆绑在高加索峰顶的岩石上。

第三场天火之舞,是这出舞剧的高潮,达到顶点。

昏暗的舞台正面,普罗米修斯圣火熊熊燃烧。火把从人们手中一一传递下去。获取圣火的人们,不久挤满了舞台,跳起了欢快的火之舞。五六十位舞女,男子也加入其中,各自手持燃烧的圣火,狂跳不止。赤红的火焰,照亮了整个舞台。

波子和品子母女二人,也感到胸中燃起了舞台的圣火。

演员的服装素朴,在薄暗的舞台上,通过光裸的手臂和腿脚,展现了生动而鲜明的表演。

这出神话舞剧,火焰意味着什么? 普罗米修斯意味着什么?

终场之后,品子回忆着留在脑海里的舞蹈动作,如此思考起来。她觉得其中包含着各种意思。

"有了人间圣火之舞,此后下一场,便是普罗米修斯被缚于高山悬崖的岩石之上了,对吧?"品子对母亲说道,"他将被大黑鹫啄食肌肉和心肝……"

"是的,四场舞剧,结构紧凑,场景转换,清晰自然,给人留下很深印象。"

母女二人缓缓走出剧场。

四个女学生等待着品子。

"哎呀,你们来啦?"品子望着四位少女,"我去找你们了,没找到,以为你们回去了……"

"我们坐在三楼。"

"是吗?有意思吗?"

"有意思,是吧?"一个少女,问起同来的另一位少女。

"不过,我有些胆战心惊,有些地方挺怕人的。"

"是吗?快点回去吧。"

但是,少女们还是跟随在品子身后。

"舞蹈家也会坐在三楼吗?"

"舞蹈家?谁啊……?叫什么?"

"似乎叫香山是吧?"

那位少女又看向同来的另一位少女,问道。

"香山先生……?"

品子停住脚步。

"你是怎么知道是他的?"

品子转头盯着少女。

"我们身边的人闲谈时,提到香山也来了……所以我就想那位可能是香山……"

"是吗?"

品子立即面色和悦地问道：

"那位提起香山来了的人长得什么样……？"

"说话的人吗……？那位人士，我没有仔细看，是一位四十光景的男士。"

"那位叫香山的人，你也看到了？"

"嗯，看到了。"

"是吗？"

品子心中顿时淤塞了。

"那些身边的人，见到那位香山，都在议论纷纷。我们也只是往那边看了一眼。"

"他们说些什么来着？"

"那位叫香山的，是个舞蹈家吧？"少女们探询地看看品子，"他们都谈论着香山的舞蹈，说不知道他如今到底怎么样了，还说他停止跳舞太可惜了……？"

十三四岁的女学生们，不知道香山是谁也是自然。战后，香山不跳舞了，香山被埋没了。

那位香山坐在帝国剧场三楼，似乎难以置信。品子问母亲波子：

"真的是香山先生吗？"

"也许是的。"

"香山先生是来看《普罗米修斯之火》的吗？"品子问道。她在问妈妈，更是在问自己。声音低沉了。

"他在三楼……是不想被人看见吧？"

"或许是的。"

"即便悄悄躲藏起来，似乎也想观赏舞蹈，香山先生的心情莫非起了变化……？他是特意从伊豆赶来的吧？"

"哎呀,这个嘛。也许到东京办事,顺便到这里来。可能是偶尔在哪里看到《普罗米修斯之火》的海报,就过来看看的吧?"

"'顺便过来看看',他不是那样的人。香山先生来看舞蹈,一定有他的想法。肯定是这样的。说不定我们的演出,他也悄悄来看了呢……"

波子以为,女儿展开想象的翅膀在天空翱翔。

"香山先生很热心地观看了舞蹈,是吗?"品子问少女。

"不知道。"

"什么样的打扮?"

"一身西服……？没看清楚啊。"少女和身边另一位少女相互对望了一下。

"他呀,到东京来也没有告诉我们一声,怎么会是这样的呢……?"品子悲戚地说,"我们坐在二楼,香山先生上了三楼,我竟然没有想到。这到底是怎么回事啊?"

品子突然靠近母亲的眼前,说:

"妈妈,香山先生肯定还在东京站,我去找找看,好吗……？"

"是吗?"波子安慰女儿说,"香山先生要是悄悄躲着而来,就让他一直躲着不好吗? 他不愿意被人发现啊。"

然而,品子有些性急起来。

"香山先生放弃了舞蹈,为何还要前来观看舞蹈呢? 我只想问问他这个问题。"

"那么,你快点去吧? 不知道他还在不在车站……"

"好的,我先去看看,妈妈随后来就行……"

品子说罢,一边加快脚步,一边对四个女孩子说:

"你们快回去吧。"

波子朝着女儿离去的背影喊道:

"品子,在车站等着我……"

"好的,在横须贺线站台。"

品子一阵小跑,回头看看,已经远远离开了母亲的身影,于是撒腿奔跑起来。

品子越是心急,她越坚信香山肯定在东京车站候车,而且觉得稍晚一点他就会离开那里。

她气喘吁吁,心潮起伏,犹如随波逐流,火焰飞升。

她看到,《普罗米修斯之火》舞台上,跳舞的人们手里高擎的火炬,如今就在自己心里燃烧。

火焰的对面,香山的面孔时隐时现。

薄暗道路两侧的古老的洋馆,几乎全被占领军使用,所幸这里很少有行人,便于品子继续奔跑。

"挥鞭转①,三十二次,三十二次……"

品子自言自语,借以分散痛苦。

《天鹅湖》第三幕,魔鬼的女儿变为白天鹅,单足直立,迅速旋转。旋转三十二次或三十二次以上,永葆健美之丽姿,是芭蕾舞演员终生的骄傲。

---

① 挥鞭转:法语 fouettéen tournant,芭蕾舞动作之一。以单腿足尖为轴心,另一侧迅速高抬直腿而旋转身子。

品子还没有担当过《天鹅湖》的主角,但她经常练习挥鞭转,增加旋转次数。这"三十二次",是她喘不过气时给自己加油打气的口号之一。

到达中央邮局前面,品子放慢了脚步。

她一边向四面八方瞭望,一边登上横须贺线路的月台,看到开往湘南的电车正在上客。

"肯定是这趟车,终于赶到啦!"

品子还没平静一下气喘,就一边走一边逐一窥探车窗。她心中同时记挂着已经看过的车厢,担心那些站着的人之中,会不会有香山。

还没有到车尾,已经吹响了发车的哨子。品子纵身跳上车。

"啊,妈妈……"

品子想起自己和妈妈约好来这里的。

"可以到大船见面。"

品子站在车厢的通道上,扫视着乘客。

品子想,香山肯定在这趟电车上,她打算角角落落仔细找一遍。

到达新桥站,车内越发拥挤了。

电车抵达横滨之前,品子对各个车厢都查看了一遍。

没有香山的影子。

"会不会是下一趟火车,还是电车……?"

香山很久没来东京了,他也许去逛一逛银座大街了。

抵达横滨站,要不要换乘下一趟火车呢?她犯了犹豫。

不过,品子依旧感觉香山待在这趟电车里。只找了一遍或许漏掉了。直到在大船站下车时,品子还是这么想。

她在站台上一边走一边窥探车窗,列车开动了,她停下脚步望着。

随着车窗内的人一一迅速闪过,品子仿佛被这趟电车吸引住了。

这是驶往沼津的电车,香山在热海应换乘伊东线。假如品子也乘这趟电车,在热海站或伊东站突然站到香山面前……

品子老半天,目送着电车驶去。

电车消失了,黑夜的原野上似乎浮动着普罗米修斯的影像。

那被捆绑在高加索高山岩石上的普罗米修斯,被秃鹫啄食着肌肉和心肝,受尽风雪侵凌。一头白色母牛从山下走过。主神的妃子朱诺①因嫉妒,将美丽的少女伊娥变成那母牛的姿影。普罗米修斯对母牛伊娥说,向南走,再向遥远的西方走,走到尼罗河畔去吧。于是,母牛在那里恢复了美女原形,做了国王的妃子。在国王的一脉血统之下,勇士赫拉克勒斯诞生,为普罗米修斯砸断了铁索。

宫操子扮演母牛伊娥,她的舞蹈充溢着哭诉般的憧憬,沉浸于无限的、谜团重重的悲苦之中,也浮现于品子眼前。品子心里莫名地感到,自己就是伊娥,香山就是普罗米修斯。

品子换乘横须贺线,在北镰仓下车,等待母亲。

"哦,品子,你到哪儿去啦?"

波子看到女儿,随即放下心来。

"我乘了湘南电车。我急匆匆赶到东京站时,看见湘南电车就要发车,我想香山先生肯定就在这趟车上,所以就上去了。"

"那么,香山先生呢?"

---

① 朱诺:对应希腊神话中主神宙斯的妻子赫拉。此段提及的普罗米修斯、伊娥、赫拉克勒斯皆为希腊神话中的人物,唯"朱诺"作者使用了罗马神话的人物名。

"他不在车上。"

出了车站,跨过线路,向圆觉寺方向走去。母女二人都沉默了。看到那里樱花树的阴影印在小路上,波子说道:

"你不在东京站,我还以为你同香山先生到哪里去了呢。"

"我要是在东京站碰到香山先生,肯定会在站台上等妈妈的。"

品子应道,听声音心情尚未平静下来。

今晚,两人分别在帝国剧场的二楼和三楼,这一事实令品子感到,香山猛然向自己逼近过来了。

她们回到家中,看到矢木在餐厅地炉边,同高男面对面谈话。

高男稍稍紧绷着表情说道:

"您回来了。"他抬头望望母亲,"今天我遇见松坂了,他托我向妈妈问好。"

"是吗?"

矢木不悦地沉默着。父子俩似乎在议论波子的传言。

波子心里一阵气闷。

"松坂说,妈妈很漂亮,使他很惊艳。"高男说道。

"我倒也是看他长得帅,很感惊奇呢。他是你怎样的一个朋友呢……?"

"怎样的朋友……?"

高男翻翻白眼珠,突然羞怯了。

"同松坂在一起,我感到很幸福。"

"是吗?那孩子使你感到很幸福……?不过,我见了,倒像见了一个小妖精……男孩子有个从少年转向青年的时期,有的快些,有的不太显眼,各有各的情况。不过,他的转变倒是不太寻常。"

"高男也处于转变期。"矢木从旁插了一句,"你要珍重他啊。"

"啊……"

波子看了看矢木。

"今晚上又是和竹原君在一起吗?"

"不,和品子……"

"哦,今晚和品子在一起?"

"是的,品子去排练场请我……"

"是吗? 和品子在一起很好,不过你最近同高男在一起过没有呢? 除了那时你同竹原君一道散步撞见高男之外……?"

波子极力抑制住双肩的颤动。

"你不想同高男在一起吗?"

"哎呀……? 当着高男的面,怎么可以这么说话?"

"没关系。"矢木沉静地说,"自从高男生下来,已经二十年了。这段时间,要说亲人,不就是四口人吗? 我真想一家人相互爱护,一起过日子啊!"

"爸爸!"品子叫道,"如果爸爸珍重妈妈,大家也都会相互珍重的。"

"唔……? 估计品子是会这么说的。但是,品子不知道,你只是看到妈妈成了爸爸的牺牲品,其实并非如此。夫妇长年相守,谈不上一方成为另一方的牺牲品。一般都是一起垮台。"

"一起垮台……?"

品子凝视着父亲。

"一时垮掉,就不能相互扶持,重新站起来吗?"高男插了一句。

"这个么……女人自己垮掉,却认为是丈夫打倒的。"

"于是,以为是被丈夫打倒的,就想去靠别人的手被扶起来。尽管是自己垮掉的。"

矢木翻来覆去说了好多遍,并且夹杂了"别人的手"这个词语。

"爸爸妈妈都没有倒。"

品子蹙起眉头说。

"是吗?那么说,你妈现在正摇摇欲坠吧。品子,你是一直偏袒妈妈的,不过,你认为妈妈同竹原君此种奇妙的关系,可以继续维持下去吗?"

"我认为可以。"

品子明确回答。

矢木安然地笑了。

"高男,你看呢?"

"我不想回答这个问题。"

"那倒是的。"

矢木点点头,高男敏锐地追问道:

"不过,妈妈的确动摇了,爸爸也应该看到了。家里的日子越来越痛苦,可爸爸却熟视无睹,这才是我最苦恼的事。"

矢木从高男那里转过脸,仰望着挂在波子头顶上方良宽书写的匾额"听雪"二字。

"但是,其中也有历史。这二十年来的历史你不了解啊。"

"历史……?"

"嗯,我不太想再提起。战前,我们家的生活很奢侈,不过,那是你妈,不是我。我从来都没有奢侈过。"

"但咱家的日子变得艰难,并非因为妈妈奢侈,而是战争造成的啊。"

"那当然,我不是指的这个,我是说,即使在家中生活奢侈的年月,独有我一人从心理上一直过着贫穷的日子。"

高男似乎受挫般地"啊"了一声。

"在这一点上,品子不用说了,就是高男,也是妈妈奢侈型的子女。三个富人养活一个穷人。"

"怎好这么说呢……"

高男语塞了。

"我不太明白,不知怎的,我感到我对爸爸的尊敬之情受到了损害。"

"我做过你妈妈的家庭教师,你不知道那段历史。"

波子觉得矢木的话句句都很合乎事实。

然而,波子弄不明白,丈夫为何要提起这些旧事。听起来,仿佛要将郁积心底的憎恶一吐为快。

"你妈妈也许以为被我伤害了二十年。不过,果真如此吗?要是这样,那么品子和高男的出生不也成了坏事了吗?你们姐弟二人应该向妈妈道歉才是啊。"

波子感到冷彻心灵深处。

"您是说品子和高男都应该向妈妈道歉?说生下来真对不起……?"

品子反问。

"是的,假如你妈妈后悔不该同我结婚……一味压抑下去不说,到头来其结果不就是如此吗?"

"只向妈妈道歉,不向爸爸道歉行吗?"

"品子!"

波子厉声喊道。然而对矢木说:

"对孩子们怎么能说这么无情的话呢?"

"我是打比方……"

"是这样啊。"高男插进来,"生下来之后,这样那样,如此等等,我们即使听了也无实感,就连爸爸也没有实感,只是说说罢了。"

"我只是打个比方。两个孩子也都过二十岁了,假若你们的妈妈依旧对我不满意,我只会对女人顽强的理想力备感惊奇。"

波子被丈夫一语言中,一阵困惑起来。矢木进一步说道:

"论起竹原君,不就是个凡夫俗子吗?你对他的向往,不正因为他没同你结婚吗?他只是个幻想中的人物。"

矢木笑了。

"女人一旦胸间中箭,就无法拔除吗?"①

波子不明白他是何意。

"两个孩子都二十多岁了。"矢木重复地说,"从小姑娘长到二十岁,大体上就是一个女人的一生。你的一生只是毫无意义的在幻想中度过,事到如今也追悔莫及了。"

波子低下头来。

---

① 此处似指希腊罗马神话中的爱神厄洛斯(丘比特),凡被他的金箭射中,便会产生爱情。

丈夫的真正意图在哪里呢？她实在猜度不出。矢木的语言尽管句句都合乎事实，但缺乏一贯性。

矢木谴责竹原，想通过平静的冷嘲调侃一下波子，也并非绝对没有。

不过，波子也由此看到了矢木的空虚与绝望。矢木如此崩溃般孤注一掷的言语，是从来没有过的。

波子不曾见到过矢木当着孩子们的面，如此暴露自己的耻辱。

矢木似乎要孩子们认识到，母亲受到伤害，父亲也会受到伤害；母亲倒了，父亲也会倒下。此种说话的方式，给予品子与高男怎样的震动呢？

"如果说全家四口应该相互体贴……"波子声音打战，说不下去了。

"品子，高男，你们仔细想一想，凭着你们妈妈的做法，用不多久，就会卖掉这个家，全家人光裸着身子。"矢木一吐为快。

"没关系的，妈妈，您可以尽早毁掉一切。"高男耸着肩膀说道。

这个家既没有大门，又没有围墙。小山团团环抱着庭院。山峦的缺口自然成了出入口。这里是山洼，冬天温暖，阳光普照。

入口左右，各有一幢小小的厢房，右首一幢，虽说过去是别墅看守人的住居，但也足见波子父亲对建筑事业的爱好。战后，有段时期为竹原所租住。眼下，高男住在这里。波子要卖的正是这一幢厢房。

左首厢房住着品子一人。

"姐姐，我可以到你那里去一下吗？"

高男离开堂屋时问道。

品子手里拿着盛满炭火的铁铲,燃烧的火苗在黑暗的庭院中,映射着外套的纽扣。

品子低着头向火钵续炭火,手在打战。

"姐姐,关于爸妈的事,你是怎么想的呢?如今,我既不感到惊讶,也不感到悲伤。我是男人嘛……我对家庭对国家都不抱幻想,即便没有父母之爱,也能独立生活下去。"

"我们有爱,既有母爱,也有父爱……"

"这种爱是有的,但如果父母之间有爱,汇成一股暖流,倾注在儿女身上,那该有多好。如此各自流动,我呀,既要理解父亲也要理解母亲,实在太累了。今天这个不安的世界,对于我们这种处于不安的年龄段的人来说,不在于父亲如何表白,而是随着父母一道生活了二十年,不知道父母夫妇不和的原因何在?如果要为出生而道歉,只能是对自己,对不安的时代。父母并不理解我们。如今,子女的不安,父母不可能为之抚平。"

高男一边滔滔不绝地说着,一边不停对着火苗吹气。

烟灰飞扬起来,品子抬起面孔。

"妈妈说像妖精的那个松坂,他见了妈妈一面,就问我:'你妈妈在恋爱吧……?'他还说,这是一场悲伤的爱!看到后给人一种乡愁的感觉。看到妈妈恋爱的身姿,就能感知爱的滋味……与其说他喜欢妈妈,毋宁说他喜欢妈妈的恋爱。松坂虽然属于虚无,却是一种妖艳的濡湿花朵般的虚无……也许我的身上也附上了松坂的魔力,并不感到妈妈的恋爱有什么不贞。妈妈是不是以为我在为爸爸做眼线,监视妈妈的行动,从而憎恨我呢?"

"谈不上什么憎恨……"

"是吗？我确实在监视妈妈,我偏爱爸爸,尊敬爸爸,这是肯定无疑的。但我偏爱和尊敬的是受妈妈照顾的爸爸,被妈妈背叛的爸爸则令我深感幻灭。"

品子的心窝仿佛被人重击一拳,她看看高男。

"不谈这些了,姐姐,我或许要去夏威夷读大学,爸爸正在为我联系。他怕我留在日本会成为一个共产主义者。爸爸说,在决定之前瞒着母亲。"

"啊?"

"爸爸他也要去美国的大学教书,在进行各项准备。"

高男说,他自己去夏威夷,爸爸去美国,都还没有确定,但矢木瞒着妻子和女儿独自策划,却使品子感到惊讶。

"撇下我们母女而去……?"她嘀咕着。

"姐姐也可以去法国或英国嘛,我想。把这个家,还有母亲的东西,通通卖掉……纵然维持现状,将来也会一无所有……"

"全家离散……?"

"住在一个屋檐下,不也是各人有各人的想法;现在挤在同一条沉船上,每个人都在奋力挣扎……"

"照你刚才的意思,妈妈要一个人留在日本吗?"

"会吗?"高男的音调像父亲,"不过,妈妈或许也想获得解放。一生之中,即使很短暂,有那么一个时期完全只有自己一人,那将是什么心情?二十多年了,她一直在为我们爷儿三人服务,如今她在叫苦连天,不是吗……?"

"啊呀,干吗这样冷言冷语的?"

"看来,爸爸以为把我留在日本很危险。就像过去的人一样,我等不会以国家为骄傲,为依靠。我觉得父亲的想法很新鲜,我很感兴趣。不是为了出世和学业要到外国去。而是要是待在国内,我就会堕落,被毁灭,处于危险之中,因而把我赶出日本。夏威夷本愿寺有父亲的朋友,他可以给我发邀请,我去那里工作,不再回日本。爸爸同我的意见一致。我将成为一个国际化的人。其中既有希望,又有绝望。父亲在给我打麻醉啊!"

"麻醉……?"

"细想想,父亲把儿子丢到国外,作为父亲,心理上也有可怕的一面。"

品子看着高男修长的双手紧握拳头,在火钵的边缘上磨来磨去。

"妈妈真傻。"高男撂下一句,"姐姐要想学好芭蕾,还是应该尽早走向世界。否则,一生渺茫,一事无成。再说,不管走到世界哪里,一年就是一年。近来我这么一想,就对这个家无所留恋了。"

高男说,父亲之所以要去美国或南美,是因为害怕发生下次战争。

"姐姐。一家四口,去了世界四个国家,各人过各人的日子,一旦想起日本这个家,还会泛起怎样的情爱来呢?我一旦寂寞起来,就会像这样胡思乱想。"

高男回到对面的厢房,品子随即变成一个人。她一边拭去脸上的白粉,一边把脸凑近镜子,窥视眼眸。

父亲和弟弟心底的洪流,总叫人觉得有些可怖。

然而,她闭上镜子中的眼睛,眼前出现被绑在山岩上的普罗米修斯的身影,她 心认为那就是香山。

当天夜里,波子拒绝了丈夫。

长年以来,她既没有明显拒绝过他,更没有主动要求过他。尽管有一阵子波子开始觉得这样有些奇怪,但她也只得承认这就是女人的做派,听其自然好了。不过,一旦拒绝,拒绝本身也就变得稀松平常,不过是顺势而为罢了。

蓦然间不知怎的,波子一跃而起,紧紧闭拢睡衣的领子,坐在那里。

矢木大吃一惊,以为波子的身体哪里疼痛难支,睁开眼睛看着。

"这里似乎插进个棍子。"波子从胸口到心窝,迅速抚摸一下,同时说,"请别碰我。"

对丈夫突然的拒绝,使得波子自己也甚为不解,面孔涨红了。她那抚摸胸膛的手势,简直就像小孩子。

看样子,她羞怯难当,团缩着身子。

矢木没有注意到波子惊恐不安的样子。

波子关掉枕畔的电灯,躺下了。矢木从背后温柔抚摸着妻子"插进棍棒"般的胸膛。

波子背脊的肌肉,冷然地震颤起来。

"这里吗……?"矢木摁住紧绷的背筋。

"不用了。"

波子扭过胸膛,想避开,矢木用手硬是拉近她。

"波子,刚才我一个劲儿叨咕二十年二十年,意思是二十年来,除了眼前的女人,我再也没有抚摸过其他女人啊!我只被你这个女人吸引过。男人的一生,为了眼前的女人,有着奇妙的例外……"

"请您不要再说什么这个女人这个女人的了。"

"因为没有另外的女人,所以才说这个女人的。这个女人是不知道嫉妒的。"

"我知道。"

"你嫉妒过谁呢?"

眼下,她不好说嫉妒竹原的妻子。

"没有嫉妒的女子是不存在的,哪怕是看不见的事物,她也在嫉妒。"

她听见矢木的呼吸,捂住了耳朵,躲避着他呼出的臭气。

"如果连生下品子和高男都是我们夫妇的坏事,那我们……"

"我只是打个比方而已,不过高男之后,一直没生孩子,这是为什么呢?再生一个也很好嘛。想想看,自从你热衷于舞蹈之后,就没有孩子了,不是吗?基督教牧师说过,第一个创造舞蹈的人是魔鬼!舞蹈的行列就是魔鬼的行列……你一旦停止跳舞,今后也许还能再生一两个孩子。"

波子听了又是一阵毛骨悚然。

隔了二十年再生孩子,波子想也没想过。经矢木这么一说,听起来就是有意奚落她,令她难堪。

不过,这样的错误也不是不可能发生。波子感到一阵恐怖。

波子和竹原在一起,有时会突然陷于恐怖之中。她和矢木在一起,今夜依然受到恐怖的袭击。

看罢《长崎踏绘》之后,波子对竹原说:

"我已经不再说害怕了。"

波子之所以如此嘀咕,是她觉悟到,以往恐怖的发作,其实不正是爱情的发作吗?她向竹原诉说了内心激烈的变化。

然而,和矢木在一起感到的恐怖,她不认为是爱的发作,如果硬要同爱连在一起,那就是失去爱之后的恐怖,不是吗?或者说,于没有爱之处描绘爱,从而感到一种幻想泯灭之后的恐怖。

夫妇之间的厌恶,较之人和人之间的厌恶,更使人感到切肤般的深沉。波子对此也颇为熟知。

一旦变为憎恶,就是最丑恶的憎恶。

不知为何,波子回想起一些无聊的事。那是她同矢木婚后不久的事。

"小姐不会烧洗澡水吗?"矢木问,"盖上盖子可以节约煤炭。"

矢木拆毁一只啤酒箱,亲手做了一个盖子。

矢木亲切地教她随着水温的改变掌握好煤炭的火候。

波子入浴时,粗劣的盖子漂在热水上,她觉得很脏。

矢木为了制作浴池盖子,花了三四个小时。波子站在他身后,呆呆地瞧着。当时矢木的姿势,至今还记得很清楚。

矢木坦白地说,在过去全家人奢侈的日子里,矢木独自一人心理上依旧过着贫穷的日子。此乃今夜矢木言谈之中,最使波子受到震动的话语。她听到后腿脚发软,仿佛被人推入黑暗的深渊。

二十多年来,他仰仗波子的财产养活自己,这似乎就是一种根深蒂固的憎恶和复仇。是矢木的母亲撮合矢木同波子结婚的。矢木硬是将母亲的计谋顽强地实现了。

矢木通过寻常的手法,温存地引诱波子,波子继续予以拒绝。

"您竟然说出那种话来,品子和高男怎么想呢,我很担心他们。

我去看看就来。"

波子说着起床离开了。

她来到庭院里,仰望星空,波子觉得已经无处可去。

天空同后山交界处,白云飘飘,仿佛日本画中汹涌的波涛。

佛界与魔界

品子走入父亲的房间,矢木不在。一行颇为眼生的字幅挂在壁龛里。

　　入佛界易,入魔界难。

大概是这样读的。

靠近些,看见印章,是一休。

"一休和尚……?"

品子稍感亲切。

"入佛界易,入魔界难。"

这回她读出声来了。

禅僧这句话的意思她不甚了了。但"入佛界易,入魔界难"似乎说反了。不过她看到这样的文字,又用自己的声音读出来,品子也觉得有些惊讶。

这句话似乎就停驻在这个无人的房间里。一休的大字,在壁龛里,用生动的眼神凝视一切。

看来,父亲刚才还在房间里,因此,屋子里反而保有温馨的寂寥。

品子静静坐在父亲的坐垫上,心情很不平静。

她用火筷子扒拉一下煤灰,随之迸发出小小的火星。这是备前①瓷的手炉。

书桌一角的笔筒旁边,竖立着一尊小小的地藏菩萨。

这尊地藏像,本是波子的,不知何时到了矢木的书桌上了。

这是高七八寸的木雕像,是藤原时代的制作。黑乎乎的,显得很脏。浑圆的和尚头倒是佛头般的圆滑,一只手拄着高过身子的拐杖。这拐杖也是原有之物,直线线条,清晰明了。

就大小来说,这也是一尊可爱的地藏雕像,可品子看了一会儿,不由得害怕起来。

父亲今早也这样坐在桌前,时而看看地藏木雕;时而看看一休的题字吗?品子一边想着,一边又望着壁龛。

那个"佛"字倒是下笔严谨的楷书,到了"魔"字,则是纷乱的行书。品子似乎感受到一种魔幻,同样害怕起来。

"在京都买的吧……?"

这不是家里原有的挂轴。

这是父亲在京都偶然发现的一休的题字,还是他喜欢一休的字特意寻购来的呢?

家里原有的挂轴收起来了,放在壁龛一侧。

品子站起身来走去看了看,是《久海断简》②。

---

① 备前:日本冈山县东南部古称。以无釉瓷为特色的"备前烧",隆盛于桃山至江户时代中期(十六至十八世纪)。
② 《久海断简》:原文为"久海切"(kyuukaigire)。此处的"切"即"古书切"(古代书道的断片、断简),即收藏者久海(人名,不详)保有的古代书道《紫式部断简》。安土桃山时代,随着茶文化之兴盛,将古代书道挂轴语句切割、分离,悬于茶室,以增风雅,成为时尚。

波子的父亲早年在这个家里还放了四五幅《藤原和歌断简》。目前只剩下《久海断简》，其余都被波子卖了。《久海断简》据说是紫式部墨迹，矢木舍不得放手。

"入佛界易，入魔界难。"

品子离开父亲的房间，再一次自言自语。

这句话莫非同父亲的内心有着某种牵连吗？品子反复琢磨这句话的含义，但始终不能准确理解。

品子想同父亲谈谈母亲的事，在母亲去东京之前，她一直待在排练场，这阵子特来父亲房里看看。

难道一休的题字替父亲回答了什么吗？

大泉芭蕾舞团研究所有二百五十余名学生。

这里不同于学校，升学考试以及开学日期不定，学生随来随考。有的连续请假，还有的不来上课。学生始终有进有出，很难掌握准确的人数，但不少于二百五十人。而且，细算起来，有增无减。

大致可以这么看，除了大泉芭蕾舞团之外，大凡东京著名的芭蕾舞团，一般都具有二三百名学生。

但是，如此众多的学生，并非经过严格的考试进来的。同其他艺术门类一样，都只是凭着想学芭蕾舞的愿望，轻而易举入学的。这些女孩子适合不适合学习芭蕾舞，将来有没有希望在舞台上展露头角，入学时都没有进行深入的考查。

东京芭蕾舞教习所有六百家，较大的教习所假如有三百名学生，那么就可以考虑成立一座组织严密的舞蹈学校，选择素质优秀的学生，施行严格、正式的教育，但似乎尚未听说有这样的计划。

大泉研究所也一样,学生多为女生,都是放学回家途中来排练所的。

女生班一共五个组。下边是小学生儿童科。

女生班上面有两班学生年龄大些,技能也很熟练,再上面还有一个尖子班。

尖子班顾名思义,都是芭蕾舞优秀者,研究所大泉所长经常亲临指导,共同学习,是这家芭蕾舞团的中坚力量。只有十个人,女生八名,男生两名,品子也是其中之一。从年龄上说,品子最年轻。

尖子班的人都作为助理教员分别担任下边班级的辅导工作。

除了这些班级之外,另有专科组,这是上班族的班级,年龄各不相同,芭蕾舞团公演时,也会因受其工作的妨碍,不能登台演出。

品子每周三次接受尖子班课程,再加上作为助理教员的排练日,大体上每天都去研究所。

研究所位于芝公园后面,从新桥车站徒步而行,只需十分钟。

今天仍然心情沉重,她避开交通工具,独自茫然地走着,看见一位母亲领着一个像是小学五六年级的女孩子,站在研究所门口。

"请问,我想叫她参观一下,可以吗?"

"啊,请进。"品子回答后,随即看看那个少女。

或许是缠着要学习芭蕾,她母亲才陪她来的吧。品子打开门扉,让这对母女先进去。只听房里有人喊道:

"品子小姐来得正巧,我一直等着呢。"

呼喊品子的是野津,这里的首席男性舞蹈演员。

野津是首席男舞者[①],他以王子的角色出场,亦即作为扮演公主

[①] 首席男舞者:法语 danseur noble,有资格饰演王子的芭蕾舞者。

的女演员的搭档。他名副其实,形象俊美,细腰长肢,全身线条流畅,潇洒而浪漫。一副独具匠心的带有古典芭蕾风姿的白色戏装,非常合体,这在日本人里十分罕见。

然而排练时,他穿黑色衣服。

"今天太田小姐休息。品子小姐来了,我想请你弹钢琴。"野津说话,时时夹带女人的腔调,"可以吗?"

"行啊。"品子点点头,"弹钢琴,不管谁都可以啊。"

那位太田小姐,是专门来伴奏的,她是女钢琴家。

即便没有钢琴伴奏,也能通过教师的嘴和手打拍子,进行芭蕾舞基本动作练习,无伴奏的教习所也很多,而这里使用的是切凯蒂[①]的练习曲。有没有音乐伴奏,大不一样。排练时习惯于带有伴奏的学生,一旦没有伴奏,就变得手忙脚乱起来。

品子回头招呼前来参观的母女:

"请到这边来。"

她叫她们坐在门口一旁的长椅上,自己走向火炉边。

"品子小姐脸色很不好,怎么了呀?"野津小声问。

"是吗?"

品子站立不动。

"请你弹钢琴,你不高兴是吗?"

"不是。"

野津头发上扎着碎水珠花纹的蓝色绸带,没有打结子,扎得很巧

[①] 切凯蒂(Enrico Cecchetti,1850—1928):意大利芭蕾舞教师。生于罗马。遍历欧洲各地,教授芭蕾舞。一九一八年,于伦敦开办芭蕾舞学校。晚年回米兰,作为芭蕾权威,主持拉斯卡拉剧团。

妙。虽说只是为了防止头发散乱,但由此也可以看出野津很着意打扮。

"纵然有人能弹练习曲,不过……"

野津从火炉前的椅子上,半转过头仰望着品子,裹着蓝色绸带的前额,眉眼秀媚。

他是在赞扬品子的钢琴弹得好吧。

品子打小时候起就跟母亲学习弹钢琴了。

波了过太练习钢琴极为专注认真,到了如今这把年纪,甚至或许是做个钢琴教师更为轻松。她早在二十年前的年轻时代,就告别外行走向专业了。

多数舞曲品子也都会弹。因为切凯蒂的练习曲是用于教授芭蕾舞基本功的,自然容易一些。另外,每天反复听闻,自己也每每弹奏,早已熟记在头脑里了。

品子弹琴时有点分心,野津走过来问:

"怎么啦?有点快了。和平常不一样。"

这个时间的排练,是女生班上面两班中的 B 班,称为高等科。在公演的舞台上,是跳群舞的角色。

从高等科的 B 班可以升到 A 班,跳得更好的人还可以选拔进入品子的尖子班。

用芭蕾的术语来说,群舞中既有跳方阵舞①的,也有跳群舞领

---

① 方阵舞:法语 quadrille,男女四对的方阵舞。

舞①的。群舞领舞,即指站在群舞的最前方跳舞。

然而,尖子班的舞者有时也会担任群舞领舞,而跳群舞领舞的人,有时可以被选拔担当独舞演员。

大泉芭蕾舞团二百五十余人中,可以登台公演的有五十人左右。

论及高等科 B 班,都是训练有素、技艺娴熟的学生。他们对研究所的风格和教学方法也很熟悉。

况且,课程一开始抓住把杆的训练,都是一些学过动作的重复,可以平滑推进;因而,品子弹钢琴,也就像寻常一样,动动指头罢了。

而这遭到了野津的追究。

"对不起。"品子表示歉意,"你是说快了些,对吗……?"

不大可能吧? 品子当面冷不丁遭人指责,自觉有点下不来台。

"我只是有这种感觉罢了,听到有些放空弹奏,我便急躁起来……"

"哎呀,对不起。"

品子脸色涨红了,眼望着白色的琴键。

"没关系的。不过,品子小姐,你在想什么心事吧?"野津小声说,"就说跳舞吧,也是一样,时时感到沉重,跳着跳着,就感觉气闷起来。"

他这么一说,品子果真呼吸急促,心跳加快了。

仿佛是野津的汗臭,越发使得品子胸闷起来。

自打野津走近,直到品子回过神来,野津的汗臭就一直刺激着她。

两人共舞时,野津的汗臭还能忍受,眼下,似乎是这汗臭已经有

---

① 群舞领舞:法语 coryphée,群舞的主角演员。

些时日了。

野津经常洗换排练的舞衣,或许是冬季,他有些怠惰了吧。

"对不起,我会注意的。"

品子厌恶汗臭,她没好气地说。

"一会儿再聊……"野津一边离开,一边说,"好的,拜托啦。"

品子用心弹琴,像是配合着学生们的脚步,自己也一同翩翩起舞一般,调整好节奏。

练习离开了把杆。

正像音乐使用意大利语一样,芭蕾舞使用法语。

学生们一个个奉命做无把杆(一种舞蹈动作)练习。野津的法语随着品子的琴音,越发流畅起来。品子则被野津的嗓音所吸引,继续弹了下去。

野津的声音蕴含着几分甜美,逐渐变得清澄高亢,此时,野津反复发出的一连串丽辞美语:"plié"(下蹲)、"pointe"(足尖直立)……对于品子来说,这些发音宛如在梦幻中阴柔地震响。

野津时而用手打着拍子,时而用嘴数着数目。

这一切听起来皆如梦中私语,品子感到学生的脚步声也越来越远了。

"不行!"她望着乐谱。

排练本来是一小时,因为野津很热情,延长二十分钟。

"谢谢,辛苦啦。"

野津走到钢琴边,擦擦额头。

新的汗臭强烈刺激着品子,鼻子如此易感,或许是心理上的疲劳所致吧?

"排练场接下来一小时空闲,我们稍微休息一会儿,之后一起练习一下好吗?"

野津对她说着,品子摇摇头。

"今天算了,我来弹钢琴。"

一小时之后,有女生班课程,接着还有上班族的课程。

品子回到火炉旁,参观的两个女学生,离开门口边的长椅走过来说:

"我们想要一份章程……"

"好的。"

品子拿出章程,再添上申请书交给她们。带领小学生来的母亲对品子说:

"也请给我一份吧。"

野津站在排练场的镜子前边,一个人进行无把杆跳跃练习。

他跳跃而起,在空中两足拍击,练习击腿跳①和击打跳②。野津的击打跳,动作优美。

品子坐在火炉前,靠着椅背,茫然地观望着。

担任下期班级的助理教师们,也来到排练场,分别进行自我练习。

品子本以为野津已经先行离开,没想到他换下全部戏装,从里面

---

① 击腿跳:法语 entrechat,芭蕾舞技法之一。两足踏地,垂直跳跃,于空中双足交叉相拍,然后落地。
② 击打跳:法语 brisé,芭蕾舞技法之一,身体向跳跃方向倾斜,前脚向前踢起,后脚在空中击打前脚后侧,落地时后脚落在前脚前方。

走了出来。

"品子小姐,今天回家……我送送你。"

"不过,没人伴奏啊。"

"没关系,总会有人弹琴。"

野津一边将胳膊伸进大衣的袖筒里,一边说道:

"我从对面的镜子里,看到品子小姐的脸色,知道你很辛苦。"

品子以为野津通过镜子只是在观察自己的动作,没想到他从远处正在用心瞅着自己的脸色呢。

他们顺着斜坡向御成门走去。

"我要到母亲的排练场去一下……"品子说。

"我也很久没见你母亲了,我也去走一趟,可以吗?"

于是,野津拦住一部空车。

"上回会见你家母亲那是什么时候来着?当时谈起芭蕾舞女演员结婚好还是不结婚好,她说还是不结婚好。我说,还是得恋爱吧……"

记得有一次,他们排练双人舞时,品子听野津提起,为了求得二人气息真正的和谐一致,是做夫妻好呢,还是恋人好呢,或者是毫无关系的人好呢?

一心无挂碍跳舞中的品子,突然有所介意,身板儿僵直,动作也不灵活了。一旦有了局限,跳起舞来就不能将身子全心交付男方了。

芭蕾舞女演员,将被男方以各种姿势怀抱、托举、置于肩头;还有投体、承接、全身交托、存置等舞蹈动作,可以说通过男女的身体,在舞台上描绘出爱的各种形象。

作为首席男舞者,他就是"芭蕾舞女演员的第三条腿",担当一名骑士的角色;而女演员则作为恋人,同首席男舞者珠联璧合,将此"第三条腿"作为自己身体的一部分。

品子还不是大泉芭蕾舞团当红舞后或首席女演员的时候,野津就非常喜欢她,甘愿当她的双人舞搭档。

在别人看来,两人恋爱、结婚,那是自然的趋势。

品子尽管还是姑娘家,比起结婚,她的身子或许早已被野津所熟知。品子的一部分已经是属于野津的了。

然而,野津的有些地方,尚未使得品子感受到他的男子气。

是因为两人跳太熟了,还是因为品子是个姑娘呢?

因为是姑娘家,品子的舞蹈很难流露出性感,一旦野津说些什么,身子立即就僵直了。

两人同乘一部出租车,比起二人共舞更加使得品子难堪。

更何况,品子今天也不想让野津会见母亲。

她不情愿被野津看到母亲忧郁的面色、苦恼的形象。再说,品子一心记挂着母亲,她只想独自前往。

"真是一位好母亲啊!然而一提起芭蕾舞女演员结婚、恋爱的话题,你母亲马上就想到品子小姐的事来……"

听到野津这么说,品子也觉得心烦。

"是这样吗?"

波子的排练场,没有开电灯,大门敞开着。

波子不在。

即将日暮,地下室晦暗起来,只有墙壁上的镜子放出钝光。沿着对面的道路、横长的高窗,映射着街上的光明。

空旷的大厅,寒气森森。

品子打开电灯。

"没有来上班,还是回家啦?"野津问。

"唔,不过……没有上锁啊。"

品子走进小房间查看,里头挂着母亲的排练服,摸上去冷冰冰的。

波子和友子各有一把排练场的钥匙。一般都是友子来得早些,她先开门。

友子走了之后,不知母亲将友子那把钥匙交给谁保管了。品子对母亲排练场的钥匙没有多注意,看来,友子离开后造成的不便,竟然也反映到钥匙上来了。

尽管如此,一丝不苟的母亲怎么会忘记锁门就走了呢?品子感到不安起来。

今天是奇怪的一天,她到父亲的房间一看,父亲不在;再到母亲的排练场一看,母亲也不在,两件事放在一起,更加使得品子坐立不安。

犹如一个人刚刚还在,转眼离去,心影依稀,反而更加显得空虚。

"母亲到哪里去了呢?"

品子用那里的镜子照照面孔,她似乎觉得母亲刚刚还在镜子里。

"啊,铁青……"

品子看到自己的脸色,吓了一跳。因为野津站在对面,她不便重新化妆。

品子她们因为排练时出汗,几乎不施白粉,口红只有薄薄一层,很少利用化妆掩盖脸色。

品子来到排练场，点燃了煤气炉。

野津背靠把杆，眼睛追逐着品子。

"不要点炉子，品子小姐也该回去了。"

"不，我等着母亲。"

"她要回到这里吗？那么，我也……"

"会不会回到这里来，我也不清楚。"

品子把水壶放在炉子上，再从小房间拿来咖啡瓶。

"真是一座好排练场啊！"野津环顾四周，"共有多少学生呢？"

"六七十人吧。"

"是吗？前些时候，听沼田先生说，你母亲将要在春天举行公演……？"

"尚未决定。"

"若是品子小姐的母亲，我们也想助她一臂之力。这里没有男生吧？"

"是的，因为不招收男生……"

"不过，公演时没有男演员，不觉得太单调吗？"

"是啊。"

品子很不安，她也懒得说话了。

品子低着头倒咖啡。

"排练场也有成套的银质设备……？"野津感到很稀奇，"只有女人的排练场，倒是很整洁啊。你母亲想得很周到。"

野津这么一说，一套银质设备也显得适得其所，收拾得干干净净。这里不像大泉研究所那般充满活力。大泉研究所里的墙壁上张贴着研究所几次公演的海报,花花绿绿,而这里只装饰着外国芭蕾舞女演员的照片。就连从《生活》杂志上剪下的照片,波子都将它们整整齐齐嵌镶在镜框里了。

"我观看你母亲的演出是什么时候呢?大概是战争初期吧……"

"或许是吧,战事激烈之后,母亲就不再登台了。"

"是同香山先生一起跳的吧……?"

野津似乎回忆起当时波子的舞蹈来了。

"现在想想,当时香山先生很年轻,就像我这个年龄吧……?"

品子只是点点头。

"他和你母亲年龄相差很大,但很难看出来。"野津压低嗓门,"听说香山先生和品子小姐,也经常一起跳舞,是吗……?"

"跳舞……? 我那时还是小孩子,怎么可以说是一起跳舞呢?"

"当时品子小姐多大了……?"

"同他跳,最后一次吗……? 是十六岁。"

"十六岁……?"

野津反复品味着这句话。

"品子小姐一直无法忘记香山先生吗?"

品子自己也觉得意外,她明确回答:

"嗯,忘不掉啊。"

"是吗?"

野津站起身,将两只手插进大衣口袋里,在排练场里转悠起来。

"是的啊,我想是这样的。我很理解。不过,香山先生已经不在我们这个世界了,是吧?"

"不会的。"

"那么,品子小姐同我一起跳舞,可以感觉到就是和香山先生跳舞吗?"

"不会的。"

"两次都是一样的回答。所谓'不会的'到底是……?"

野津从远处径直走向品子,说:

"我可以等待吗?"

品子害怕野津靠近她,随即摇摇头。

"等待什么呀,这……"

"我的这个等待,品子小姐应该早就明白……再说,香山先生也不是你的恋人,不是吗?"

香山不是品子的恋人,或许野津说得对,事情就是这样。

然而,野津的一番话是对品子的纯洁的挑战。

野津尚未走近身边之前,品子猝然站立起来。

"香山先生可以什么都不是啊。我不管别人的事……"

"别人……? 我也是别人吗?"野津嘀咕着,转个方向,朝旁边走去。

壁镜映着野津的背影,品子望着。花格子围巾上的红线,清晰地闪现在脖颈上。

"品子小姐还在做少女之梦吗?"

品子在镜中追逐着野津的姿影,觉得自己的眼睛明亮起来。这不是因为野津,而是因为拒绝野津使得她更增添了力量。

并且,她要战胜内心的寂寞。

究竟是何种寂寞呢? 使得品子紧紧团缩着身子不得伸展。这样的寂寞存在于某个地方。

"除非母亲说我已经不能跳舞,在这之前我决心不考虑结婚的事。"

"等到断定品子小姐不能跳舞了……？和香山先生结婚也不考虑吗？"

品子点点头。

野津走到对面的墙壁跟前,他回过头来,看见品子在点头。

"做梦啊,真是个娇小姐……照这么下去,我同你一起跳舞,就等于是在阻碍你结婚,是吗？所谓小姐,就是专给男方出难题的吗？"

野津说着,走了过来。

"你撒谎！你心里想着香山先生,才这么说的……"

"不是撒谎,我要同母亲在一起,母亲为了我的舞蹈,花费了二十年光阴。"

"品子小姐的舞蹈寄托在我身上……"

品子对此也似乎点点头。

"好吧,我相信你的话。你同我一块儿跳舞期间,不会想着同香山先生结婚的事,对吧……？"

品子紧蹙眉头,凝视着野津。

"我爱你,你爱香山先生。但是,你同我一起跳舞的时间里,这两种爱都受到压抑。这样一来,品子小姐和我的双人舞,倒是怎样的梦幻啊！这两种爱不是都在白白地流逝吗？"

"没有白白流逝。"

"总觉得像脆弱的梦境。"

然而,品子明媚的眼神,深深感动了野津。品子的面色和刚才全然不同,变得神采奕奕。扑面而来的俊丽中,唯有眉宇间流露出一星愁思。

"我一边跳舞,一边等待。"

品子眨眨眼睛,微微摇摇头。

野津把手搭在品子的肩膀上。

品子回到家中,看见高男的厢房里亮着灯光。

"高男,高男!"品子呼喊。

"姐姐,回来啦?"高男从挡雨窗内回应。

"妈妈呢……回来了没有?"

"还没有。"

"爸爸呢……?"

"在家。"

听到高男开门的声响,品子逃脱似的说:

"不用不用啦,回头再……"

庭院里虽然已是暗夜,但品子不想让高男看到自己不安的姿影。

开门声停了下来。

高男似乎站在走廊里。

"姐姐,记得有一次你谈到过崔承喜吧?"

"是的。"

"崔承喜啊,十二月三日,她在《真理报》[①]上发表了一篇文章。"

高男仿佛在讲述一件大事。

[①] 《真理报》:苏联共产党中央委员会机关报。

"是吗?"

"她在其中还讲述了女儿的死。她女儿到苏联演出时,在莫斯科受到热烈的欢迎……崔承喜的教习所里,听说有一百七十多个学生。"

"是吗?"

崔承喜给苏联的报纸写稿,品子并不像高男那般激动得声音都变了。

然而,品子不安的目光,遥望着冬枯的梅枝映射在挡雨窗上的模糊的阴影。

"爸爸吃过饭了没有?"

"啊,吃过了,和我一起吃的。"

品子没有回自己的厢房,她直接走进堂屋。

今晚上她没有见到母亲,就这样先会见父亲总有些忐忑不安。然而,当她想到这里,一声招呼之后,反而难以离开父亲的房间了。

"爸爸,中午我到您这里转了一圈儿,以为您在呢……"

"是吗?"

矢木从书桌前回过头来,身子转向手炉方向,似乎等待着品子。

"爸爸,一休说的'佛界'和'魔界',是什么意思呢?"

"这个吗……? 这话颇有意味啊。"矢木沉静地望着壁龛里的墨迹。

"爸爸不在屋里,我一个人看了,着实有点发怵呢。"

"哦……? 为什么?"

"应读作'入佛界易,入魔界难'吧? 这里的'魔界'就是人类的世界吗……?"

"人类的世界……？你说魔界指的是这个？"矢木有些意外地反问，"也许是这样，那也很好嘛。"

"像人一般的生活，怎么像魔界呢？"

"说是'像人一般'，'人'是什么？在哪里？或许都是魔鬼。"

"爸爸就是带着这个想法，望着这幅墨迹的吗？"

"没有啊……这里写的'魔界'依然是魔界，那是个可怕的世界。因为比佛界难入。"

"爸爸想入魔界吗？"

"你是问我想不想入魔界吗？你这样问是什么意思呢？"

矢木满脸怡悦，温和地微笑着。

"如果品子断定妈妈会入佛界，我也可以入魔界……"

"哎呀，不是的。"

"'入佛界易，入魔界难'这句话，使我想起另一句话：'善人能成佛，何况恶人乎'。不过，不一样。一休的话，是排斥伤感的，不是吗？是排斥妈妈和你等人那种感伤的情绪……排斥日本佛教的感伤与抒情……是一句严酷的战斗性语言。对啦对啦，十五日的会上，展出《普贤十罗刹图》时，品子也去看了吧？"

"去看了。"

北镰仓名曰"住吉"的古美术商的茶席，每月十五日举办例会。茶具商和茶道爱好者，轮番掌灶，在关东一带为主要茶会之一家。

老板住吉，担任东京美术俱乐部总经理，是美术商界元老。他恬淡脱俗，有点像禅林和尚，较之茶道师傅，有些地方更像一位茶人。十五日的茶会，全靠这位住吉老人人品的支撑。

因为就在附近,矢木有时心血来潮,就到那里走走。本来益田家的《普贤十罗刹图》,有时悬挂于壁龛里,逢到那一天,他就邀约妻子女儿一道去看看。

"那都是你妈妈很喜欢的,围绕着骑白象的普贤菩萨的十罗刹,都是身穿十二单衣①的美女丽姬。原样模仿当时宫中妇女的身姿。藤原时代华美而感伤的佛画之类,可以窥见藤原的女性趣味与女性崇拜。"

"不过,听妈妈说,普贤的面孔只是美丽,并不华贵。"

"是吗,普贤是美男了,却被描绘成美女的样了。纵然是阿弥陀如来自西方净土前来迎接的《来迎图》,也带有藤原的憧憬与幻影,出现了'满月来迎'的词语。藤原道长死时,弥陀如来手里坠着一条丝线,道长自己抓住丝线的一端。《源氏物语》诞生于道长时代,我年轻时曾经研究过源氏,但你妈妈却认为,源氏是个野蛮的穷人家的儿子,同藤原的风雅相去甚远,粗鲁、卑贱,她似乎很反感。"

说到这里,矢木看看女儿的脸,继续下去:

"在那幅《来迎图》中,前来迎接人类灵魂的圣佛们,衣着华丽,手持乐器,姿态翩跹。女人的美丽,因舞蹈而达于极致,所以我没有阻止你妈妈跳舞。但是,女人不是凭精神跳舞,而只是凭肉体跳舞。长期以来,我观察你母亲,可不是这样?女子较之当尼姑,还是跳舞更美丽。仅此而已。你母亲的舞蹈,只不过表达了她的哀伤情绪,属于日本风味……而品了你的舞蹈,不也是青春虚夸的幻影吗?"

品子本想回击父亲。可是矢木随口又说:

"假若魔界里没有感伤,我还是选择魔界。"

---

① 十二单衣:古代女官、贵族女了穿着的衣服,单衣之上多层重叠而成。

堂屋里有矢木的书斋和波子的起居室、餐厅,还有储藏室和女佣房间。

波子的起居室,只好同时兼作夫妇卧室。

这幢房子还是波子娘家的别墅时,这间六铺席大的屋子设计就带有女性意味,以古老的缎片作为墙壁的壁饰。说古老,也就是经元禄①以下至江户时代的各种女子服装等物。

最近波子躺在床上,望着彩线刺绣的古代花纹,变得寂寞难耐。这些缎片的女性意味过于强烈了。

自从波子拒绝矢木,就寝对波子而言变得很痛苦。

丈夫遭拒,不再求她了。

矢木喜欢早睡早起,通常是波子随矢木之后上床。不过,波子入睡前,矢木总是醒着,每次都要同波子说上几句话后再入眠。

波子在品子的厢房里闲谈到很晚时,会突然想起来,随即说道:

"你爸爸要休息了。"

说完,她就回堂屋了。波子担心丈夫等着她,还没有入睡。这是长年的因习,身不由己。

其实波子也一样,回到卧室,如果矢木不招呼她一声,也会觉得有点异样。

然而,这样的因习眼下却在威胁着波子。矢木一旦在床铺上说什么话,波子就心头一惊,浑身团缩起来,立即钻入被窝。

"我不是罪人啊!"

---

① 元禄:江户中期东山天皇时代(1688—1704)。

她心中犯起嘀咕,感到很不安。波子有意无意倾听着丈夫的呼吸,自己到底是犯了什么罪?

波子不能翻身,她在等待什么呢? 是等着丈夫入睡,还是等着他来索求自己呢?

他若来求她,她或许还会拒绝,波子害怕这样的争执。但是,他若不来求她,那也是很可怖的。

总之,矢木入睡之前,波子是无法入睡的。

今晚上,波子在品子的厢房里谈话,直到丈夫就寝时也没有回堂屋。

"听你爸爸说,品子对壁龛里的断简挂轴不满意……?"

"哎呀,不满意? 爸爸是这么说的吗?"

"是的。两三天前爸爸说过,因为品子不喜欢,他想换掉……"

"哎呀……我只是问了问爸爸那段文字是什么意思。爸爸跟我说了很多,可我还是没懂。爸爸还说,妈妈和我的舞蹈充满感伤情绪。我听了觉得很遗憾。"

"感伤情绪……?"

"他好像是这么说的。爸爸说的是舞蹈,他说跳舞本来就是感伤。是这样的吗……?"

"是吗?"

波子想起来了,十五年前,矢木对她说过,女人的身子会因跳芭蕾舞而受到锻炼,从而赢得丈夫的欢心。

矢木对她说,二十多年来,除了"这个女人"之外,他不曾触摸过其他女子。当时,波子一心躲避丈夫的手臂。或许因为这个,总觉得他的话黏糊糊的,害怕被他黏缠住了。

后来想想,正如矢木所说,他作为男人,是一个"不可思议的例外"。作为"这个女人"的波子,是有幸获得了这个"例外"的缘分吗?

波子对丈夫的话并不怀疑,她信以为真。

不过,她如今对这一点并不觉得幸福,反而感到沉重。

抑或这正是矢木性格异常的表现吧。波子拉开距离看待丈夫。

"如果说我们的舞蹈充满感伤,那么,我同爸爸一块儿生活也是感伤的,对吗……?"波子边说便思索,"这阵子妈妈或许太累了,要到春天才能缓过气来。"

"是爸爸连累了您,爸爸从魔界眺望着妈妈。"

"魔界……?"

"我和爸爸说起话来,不知怎的,总觉得生活能力也丧失了。"

品子将修长的秀发,用缎带扎起来,随即又解开。

"爸爸是靠吞噬妈妈的灵魂活下来的。"

波子听了女儿的话大吃一惊。

"总之,是妈妈背叛了爸爸,这一点我也应该向品子道歉……"

"爸爸是否在等着大家都垮掉才甘心呢?"

"怎么会……不过,最近我想把这座房子卖掉。"

"早点脱手,可以到东京建立排练场。"

"一座充满感伤的排练场……是吗?"波子嘀咕道,"不过,爸爸会反对的。"

凌晨两点过后,波子回到堂屋。

矢木已经睡着了。

波子摸黑换上冰冷的睡衣。

她躺下之后,眼睑到额头一带,依旧没有暖和起来。

"妈妈,您到我屋里去睡吧。反正爸爸已经歇息了。"品子说,但波子回道:

"正因为如此,才被爸爸取笑,说成是感伤情绪……"

其后,波子虽然回到堂屋来睡,但总怀着寂寞,倒不如像一个年轻姑娘,同品子一起,俩人一块儿待到黎明更好。

她一直睡不着觉,生怕惊醒矢木,心里怀着恐惧。

早晨,波子醒过来,已经是矢木起床之后了。这是从来没有的事。

波子颇感惊奇。

深刻的往昔

波子和竹原走向四谷见附近旁旧宅邸的废墟时,刮起了风。

拨开齐膝的枯草,波子一边寻找排练场的舞台基石,一边说:

"钢琴就放在这块地方的。"

她想,竹原当然是知道这件东西的。

"当时趁着能运走,若是搬到北镰仓就好了。"

"如今说这些还有什么用呢?这是六年前的事……"

"不过,施坦威的这种 O 型钢琴①我现在买不起了。那架钢琴,还满载着我的记忆。"

"小提琴可以拎着拿走,但我也把它烧毁了。"

"是瓜达尼尼小提琴②吧?"

"是瓜达尼尼,图尔特③弓子。想想实在可惜。购买的时候,由

---

① STEINWAY 公司制造的大三脚架式大型钢琴。
② 由手艺高强的意大利工匠瓜达尼尼(Guadagnini,1711—1786)手工制作的小提琴。
③ 佛朗索瓦·格扎维·图尔特(François Xavier Tourte,1747—1835):法国制弓大师,被誉为现代琴弓之父。

于日元货币很吃香,美国乐器公司为了获得日元,将乐器运来日本贩卖。当我现在为了将照相机销往美国,遇到困难时,偶尔就会想起那时的往事。"

竹原将帽檐按住,背着风向,站在那里保护波子。

"我一尝过苦头,就想起那首《春天奏鸣曲》。如今站在这里,仿佛觉得从钢琴的废墟中听到了那首曲子。"

"是的,同波子夫人在一起,我也似乎听到那首乐曲。由两个人共同弹奏《春天奏鸣曲》的这两件乐器,全都烧成灰烬了。不过,小提琴即使幸存,我也不能摆弄它了。"

"我弹钢琴也不可指望……不过,如今就连品子也知道,那支《春天奏鸣曲》里蕴含着我和你的一番记忆。"

"那是在品子小姐出生之前,那是深刻的往昔。"

"如果春天能够举办我们的公演,那么,蕴含着你我互相回忆的曲目中的舞曲,我真想跳一次试试看呢。"

"跳着跳着,要是在舞台上恐怖症发作,那就糟了。"

竹原跟她开玩笑地说。

"我已经不再害怕了。"

波子闪耀着炯炯有神的眼睛。

枯草看上去寒颤颤的,随风披拂,闪烁着斜阳的光亮。

波子玄色的裙子上,也晃动着枯草闪光的影像。

"波子夫人,即使找到原有的舞台基石,也不建造原来那样的家了。"

"是的。"

"请我的一个熟悉的建筑家来看地址吧。"

"那就拜托了。"

"也请考虑一下新家的设计吧。"

波子点点头,随即问道:

"你说的'深刻的往昔'是指'深深埋在枯草中'的意思吗……?"

"不是的。"

竹原似乎一时找不到合适的词儿。

波子回头望望那段破墙,走到马路上。

"那段围墙也不能用了,盖新房时要先拆除掉。"竹原说着也回头看了看。

"大衣的底边沾上了些枯草的草籽呢。"

波子抓起大衣的下摆,翻转过来看看,先给竹原的大衣掸了掸。

"请转个身。"

这回竹原发话了。

波子的衣服下摆上没有沾枯草。

"你终于决心建排练场了,矢木先生同意吗?"

"没有,我还没有跟他说呢……"

"这件事有点难。"

"嗯,在这里建立排练场,等到建成后,我们还不知会怎么样呢。"

竹原默默地走着。

"我和矢木一起生活二十多年了,如今,孩子也都长大了。不过,这不是我的一生。我自己也不理解。似乎有好几个'我',其中,一个同矢木一道生活;一个在跳舞;还有一个,也许在思念着你呢。"波子说道。

西风从四谷见附的高架桥那里吹过来。

两人从圣依纳爵教堂拐过来就是护城河畔,微风吹拂,土堤上的松树发出簌簌响声。

"我想使自己变成一个人,将那好几个'我'变为一个。"

竹原点点头,望望波子。

"你为何不跟我说'同矢木分手吧'这种话呢?"

"关于这个……"竹原接过话头,"我呀,刚才就在考虑,假若我们不是老相识,而是初会,那将如何呢?"

"啊……?"

"我说'深刻的往昔',也是因为脑子里有这一想法啊。"

"我和你是初会……"波子狐疑地回头看看竹原,"我反对,这种事我无法想象……"

"是吗……?"

"不行啊,过了四十岁才和你初相识……?"

波子双眼闪耀着悲戚的神情。

"年龄不是问题啊。"

"我不这么想。"

"重点是'深刻的往昔'。"

"不过,要是现在初会,你不会理睬我的。"

"你是这么想的吗,波子夫人……? 或许我正相反呢。"

波子仿佛被重击一拳,随即站住了。

他们已经来到幸田屋旅馆门前。

"这件事等以后再细细问你吧。"

波子想进入旅馆,随即若无其事地掩饰一下。

"你看起来很冷吧……?"

长长的走廊中段,安设着棚架,排列着鲁山人①的陶器,均为志野瓷和织部瓷的仿制品。

幸田屋旅馆的餐具一律使用鲁山人制品。

波子站在棚架前,望着仿九谷②的碟子。那里的玻璃上映照着她的淡淡的面影,目光炯炯,十分清晰。

尽头的庭院里,花匠正在铺设枯松叶。

从那里拐向右侧,再转向左侧,接着再从汤川博士住过的"竹之间"后头进入庭院。

"矢木来时,住在哪里呢……?"波子问女佣。

他们被领往厢房。

"矢木先生是什么时候来的?"

竹原一边脱大衣,一边问。

"打京都回来时路过这里,我是听高男说的。"

波子用手从面颊到脖颈抹了一下,说道:

"脸上被风皴得很粗糙……我稍微离开一会儿。"

波子到盥洗室洗过脸,又坐到下一间房子的镜台前。她一边熟

---

① 北大路鲁山人(1883—1959):日本京都人。陶艺家、书道家。
② 九谷:石川县九谷以烧制陶瓷而著称。明历年间(1655—1658)至元禄年间,九谷烧制的色绘陶瓷称为"古九谷",风格豪放。江户末期再兴时,始趋于精巧,包括"赤绘""金襕手"等。

练地巧饰淡妆，一边照着竹原所说的，想象两人假若是初遇，又将如何呢？不过，波子无论如何，都无法作如是想。

他们即使来到旅馆纵深处的厢房，也没有什么不安的感觉，是老相识的缘故吗？还是因为这里是熟悉的旅馆？

竹原所在的房间里，传来炉子里煤气的臭味。

波子想象着矢木曾经住过隔着一道竹林的对面的房间，借以平静自己和竹原待在一起的不安。

不过，丈夫来过这家旅馆之后，短短的一段时间内，妻子却在犯罪恐惧心理的追逐下，浑身反而犹如燃烧的火焰。如今，这种感觉也没有了。

想起这些，波子面颊泛起红潮。她再次打开化妆盒，重新浓浓地涂满了白粉。

"让你久等了……"

波子回到竹原身边。

"煤气的臭味都飘到对过去了。"

竹原望着波子妆后的姿容，说道：

"呀，变得好漂亮……！"

"因为你说，还是初遇的女子最好嘛……"

波子微笑地说：

"我还想接着听听你刚才说的话。"

"是指'深刻的往昔'吗……？换言之，如果是初遇，我应该会毫不犹豫地把波子夫人抢过来的……"

波子低着头，内心里波涛汹涌。

"再说，我过去未能同你结婚，也留下了一份悲伤。"

"对不起。"

"不是的,我已经没有怨恨和嗔怒了,与此相反。你和别人结婚,二十年之后,咱们又如此相会。想起这一点,不就是'深刻的往昔'吗……?"

"深刻的往昔,你要说多少次呀?"波子抬起眼睛问道。

"这个'往昔',或许把我变成一个老式的道德家了。"

竹原说到这里,似乎想起什么。

"此种感情度过深刻的往昔,没有消失,一直持续下来,束缚住我的手脚。我们分别结了婚,而且,如今此番相见,好像是不幸,也或许是幸福呢。"

波子如今又进一步想到,竹原已经是有妇之夫了。竹原的婚姻同波子的婚姻毕竟不同,竹原或许不想给自己的家庭添乱吧。

或者说,竹原也已经对结婚抱有幻灭感,他或许害怕和波子的关系过于亲密,同样会迎来幻灭。

波子仿佛感到被竹原一把推开了,然而,即使二人是初遇,没有往昔的回忆,竹原那番尝到爱的口气,似乎也拯救了现场的波子。

"打扰了。"女佣招呼一声走进来,"风很大,我把挡雨窗关上吧。"

这座厢房没有玻璃门。

女佣关上挡雨窗的间隙,波子窥视庭院,低矮的竹林,枝叶翻卷,摇曳不止。

"已经是傍晚了。"竹原两肘支在桌面上,"我的话给你带来悲伤吗?"

波子微微点点头。

"这太意外了,不过,你和我在一起,也会经常感到恐怖吧?"

"我说过,再也不害怕了。"

"此前看到你胆战心惊,我着实很痛苦。我也觉悟了,啊,这样不行……"

"不过我觉得,那不正是爱的发作吗……?"

"爱的发作……?"竹原似乎咬住不放。

波子仿佛真的感受着爱的发作,眼下她陶醉于欢爱之中,浑身震颤不已。波子变得娇羞无比,妩媚动人。

"就是说完全相反,那样的话,你也应该可以理解我说'相反'的心情。过去,是我让你同别的男人结婚的。虽然不是我硬逼你结婚,而是你自己所为,可我从我的立场上可以这么说嘛。因为可以看作我没有夺回你呀……因为我太尊重你了,缺乏使你获得幸福的自信。这是年轻男子常犯的毛病。不过,毛病归毛病,倒也使我穿越'深刻的往昔',渐渐迎来了光明……我在其他方面并不胆小怕事,我自己也很惊奇,自己为何竟一直暗暗珍惜着你。"

"我清楚地知道你很珍爱我。"

波子老老实实地回答。她芳心半启,游移不定;纵然彻底开放,竹原也未必跨进来。

"好奇怪啊,我们这样干坐着,似乎我同你老早就结过婚一般。"

"是的吗……?"

"我俩如此亲密,已经深深渗入我的躯体。"

波子用眼神给予认可。

"依旧是'深刻的往昔'造成的啊。"

"我的错误的往昔吗……?"

"那也未必,我们相互都没有忘记……是去年吧,你给我的信中写了和泉式部①的一首和歌。"

"你还记得?"波子羞涩地问道。

> 相爱你我不相期,
>
> 相期彼此不相思。
>
> 问君何者为胜也?

这是波子在《和泉式部集》中看到的。

"这首和歌只是守着大道理不放……"

"不过,你说出要与矢木先生分手,历经了二十年时间。结婚是很可怕的事。"

波子似乎改变了面色,因为竹原好像是指她生了两个孩子。

"你在欺负我吗?"

"听起来像是在欺负你吗?"

"如今,我心中已经没有余裕。我只是赤裸裸地一味颤抖。你心怀旷达,可以看到深刻的往昔。"

波子总觉得竹原是在调侃她,总有些怀疑,因而两人的谈话不甚契合。

竹原仿佛在等待波子痛哭流涕,纵身扑到他怀里;所以波子既没

---

① 和泉式部:生卒年未详,平安中期女流和歌诗人,大致与《枕草子》作者清少纳言以及《源氏物语》作者紫式部同一时代,相当于我国北宋林逋、范仲淹等文学活动时期。

有哭泣,也没有缠着他不放。可波子看到竹原如此心胸达观,越发焦灼不安起来。

他为何不肯抱一下自称是裸体颤抖的情人呢?

然而,波子没有丧失理智。

今日同竹原见面,是为实际的要事而来。她和竹原商量了卖房子建立排练场的事。波子请竹原看看原来的地点,再到附近的幸田屋旅馆用餐。

更何况,竹原有老婆孩子;波子也还未同矢木分手。

熟悉的旅馆也会出岔子,波子开始没有想到这一点。

不过,波子或许也不会拒绝竹原,她觉得自己各方面早晚都是属于竹原的人。

"你说我心胸旷达,是吗……?"

竹原反问波子。

饭后削苹果时,听到教堂的钟声。

"六点钟了。"

敲钟的当儿,波子停下手中的水果刀。

"到了夜晚,风静下来了。"

波子将削好的苹果放在竹原面前。

"看来,我必须见矢木先生一面,好吗?"竹原说道。

"为什么?"波子有些出乎意料。

"波子夫人,不论是修建排练场,还是同矢木先生分手,你自己一人是解决不了的。"

"不,我不愿意……你不要见他……"波子摇摇头,"我来处理。"

"没关系的,我可以作为波子夫人的老相识,和他见面……"

"那样也不行。"

"波子夫人,你总得找个代理吧。事情有点棘手,但我很想了解一下矢木先生的真面目,看他什么态度。"

"矢木一旦固执起来……"

"那么……北镰仓的住宅是在谁名下呢?"

"是我继承父亲的,一直未变。"

"在你不知情的时候,没有被重新改动吗?"

"你是说矢木……? 怎么会呢,他不可能做到那个地步……"

"为了慎重起见,还是调查一番为好。正因我不太了解矢木先生的为人……不过我总以为,为了你,我和他早晚会有一次决战,或许眼下正是时候,但我目前还未从你这儿获得确实信息……"

"确实信息……?"

"你曾经问过我,为什么不肯说一声'同矢木分手吧'? 你真的认为可以分手吗?"

"早已不在一起啦。"

波子仿佛被引诱一般说出真情,她立即羞得满脸潮红。

竹原似乎如梦初醒,进一步追问:

"今天不是要回家吗……?"

波子依旧俯伏着,微微摇了摇头。

竹原喘不过气来,一时沉默不语。

"不过,我作为你的朋友,总想见一下矢木先生,如果作为情人就不好说话了。"

波子仰起脸来,凝视着竹原。

一双大眼睛濡湿了,就那么望着他。

竹原站起身走过来,抱住波子的肩膀。

波子做了一个想离开的动作,随即触到竹原的腕子,手指一阵颤抖,接着就痉挛了。她让麻木的指头轻柔地从男人手上滑落下来。

竹原回家了,波子留在幸田屋旅馆。

"我一个人不好回家,我把品子叫来,一起回去。"

波子说罢,就给大泉研究所打电话,品子还在那里。

"我在这里陪伴你等她来好吗?"

竹原说完,波子稍稍想了想,说道:

"今天还是不见她的好……"

"就连品子我也不能会见吗?"

竹原一边微笑,一边满怀慰藉地看着她。

她送他到门厅,一直瞧着竹原的汽车离开。波子忽然又想追过去。

为何没有同竹原一起离开这里呢?

波子固然想到,自己不能回矢木的那个家;但她忘记了,竹原回家也是挺奇怪的。

波子独自待在屋里,坐立不安,她在女佣的劝说下,到旅馆的澡堂洗浴去了。

"深刻的往昔……?"

波子反复品味着竹原的话,她泡在温暖的热水里,似乎觉得已经失去了往昔。波子一时触到竹原的手的那份喜悦,即使回到年轻姑娘时代,也和现在年过四十的感觉毫无二致。波子闭起眼睛,一直陶醉于自我所感觉的豆蔻年华的往昔之中。

"小姐来了。"

女佣走来通报。

"是吗？我马上出去，叫她到房间里等着。"

品子没有脱大衣，随便地坐在火炉旁边。

"妈妈……？我还以为发生了什么事，到这里听说去洗澡，我就放心了。"品子抬头看见波子，"妈妈，您一个人……？"

"不，刚刚竹原君来了。"

"是吗……？他已经回去了？"

"我给你打电话之后不久……"

"那时他还在？"品子有些不解。

"妈妈只是叫我来，就立即挂断了电话，我一直担心来着。"

"我和他商谈建立排练场的事，请他来看看现场。"

"哎呀，"品子心里一派明朗，"所以妈妈的心情也很好。我也想去看看啊。"

"住下来，明天去看吧。"

"您要住在这里吗？"

"本来不打算住，可是……"

波子一时不知说什么好，她避开女儿的目光。

"妈妈一人回家挺害怕的，想叫你来陪我一道回去……"

"妈妈不愿意单独回家吗？"

品子轻轻反问一句，说罢，眉头紧蹙，目光严肃。

"不是不愿意，而是很痛苦。似乎觉得不可饶恕……"

"是爸爸……?"

"不,是我自己……"

"是对于爸爸来说吗……?"

"可能吧?也许对我自己。纵然说自己不可饶恕,但也并非如此,妈妈自己也不清楚……我一味责备自己,实际上也好像是在为自己找借口。"

品子似乎想起了什么,说道:

"妈妈下回来东京,不论何时,我都和您一块儿回家。"

"妈妈才像个小孩子啊。"波子笑了,"品子。"

"说回家很痛苦,我没想到妈妈会有这种感觉。"

"品子,也许妈妈和爸爸要分开。"

品子点点头,她在压抑内心的骚动。

"品子怎么看呢?"

"感到很悲哀。不过,早就有所预料,所以并不觉得吃惊。"

"妈妈并不了解爸爸的为人,从一开始就不了解。即便不了解也在一起过日子,这个时期已经结束了,不是吗?"

"纵然理解,也不能在一起了。不是吗?"

"我不知道,同不可理解的人生活在一起,会变得连自己都不可理解。妈妈和爸爸这样的人结婚,或许就是同自己的幽灵结婚。"

"我和高男都是幽灵的孩子吗……?"

"不是这意思。孩子是活生生的人之子,是神之子。你爸爸不是说过吗,若是妈妈如此同他离心离德,那么生下的孩子也都是坏事。这是幽灵的话,不适合用于我们,不是吗?为了蒙混,为了解闷,一心要活下去,抑或这就是人生。可这样下去,妈妈也要被当作幽灵了。不过,同爸爸分手,也不只是爸妈的事,也牵涉到你们姐弟两个。"

"我没关系,高男倒是……高男要去夏威夷,可以等到他离开日本嘛……"

"是吗?那就这样吧。"

"不过,依我看,爸爸肯定不会放走妈妈的。"

"可是妈妈也使爸爸吃尽了苦头。爸爸同我结婚,完全是遵照你奶奶的意志。直到现在,你爸爸依旧凭借自己的意志,打算将奶奶的意志努力贯彻到底。"

"因为妈妈爱竹原先生,所以才会这么想的,对吗?"

"要同爸爸离婚的妈妈,爱着另外的男人,作为女儿,这样说我觉得太残酷了。记得爸爸曾经问过我,妈妈同竹原先生继续交往下去,你觉得可以吗?我当时回答说:可以。我之所以如此回答,是因为爸爸的提问也很残酷。这件事高男也被问起,但高男说他不想回答这类事。高男毕竟是个男子汉啊!"

接着,品子压低嗓门说:

"竹原先生是个好人……我也不是未曾料到过……不过,我要是承认妈妈的爱,就等于进入魔界。这个魔界,要靠坚强的意志才能生存下去。"

"品子……"

"妈妈和竹原先生相会,叫我到这里来,品子我倒也没什么,假如将来母女远离,我也会想起今晚妈妈叫我来过这里。"

品子热泪盈眶,但她又不好问妈妈,同竹原在一起也觉得很寂寞吗?

"妈妈为何叫我来呢?"

波子突然回答不出来了。

或许同竹原在一起涌上来的情感一时无法排解,才给女儿挂电话叫她来的吧?

再不然就是既不想同竹原分别,又不想回家,正沉醉于互相厮磨难舍难分的喜悦之际,猝然升起满腔哀愁,已经无法自持了。此时总想获得些安慰与释放,才把女儿叫来的吧?

竹原假若抱住波子不放,波子的脑子里也不会浮现品子的影像。

"我想同品子一起回家。"

波子只回答这么一句。

"回家吧。"

她们来到东京站,横须贺线刚刚发车,还需再等二十分钟。

母女坐在站台椅子上。

"妈妈纵然同爸爸分手,也无法同竹原先生结婚吧?"品子问道。

"是的……"波子点点头。

"同品子一起生活,妈妈也只是跳跳舞,是吗?"

"是的呢。"

"不过,我以为爸爸不会放开妈妈的。高男也许要去夏威夷,但爸爸离开日本,仅仅是幻想。"

波子沉默不语,眼望着对面月台上火车正在开动。

火车开走之后,可以看到八重洲口的街灯。或许是品子首先提起的吧,娘儿俩谈论起在波子的排练场品子见到野津的事。

"我回绝了他,不过,我会和他一起跳舞。"

第二天是星期日,下午,波子在家中排练舞蹈。

午饭后,女佣前来传达:

"竹原先生来访。"

"竹原君……?"

矢木严肃地望着波子。

"竹原君干什么来了?"他转向女佣,"你告诉他,夫人不想见他。"

"好的。"

品子和高男姐弟俩屏住呼吸。

"这样可以吧?"矢木问波子,"要见也要到外面相见为好,那样不是更自由吗?没必要恬不知耻地闯到家里来。"

"爸爸,我不认为那是妈妈的自由。"

高男嗫嚅地说,手在膝头上哆哆嗦嗦,细小的脖颈上的喉结也微微颤抖。

"唔,只要你妈妈对自己的作为留下记忆,就不会有什么自由。"矢木冷冷地说。

女佣又走回来。

"他说不是会见夫人,他想会见先生。"

"要见我……?"矢木再度望望波子,"那我就更得拒绝了。我没什么要见竹原君的事,再说今天也没有预约。"

"好的。"

"我去跟他说。"

高男迅即向上拢一把长发,走向门外。

品子的眼睛离开父母眺望庭院。

院子里几乎满是梅花,稍稍离开房屋,集中生长于山脚,房前只有一两棵。

品子的厢房附近,时常见到瑞香花,仔细瞧瞧,长着坚实的蓓蕾。但梅花怎么样呢?

品子似乎听到母亲的呼吸,她胸口堵塞,仿佛要喊出声来。她本来打算出去,穿上了西装,但此时又莫名地解开了扣子。

高男脚步响亮地走进来。

"他回去了,说去学校见面,问了爸爸何时上课。"高男边说边盘腿坐在地上。

"他有什么事……?"

"不知道,我只是叫他回去。"

波子似乎被捆住手脚,纹丝不动。随着竹原的脚步声渐渐远去,她感到矢木的目光迫近了。即便如此,波子也不曾料到竹原这么快来访。

品子悄悄看一下手表,默默站起身来。她早已装扮完毕,立即走出家门。

电车半小时一趟,竹原一定还在车站。

竹原低着头,在北镰仓站长长的月台上踱来踱去。

"竹原先生!"

品子从木栅栏外喊了一声。

"哎。"竹原惊讶地停住脚步。

"我马上过去,电车还要等一会儿……"

品子沿小路急急忙忙走来,竹原也顺着对面的月台赶往检票口。

然而,品子一旦来到竹原面前,就说不出话来了。她面红耳赤,表情僵硬。

品子拎着一只口袋,装着排练服和舞鞋。

竹原想,或许品子因为有事才追他而来的吧。

"去东京吗?"

"嗯。"

竹原边走边问,也不看品子一眼。

"刚才我去你家里了,你知道吧?"

"知道。"

"我想见见你父亲……可是没能见到。"

上行电车到了,竹原让品子先上车,他们相向而坐。

"请给你母亲传个话,就说名义是改了,行吗……?"

"好,名义……?什么名义?"

"就这么说,她知道的。"竹原一语岔开了,似乎又想起了什么,"将来你总会知道,是房子的名义。这件事还有其他事,我想跟你父亲商量一下,所以来了。"

"是吗……?"

"品子小姐是站在母亲一边的吧?不管发生什么事……你母亲的人生在于今后,和品子小姐一样,品子小姐的人生也在于今后啊。"

电车抵达下一站大船车站。

"我在这里下车。"品子突然站起来。

驶往伊东的湘南电车进站了,两车在这里交错而行。

舞　姬

品子一直盯着那趟电车,转身飞也似的登上车厢,激动的心潮随即平复下来。

刚才竹原来到大门口时,父亲和母亲坐在餐厅里,品子受不住那种令人窒闷的空气,她体验到母亲的心思,一阵痛楚,热血奔涌。

因而,品子出来追赶竹原,不想她一见竹原,首先感到羞怯难当。她似乎要替母亲向竹原传话,但又一下子张不开口。

为什么要来这里呢?品子实在耐不住了,她在大船下了车。

她乘上湘南电车也是一时兴起,一想到是要去见香山,心情便自然地沉静下来了。

到大矶站时,车上聚集着残废军人讨要募捐,品子朦胧听到他们满腹牢骚的演说。

此时,她又听到站在车厢门口的乘务员说道:

"诸位,不要给这些残废军人捐钱,因为禁止募捐……"

残废军人停止演说,拖着金属假肢的足音,打品子身边走过。白衣里露出一只手,也是金属骨节。

品子从伊东车站,转乘东海公共汽车一号线。抵达下田要花三个小时,她估计路上就要黑天了。

(二〇一〇年初始译,至第五章因原作版权被买断而中辍,二〇二一年暮春续译,八月三日译毕于蝉声聒噪中。)

《舞姬》解读

小说《舞姬》的登场人物，以芭蕾舞演员波子与品子母女为中心，还有波子的丈夫矢木、品子的弟弟高男、波子昔日的恋人竹原、波子的弟子友子、小说主线中不曾登场的品子所爱的香山、高男的男性朋友松坂、品子的舞伴野津、波子与品子的经济人沼田等。

小说绝不是描写这些人时疏时密、错综复杂的人际关系；而是他们各自独立，任何人都无力改变他人的命运。作者最着力描写的是矢木、波子那种斯特林堡①式的恐怖的夫妻关系。这位矢木虽然无疑是一个恶魔，但仍然是无力的。出现于这部作品中的善神、美神或恶魔，悉数都经过精心安排，一律赋予一种无力感。

作者又似乎故意省略使得这些登场人物瞬间从这种无力感中脱出、陶醉于自我力量的场面。波子是个放弃舞台之梦的往昔的舞女；而品子是尚未成为芭蕾舞后的未来的舞女。作者只是描写她们观看别人的舞台，而没有描写通过自我努力提升自己的舞台。而且，在护

---

① 奥古斯特·斯特林堡（August Strindberg,1849—1912）：瑞典作家、戏剧家，以描写赤裸裸的人性为特色。代表作有小说《红房间》《狂人辩词》，戏剧《父亲》《朱丽小姐》《死的舞蹈》等。

城河所见的银色鲤鱼,犹如不祥的主题,游弋于全篇作品中。

"走吧!你不能再盯着那种东西看啦!"

竹原对一直盯着鲤鱼的波子这么说,他看到波子抛下他这个情人于不顾,一心只注意银白而阴惨的鲤鱼,感到心绪不宁也是可以理解的。实际上,那条鲤鱼,一旦看到它,仿佛将所有的人际关系都一概闭锁,它是一种美的虚无的象征。

波子好比能乐剧情爱篇①中的花旦,幽婉、哀伤,对人生所抱的梦想渐渐消失了。然而,波子的心灵并非像爱玛·包法利②那样,她没有继续沉沦于那种不满之中。在某种意义上,她更显得特立独行,最懂得享受罪即罪、悲哀即悲哀、绝望即绝望之术。

读完这部小说我就想,川端先生写小说的态度中有独特的现实主义。作者用自己的眼睛眺望人生,在他眼中,人生只能呈现如此景象,站在此种立场撰写小说,他的写作应当称为小说的现实主义。比起浪漫派的奈瓦尔③、心理主义的普鲁斯特④,以及自然主义现实主义的二流作家们,在某种意义上,他属于更加透彻的现实主义。

平易而非观念,乍看似乎是面向妇女儿童的文章,但却是川端先生时而竭尽全力,时而轻松自如,屡次驻步不前而作成的文体。此种文体,底部隐含着坚固的磐石,表现出"我就是如此看待人生",作者

---

① 情爱篇.原文"鬘物",以女性为主体的能乐剧篇目。
② 爱玛·包法利:法国作家福楼拜《包法利夫人》中的女主人公。
③ 钱拉·德·奈瓦尔(Gérard de Nerval,1808—1855):法国诗人,诗作着力描写梦与幻想的世界,代表作有《幻象集》《火的女儿》等。
④ 马塞尔·普鲁斯特(Marcel Proust,1871—1922):法国意识流作家,二十世纪最有影响力的作家之一。主要作品有《追寻逝去的时光》,共七卷,约二百五十万字,一九二七年出版完毕。

的这一注释随处可见,不断地使得那些无缘的读者抱有"隔靴搔痒"之感,这正是作者忠实于自我现实主义的缘故。

将登场人物强行同作者的现实主义相结合,使之严丝合缝成为一体,此种手法是先生更加微妙的现实主义。试举一例,开头,作者对波子和竹原幽会的地点——电车线路旁的悬铃木林荫道,具有最为绵密的观察,那里既有大部分落叶的树木,又有绿叶葱茏的树木。其实,这种观察既是纯粹的客观的;又是纯粹的内面的,作为映照于幽会情侣们眼中的风景是不自然的、不可信赖的。当读者感觉到这一点时,紧接着下面一行,硬是使得读者信服了:

竹原想起波子说的话:"树木也各各有着不同的命运哩……"

这种手法也表现于鲤鱼出现处。冗长的关于鲤鱼的描写之后,作者让竹原说出:

"走吧!你不能再盯着那种东西看啦!"

这句话同时足以表现波子的性格。这种手法,本来应该叫作小说的倒叙法,替代伏线,通过后注,逐渐强化小说向纵深发展。与此同时,这种漫长幽会的整个场面,也就成为巨大的伏线。在幽会的高潮中,为悬铃木和鲤鱼所吸引的这对恋人,预示着他们终不得热情结合,不了了之。

若将川端先生的这种现实主义在此戏称为"隔靴搔痒的现实主义",这种"隔靴搔痒"最成功者当数矢木,最失败者则是竹原。讲求礼貌、优柔寡断的竹原,不论从哪方面看,都缺乏魅力,即矢木所说的"凡夫俗子",波子的"幻想中的人物"。而矢木却以异样的现实主义鲜明存在。

卑怯的和平主义者，胆小的非战论者，逃避的古典爱好者，本来是妻子的家庭教师、仰仗妻子生活的人，体现着精于计算的母亲执念的人，瞒着妻子、私自存款的人，打算叫儿子逃往夏威夷，自己逃往美国的人，将妻子名下的宅邸偷偷改换成自己私有的人……而且，这个男人的一生从未有过不贞，而对妻子仅以昆虫学家的好奇心加以爱护，在孩子面前诘难妻子精神性的出轨。正说明他是个地道的渣男。

这部小说将波子置于前台，而使矢木作为背景，这种手法是成功的。波子持续不绝的恐惧（波子为此甚至精神恍惚！），被一种无形之物缠身的不安，那种无法摆脱的焦躁，这一切皆来自对矢木"隔靴搔痒的现实主义"的描写，带有异样的现实感。倘若对于矢木作分析性的描写，波子的不安或许不会成立，即使成立，也将失去现实主义特征。

矢木在孩子们面前诘难他们的母亲，孩子们各自加以反驳的会话场面，使人想起古典戏剧的最后，是明晰的悲剧的顶点。然而，颇具讽刺的是，此种"家"的悲剧之所以成立，正是由于战败后，这一家所表现的日本"家庭"徐徐崩溃的过程来到了最后的大结局。这一伴随日本民主化的一般现象，《舞姬》全篇对此作了极为微妙而精细的描写。然而，这个特殊的家族，进一步加速崩溃，促进崩溃，有的地方也孕育了与时代无关的自我内部崩溃的种子。到达此种悲剧的顶点之后，各人才从正面互相碰撞，不是依靠情爱，而是通过憎恶形成结合在一起的出色家庭的典型。这正是所谓具有讽刺意味的家庭小说。

此时终于出现了作为作品主题的"入佛界易，入魔界难"的恐怖的话语。

矢木用"感伤"一词取笑热心于芭蕾舞的母女,但波子和品子并非以舞蹈为媒介而可以进入魔界的天才。那么矢木又如何呢?正如品子所说的"魔界是凭借坚强意志而生活的世界",矢木其实也大大缺乏居住于此种意义的魔界的资格。矢木也是无力的。

矢木究竟是什么人?

作者也让波子说出,矢木是个丝毫不可理解的人物,不过,矢木单单是无力的"观察的恶魔"吗?矢木对波子长期忠实的爱情生活里,作为观察者具有不同水平的爱的方式。波子无法永远拒绝矢木,也是因为遇到了这一非人性的爱的诅咒,由此化作《天鹅湖》中的白天鹅。

所有登场人物的无力,皆可以认为是源自矢木的此种无力,是置于矢木的无力的诅咒之下的。大团圆部分,品子逃离出来去找香山,暗示这种诅咒的一角已经崩溃。然而,要问矢木因为何种原因而如此无力?这可能有些类似我的独断,矢木是小说家的象征,因为超越一切人的行为而变得无力,不是吗?如此看来,小说《舞姬》描写的是:那些奔波于芭蕾舞艺术行为的女人,正因为如此而成为石女①,未能摆脱对所有行为抱着轻蔑态度的男人的支配权。可以说,作者在波子和矢木身上,亦即在艺术家和艺术家的生活中,说得更明白些,在艺术和生活中,似乎隐藏了不断分裂的阴影。而且,此种相互之间,成了永恒的敌人。

总之,川端先生与普通观念相反,他无疑是个对女人不抱任何幻想的作家。对于波子的描写已经暗示了这一点。如此这般,只把女

---

① 石女:不具生育能力的女子。

人当作感情之物,不对女人抱任何幻想的小说是不存在的。福楼拜将自己未能获得回报的梦想寄托于愚痴的爱玛·包法利,川端先生却没有任何委托。我之所以称作现实主义,理由就在于此。

对于川端先生来说,什么是永恒的美?我要是说"一切为己",肯定会遭人耻笑,但或许那就是属于美少年的东西。尽管只是简短的描写,在高男的男性朋友松坂身上,如电光一闪,希腊的Ephebe(由少年转向青年时的年龄),猝然显现出不吉祥的妖精般的美来。这既是"东方的神圣少年"沙羯罗的面影,也是《山音》①中菊慈童②能面的面影。

《舞姬》连载于一九五〇年十二月至一九五一年三月《朝日新闻》。

三岛由纪夫
一九五四年十一月

---

① 《山音》:川端康成另一部描写老年生活的家庭小说。
② 菊慈童:传说为周穆王所喜爱的儿童,因犯罪被流放于南阳郦县,由于饮食当地菊花露而成仙。谣曲观世流中《枕慈童》的别名,《山音》中有所涉及。

山　音

山　音

一

　　尾形信吾微微皱起眉头,稍稍张着嘴,似乎在考虑什么。别人看来,也许看不出他在动脑筋,只是显得很悲伤罢了。

　　儿子修一虽然觉察到了,但平素也是如此,所以没有放在心上。

　　在儿子眼里,他更能准确地猜透老爸的心思,与其说在思考着什么,不如说在回忆着什么。

　　父亲摘掉帽子,用右手手指头夹住,放在膝盖上。儿子默默拿起那帽子,放在电车的行李架上。

　　"那个,哎呀……"

　　这时候,信吾很难开口说话。

　　"前些时候回去的女佣,叫什么来着?"

　　"是说加代吗?"

　　"啊,是加代,她是什么时候回去的?"

　　"上星期四,五天前。"

"是五天前吗？五天前告退回家的女佣，怎么连脸型和穿的衣服都不记得了呢？真叫人懊恼啊！"

修一认为，父亲多少有些夸大其词。

"加代她呀，大概是辞职前两三天吧，我外出散步，想换上木屐，嘴里嘀咕着：'染上脚气了吧？'加代回应道：'好像不经意中磨破的。'她说得很恰当，使我非常感动。因为，前几天散步时，的确是木屐带子磨破的，这个'不经意中'四个字含有尊敬的意味，叫人听起来很有心，所以很感动。不过，现在想想，她只是指出是木屐带子磨伤的，并不含有任何尊敬的意思。我只是被发音的轻重蒙混过去了。如今突然醒悟过来啦。"信吾说着，"你说个敬语的 Ozure 词儿我听听。"

"Ozure(御磨破)。"

"木屐带子磨破的呢？"

"Ozure(绪磨破)。"①

"是啊，还是我想得对呀。加代的重音搞错了。"

父亲是乡下人，对东京话的重音没把握，而修一是在东京长大的。

"我把 Ozure 当作敬语了，所以听起来很亲切，很悦耳。她把我送出门厅，就坐在那里了。现在想想，她说的就是木屐带子，不是什么敬语。我一下子想不起来这位女佣的名字了，脸型和衣服都记不清楚啦。加代在家待了半年了吧？"

"是的。"

---

① 日文汉语词"御"与"绪"，发音皆为"O"，意义不同，前者是敬语接头语，后者是名词"木屐带子"之意。

修一习惯了,他对父亲不表任何同情。

对于信吾本人来说,即便已经习以为常,依然带有轻度的恐怖。不管他如何回想,总也浮现不出加代清晰的形象。这种头脑虚空带来的焦躁,有时因为涌来的感伤而获得缓解。

眼下也是如此。信吾想起加代在门厅里双手着地,微微前倾着身子说道:

"是木屐带子磨破的啊。"

女佣加代在这个家里待了半年,只给信吾留下在门厅里为主人送行的记忆,信吾想到这里,感到自己的人生在逐渐消逝。

二

信吾的妻子保子,比丈夫大一岁,六十三了。

老夫妻有一男一女,姐姐房子生了两个女儿。

保子看起来很年轻,不像是妻大于夫。这倒不是说信吾已经老迈,按照一般的惯例,妻子总要小一点,不过看起来没有什么不自然,这或许同她身个儿小巧而结实有关。

保子不是美女,年轻时自然显得年长,所以她过去不愿意和信吾一起外出。

打从什么岁数开始,别人自然地采用"夫大妻小"这一常识看待他们了呢?信吾怎么也记不起来了。很可能是五十过半吧?女人本当老得快,谁知正相反。

去年过了花甲之年的信吾,吐了点血。似乎是肺有了毛病,但既没有认真检查,又没有注意养生,其后倒也没有什么障碍。

他没有因此而变得老衰,反而皮肤愈发光洁了。躺了半个多月,眼睛和嘴唇的颜色也返老还童了。

信吾没有既往结核自觉症状,六十岁第一次咯血,这事实在感到有点凄惨,为此他逃避了医生的诊断。修一认为老人冥顽不化,但对于信吾,却不这么看。

保子或许因为健康,睡眠很好。信吾半夜里有时似乎被保子的鼾声惊醒。据说保子十五六岁时就有爱打呼的毛病,父母为矫正费尽苦心。结婚后不打呼了,过了五十岁又犯了。

信吾捏住保子的鼻子摇晃,还没有停止时,再揪住喉结左右摆动。这是在他心情好的时候,要是碰到不高兴,他就觉得这具常年相伴的肉体已经老丑。

今夜又是心情很坏,信吾打开电灯,斜睨着保子的脸孔。他揪住喉结摇摆了一阵,稍稍渗出了汗水。

明确无误地伸手触摸妻子的身体,已经到了唯有制止妻子打鼾的时候,信吾想到这里,顿然感到彻底的悲戚。

他拿起枕畔的杂志,因闷热随即起身打开一扇挡雨窗,然后蹲在那里。

月明之夜。

菊子的连衣裙耷拉在挡雨窗外,闪现着可厌的极不雅观的淡白。信吾看到了,以为是洗涤的衣服忘记收了,又或许是置于夜露之下去除汗臭。

"嘎——,嘎——,嘎——!"他听到院子里的响声,是左首樱花树干上蝉的啼鸣。他虽然怀疑蝉怎么会叫出如此可怕的声音,但确实是蝉鸣。

蝉有时也害怕做噩梦吗？

蝉飞进屋子，趴在下半边的蚊帐上。

信吾捉住了那只蝉，蝉不叫了。

"哑巴蝉。"信吾嘀咕着，不是那种"嘎——嘎——"鸣叫的蝉。

为了防止蝉误以为亮光再飞进屋里来，信吾用力把蝉投向左首樱树的上空，但手中没有感应。

他抓住挡雨窗向樱树那里张望，弄不清蝉是否停留在树上。月夜深沉，可以感受到夜的深沉向着一侧一直延续到远方。

还有十天到八月，已经有虫鸣了。

可以听到夜露从一些枝叶滴落到另一些枝叶上的响声。

就在这个时候，信吾听到山的声音。

没有风。月亮也近乎满月时的明朗。潮润的夜气，使得描绘着小山顶端的树木的轮廓变模糊了，却在风中纹丝不动。

信吾所在的廊子下边的凤尾草，叶子也没有摇动。

在镰仓的所谓"谷涧"，有时候夜晚能听到波涛声，信吾怀疑是海的声音，其实也是山音。

虽说好似遥远的风声，但具有可以称为"地鸣"的深邃的底力，听起来似乎就在自己的头脑里，信吾以为是耳鸣，他摇摇头。

声音停止了。

声音停止后，信吾开始受到恐怖的侵袭。是否预告着死期将临呢？他感到不寒而栗。

风声，海声，还是耳鸣？信吾打算冷静想一想。他觉得不像是这些声音，然而听起来又确实是山的声音。

仿佛是恶魔通过振动了山冈。

山　音

　　陡峭的斜坡，因为藏在含蕴水汽的夜色之中，山的前面看上去犹如灰暗的岩壁。小山几乎可为信吾家的庭院所收纳，说是岩壁，其实就像把一刀切下的半个鸡蛋竖立起来。

　　近旁和后侧也有小山，鸣响的似乎是信吾家的后山。

　　透过山顶树木的空隙，可以窥见一些星星。

　　信吾关上挡雨窗，想起一件奇怪的事。

　　大约十天前，他在新建的旅馆①等候客人，客人没来，也只来了一个艺妓，其余的一两个来晚了。

　　"解掉领带吧，太闷热啦。"艺妓说道。

　　"嗯。"

　　信吾听任艺妓为他解领带。

　　不是老熟人，艺妓解下领带，放入壁龛旁边信吾的上衣口袋里，随后唠起家常。

　　据说两个多月前，这个艺妓和建筑这家旅馆的木匠差点儿一起殉情而死。当她正要吞服氰化钾时，对药物的分量能否致死犯起了怀疑。

　　"那人说了，没错，是致死量，这样一包一包分别包装，就说明分量是够的，不是吗？"

　　然而她就是不相信，只是一个劲儿怀疑，怀疑。

　　"到底是谁给装的呢？会不会有人故意让您和您的女人受折磨，在药物的分量上做手脚呢？我问他是哪位医生或哪家药店，他也不说。太奇怪了，既然两人一块儿殉死，干吗又不肯说呢？真是弄不明白。"

　　"你在说单口相声吗？"信吾很想这么说，但欲言又止。

---

①　旅馆：原文作"待合"，男女（尤指狎客和艺妓）野合之处。

艺妓说,她先去找人称一称药物的分量,再重新考虑吧。

"我带到这里来了。"

好奇怪的事啊,信吾想。耳朵里只留下"建筑这家旅馆的木匠"这句话。

艺妓从纸袋里掏出药包,打开来给信吾看。

"唔?"他只是凝视着。信吾哪里知道那是不是氰化钾。

他一边关紧挡雨窗,一边想起那个艺妓。

信吾进入被窝,他听到山的声音觉得很恐怖,又不好把六十三岁的妻子叫起来诉说一通。

三

修一和信吾在同一个公司。他还充当父亲的记事员。

保子不用说,连修一的媳妇菊子也要分担信吾的记忆。家中三个人全都担当信吾的记忆任务。

在公司,信吾办事处的女办事员也在协助信吾记忆。

修一走进信吾房间,从角落边的小书架上抽出一本书,哗啦哗啦翻看着。

"哎呀哎呀。"修一走到女办事员桌边,打开书页给她看。

"什么事?"信吾笑着问。

修一捧着打开的书本走过来。

书上写着:

——这里没有丢掉贞节观念。男子不堪持续爱着一个女人的痛苦,女人不堪爱着 个男人的痛苦。为了使得双方都能互相快乐、长久地维护爱情,可以采取各自寻找情人以外的男女的手段,亦即作为巩固两者爱情中心的方法……

"这里是指哪里?"信吾问。

"是巴黎呀。这是作家的欧洲游记。"

信吾的头脑对于警句、逆说已经变得迟钝了。不过,这既非警句,也非逆说,可以说是来自杰出的洞察力。

修一对于这段话其实并不赞赏,无非是公司下班后,为了带女办事员外出,快速互相示意一下。信吾嗅出修一的真意。

从镰仓站下车后,信吾想,要是同修一商量好回家的时间,或者比修一晚些时候回家就好了。

公交车挤满从东京回来的人群,信吾步行回去。

他在一家鱼店前驻足窥探,老板对他招呼一番,他便走进鱼店。装着大虾的木桶里水色灰白、混浊。信吾用手指戳一戳大龙虾,本来是活的,却纹丝不动。海螺大批上市,他决定买些海螺。

"要几个?"店老板问他,信吾一时答不出来。

"这个嘛,三个,要大一点的。"

"处理一下吧?好的。"

老板和儿子两人将刀尖插入海螺,挖出螺肉。刀刃矻哧矻哧刮着硬壳的声音,信吾听起来很厌烦。

螺肉在水龙头下洗净后,迅速切开。此时,两个姑娘站在店前。

"买点什么吗?"老板一边切一边问。

"买竹荚鱼。"

"几条?"

"一个。"

"一条吗?"

"是的。"

"一条?"

这是稍大些的小竹荚鱼。对于老板露骨的态度,姑娘没有太在意。

老板用纸把鱼包好递过来。

站在后边的姑娘,用胳膊肘捅捅前边的姑娘。

"不是不买鱼的吗?"

前边的姑娘接过鱼,瞅瞅大龙虾。

"瞧那龙虾,星期六还会有吧,我的那位挺喜欢吃呢。"

后面的姑娘没说什么。

信吾倏忽瞟了姑娘一眼。

她们是新来的妓女。全裸着后背,趿拉着棉布凉鞋,体态健美。

鱼店老板将切细的贝肉集中在砧板中心,分别塞进三只螺壳里。

"那号货色,镰仓也多起来啦。"他深感厌恶地说。

信吾对鱼店老板的说话口气颇感意外。

"不过,样子也还优雅,令人感动。"信吾的话似乎消除了什么。

老板三两下将贝肉填入螺壳,三只贝肉混杂在一起,再也不能回到原来的体内了。信吾对此体察得尤为仔细。

今日是星期四,距星期六还有三天。信吾想,近来鱼店龙虾大量进货,那位野姑娘买一条龙虾,会怎么做给外国人吃呢? 不过,龙虾不管是水煮、清蒸还是红烧,做起来都很简单省事。

信吾确实对姑娘满怀好意,但过后又暗自感到心境凄凉。

一家四口人,买了三个海螺,他似乎并非因为知道修一不在家吃晚饭,而顾虑儿媳妇菊子。当鱼店老板问他买几个时,他只是无意之间把修一给省落了。

信吾途中路过蔬菜店,买了白果回家。

四

信吾破例买了些鱼介回来,保子和菊子婆媳俩都没有怎么感到惊奇。

或许看不见应该一道回家的修一,为了掩饰对他的一份挂念吧。

信吾把海螺和白果交给菊子,从她背后走向厨房。

"来一杯白糖水。"

"好的,这就送来。"菊子说。信吾自己拧开水龙头。

那里盛着龙虾和大虾,信吾感到很合宜。他本来想在鱼店买些虾,但没想到可以两种都买。

信吾望着大虾的颜色,说道:

"这可是好虾啊!"鲜活鲜活的,色泽光亮。

菊子用厚刃刀背砸开白果果壳。

"好不容易买来,可是这白果不能吃呀。"

"是吗?我就说好像不合季节吧?"

"我给蔬菜店打个电话,就这么说。"

"算啦,不过,有了龙虾又买了海螺,倒是有点多余。"

"做个江之岛茶馆①的拿手菜。"菊子说着,吐了吐舌头,"分别做个壶烧海螺②、红烧龙虾和油炸大虾。我去买香菇,爸爸能去院子里摘几个茄子来吗?"

"嗯。"

"小点儿的,再要点紫苏的嫩叶。对啦,只是炸大虾放一些就行了吧。"

晚餐的饭桌上,摆着两个壶烧海螺。

信吾稍稍疑惑不解地问:

"还有一个海螺吧?"

"爷爷奶奶牙口不好,以为二老要一起好好享用一个呢。"菊子说道。

"什么呀……别说没出息的话。家里没孙子,干吗叫爷爷呢?"

保子低着头,咻咻地笑了。

"对不起。"菊子站起身,又去端来一个壶烧海螺。

"就听菊子的,两个人一起吃一个多好。"保子说。

信吾打心眼里赞叹菊子很会说话,她这么一说,谁还在乎壶烧海螺是三个还是四个呢?菊子天真的话语,充分显示了她的乖巧和机灵。

菊子或许也想过自己不吃,留一个给修一,或者自己和婆婆共吃一个。

---

① 江之岛茶馆:位于江之岛小田急江之岛线片瀬江之岛,山间餐馆,以烹制鱼介料理最为有名。
② 壶烧海螺:带壳烤制海螺的料理,或将贝肉从螺中取出切细,淋上酱油塞回壳中烧制的料理。

然而，保子没有理解信吾心中的秘密，傻傻问道：

"海螺只有三个吗？四口人只买了三个。"

"修一不回家吃饭，有什么必要呢？"

保子苦笑着，或许是年龄关系，看不出苦笑的样子。

菊子的表情不带阴郁，也不问修一到哪儿去了。

菊子是兄妹八人之中最小的一个。

上头七个兄姊都结婚了，生了好多孩子。有时信吾还想到，菊子父母竟有如此旺盛的生殖能力。

信吾至今记不清菊子兄姊们的名字，菊子经常为他们打抱不平。那么多的侄儿侄女外甥外甥女，他更是记不住。

菊子生前，她的母亲已经决定不要孩子，也觉得自己不能再生了。她诅咒自己的身子，认为到了这把年纪再生养，太丢人了。母亲也曾试着堕胎，但没有成功。菊子出生时，由于难产，上产钳夹住头颅拽了出来。

菊子说是母亲告诉她的，菊子也对信吾说过。

使得信吾不能理解的是，作为母亲，为何要把这种事告诉孩子呢？菊子又为何对他这个公公诉说一番呢？

菊子用手心按住刘海儿，给他看额前淡淡的伤痕。

打那之后，信吾每当看到她前额的伤痕，就觉得菊子变得越发可爱了。

不过，菊子到底是最小的孩子，虽说谈不上什么娇生惯养，由于得到全体家人的照料，有时显得有些文弱。

菊子嫁过来时，信吾就发现，菊子总会于漫不经心之间优美地晃动肩膀。他明显地感受着她浑身娇美的新媚态。

信吾看到身材修长、肌肤白皙的菊子,随之联想到保子的姐姐。

少年时代的信吾,喜欢保子的姐姐。姐姐去世后,保子到姐姐婆家佣工,照顾姐姐的遗孤。她拼命干活,很想做姐夫的填房。她虽然很喜欢美男子姐夫,但还是更憧憬自己的姐姐。姐姐是美女,令人怀疑她们是否同母所生。在保子眼里,姐姐和姐夫是一对住在理想之国的夫妇。

保子为姐夫和他们的孩子做饭。姐夫装作没有看透保子的用心,一味地游手好闲起来。保子心甘情愿为他们无私奉献,打算终生做出牺牲。

信吾对此心知肚明,但他还是同保子结成了夫妻。

三十多年后的今天,信吾并不认为他们的婚姻是错误的。婚后漫长的岁月未必受到刚开始时的情感所限。

但是,保子姐姐的面影始终存在于两个人的心底。信吾和保子对于姐姐的事闭口不提,但谁也没有将她忘记。

菊子嫁给儿子做媳妇,在信吾的记忆中留下一道闪电般的光明,这也不算什么病态的反应。

修一和菊子结婚不到两年,已经另有新欢,这使信吾很感惊讶。

不同于乡下出身的信吾,青年时代的修一似乎没有感情和恋爱方面的烦恼,也看不出什么苦闷。信吾摸不清修一究竟打何时起就首次尝了女人的鲜。

信吾断定修一现在的这位相好,无疑是艺妓或妓女型的女子。

公司的女职员,只是带出去跳跳舞什么的,抑或是为了迷惑父亲的眼睛。

那位情妇不是这类小姑娘,不知为何,信吾从菊子身上联想到这一点。有了女人之后,修一和菊子的夫妻生活骤然加剧,这可从菊子的体型变化上看得出来。

做壶烧海螺那天晚上,信吾梦醒之后,听到了菊子前所未有的声音。

信吾认为菊子丝毫不知道修一另有相好。

"用一个壶烧海螺,暗示爹娘应有的歉意吗?"信吾一个人嘀咕着。

然而,菊子既然一无所知,那位女子也不会给她带来什么影响。

头脑迷迷糊糊之间,已经是早晨。信吾去取报纸。残月高悬天空。他浏览一下报纸,又进入梦乡。

五

在东京车站,修一迅速登上电车,占了个座位,然后让随后进来的父亲坐下,自己站着。

他把一份晚报交给信吾,从自己口袋里掏出父亲的老花眼镜。信吾也有同样的一副,但他经常忘记放置的地点,叫修一再随身带上一副作为预备。

修一从晚报上方向信吾倾斜着身子说道:

"今天,谷崎说她小学时代的同学想来做女佣,她把这事托付给我了。"

"是吗?谷崎的同学,总是不太合适吧。"

"为什么?"

"那位女佣要是从谷崎那里听到什么,说不定会把你的事告诉菊子。"

"别犯傻啦,她能说些什么呢?"

"不过,知道女佣是什么人也不是坏事。"信吾说着开始读报。

修一在镰仓车站一下车就说:

"谷崎对爸爸说过我什么了吗?"

"什么也没说。好像她口很紧啊。"

"哎? 真讨厌,爸爸办公室的办事员,我要是对她做了什么,爸爸不是很没面子,要被人笑话吗?"

"那当然了。不过,你不要让菊子知道。"

但修一似乎不打算隐瞒。

"谷崎说了吧?"

"谷崎明明知道你有女人,还跟你一道去玩吗?"

"看来是她,不过一半出于嫉妒。"

"真没办法。"

"总要吹掉的,正想分手来着。"

"你的话我听不明白。好吧,这种事慢慢谈吧。"

"等分手后,好好跟您说。"

"总之,不要叫菊子知道。"

"嗯。不过,菊子或许已经知道了。"

"是吗?"

信吾有些不悦,沉默不语了。

信吾回家后,还是不太高兴,草草吃完晚饭,走进自己的房间。

菊子切好西瓜端过来。

"菊子,忘记撒盐了。"保子随后跟来。

婆媳俩随意坐在走廊上。

"他爸,菊子再三'西瓜西瓜'地叫唤,您怎么没听见啊?"保子问道。

"没听见。我知道西瓜在冰镇着。"

"菊子,爸爸说他没听见。"保子转向菊子,菊子也转向保子:

"爸爸好像为着什么事生气呢。"

信吾沉默一阵子之后开口了。

"最近耳朵也许有点奇怪,夜里打开挡雨窗乘凉时,总是听见山的响声。老太太倒是呼噜呼噜睡着了。"

婆媳俩望着后面的小山。

"山会响吗?"菊子应道,"有一次我问母亲,她说大姨妈去世前,听到过山的响声。"

信吾猛然一惊。自己把这件事忘了,真是没救了呀。听到山的声音,怎么就没想起来呢?

菊子说完后似乎也有所觉察,她的俏丽的双肩始终保持不动。

蝉　翼

一

女儿房子带着两个孩子回娘家来了。

上边一个孩子四岁,下边的刚过了生日。照这样的间隔,下一个还得过些时候。可是信吾还是问道:

"下一个还没怀吗?"

"又来啦,爸爸好烦人,上一次不是问过了吗?"

房子立即让下边的孩子仰躺着,解开包被。

"家中的菊子还没怀吗?"

她也是淡淡问一问罢了,没想到正在窥视婴儿的菊子,突然绷紧了脸色。

"那孩子就让她躺一会儿吧。"信吾说道。

"她叫国子,不是什么'那孩子'。不是请外公给起的名字吗?"

似乎只有信吾注意到了菊子的脸色。不过,他也没往心里去,只是疼爱地望着解开的婴儿,那双裸露的小腿不停地踢蹬着。

"就那么放着吧。看样子好开心啊,想必之前很闷热吧?"保子说罢,将身子挪动过去,一边拍打着婴儿的腹部和大腿,好像在胳肢她,一边说道:

"妈妈和姐姐一起去洗澡间擦把汗吧。"

"有毛巾吗?"菊子站起身来。

"带来了。"房子说。

看样子要住上几天。

房子从包袱皮里取出毛巾和替换的衣服。大女儿里子紧贴着她的后背,呆呆地站立着。这孩子来姥姥家,还没说过一句话。从身后看,里子的头发又黑又浓,十分惹眼。

信吾认出房子这枚包东西的包袱皮儿,但他只记得那曾是自家之物。

房子驮着国子,拉着里子的手,提着包袱,从车站走回来。信吾看她很不容易。

里子这孩子脾气倔强,她被牵着手走路有些不情愿。逢到母亲越是困惑越是软弱,她就越是磨弄人。

信吾想,儿媳妇日子愈是过得好,保子就越难受。

房子去洗澡间之后,保子抚摸着国子大腿内淡红的皮肤。

"我觉得这孩子比里子更结实。"

"或许是父母关系不好之后生下的缘故。"信吾说。

"里子生下来后,父母不睦,也会有些影响的。"

"四岁的孩子懂吗?"

"懂啊,会有影响。"

"是天生的啊,里子她……"

婴儿先用出人意料的办法趴在地上,然后蓦地向前爬着,抓住障子门站起身来。

"啊,啊!"菊子伸展两臂走过去,握住婴儿的两手,领她到相邻的房间去。

保子蓦然站起,拾起房子行李旁边的钱包,瞅瞅里头的东西。

"喂,干什么呢?"

信吾压低嗓门,但声音还是颤动着。

"停止!"

"为什么?"

保子很冷静。

"叫你停止,你就停止。你怎么做这种事啊?"

信吾的手指在打战。

"又不是偷。"

"比偷还坏!"

保子把钱包放回原处,就地坐了下来。

"看看女儿东西,怎么就坏了呢?她来到娘家后,没钱给孩子买零食,那怎么行啊。再说,我也很想知道她的一些情况。"

信吾斜睨着保子。

房子从洗澡间回来了。

保子立即对她说:

"听着,房子。刚才我看了你的钱包,被你爸骂了一通。要是你觉得这样做不应该。那我向你赔不是。"

"有什么不应该呢?"

信吾听到保子对房子那么说话,心里更加生气。

信吾思忖着,或许正像保子所言,母女之间这本来没有什么,不过,自己一旦生起气来,就浑身发抖。看来年龄不饶人,长久的疲惫不时从内心深处涌上来。

房子窥视信吾的面色。母亲看了她的钱包而惹得父亲大为不满,她也许对此更觉得不可理解。

"可以看嘛,请吧。"房子颇为大度地说着,随即将钱包扔到母亲的膝头旁边。

这举动也引起信吾的不快。

保子不想伸手去拿钱包。

"相原认为,只要我没钱就不会逃走,所以钱包里什么也没有。"房子说。

菊子教国子学走路,孩子突然腿脚一软,倒在地上。菊子把她抱过来了。

房子挽起绣衣前裾,给孩子喂奶。

房子生得不美,但身体健壮。胸廓尚未拓展开来,丰盈的奶水将乳房胀得鼓鼓的。

"星期天小修也不在家里?"房子问起了弟弟。

她觉得,这样也许能调和一下父母的心情。

二

信吾回到自家附近,仰望着别的人家的向日葵花盘。

一边仰望,一边走到花盘的正下面。向日葵站立于门口一边,花盘向门口方向低垂。信吾站立之处,正好挡住人家的出入。

这家的女孩儿回来了,站在信吾身后等待着。虽然穿过信吾身边并非不能进门,但女孩儿认识信吾,她等着他离开。

信吾察觉到女孩儿,他说:

"好大的花盘,实在漂亮!"

那女孩儿稍显羞涩地微笑起来。

"我们只让它开一盘花。"

"只一盘花呀,所以才长得这么大。花期开得很长吗?"

"是的。"

"开了几天呢?"

十二三岁的女孩儿答不上来,她一边思考,一边望着信吾的脸。接着,又和信吾一起仰望花盘。女孩儿被阳光晒得黧黑,一张圆圆的脸蛋儿很饱满,但胳膊和腿脚很清瘦。

信吾为女孩儿让开道路,他遥望远方,看到相隔两三户人家的前面也种着向日葵。

前方一株三花,花盘只有女孩儿家那颗花盘的一半大,长在茎秆的最上端。

信吾将要离去,再次回头仰望着葵花。

"爸爸!"传来菊子的声音。

菊子站在信吾背后,购物的筐篮边伸展出毛豆枝子。

"您回来啦?在观赏向日葵吧。"

信吾仰望葵花,他没能同修一一道回来,恰好又在自家附近观赏葵花时被儿媳妇撞见了,这使得信吾更加觉得难为情。

"很好看吧?"信吾说,"像不像伟人头?"

菊子似懂非懂地点点头。

"伟人头"这个词儿,如今突然浮现于脑际,信吾并非一直想着这个词儿在看葵花。

不过,信吾说出这个词儿时,深深感受到葵花硕大圆盘的重力。他觉得花盘的构造井然有序。

花瓣就是"轮冠"的绲边儿,圆盘的大部分都是花蕊,密密丛丛,聚合于一处。花蕊与花蕊之间不见争奇斗艳之色,唯有整齐纯净之状,看起来充满活力。

花盘比成人的脑袋还要大一圈。信吾由其秩序整然的量感蓦然联想到人类的大脑。

同时,又由高涨的自然力的量感,猛然想到高大男性的标志。在这布满花蕊的圆盘上,雄蕊和雌蕊到底在做些什么呢?总之,信吾感受到了男性的阳刚之气。

夏天的阳光薄弱下来,傍晚的海面风平浪静。

花蕊圆盘周围的花瓣,看起来呈现出女性般的鹅黄。

莫非菊子来到身旁,才使他泛起这些奇怪的想象?信吾离开向日葵,举步向前走去。

"我呀,近来头脑非常糊涂。看见向日葵,也联想起脑袋来。脑袋能像花盘那么漂亮吗?刚才在电车里我也在想,能把脑袋卸掉洗涤和修补一番吗?说要将脑袋砍下来未免太野蛮,但能不能使得脑袋暂时离开身体,像送洗衣物一般,将此送进大学医院,在那里洗一洗,坏的地方修补一下呢?这期间,可以让身体死死睡上三天或一星期,既不翻身,也不做梦。"

菊子低下眉头。

"爸爸太累了吧?"

"是啊,今天在公司会客,点了一支香烟,吸了一口放在烟灰缸上,再点一支放在烟灰缸上,仔细一瞧,同样长的香烟三支并排在一起,还在冒烟呢。我自己也觉得很难为情。"

坐在电车里,幻想洗脑袋,这是事实,但信吾想得更多的是让身体昏睡不醒。将脑袋摘下的身体,睡起来或许更舒适。他确实太累了。

今日黎明,做了两次梦,两次都梦见死人。

"暑假也不休息吗?"菊子问。

"休息,我想到上高地①去。因为找不到卸脑袋存放的地方啊。我很想看看山。"

"能去就好啦。"菊子略显轻佻地应和着。

"哦,不过眼下房子来了,看样子房子也是来娘家歇歇腿脚的。那么从房子一方看,她是希望我在家还是希望我不在家呢?菊子你怎么看?"

"啊,您真是一位好父亲,我好羡慕姐姐!"

菊子的口气很奇怪。

信吾是想吓唬吓唬菊子,或者为她消解消解愁思,借此让儿媳妇不去在意未同儿子一道回家的自己吧?他虽然没有这份想法,但多少还是有一些。

"哎,刚才是在讽刺我吗?"

信吾淡然地说,菊子猛地一惊。

---

① 上高地:长野县松本市西北部风景区,位于中部山岳国立公园中心,穗高连峰、枪岳峰等登山基地。

"房子落得那种地步,我也不是什么好父亲啊!"

菊子手足无措,面颊通红,一直红到耳根。

"这也不怪爸爸。"

信吾从菊子的话音里,感受到一份慰藉。

三

信吾夏天也不喜欢吃冷饮。因为保子以前不让他吃,不知何时他也就不吃了。

早晨起床,外头归来,首先充分喝一杯滚烫的粗茶,在这一点上,菊子对公公照顾得很周到。

看完葵花回家,菊子首先连忙冲上一杯粗茶端进来。信吾先喝上半杯,然后换上浴衣,将杯子带到廊缘上去。他一边走路一边喝了口茶。

菊子手拿凉毛巾和香烟等物跟过来,又在杯子里斟满热茶。接着,她一度离开,拿来晚报和老花镜。

信吾用凉毛巾擦擦脸,觉得戴上老花镜太麻烦,他凝望着庭院。

庭院草地一派荒凉。对面的一角,生长着一簇胡枝子和芒草,像野生的一般四处蔓延。

蝴蝶在胡枝子深处飞翔,穿过胡枝子的绿叶,款款翻动着翅膀,看起来有好几只蝴蝶。信吾一直期待着,他希望蝴蝶在胡枝子上头飞翔,或者打胡枝子一旁飞过来。信吾等来等去,蝴蝶总是在胡枝子的背面飞翔。

信吾看着看着,想象中胡枝子深处仿佛出现一个小小的世界。

胡枝子叶丛中闪闪飞动的蝶翅美艳无比。

信吾蓦地想起不久前将近月圆之夜,透过后面山上树木看到的星星。

保子过来坐在廊缘上,打着团扇,她问:

"今天修一又要很晚才回家吗?"

"嗯。"

信吾转脸望着庭院。

"那里的胡枝子深处有蝴蝶飞翔,看到了没有?"

"哎,看到啦。"

蝴蝶似乎不愿被保子发现,这时飞到了叶丛上面,一共三只。

"有三只啊,都是凤蝶呢。"信吾说。

但就凤蝶来看,这是属于小型的一种,颜色不太艳丽。

蝴蝶在板墙上描画出一道斜线,出现在邻家松树前面。三只纵向排成一列,既不散乱,也不断离,迅速穿过松树中间,向树梢飞去。松树不曾作为园中花木精心修剪,高高地疯长着。

不一会儿,从意想不到的方向,飞来一只凤蝶,低低穿过院里的树木,在胡枝子上方消失了。

"今早还没有醒来,就梦见过两次死人。"信吾对保子说,"辰巳木匠铺老板请我吃面条。"

"那么,您吃了没有呢?"

"啊,怎么?你是说不能吃吗?"

信吾思忖着,或许有一种说法,认为梦里吃了死人的东西就会死。

"吃了没呢?记得好像没有吃。是盛在竹箅上的一笼荞麦面条。"

他似乎没有吃就醒了。

四方形的木框,外头漆黑,内里朱红,敷着竹箅子。就连梦中荞麦面的颜色,如今也记得清清楚楚。

是梦中的色彩,还是醒来后添加的色彩?他一时弄不明白。总之,眼下那一笼荞麦面记忆深刻,其余皆模糊不清。

一笼荞麦面条,直接放在榻榻米上,前边似乎站着信吾。辰巳木匠及其家人则坐在一起。没有人坐在坐垫上。信吾一个人站着,倒是很奇怪,但确实是站着,他只朦胧地记得了这一点。

他在此梦境中惊醒的时候,依然对梦记忆清晰。接着又睡着了,直到今朝起床后,记得更加清楚。然而到傍晚,几乎都不记得了。只有一笼荞麦面条的情景,模糊地浮现于脑际,前后的情节也都消失殆尽了。

提起辰巳木匠铺,老板是一位过了七十的木匠,三四年前去世。信吾喜欢他具有古代之风的工匠品格,委托他做活儿,但还没有亲密到三年后做梦也会相见的程度。

梦中吃面条,场面似乎发生在工作间内的餐厅。信吾曾经站在工作间里同餐厅里的老人对话,却从未进过餐厅。他不明白,为何做了个出现荞麦面条的梦。

辰巳木匠铺有六个孩子,全是女儿。

他在梦里似乎接触过一位姑娘,是不是那六个女儿中的一个呢?眼下到了傍晚,信吾已经想不起来了。

他记得确实接触过,但想不起来究竟是谁了。没有一点记忆的线索。

梦醒时好像清晰地记得是谁,又睡了一觉后到今天早晨,或许也还能记得对方是谁,但是到了傍晚的现在,已经全都想不起来了。

因为做的都是辰巳木匠的梦,是不是店老板的一个女儿?对此他完全没有实际感觉,首先,他根本记不清店家姑娘们的长相。

接触那个姑娘无疑是梦中,但记不清是在小笼荞麦面出现之前,还是出现之后。醒来时,信吾记得最清楚的是荞麦面条。但因遇到姑娘引起的兴奋而被惊醒,难道不是梦的定律吗?

不过,他并没有遇到从梦中被惊醒的刺激。

前因后果不复记忆,对方的姿影已经消失,再也想不起来了。眼下信吾记得的只是迟缓的感觉。身体不适宜,不能回答。全然是乱作一团。

信吾在现实生活中,也不曾体验过这般女色情事。虽然不知道是谁,但总之是个姑娘家,这就更不可能发生。

信吾六十二了,很少做如此猥亵的梦。也许根本谈不上猥亵,只是很平淡,所以醒来之后,他也觉得奇怪。

过了这场梦,又很快睡着了。不久,又做了一个梦。

肥头大耳的相田,提着装满一升酒的酒壶,来到信吾的家。他已经喝得醉醺醺的,面孔通红,毛孔怒张。浑身的举动,都显得醉意蒙眬。

梦里他只记得这些。信吾的家,是现在的家,还是以前的家,已经记不清楚了。

相田十年前,一直担任信吾公司的重要职务。去年岁末,患脑溢血死了。最近几年他越来越瘦弱。

"其后,又做了一个梦,这回是相田提着盛满　升酒的酒壶,到我们家来。"信吾对保子说。

"相田君？相田君他不是不喝酒吗？太离奇啦。"

"是的。相田有喘病，得了脑溢血倒下时，痰堵住了喉咙管，给憋死了。他不喝酒，常常提着药罐子走路。"

梦中相田酒豪一般大步走来的形象，清晰地浮现在信吾的头脑里。

"所以您就和相田君大喝起来了，是吗？"

"没有喝，我坐着，他朝我走过来。相田还没有坐定，梦就醒了。"

"挺晦气的呀，梦见两个死人。"

"是来接我的吧。"信吾说。

到了这把年纪，亲友大多故去，梦中出现死者，或许是自然的。

不过，辰巳木匠和相田，都不是作为死人出现的，而是作为活人进入信吾梦中的。

今早，梦中的辰巳木匠和相田的面孔和身影还历历在目，比起平常的记忆还要清晰。相田那张醉醺醺的红脸，实际上并不存在，但信吾连张开的汗毛孔都记得清清楚楚。

辰巳木匠和相田的身影，记得那么清晰，但同一场梦中接触的姑娘却一片模糊，不知道是谁，这是为什么呢？

是因为内疚而很快地忘却了吗？信吾怀疑起来。并非如此。他并未做出道德上的反省，他对此尚未觉醒，而继续沉睡。他只是记住感觉上的失望罢了。

然而，为何会在梦中梦见那种感觉的失望呢？对此信吾并不觉得奇怪。

这一点,他也没跟保子说。

厨房里正在做晚饭,听到菊子和房子的会话,两人的嗓门稍嫌大了点儿。

四

每天夜里都有蝉从樱树上飞进家中。

信吾来到庭院,顺便到那棵樱树下看看。

四面八方传来飞翔的蝉的羽音。信吾惊叹于蝉的数量之多,更惊叹于羽音之大。他仿佛感到群雀呼哨而起的响声。

抬头眼望高大的樱树,蝉还在继续飞翔。

漫天的云彩向东方疾驰。据气象预报说,二百十日①可能平安无事,但信吾以为,今夜说不定气温下降,会有暴风雨。

菊子走来。

"爸爸,您怎么啦?蝉声聒噪,我还以为有什么事呢。"

"可不,蝉这般吵闹,好像要出什么灾祸。不要说水鸟扑棱翅膀的声音,就连这蝉翼的振动也使我胆战心惊。"

菊子手里捏着一根纫上红丝线的衣针。

"比起蝉翼的声音,鸣叫声更可怕呀。"

"我倒不太在意那叫声。"

信吾看看菊子所在的房间,那里有正在缝制的红色的小孩衣服。

---

① 二百十日:立春后二百十日,九月初稻子扬花结籽时期,台风时常来袭,农家谓之"厄口"。

那是很早以前保子长内衣的一块布料。

"里子还把蝉当玩具吗?"信吾问。

菊子点点头,只在唇边轻轻"嗯"了一声。

家住东京的里子,很少看见蝉,或许也是里子的性格吧,一开始她很害怕蝉,房子就用剪刀剪去油蝉的翅膀之后再给她。后来,里子每当捕捉一只油蝉,总是央求姥姥或菊子为她剪掉蝉翼。

保子对这一点十分反感。

保子说了,女儿房子不会干出那种坏事来的,都是那个女婿把她教坏的。

一群红蚁拖着一只没有翅膀的油蝉,保子见了脸色铁青。

保子平素对这类事无动于衷,所以信吾看了,既感到奇怪,又大惑不解。

保子之所以心情很坏,或许因为她迫于一种不祥的预感吧。信吾知道,问题不在于蝉上。

里子任性、固执,大人只好让她三分,给她剪去油蝉的翅膀,但她还是不肯罢休。里子把刚被剪掉羽翼的蝉悄悄隐藏起来,神情黯淡地扔到院子里去了。她知道大人们都看在眼里。

房子几乎每天都对母亲发牢骚,但她一直不肯说什么时候回去,从这一点看,她心里或许还有更重要的事没有说出口。

保子钻进被窝之后,将女儿当天的牢骚话传达给信吾。信吾听了大都没有放在心上,但他觉得房子还是有些话没有说完。

作为父母纵使主动同女儿商量,但女儿已经出嫁,且年过三十,有些话父母也不便轻易开口。接收两个孩子,也不是容易的事,只有一天天等待时机。

"爸爸对儿媳妇倒很亲切哩!"房子说。

那是吃晚饭的时候,修一两口子都在家。

"说的是啊,我对菊子也很亲切呀。"保子应和道。

房子的话不一定要求回答,但保子还是应了,她虽然是笑着说的,但那声音是想压一压女儿。

"因为这个儿媳妇,对我们非常体贴啊!"

菊子立即涨红了脸。

保子说的是实话,但听起来似乎针对自己的女儿。

这句话听上去,仿佛是喜欢幸福的儿媳妇,厌恶不幸的女儿。令人怀疑是否含有残酷的恶意。

信吾认为,保子是自我贬损,信吾内心里也有类似的想法。不过,作为女子,作为年迈的母亲,面对可怜的女儿,保子竟然也会突然冒出这些话来,使得信吾多多少少有些意外。

"我不赞成,她唯独对我这个丈夫不亲切。"修一说,但没人觉得可笑。

信吾对儿媳妇菊子亲切,修一和保子自然知道,菊子心里也很清楚,这事儿谁也不愿再提。但一经房子挑明,信吾立即陷入寂寞。

对于信吾来说,菊子就是郁闷家庭中的一扇窗户。自己的亲生骨肉,不但不能使自己满意,就连他们自己在这个世上也活得很不容易。信吾感到,亲骨肉的重负将要降临到自己头上。看到年轻的儿媳妇,自然觉得很安心。

虽说对她亲切,但这也只是信吾黑暗孤独中一盏微弱的灯光。他如此娇纵自己,自然也就会善待儿媳,借此为生活增添些微的甜蜜。

菊子既不对公公这一年龄的心理乱加猜疑,也不对信吾抱有警惕。

房子的一番话语,似乎稍稍揭穿了信吾的秘密。

那是三四天前吃晚饭的时候。

回想起里子和蝉那件事的同时,樱树下的信吾,又想起房子当时说的话,随即问道:

"房子在午睡吗?"

"是的,姐姐刚刚在哄国子睡觉呢。"菊子瞧着公公的脸孔回答。

"里子很好玩啊,房子哄婴儿睡觉,里子也跟着一起去,趴在妈妈背上睡觉。那时候最老实。"

"好可爱啊!"

"姥姥不喜欢那个外孙女,等到十四五岁,或许也像姥姥一样爱打呼噜吧?"

菊子心里"咯噔"一下。

菊子返回刚才缝衣服的房间,信吾正要进入另一个房间,被菊子叫住了。

"爸爸,听说您去跳舞了,是吗?"

"啊?"信吾回过头来。

"你都知道啦?真闹不明白。"

前天晚上,公司女办事员和信吾一起去了舞场。

今日是星期天,看来是昨天,那位女办事员谷崎英子对修一说了,修一肯定又对菊子说了。

信吾近年来不曾进入过舞场。他约英子,使得英子感到惊讶。她说,同信吾在一起,怕公司的人说三道四。信吾要她保密,但看样子第二天,她就及早告诉了修一。

修一从英子那里知道后,昨天和今天都在信吾面前佯装不知。但看起来,他早就告诉了妻子。

修一似乎经常约英子去跳舞,信吾想去看个究竟。他想,说不定修一的情妇就在他和英子同去的那座舞场。

到那里一看,并没有很快找到那位女子,他也不想向英子打听。

英子出乎意料地和信吾一同来跳舞,满心高兴,行为有点儿走调。在信吾眼里,英子是个危险的人物,但又很可爱。

英子二十二岁了,乳房却像个巴掌大。信吾蓦地想起春信①的春画。

但是,目睹周围杂乱的情景,随之想起春信,的确含有戏剧般的滑稽。

"下回带你一道去。"信吾说。

"真的?那就让我陪陪您吧。"

菊子自打喊住信吾,脸孔一直涨得通红。

菊子可能觉察到公公怀疑修一的情妇就在那里才去看看的吧?

自己去舞场即使被人知道也没关系,但心里装着修一的情妇,此时突然经菊子一说,倒有点不知所措了。

信吾绕到门厅上楼,走到修一在的房间,他站着问儿子:

"哎,听谷崎说了吗?"

"这可是家里的新闻哪。"

---

① 铃木春信(1725?—1770):江户中期浮世绘画师,工于美人画,常取材于花街游里、市井风俗,画作多立意于古典与和歌。

"什么新闻啊?你既然领去跳舞,总得为她买一套夏装啊。"

"唉,给爸爸丢人了,是不是?"

"上衫和裙子显得不协调啊。"

"她有衣服,因为突然带她去,一时没准备。要是有约在先,会穿得好些的。"修一说罢,脸转向一边。

信吾从房子娘儿仨躺着的旁边通过,走进餐厅,看看房柱上的挂钟。

"五点了呀!"他像是确认一下时辰,嘴里嘀咕着。

云　炎

一

报上说二百十日平安无事,但二百十日前一天夜里,还是来了台风。

不过,信吾似乎不记得是哪一天看过这段报道的了,或许不能称为天气预报,但临近之后都自然地发过预报或警报了。

"今天会早些回家吧。"下班时信吾约修一一起走。

女办事员英子为信吾下班做着准备,自己也赶紧收拾一番。她穿上透明的白色风雨衣,胸脯看起来更加扁平。

自打带英子跳舞,发现她的乳房瘦小之后,越发使得信吾注意起来。

英子跟在后面快速跑下楼梯,来到公司门口,同信吾等人并排站在一起。大概因为暴雨,她的脸部没有补妆。

信吾想问她回到哪儿去,但又作罢了。说不定问过二十次,他不记得了。

到达镰仓车站,下车的人们都站在屋檐下,窥视着风雨交加的天气。

来到门外种植葵花的人家附近,风雨呼啸之中,夹杂着《巴黎节》①的主题曲。

"她倒挺自在的呢。"修一说。

爷儿俩都知道,菊子在放丽丝·戈蒂②录制的唱片。

歌声结束,又从头开始。

唱到一半,传来关闭挡雨窗的声响。

接着,他们听到菊子一边关挡雨窗,一边和着唱片唱了起来。

风雨声和歌声交混在一起,两人从门口进入玄关,菊子竟然没有发觉。

"好厉害呀,鞋子里灌了水。"修一说着,在玄关脱掉袜子。

信吾浑身透湿地上了楼。

"哎呀,您回来啦!"菊子走过来,满心喜悦。

修一将抓在一只手里的袜子递给她。

"啊,爸爸也淋湿了吧。"菊子说。

唱片放完了。菊子将唱针放回开始的地方,把两人的湿衣服抱起来。

修一一边系腰带一边说道:

"菊子,你很自在啊,附近都能听到啦。"

---

① 《巴黎节》(Quatorze Juillet):一九三三年由雷内·克莱尔编导的电影,中译名《七月十四日》。
② 丽丝·戈蒂(Lys Gauty,1900—1994):法国民歌(chanson)歌手,她所灌制的《巴黎节》主题歌 A Paris Dans Chaque Faubourg(《在巴黎的每一个街区》),广为传诵。

"我很害怕才放唱片的。我记挂着你们爷儿俩,静不下心来。"

然而,菊子仿佛受暴风雨感染,禁不住手舞足蹈起来。

她去厨房为公公沏茶,也小声地哼着歌。

这册巴黎的民歌集,修一自己喜欢,他买给了菊子。

修一精通法语,菊子不懂法语,修一教她发音,她跟着唱片反复练习,倒也唱得很好。例如,《巴黎节》中的丽丝·戈蒂,是历尽磨难而活过来的歌手,菊子虽然不曾尝到过这种人生经历,但她那一副轻风细雨般的嗓音也别有滋味。

菊子出嫁时,女校的同学们赠送她录有一组世界摇篮曲的唱片,新婚燕尔,菊子经常播放这组摇篮曲,逢到身旁没有人时,她就和着唱片偷偷唱起来。

歌声诱发着信吾内心甜美的情味。

这是女人的祝福!信吾十分感动。看起来,菊子似乎也一边唱着摇篮曲,一边沉浸在姑娘时代的回忆之中。

信吾曾经对菊子说过:

"在我的葬礼上,你就为我播送这张摇篮曲唱片吧。我只要这个,不要人家为我烧香念佛。"

这虽然不是他的真心话,但随即就要流下泪来。

如今菊子还没有孩子,她对摇篮曲也似乎失掉了兴趣,最近这张唱片不播了。

《巴黎节》的歌将要结束时,歌声突然低迷,消失。

"停电啦!"保子在餐厅里说。

"是停电了,今天不会来电了。"菊子说着,关上留声机开关,"妈,我早点烧饭吧?"

吃晚饭时,纤细的烛火,也被缝隙吹进来的风吹灭三四次。

风雨喧嚣的远方似乎传来大海的涛声,那海啸般的轰鸣听起来比风雨更加惊心动魄。

二

枕畔吹灭的烛火的气息,在信吾鼻子周围萦绕不散。

屋子稍稍动摇之时,保子摸索被窝上的火柴盒晃了晃,仿佛告诉老伴儿知道。

接着又去寻找信吾的手,不是握住,而是轻轻触摸。

"不要紧吧?"

"或许不要紧的。即便外边的东西吹跑了,也没办法出去拾回来。"

"房子的家没问题吧。"

"是说房子的家吗?"

信吾倒是忘记了。

"啊,还算好吧。这种暴风雨的夜晚,夫妻会和和美美早些睡觉的。"

"能睡得着吗?"保子打断信吾的话,沉默不语了。

听到修一菊子小两口的说话声。菊子在撒娇。

过一会儿,保子接下去说道:

"人家有两个小孩子,和咱家不一样啊!"

"听说老太太腿脚不好,有神经痛什么的。"

"是的,是的,要是逃走,相原还得驮着他妈呢。"

"腿不能站吗？"

"只是可以动动，不过，这种暴风雨天气……他们家真是个愁城。"

六十三岁的保子，说出"愁城"这个词儿，信吾觉得挺奇怪。

"家家都有一本难念的经。"信吾说。

"报上说，女人家一生中要梳各种各样的发型，倒是说得很好啊。"

"登在哪里的呀？"

据保子说，最近死了个专画美女的女画家，一位男性美女画家，写了一篇悼念文章，这句话就在文章开头。

不过，文章里却和这句话相反，说那位女画家没有梳过各种发型。她从二十多岁直到七十五岁死去，约莫五十年，始终都梳着一种所谓"梳卷"发型，就是将头发盘在头顶上，再用梳篦别起来。

保子很钦佩一辈子梳着"梳卷"发型的人，离开这一点，"女人一生梳着各种各样的发型"这句话，也令她很有感悟。

保子有个习惯，每隔一段时间将每天的报纸整理在一起，再从中挑着阅读。所以，她说的是哪天的文章，早已忘记了。还有，她爱听夜间九时的时事评论，因而经常会说出一些莫名其妙的话来。

"你是说房子今后也会结各种各样的发型吗？"信吾试探地问道。

"是呀，女人嘛。不过不会像过去我们这些人，一旦梳起日本发型就变了一个人。要是房子也像菊子那么漂亮，她也会喜欢变换发型的。"

"你要知道，房了来的那段时间，受到了你的各种冷遇，她是满心绝望离开的。"

"是您的心情影响了我的心情,不是吗?您只喜欢儿媳妇菊子。"

"哪有这么回事啊,你是找借口。"

"我说得没错,您过去不喜欢房子,只疼爱修一一人,不是吗?您就是这么一个人!眼下,修一外头有相好的了,您倒什么话也没有了。反而莫名地疼爱菊子,这太无情了。那孩子为了不使父亲难堪,连嫉妒心都不敢有,真叫人发愁。台风要能把这些忧愁刮走,那该多好。"

信吾感到愕然。

保子疾风暴雨般地正说着,信吾插了一句:

"你确实像台风啊!"

"我就是台风。房子也是,到了这个年龄,如今这个时代,还想让父母首先提出离婚,这也太胆怯了吧。"

"那也不是。他们已经到了谈离婚的地步了吗?"

"比起这个,到时家里得养活着一个拖带着外孙女的闺女家,有时我瞥见您一脸忧愁呢!"

"你脸上的忧愁更明显。"

"这个嘛,都是因为有个您所中意的儿媳妇菊子。就算不谈菊子,要说我不喜欢,我真的是不喜欢。菊子有时说话做事,倒也能使人放心,但房子就使人感到心情沉重……出嫁前还不太明显。都是自己的女儿和外孙女,做父母的怎么会有这样的感觉呢?太可怕了。我是受了您的感化呀!"

"你比房子还胆怯。"

"刚才是说笑话。提到感化,我忽地吐了吐舌头,黑暗中您没看到吧?"

"一个爱扯老婆舌头的老太太,真叫人头疼。"

"房子很可怜,您不觉得她可怜吗?"

"可以接回来。"

接着,信吾突然想起了什么。

"上回房子带来了一块包袱皮。"

"包袱皮?"

"嗯,包袱皮。我记得见过那块包袱皮,一时想不起来了,但确实是我们家的。"

"是棉布大包袱皮吧?那是房子出嫁时给她包镜台带走的。镜子很大。"

"哦,是吗?"

"看了那个包袱皮,我觉得很碍眼,还是把衣服装在蜜月旅行用的箱子里为好。"

"箱子很重,还带着两个孩子,哪里还顾及好看不好看。"

"家里还有菊子在呀。还有,那块包袱皮,记得是我过门时包着什么东西带来的。"

"是吗?"

"还要早,是姐姐的遗物。姐姐死了,婆家用这块包袱皮包裹着一棵大盆栽送还给娘家。是很大的红叶盆栽。"

"嗯,可不是吗。"信吾沉静地应和着,盆栽灼灼耀眼的红叶,照亮了他整个脑海。

住在乡下的保了的父亲,农闲时喜欢种植盆栽,尤其专注于红叶盆栽。保子的姐姐时常被支使帮助父亲摆弄盆栽。

听着暴风雨的呼啸,信吾躺在被窝里,想起一个人来,那个人站在盆栽棚架之间。

那是父亲给出嫁的女儿带去的一棵盆栽,或者是女儿提出想要的。然而,一旦女儿离世,婆家就无人照管亲生父亲送的心爱之物,只好返还原处。也可能是父亲索要回去的。

如今,信吾满脑子映着红叶的那株盆栽,正放在保子娘家的佛坛上。

这么说,保子姐姐去世的时候正赶上秋天了,信吾思忖。信浓①的秋天来得早。

媳妇一死,就把盆栽还给她娘家了吗?红叶烂漫,供在佛坛上,似乎有些太合宜了。这是回忆中出现的乡愁般的幻想,不是吗?信吾对此没有把握。

信吾忘记了保子姐姐的忌日。

他不想问保子,因为保子从前曾经跟他讲过下面的话。

"我没有帮助父亲摆弄过盆栽,这虽然也是我的性格决定的,但我一直认为父亲只疼爱姐姐一人。我其实也很佩服姐姐,所以不只是妒忌她,而是恨自己不如姐姐那样能干。"

保子一提起信吾偏爱修一,就会连带说:

"我倒有点像房子啊。"

那块包袱皮竟然也包含保子对姐姐的回忆,信吾很惊讶。但话题涉及姐姐,他便沉默不语了。

---

① 信浓:日本长野县旧称。

"要睡觉吗？上了年纪的人也很难睡得着。"保子说，"这场暴风雨使得菊子笑得很开心……唱片放了一遍又一遍，我倒觉得那孩子挺可怜的。"

"你呀，刚说的话也有矛盾。"

"怎么会呢？"

"这是我要说的。难得睡个早觉，就该挨你这般数落吗？"

盆栽的红叶还留在信吾的脑子里。

信吾少午时代爱慕过保子的姐姐，他和保子结婚已经三十多年了，那株灼灼艳红的枫叶，似乎化作一块古老的伤痛，始终闪现于头脑一隅。

保子入睡一小时光景，信吾也睡着了，不久又被巨大的响声惊醒。

"什么声音？"

暗夜之中，远处廊缘上传来菊子渐渐走近的脚步声，前来报告说：

"您醒了吧？神社摆放神舆的仓库，据说屋顶白铁皮被风刮到我们家的屋脊上了。"

三

神舆仓库屋顶的铁皮，全都被风吹走了。

信吾家的屋顶和庭院，也落下七八块。神社的管理人一大早前来拾取。

翌日，横须贺线也通车了，信吾去上班了。

"怎么了?没睡好吗?"

信吾问前来沏茶的女办事员。

"是的,没有睡着呢。"

英子讲起上班途中,透过电车车窗看到的两三处刮过台风的地方。

信吾抽罢两支香烟,说道:

"今天不能去跳舞了吧?"

英子扬起脸笑了。

"上次回来,第二天一早就感到腰痛,年纪大了,不中用啦。"信吾说罢,英子眼睛和鼻翼周围,显露出调皮的微笑。

"那是您老是后仰的缘故吧?"

"后仰?是啊,腰弄弯了吧?"

"您呀,跳舞时不好意思碰我,仰着身子保持着距离。"

"哦?那倒没想到,没有这回事。"

"可是……"

"或许是想使得姿态优美些,自己没有意识到啊。"

"是吗?"

"你们总是互相紧贴着身子跳舞,样子很不雅观呢。"

"哎呀,说得太过分啦。"

信吾想到,前些时候,他以为英子跳起舞来,心情过于兴奋,有点走调儿,那可能只是他自己过于拘谨了,实际没有别的意思。或许是自己太僵硬了吧?

"好吧,下回向前躬身,紧贴着你跳,行吗?"

英子低着头窃笑,说道:

"我陪您。不过今天不行。这身打扮太失礼了。"

"我说的不是今天。"

信吾看到英子穿白色绣衣,扎白色丝带。

白色绣衣虽说不稀罕,由于配上了白色丝带,绣衣的白色更加惹眼。宽度稍大的丝带将头发拢为一束,扎成发髻,垂在脑后。那身打扮,仿佛随时准备走进台风里。

耳朵和耳后一带都露了出来。往常,遮掩在秀发下的青白的肌肤,生长着整齐而美丽的茸毛。

她穿一件深蓝色的薄呢裙。裙子很旧。

这样的穿着,不太显露乳房过小。

"从那之后,修一就不邀你了吗?"

"是的。"

"实在过意不去,老子要跳舞,年轻儿子被迫离开,你真可怜啊!"

"哎呀,好为难啊,还是我来约他吧。"

"你是叫我不用担心?"

"您再逗我,就不跟您跳了。"

"啊,不过,修一因为被你看着,抬不起头来。"

英子有了反应。

"你认识修一的女人吧?"

英子显得很困惑。

"是舞女吗?"

没有回答。

"年龄比他大吗?"

"年龄吗,比您家媳妇要大些。"

"是美人吗?"

"嗯,长得很漂亮。"英子嘀咕着,"不过,她的声音很沙哑,或者说是声音很割裂,像是分作两层而出,据说这样显得很性感。"

"哦?"

英子刚要开口讲述,信吾立即就想捂耳朵。

他自己感到耻辱,也对修一的女人以及英子的本性深感厌恶。

女人沙哑的声音显得性感,一开口说的居然是这个,叫信吾无法忍耐。修一确实不怎么样,英子也好不到哪里去。

英子瞧瞧信吾的脸色,不说话了。

那天,修一和信吾爷儿俩一块儿及早归来,锁好门,全家四口出外看电影《劝进帐》①。

修一脱掉衬衫换上汗衫时,信吾发现修一双乳上方和腋窝之处泛红,猜想那大概是风暴的晚上菊子给他添加上的。

《劝进帐》里的幸四郎、羽左卫门、菊五郎②,三个人现在都死了。

对这出戏,信吾、修一和菊子的观感各不相同。

"幸四郎的弁庆,我们已经看了第几遍了呀?"保子问信吾。

"忘记了。"

"您很会忘事。"

---

① 《劝进帐》:歌舞伎十八番之一,一幕。三世并木五瓶作剧,四世杵屋六三郎配曲。描写假扮东大寺修行僧的源义经主从,运用随从弁庆的智慧,巧度加贺国安宅关的故事。

② 松本幸四郎、市川羽左卫门和尾上菊五郎,皆为世袭歌舞伎俳优,分别扮演《劝进帐》中的弁庆、富樫和源义经。小说情节中很难确定为哪一代。

月光照耀街衢,信吾仰望天上。

信吾突然感觉到,月亮在炎火中。

月亮周围的云彩,呈现出珍奇的形状,使人联想起绘画上不动明王①的背光和狐玉②的光炎。

但是,云的红炎冷艳、淡白,月也冷艳、淡白,信吾迅疾感受到秋意。

月亮稍稍偏东,大体呈圆形。位于红炎的云彩正中。边厢的云彩模糊一片。

包裹月亮的红炎白云之外,附近没有别的云。暴风雨过后,整夜间天空漆黑。

街上各家店铺都闭店了,这里也是一派静寂。电影散场时回家观众的前方,大街上静悄悄的,没有一个人影。

"昨夜没睡好,今晚早点儿睡吧。"信吾的声音里满含着孤身冷衾之叹,他渴望有人对他肌肤温存一番。

信吾感到,一生中关键的时刻即将光临,该决定的事情逐渐迫在眉睫了。

---

① 不动明王:五大明王或八大明王主尊,受命于大日如来,击退魔军,消弭灾难,摒除烦恼,守卫行者,满足诸愿。
② 狐玉:伏见稻荷神社门口狐狸口中所含玉石,多呈金黄色。

栗　子

一

"银杏树又出芽了。"

"菊子你才刚刚发现吗?"信吾说,"我前个时候就看到了。"

"爸爸老是面对着树坐着嘛。"

面对信吾侧身而坐的菊子,转头看看身后银杏树方向。

餐厅开饭时,一家四口不知何时固定了各自的位子。

信吾坐西朝东,左侧的保子面朝南。信吾右侧是修一,面向北。菊子面向西,同信吾面对面。

南面东面都有庭院。老两口可以说占据了好位子。此外,婆媳俩的位子,吃饭时便于上菜和伺候。

不光是吃饭的时候,就连餐厅的矮腿桌,四个人也都习惯于自然地坐在固定的位子上。

菊子总是背对银杏树方向而坐。

纵然如此,那样的大树,不合季节地抽芽了,而菊子竟然没有看到,忽略过去了。信吾感到,菊子心理上似乎有着什么空白。

"打开挡雨窗、扫除廊缘的时候,总该能注意到啊。"信吾说。

"您说得很对,倒也是呀。"

"是的啊,回家时,总是面朝银杏树走来,好歹都能看到树,不是吗?你呀,因为一直低着头,一边走路一边模模糊糊地想问题。你说是吗?"

"哎呀,真难为情。"菊子耸动着肩膀,"今后,凡是爸爸看到过的,不论什么,我都留意三分。"

信吾听起来很悲戚。

"不可这样啊。"

自己看到什么东西,也希望对方看到。这样的意中人,信吾一生未曾有过。

菊子继续仰望银杏树。

"山顶上也有树木长出了嫩叶。"

"是啊,那些树也被暴风吹走了叶子吧。"

信吾家的后山被神社截断,小山的一端敞开来,变成神社的境内。银杏树生长在神社境内,从信吾家的餐厅望去,仿佛是山上的树木。

一夜台风,使那棵银杏树变得光秃秃的。

被风吹光叶子的是银杏和樱树。银杏和樱树在信吾家四周都算是巨木,树大可以挡住狂风,可弱叶经不起强风扑打的缘故吧。

樱树本来残留少数枯叶,这回也落光了,成为一棵裸木。

后山的竹叶也枯萎了。抑或临近大海,风含着海潮所致吧。也有的竹子被吹断主干,飘飞到庭院里来。

大银杏树再度催芽了。

信吾自大道折向小路,总是面对银杏树回家,所以每天都能见面。从餐厅里也能看到。

"银杏树到底比樱树更坚强些,或许长寿之木就是不一样吧?"信吾说,"那样的古树,到了秋令,又能长出新叶来,可见具有多么大的生命力啊!"

"不过,叶子显得很凄清呢。"

"是的,满指望能长出像春天一般硕大的叶片,可是最后还是没能长得太大。"

不仅叶小,还很稀疏,不足以遮满枝头。叶子单薄,绿色不浓,多呈浅黄色。

仿佛感到秋日的朝阳照耀在依然光裸的银杏树上。

神社的后山多常绿树。常绿树的叶子经得住风雨,丝毫不受伤残。

茂密的常绿树顶端,有的浮出薄绿的嫩叶。

菊子发现了那些嫩叶。

保子是从后门回来的,听到水龙头放水的声音。她好像说着什么,但因为流水声,信吾没听清楚。

"你说什么呀?"信吾大声问。

"妈妈说胡枝子开得很漂亮啊。"菊子添了句话。

"是吗?"

"妈还说芒草也开花了呢。"菊子又从中传话。

"是吗?"

保子又说了句什么。

"别说了,听不见!"信吾大吼。

菊子低头笑了:

"我来传达吧。"

"要传吗?老太太独自犯嘀咕吧?"

"妈说昨夜做了梦,梦见乡下房屋都被吹得破破烂烂的了。"

"哦。"

"爸爸怎么回应呢?"

"除了'哦',还会有什么。"

水声停止了,保子唤菊子。

"菊子,插起来吧。看到开得漂亮,就随手折了几枝,帮个忙吧。"

"好的,也给爸爸瞧瞧。"

菊子抱来了胡枝子和芒草。

保子洗了手,接着涮了一下信乐①花瓶拿进来。

"邻家的雁来红很鲜艳呢。"

保子说罢坐下来。

"种植葵花的那家也有雁来红。"信吾说着,随即想起那漂亮的花盘被大风吹落的情景。

花盘和主干足有五六尺,被风拦腰吹断,倒毙路旁。花盘枯萎数日,无人问津,犹如人头落地。

周围的花瓣首先干枯了,粗大的秆子失去水分,改变了颜色,沾

---

① 信乐:日本六古窑之一,以滋贺县甲贺市信乐为中心制作的历史悠久的陶器,称为"信乐烧"。貉狸摆件非常有名。其中,信乐陶艺村是拥有百年以上历史的瓷窑。

满泥土。

信吾往来跨越其上,不忍看一眼。

花冠掉落了,葵花下半截茎干依旧站立门边,尚未长出新叶。

一旁并排种着五六棵雁来红,花色艳丽。

"不过,邻居的雁来红,这附近没有第二家。"保子说。

二

保子梦见乡下房屋被毁坏得破烂不堪,是指她娘家的宅子。

保子的父母去世后,好几年无人居住。

父亲叫姐姐出嫁,似乎想让保子继承家业。对于心疼姐姐的父亲来说,这是违心之举。不过,也是姐姐受到恳求,才请父亲这么做的,她出于对妹妹的怜悯之情。

因此,姐姐死后,保子去姐姐婆家干活儿,想给姐夫做填房,父亲因而对保子绝望了。保子既然有着这番心事,也是家庭父母的责任,所以父亲对此也很懊恼。

保子和信吾这门婚事,似乎使父亲很高兴。

看样子,父亲决心在无人继承家业的情况下度过余年。

如今的信吾,比起保子出嫁时她父亲的年龄还要大。

保子的母亲最先故去,接着父亲去世,当时旱田都卖光了,只剩下少量山林和宅基地。没有什么古董之类的东西。

这些财产都存在保子名下,但后来就托付给乡下亲戚管理了。或许他们砍伐山林以便替代缴纳税金吧。长年以来,保子不曾为那个家付出一分一文,同时也没有获得一分一文。

一个时期,为躲避战祸,村里来了一批疏散的人。当时有人打算买过去,信吾看到保子有些舍不得,就作罢了。

信吾同保子是在这座宅子里举办的婚礼,这是做父亲的希望,他表示过,他可以将唯一的女儿嫁出去,条件是必须在自家宅子里举办婚礼。

婚宴举行时,信吾记得有一颗栗子掉落下来。

栗子掉落在庭院里巨大的岩石上,或许与石头斜面形成一定角度,砸在石头上的栗子忽然腾飞起来,落在河谷间。那飞行的曲线,意外地化作一道美丽的风景。

"啊!"信吾几乎喊出声来。他对筵席环视一遍。

一颗栗子的掉落,似乎没有引起人们的注意。

第二天早晨,信吾到河谷看了看,发现栗子就落在水边。

这里掉落了好几颗栗子,不只是婚宴时掉的栗子。信吾拾起来,想跟保子说。

不过,这毕竟有点像孩子。再说,保子以及那些听他说的人,果真认为这就是那颗栗子吗?

信吾将栗子丢在河边的草丛里。

且不说保子是否相信,信吾只因会被保子的姐夫看见而感到羞愧。

倘若这位姐夫不在现场,信吾在昨晚婚宴上,也许会说出栗子掉落的事。

正因为这位姐夫来出席婚宴,信吾仿佛受到屈辱般的压力。

姐姐结婚之后,信吾对她一时恋恋难舍,信吾自己也觉得对不起姐夫。姐姐病逝,他和妹妹保子结婚,对这位两乔义兄依旧心情不能平静。

其实,保子的立场更加委屈。姐夫对这位小姨子的心情佯装不知,把她当作女佣役使。

姐夫作为亲戚,应邀出席保子的婚礼,这是自然的事;而信吾心中有愧,不好意思正面朝姐夫瞧一眼。

其实,在这样的筵席上,姐夫也是个光彩照人的美男子。

信吾感到姐夫座位的周边光芒闪耀。

在保子眼里,姐夫姐姐是理想之国的一对宠儿,信吾一旦同保子结婚,就注定他终生赶不上姐夫他们。

信吾还觉得,姐夫似乎身居高处,冷漠地俯视他和保子的婚礼。

掉下一颗栗子这种微不足道的小事,信吾没有机会及时说出,到头来在他们的夫妇生活中留下了暗点。

房子出生时,信吾暗自期待着一个像保子姐姐般貌美的女儿。他没有跟妻子说。谁知,房子是个比母亲还丑的姑娘。

按照信吾的说法,姐姐的血统未能经过妹妹传承下来。信吾一直暗自对妻子感到失望。

保子梦见乡下自家三四天后,乡下亲戚发来电报,通知他们房子领着孩子回老家了。

这封电报是菊子接到的,然后转交给婆婆,保子等信吾从公司回来。

"梦见老家,或许就是个凶兆。"保子说,她眼望着信吾看电报,显得意外地放心。

"唔,回乡下老家了?"

于是,信吾首先想到女儿不会寻死。

"可是,她为何不回这个家呢?"

"一旦回娘家来,可能觉得马上就会被相原知道了吧?"

"相原说了什么吗?"

"没有。"

"夫妻看样子已经无可挽救了,老婆带孩子跑了都没有……"

"房子或许像上次一样,告诉相原自己回娘家了。因为从相原来看,他不好意思到这里来。"

"总之闹得很僵啊!"

"居然真回乡下了,倒叫人不解。"

"回这里来不是更好吗?"

"您那话听起来可真叫人寒心啊!房子不愿回娘家,她很可怜,咱们应当想到这一点。女儿和父母竟是这个样子,我心里着实难过。"

信吾蹙着眉,撅着下巴颏儿,他在解领带。

"好吧,等等再说。和服在哪里?"

菊子拿来替换衣服,抱起信吾的西装,默默出去了。

这期间,保子望着下边,她看着菊子关好后离去的隔扇那边,嘀咕道:

"菊子那媳妇也不一定就不会逃走。"

"照这么说,当爹妈的,一直要对孩子的夫妻生活负责到底喽?"

"您哪里懂得女人的心思……女人悲伤的时候,和男人不一样。"

"对于女人来说,别的女人的内心她都能搞懂吗?"

"瞧,今天修一就没回来。您为何就不能同他一起回家来呢?

您一个人回来了,还叫菊子为您收拾衣服,这算什么事呀。"

信吾未作回应。

"房子的事,您不想跟修一商量一下看吗?"保子说。

"派修一去一趟乡下吧,还是把房子接到这里来。"

"让修一去接房子,或许她不情愿呢,因为修一瞧不起她。"

"说那些丧气的话,还能干什么呢?星期六就叫修一去吧。"

"去老家也够丢人的,我们从来不回去,仿佛断了缘分。房子明明没有可以依靠的人,她到底还是去啦。"

"她到乡下不知住在谁家里。"

"也许就住在那间空房子里。她也不便去麻烦婶母一家。"

保子的婶母该有八十多了。保子和当家的堂弟几乎没有什么来往,信吾也不记得他家里有几口人。

保子梦见的是破烂不堪的屋子,房子怎么会跑到姥娘家的破屋子去住呢?信吾心里实在感到不是味儿。

三

星期六早晨,修一和信吾爷俩一同离开家门,来到公司。离列车出发还有一段时间。

修一走到父亲办公室,对女办事员英子说:

"我把伞寄放在这里。"

英子稍稍倾着脑袋,眯细着眼睛,问:

"要出差吗?"

"嗯。"

修一放下旅行箱,坐在信吾前边的椅子上。

英子的眼睛一直盯着他。

"天气变冷了,要当心。"

"对了。"修一望着英子方向,对信吾说:

"今天本来同她相约要去跳舞的。"

"是吗?"

"让老爷子带你去吧。"

英子脸红了。

信吾也懒得再说什么。

修一出发时,英子提着旅行箱要送送他。

"不用,不像样子。"

修一夺过箱子,消失在门外。

被甩下的英子,在门前做了个不起眼的动作,精神萎靡地回到自己座位上。

是难为情还是故作姿态,信吾无法断定,但她那浮薄的女性表现使他一阵轻松。

"好容易约会一次,真叫人遗憾啊。"

"近来,他时常失约呢。"

"我来替代吧。"

"啊。"

"有什么不合适的吗?"

"哎呀。"

英子惊奇地抬起眼睛。

"修一的情人去舞厅了?"

"那倒没有。"

关于修一的情妇,以前信吾只听英子说过,那女子略显沙哑的嗓音很性感,其他则不曾听闻过什么。

就连和信吾同在一个办公室的英子也见过修一的情妇,而修一的家人却不知道。这或许是世间的通例,但信吾很不理解。

尤其眼前看着英子,他更觉得难于理解。

英子看起来似乎是个轻佻女子,但逢这种场合,仿佛像对待人情世故的一道厚重的帷幕,她站到了信吾面前。英子究竟在想些什么,谁也不知道。

"那么,你是跟他去跳舞,见到了那个女人,对吗?"信吾轻松地问。

"是的。"

"经常吗?"

"不太经常。"

"修一向你介绍过吗?"

"倒也谈不上什么介绍。"

"我怎么也闹不明白,会见情妇也要捎带上你,是想让她吃醋吗?"

"我们这号人,不会给人挡横的。"英子说罢,缩缩脖子。

信吾看透了英子对修一既抱有好意,又心生妒忌,便说:

"使个绊子又有何妨。"

"哎呀。"

英子埋头笑了。

"对方也是两个人啊。"

"什么？那女人领来个男人吗？"

"是女伴，不是男的。"

"是吗，那我放心了。"

"哎呀。"英子看看信吾，"她们住在一起。"

"住在一起，两个女人租一间房吗？"

"不，地方虽小，但也很舒适。"

"怎么，你去看过？"

"嗯。"英子嗫嚅地说。

信吾又好奇起来，稍稍着急地问：

"家在哪里？"

英子顿时脸色惨白。

"真难办呀。"她嘀咕道。

信吾沉默不语。

"本乡①的大学附近。"

"是吗？"

英子为了减轻压力，继续说下去：

"一条细细的巷子，暗漆漆的，房子倒是很漂亮。另一位女子，长得很秀气，我很喜欢她。"

"另一位女子，她不是修一的情妇，对吗？"

"是的，给人的印象很好。"

"噢？那两个女人都在做什么呢？她们都是独身吗？"

"是的。不过，我也不清楚。"

---

① 本乡：东京都文京区，东京大学所在地。

"两个女人合伙过日子？"

英子点点头。

"那位给人的感觉很文雅,以前没见过这种人,所以每天都想见到她。"英子有点撒娇地说。听她的口气,由于那女子感觉很文雅,英子似乎想借此使得自己某些方面获得宽免。

对信吾来说,这些都很意外。

信吾不能不想到,英子是否借着夸奖那位同居女伴,间接贬低修一的情妇。他一时看不透英子的内心真实的想法。

英子两眼望着窗户。

"太阳照进来啦!"

"可不是吗,稍微打开些吧。"

"他来存伞的时候,还不知道会怎么样呢。出差遇到晴天,那太好啦。"

英子以为,修一是为公司的事出差。

英子一只手擎着打开的窗玻璃,站立了一会儿,牵拉起半个身子的衣裾。她似乎有些凄迷。

她低着头回到原处。

勤杂工手拿三四封信件走进来。

英子接过来,放在信吾的办公桌上。

"又是告别式,真烦人啊,这回是鸟山吗？"信吾嘀咕着。

"今天下午二时,不知那位夫人怎么样了。"

对于信吾的自言自语,英子早已习惯了。她只是暗暗看着信吾。

信吾嘴巴微张,心情茫然地说:

"今天不能跳舞了,要去告别式。"

"这个人,碰到夫人更年期,受尽虐待。夫人不给他饭吃,真的不给他吃啊。只有早饭还可以,在家吃罢了出门去,但她没给丈夫准备任何吃的东西。因为孩子的饭做好了,丈夫只能躲着老婆,偷偷摸摸地吃。夜里怕老婆,不敢回家。每天晚上在街上闲逛,看电影,泡书场,等老婆孩子睡着了再回家。孩子们都站在妈妈一边,一同虐待老子。"

"为什么呢?"

"不为什么,只因为到了更年期啊。更年期的女人赛老虎!"

英子有几分被耍笑的感觉。

"不过,做丈夫的恐怕也有不对的地方吧?"

"当时,他是一位杰出的官员,后来进入民营公司。总之,告别式好歹能找个寺社举办,看来是有相当地位的。他当官并不奢华。"

"全家人都靠他养活吗?"

"那当然啦。"

"我真不明白呀。"

"可不,你们哪里会知道。五六十岁的堂堂男子汉,怕老婆,不敢回家,半夜里在外头到处转悠,这样的人不在少数。"

信吾回忆着鸟山的模样儿,就是想不起来。说来十年没见面了。

信吾思忖着,鸟山是否死在自己家里呢?

四

信吾满指望在告别式上,能够遇到几个大学时代的同学,他烧完香在庙门口站了老半天,一个同学也没见到。

和信吾差不多年龄的人都没来。

信吾想,自己莫非来晚了吗?

向里一瞅,排列在正殿门口的人们,散乱地走动起来。

家属都在正殿内部。

夫人或许还健在,不出信吾所料,站在棺材前边的瘦小女子,似乎就是她。

头发染了,但好久未能持续,发根露出白色。

这位老妇为了看护久病不起的鸟山,没有空闲染头发吧。信吾低头向老妇方向致意时想到。当转身面对棺椁烧香时,口里犯起嘀咕:谁又知道事实如何?

也就是说,信吾登上正殿的台阶,向家属行礼期间,鸟山妻子虐待丈夫的事悉数被遗忘。面对死者作揖行礼时,倒想起了这些事。信吾不由打了个激灵。

信吾走出正殿,一路上绝不朝家属席上死者的妻子看一眼。

信吾内心"咯噔"一下,只为自己忘得很离奇,并非因为鸟山及其妻子。他心情烦乱,沿着石板道往回走。

忘却和丧失,信吾走路时的后脖颈里就有感觉。

知道鸟山和他老婆关系的人已经很少。即使少部分知道的人活着,也已经失去了记忆,剩下的只有听任妻子随便回忆,缺少一个真正为他秉持公道的第三者。

信吾也参加过六七个老同学的聚会,即便谈起鸟山,没有人认真思考,只是大笑。一个提起这件事的汉子,始终带着谐谑和夸张的调子。

当时聚会的人中,有两个比鸟山死得早。

如今的信吾认为,妻子为何虐待鸟山,鸟山又如何被妻子虐待,恐怕连当事人鸟山和他老婆都不甚了了。

鸟山稀里糊涂踏上黄泉路,剩下的妻子也觉得,这些"过去"也随之变成没有鸟山的"过去"了。妻子也将不明不白一死了之。

在老同学聚会上谈论鸟山往事的汉子家里,听说传承下来四五种古老的能面①。鸟山来时他拿出能面给他看,鸟山好半天待在他家没有动。据那汉子说,鸟山初见能面不会有什么兴趣,只因为妻子睡觉前他不敢回家,为了磨时间罢了。

如今的信吾在思忖,这位年过半百的一家之主,每晚如此夜游不止,是否在深深思索着什么呢?

悬挂在告别式上的鸟山的遗照,似乎是为官时代过年过节的日子拍摄的。身穿礼服,一张温和的圆脸。经过照相馆的修整,没有一点暗影。

鸟山这张温和的面颜,看起来十分年轻,同棺材前的妻子很不协调。给人的印象只能是:妻子受鸟山折磨,看起来很衰老。

因为妻子身材矮小,信吾向下能俯视到她那雪白的发根。她的半个肩膀也稍稍塌陷下来,给人憔悴不堪的感觉。

鸟山的儿女以及他们各自的家人,也都站在夫人一旁,信吾没有认真地朝那瞧一眼。

信吾站在庙门口等着,想着如果遇上老同学,不论是谁他都要问一句:

"你家里怎么样?"

---

① 能面:日本古典戏剧"能乐"用的面具。

倘若对方拿同一个问题问他,他打算回答:

"以为总算平安无事地过来了,反倒女儿、儿子家里叫人不放心。"

就算如此的交心,丝毫不能获得对方任何帮助,自己也不愿增加这个麻烦。谈论一路,不过最后走到车站,挥手告别。

不过,信吾指望的也仅是这一点。

"就说鸟山吧,他这么一死,被妻子虐待的事,不就留不下任何蛛丝马迹了吗?"

"鸟山的儿女家庭美满,就证明鸟山夫妇获得成功吗?"

"现今的世界,父母对于儿女们的婚姻生活,究竟负有怎样的责任呢?"

真想对老同学诉说一番啊,信吾嘀咕着。不知怎的,信吾的内心一时激动难平。

寺门屋顶,一群麻雀鸣叫不已。

雀群顺着庇檐划一道圆弧飞上屋脊,再划一道圆弧飞走了。

五

从寺院回到公司,有两位客人等着他。

信吾叫人从身后的壁橱里拿出威士忌,倒进红茶,这样有助于恢复记忆力。

他一边接待客人,一边想起昨日早晨在家中看到的麻雀。

麻雀在后山脚下的芒草丛里。它们啄食芒草穗子,吃草籽儿,吃虫子。信吾正这么想着,忽然意识到,本来认为是雀群,其中也交混着画眉鸟。

麻雀和画眉聚在一起,信吾再次仔细地看着。

六七只一群,从一棵草穗儿飞向另一棵草穗儿。不管哪棵草穗儿,只要有鸟儿起落,都会大肆摇摆一阵子。

三只画眉鸟。这种鸟儿老实,不像麻雀性儿急躁,也很少飞来飞去。

画眉羽翼闪亮,看胸间的毛色,像是今年新生的雏鸟。麻雀则显得有点儿灰不溜秋的。

不用说,信吾喜欢画眉,但正如画眉和麻雀的鸣声皆来自脾性儿一样,它们的动作也皆因脾性各有不同。

麻雀和画眉会吵架吗?他观看了一会儿。

麻雀和麻雀呼叫交飞,画眉和画眉邀约聚集,自然有别,虽有时汇合一处,也不见吵架的样子。

信吾很感动。那是早晨洗脸的时候。

刚才寺门外就有麻雀,他由此引起联想。

信吾送走客人,关好门扉,转过头来对英子说:

"你带我去修一情妇的家。"

信吾在和客人谈话的时候就打定了主意,英子却感到突然。

英子蓦然做了个反抗的表情,显得颇为扫兴,随后立即萎顿起来,生硬地问道:

"去那里,干什么呀?"她的声音很冷淡。

"不会给你惹麻烦的。"

"您要见她吗?"

信吾并未想到今天就去见那个女人。

"不能等修一君回来之后,一块儿去吗?"英子沉着地问。

信吾感到英子在讥笑她。

英子坐在车上,也是闷声不响。

信吾以为,自己仅仅羞辱英子,蹂躏一下她的感情,心里就很沉重。其实这也等于羞辱了自己和儿子修一。

信吾打算趁修一外出时解决问题,这并非空想。不过,也只能停留在空想上。

"我以为,要想找她直接说话儿,不如先和那位同居者聊一聊为好。"英子说。

"就是那位你感觉很好的女子吗?"

"是的,我把她叫到公司来吧?"

"这个嘛……"信吾的话模棱两可。

"前不久修一君在她们家喝酒,喝得烂醉如泥,行为粗暴。修一君叫那女子唱歌,她就用甜美的嗓音唱起来,竟然把绢子小姐唱哭了。可见绢子小姐很听她的话呀。"

奇妙的叙述方式,那个叫绢子的,或许就是修一的情妇。

信吾并不知道修一有那样的醉态。

他们在大学前下车,拐进小路。

"修一君要是知道这件事,我就不能来公司上班了,我就到这里吧。"英子低声说。

信吾不寒而栗。

英子站住不走了。

"转过对面一道石墙,第四户,挂着'池田'门牌的住宅。我就不进去了,她们认识我。"

"今天算了吧,麻烦你了。"

"怎么了? 都走到这里了呀……只要您全家平和,去一趟不也很好吗?"

信吾从英子的反抗中感到憎恶。

英子所说的石墙,是一段水泥围墙。庭院里有一棵高大的红枫。拐过宅子一角,第四户,标有"池田"的小型老式宅第,没有任何特色。入口朝北,光线晦暗,楼上的玻璃窗关闭着,听不到一点动静。

信吾打门前走了过去,没有可看的地方。

他一旦走过,立即泄气了。

那个家到底隐藏着儿子怎样的生活呢? 信吾觉得没有必要突然闯入这个家。

他沿着别的路绕了个圈子,回到原地时,英子已经离去。走到下车的那条大道,也不见英子的影子。

信吾回到家中,似乎很难直视菊子的面孔,随口说道:

"修一路过一下公司就走了。好一个晴天啊!"

信吾疲惫不堪,及早就寝了。

"修一向公司请了几天假?"保子从餐厅里问道。

"这个嘛。没问过他,只是叫他把房子领回来,也就是两三天吧。"信吾在被窝里回答。

"今天,我也来帮忙,吩咐菊子将棉被套上了。"

房子要是领着两个孩子回来,信吾想,菊子今后会更加劳累。

他在考虑让修一住到别的地方去。他联想到在本乡见到的修一情妇的家。

同时,他也想起英子的反抗。虽然每日待在身旁,信吾不曾看到英子如此爆发过。

菊子的爆发尚未得见吧？保子曾经对信吾说起过，那孩子怕对爸爸影响不好，连吃醋也不敢明目张胆了。

不久，睡着了的信吾，又被保子的鼾声吵醒。他顺手捏住保子的鼻子。

保子像是早已醒来的人一样，说道：

"房子又会照样拎着包裹回来吗？"

"大概是吧。"

谈话到此中断了。

岛　梦

一

地板下的野狗生小狗了。

"生"这个词儿有点儿冷漠,不过对于信吾一家来说,确乎如此。狗在地板下产崽儿,家里人谁也不知道。

"妈妈,阿辉昨天今天都没来,是不是生了呀?"七八天前,菊子曾经在厨房里对婆婆保子提起过。

"可不,是没见到呀。"保子漫然地回应道。

信吾把脚垂到地炉内,沏上一壶玉露茶。自今年秋天起,养成每天早晨喝玉露茶的习惯了,而且是亲自动手。

菊子一边准备早饭,一边谈论着母狗阿辉的事,她到这里不再说下去了。

菊子跪伏着将一碗酱汤放在信吾面前。此时,信吾倒着玉露茶问道:

"喝杯茶吧,怎么样?"

"好的,我喝。"

这是从未有过的事,菊子重新坐正身子。

信吾望着菊子,说道:

"腰带和羽织外褂都印着菊花,菊花盛开的秋天过去了。今年房子前来打扰,把你的生日也给忘记啦。"

"腰带绘着四君子呢,一年四季都好穿。"

"什么叫四君子?"

"兰、竹、梅、菊……"菊子高兴地数落着,"爸爸,您在什么东西上看到过的,绘画中也有,和服上经常使用。"

"这花纹真是不厌其多啊。"

菊子放下茶杯,说:

"很好喝。"

"哈呀,不知是谁家,作为香资的回礼,送了这包玉露茶,这就又喝起来了。过去我喝了不少玉露,粗茶是不进家的。"

那天早晨,修一先出门到公司上班。

信吾在门厅里一边换鞋子,一边回忆寄来玉露茶的朋友的名字。他完全可以问菊子,但终于没有开口。那位朋友带一个年轻女子住温泉旅馆,突然死在那里了。

"对啦,阿辉不来了吗?"信吾问。

"是的,昨天和今天都没来。"菊子回答。

有时候,听到信吾出门的响声,阿辉就转到门厅里来,一直跟着他到门外。

信吾想到,最近有一次,菊子在门厅内为阿辉抚摸肚子。

"好怕人呢,肥嘟嘟的肚子……"菊子蹙起眉头,但依旧在探摸胎儿。

"几个崽儿?"

阿辉倏忽白了菊子一眼,接着就横躺下来,仰起腹部。

阿辉的肚子并不显得很肥胖,还没有让菊子感到恶心的程度,只是皮肤略微变薄的下腹部,变成淡红色。乳根里积满了污垢。

"有十个乳头?"

菊子这么一说,信吾便用眼睛数着数目。最上面的一对乳头,细小而又干瘪。

阿辉虽然是家犬,挂着狗牌,然而主人不太精心喂养,终于变成野狗。它常在主人家周围邻里的厨房门口转悠。菊子早晚在残羹剩饭里给阿辉多加一些,这之后阿辉待在信吾家的时候也渐渐多起来了。有时半夜里听到庭院里狗叫,使人感到狗已经安居在家。可是菊子还未把阿辉当成自家的狗。

还有,狗下崽,总是回到主人家去。

因此,菊子所说的昨日今日没来,指的是狗这次也回到主人家下崽的事。

产崽要回到主人家,信吾觉得很可怜。

不过,这次是在信吾家地板下边产崽的。十多天了,没人发现。

信吾和修一从公司下班回家了。他们一回来,就听菊子说:

"爸爸,阿辉在家里下崽了呢。"

"是吗?在哪儿?"

"女佣房间的地板底下。"

"唔。"

家里没有女佣,二铺席的房间代替仓库,堆放着各种杂物。

"阿辉钻到女佣房间地板下面了,我瞅了瞅,好像有狗崽儿。"

"嗯,几只?"

"黑漆漆的,看不清楚,是在很深的地方。"

"是吗?看来是在家里产崽的。"

"妈妈说过,之前阿辉动作奇怪地围着储藏室打转转,似乎在掘土。看来是在寻找产崽的地方。要是铺些稻草进去,阿辉也许会在储藏室里产崽的。"

"等小狗长大了就难办啦。"修一说。

信吾对阿辉在家中下崽抱着好意,但一想到这些野狗的后代到处理时又一时扔不掉,便立即厌恶起来。

"听说阿辉来家里产崽啦。"保子也说道。

"可不是吗。"

"女佣宿舍地板下边啊,就那里没人,阿辉倒是想到了。"

保子坐在地炉里,皱着脸皮仰头瞧了信吾一眼。

信吾也进入地炉,喝口粗茶,对修一说:

"哎,有一次,你说过谷崎要给咱介绍女佣,怎么样了?"

信吾又亲自倒了第二杯粗茶。

"那是烟灰缸,爸爸。"修一提醒道。

信吾弄错了,他把茶倒进烟灰缸里了。

二

"我老了,没登富士山,终于已老去。"信吾在公司里嘀咕着。

虽说是突然冒上来的一句话,但颇有意味,他反复念叨。

或许因为昨夜做了松岛的梦,所以浮现出这句话来。

信吾没有去过松岛,做松岛的梦,今早觉得挺奇怪的。

而且到了这把年纪,才发现竟然连属日本三景的松岛和"天桥立"都没有去过。只有一处安艺的宫岛,那是冬天,为公司事到九州出差,回来路过,下车前去看了看。

到了早晨,梦只留下了断片,但是岛上松树的颜色和大海的颜色印象鲜明。很清楚,那里就是松岛。

在松荫下的草地上,信吾拥抱一个女子,颤抖地躲藏着,远离了同伴。女子非常年轻,是个姑娘。他不知道自己多大年龄,但既然能和那女子在松林里跑来跑去,估计信吾也很年轻。他抱着姑娘,感觉不到年龄之差,似乎是个青年。不过,似乎不是返老还童,也不是往昔之事。信吾仿佛觉得,六十二岁的自己瞬间成为二十多岁的青年。这就是梦的奇妙之处。

同伴的汽艇驶入远海。那艘船上,站立着一位女子,不住挥动着手帕。海蓝色中纯白的手帕,直到梦醒之后还鲜明保留着。信吾就要和身边女子两人一起留在小岛上了,但他丝毫没有感到不安。在信吾看来,他能看见汽艇,但从汽艇上看不见信吾他们隐藏的地方。他想的只是这些。

梦见白手帕时,他醒了。

早晨起床后,不知自己抱着的女子是谁。既没有面孔,也不见身影,更没有留下触感。只有景色是鲜明的。然而,他还不明白,那里为何是松岛?为何会做起松岛的梦?

信吾既没有去过松岛,也没有乘汽艇登上过无人小岛。

梦里有颜色是不是神经衰弱引起的?信吾木想问问家里人,但终于没有说出口。梦中同女人相拥,很是可厌。不过那是现在自己的青春翻版,浑然天成。

梦中时光的奇妙,多少给信吾一些慰藉。

那女子是谁呢?要是知道了她的身份,时间的奇妙或许也可以得到解答,他在公司里一根接一根抽着烟思考着,这时有人轻声敲门,门开了。

"早啊。"铃本走了进来,"以为你还没来呢。"

铃本摘掉帽子,挂在那里。英子连忙走过来接外套,铃本没脱,就那么坐在椅子上了。信吾看着铃本的光头,觉得很滑稽。耳朵上边增加了老人斑,脏兮兮的。

"一大早,干什么呢?"

信吾强忍着没笑,看看自己的手。信吾的手背到手腕子周围,因时光变化,也渗进了一层淡淡的老人斑。

"水田君到西天享福去啦……"

"啊,水田!"信吾想起来了,"对,对,是水田作为香资回礼送的玉露茶。从此又使我恢复喝玉露的老习惯。他家送的是上等玉露。"

"玉露很好喝,水田君上西天也令人向往啊,不过,虽然时常听说那种死法,但没想到水田会这样死去啊。"

"唔?"

"不是很叫人羡慕吗?"

"像你这样又胖又秃,很有希望啊!"

"我的血压不怎么高。听说水田害怕脑溢血,一个人不敢在外头过夜。"

水田猝死于温泉旅馆。举行葬礼时,老同学们都犯嘀咕,说他到西天享艳福去了。水田的死为何会引起这种联想呢?或许因为他带着一个年轻女子吧。其后想想,多少有些怪诞。不过在当时,大家都满怀好奇,等着看那女子会不会来参加葬礼。有人说,那女子将终生后悔;也有人说,假若她真心爱男的,倒也心甘情愿。

如今,六十多岁的人,大多是大学时代的同学,书生意气,天南海北瞎扯一通,在信吾眼里,也是老丑的表现。彼此现在也用学生时代的诨号和爱称呼唤对方。知道相互间的青春时光,这不仅包含亲密与怀念;同时也流露出对于一种老朽的个人主义人情世故的厌恶。水田将先前死去的鸟山当作笑料,水田的死又被别人当作笑料。

铃本在葬礼上大谈天堂极乐,信吾想到此人将来如愿以偿时那般死法,感到不寒而栗。

"不过,这把年纪,太难看啦!"信吾说。

"是啊,我们都已经不会再梦见女人啦。"铃本平静地说。

"你登过富士吗?"信吾问。

"富士?富士山吗?"铃本露出不解的神色,"我没登过,怎么啦?"

"我也没登过。没登富士山,终于已老去。"

"什么?带有什么淫亵的意味吗?"

"胡说!"信吾大笑起来。

在门口附近桌子上摆着算盘的英子,也偷偷笑了。

"这么说来,一辈子没登过富士山,也没看过日本三景的人格外多。日本人中登过富士山的人占百分之几呀?"

"啊,不到百分之　吧?"

铃本又把话头转回来。

"这么说来,像水田这般幸运的人真是数万分数十万分之一啊。"

"就像中了头彩,不过家属不会高兴。"

"嗯,其实,我要说的就是家属的事。水田的妻子来找我了。"铃本一本正经起来,"她来托我办好这样一件事。"铃本说着,顺手解开桌上的包裹。

"是能面,能乐剧演员戴的假面具。水田的妻子打算把这能面卖给我,我带来给你看看。"

"我对能面一窍不通,正如日本三景,明知道在日本,就是没去看过。"

有两个能面盒子,铃本从布袋掏出能面来。

"这是慈童①,那个是喝食②。两个都是孩子。"

"这个是儿童吗?"

信吾撮起喝食,捏住贯通两耳的纸捻儿瞧着。

"描绘着刘海儿,梳成银杏髻。是元服③前夕的少年的样子,笑起来还有酒窝呢。"

"唔。"

信吾自然伸长了手臂。

"谷崎君,那里的眼镜。"信吾对英子说。

---

① 慈童:品格高尚的童子。传说为周穆王所喜爱的儿童,因犯罪被流放于南阳郦县,由于饮食当地菊花露而成仙。
② 喝食:禅寺中向市僧报告饭菜种类及进食方法的有发青年。
③ 元服:每年一月的成人式加冠典礼。

"不,你呀,这样就行。能面,就要这样看,稍微伸长手臂,举得高一点。我们的老花眼,反而距离正合适。就这样,使能面稍微低伏一些,光线黯淡些……"

"似乎像某个人物,富有写实性。"

让能面低伏,谓之"阴面",表现面含忧郁;眼睛上扬,谓之"明面",表现神色明朗……铃本做了详细说明。左右摆动与否,意味着是否在使用中。

"多像某个人啊!"信吾又说一遍,"不像是少年,倒像是青年。"

"古时候的孩子早熟,能面里的所谓'童颜',只能增加怪诞之感。请仔细看,这可是少年啊,而慈童据说却是妖精,是永恒的少年的象征。"

按照铃本所说,信吾活动着慈童能面瞧着。

慈童的刘海儿,就是河童的秃顶式刘海。

"怎么样?收下吧。"铃本说。信吾将能面放在桌子上。

"她是托你的,还是你买吧。"

"嗯,我也买了,其实水田妻子拿来五具,我留下两具女面,推给海野一具,也请你来买。"

"什么,挑剩的?自己先拣女面留下来,你好自私啊!"

"你以为女面好?"

"好是好,没有啦。"

"那样吧,我那副给你,你能买下,就是帮了大忙。水田那种死法,我一见到他老婆,就只是觉得她很可怜,拒绝不了啊。其实啊,比起女面,还是这个工艺精湛,永恒的少年,不是很好吗?"

"水田死了,在他家经常观看这些能面的鸟山,在他前头也死了。心情很不好啊。"

"这具慈童,是个永恒的少年,不是挺好吗?"

"你参加鸟山的告别式了吗?"

"我有事,没能去。"

铃本站起身来。

"好吧,先放在你这里,慢慢看吧。你要是不满意,转让给谁都可以。"

"满意不满意,都与我无缘。挺好的能面,脱离能乐剧,由我们到死一直收藏在家里,岂不失去生命了吗?"

"好了,别说啦。"

"多少钱?贵吗?"信吾紧接着追问道。

"啊,为了防止忘记,我叫夫人写在纸卷上了。大体就是那个价格,或许还可以再便宜些。"

信吾戴上眼镜,准备打开纸卷观看,不想眼前一亮,慈童的毛发和嘴唇线条显得十分优美,不由惊叫起来。

铃本走了之后,英子挨近桌边来。

"很好看吧?"

英子默默点点头。

"戴在脸上试试看。"

"哎呀,我吗?挺滑稽的,穿着西装呢。"英子说。信吾正要把能面拿走,英子亲手贴在脸上,将绳系子系在脑后。

"轻轻地摇动一下。"

"好的。"

英子娉婷而立,戴着能面,做出各种动作。

"很好,很好。"信吾脱口而出。即使稍稍动一下,能面就活了起来。

英子穿着紫红色西装,波浪发型披散到能面两侧,紧凑而又可爱。

"可以了吗?"

"啊哈。"

信吾立即叫英子去购买能面参考书。

三

喝食和慈童都有作者的名字。查一下书,虽然没有收入室町时代所谓古代典籍,却属于仅次于此的名家之作。信吾虽说第一次将能面捧在手中观察,但他也认为并非赝品。

"哎呀,好可怕。什么呀?"保子戴上老花镜瞧着能面。

菊子偷偷笑起来。

"妈妈,戴着爸爸的眼镜,看得清楚吗?"

"啊,老花镜啊,不讲究的。"信吾代替回答,"不论借谁的,都能凑合着用。"

保子戴的正是信吾口袋里掏出的那副眼镜。

"一般都是当家的最先花眼,可咱家老太太毕竟大一岁呀。"

信吾今日心情特好,没脱外套,就把腿伸到地炉里了。

"眼花了,最要命的是吃东西看不清楚。端上来的饭菜,稍微下点功夫烹制的,有时根本分不出来哪个是哪个。开始老花时,捧起饭碗,米饭白茫茫一团,一粒一粒分辨不清。吃起来也不香。"信吾嘴里说着,眼睛却一直出神地瞧着能面。

然而,他注意到菊子已经把和服放在他膝盖旁边,等待他换衣服。此外,他发现修一今天又没回家。

信吾站起身,一边换衣服,一边俯视着地炉上的能面。

眼下,就是这样,他也是为着避免瞧看菊子的面颜。

菊子打刚才起就没有挨过来看能面,她慢腾腾地收拾着西装。或许因为修一没有回家吧。信吾想到这里,心头罩上一层阴影。

"总觉得好恶心呢。很像人头啊!"保子说。

信吾回到地炉里。

"你看哪个好啊?"

"当然这个好。"保子随即回答,并把喝食能面捧在手里,"简直就像活人。"

"唔,是吗?"

信吾对保子的立断感到扫兴。

"时代相同,作者各异。都是丰臣秀吉①的时候。"他说着,随即把脸凑近慈童能面的正上方。

喝食是男人脸孔,眉毛也是男性。慈童是中性,眉眼开阔,眉毛如初三新月,秀媚婉丽,近乎少女。

自正上方凑近了看,少女般美艳的肌肤,在信吾的老花眼里,经过柔化与缓解,具有人体的温润,能面似乎活了,笑了。

"啊!"信吾倒抽一口凉气,再把脸靠近距离三四寸处,活的少女

---

① 丰臣秀吉(1537—1598):安土桃山时代武将。尾张(爱知县古称)人。早年仕织田信长,立战功。信长殁后,平定各地势力,统一日本。

微笑起来,那可是优美而清醇的微笑啊!

眼睛与口唇确实活了。空阔的眼眶深藏着黝黑的眸子。茜红色的樱唇看起来优美、润泽。信吾屏住呼吸,鼻尖将要触到时,黑幽幽的瞳孔自下向上浮动,下唇的肌肉鼓胀了。信吾差点儿去接吻了。他深深舒了口气,抬起面孔。

脸一旦离开,刚刚的一切如同谎言一般。他好一阵子大喘粗气。

信吾默然不语,将慈童能面装进袋子。红底金襕袋子。他把喝食的袋子交给保子。

"装进去吧。"

信吾仿佛看到,古典颜色的口红,自唇际下缘向内渐次淡薄,直至慈童下唇深部。秀口微启,下唇不见齿列。朱唇犹如雪上蓓蕾。

挨近脸孔观察,对于能面是不应有的邪道。这种观赏方法为制造能面者所不曾想到吧?能乐舞台上,保持适当距离观察时,能面最富活力。但是如今,即使极端的近距离仍然能感觉到最充沛的活力。信吾以为这或许就是能面制造者爱的秘密。

这是因为信吾本身感受到一种生来的"邪恋"而引起的激动。那能面感觉较之人间女子更为妖艳,或许因为自己老花眼。想到这里他差点笑了。

不过,梦中同姑娘相拥,喜欢带着能面的英子,几乎和慈童接吻……信吾思索着,这一连串艳举,莫非意味着内心里某种情思闪烁不已?

信吾自从花眼之后,不曾同年轻女子脸儿磕着脸儿。对于老花眼来说,又会具有朦胧的轻柔意趣吗?

"这具能面啊,乃是作为香资还礼寄来玉露茶叶的水田家的藏品。水田,就是那个猝死在温泉旅馆里的。"信吾对保子说。

"好恶心呢。"保子重复地说。

信吾把威士忌倒进粗茶里喝着。

菊子在厨房切葱花,准备做鲷鱼火锅。

四

年末二十九日清晨,信吾一边洗脸,一边看着阿辉带领一窝小狗到太阳地里晒太阳。

小狗从女佣房间地板下爬出来了,可不知是四只还是五只。尽管菊子动作麻利地一手抓住一只爬出来的小狗,抱回家里,抱起来的小狗也十分驯服,但一见人就逃回地板下边。它们不会结成群到院子里来。所以,菊子一会儿说四只,一会儿又说五只。

早晨阳光下,这才看清楚小狗是五只。

从前信吾看到麻雀和画眉鸟混合结群,也在同一座山脚下。战争期间,将挖掘防空洞的泥土堆起来种菜。现在成了动物晒太阳的场所了。

画眉鸟和麻雀啄食过穗子的芒草虽然干枯了,但依然坚挺地保持着原形,从山脚下遮掩着隆起的土堆。聪明的阿辉在土堆上选择一块长满细柔杂草的地方。信吾看了感叹不已。

人们起床之前,或者起来后忙于做早饭而不注意的时候,阿辉就把小狗们带到那块地方,一边在朝阳下晒太阳,一边给小狗们喂奶。悠闲地享受不被人类骚扰的短暂的快乐。信吾首先想到这里,面对一派小阳春景象微笑了。岁暮二十九日,镰仓向阳的地方一派小阳春。

然而,看着看着,五只小狗为争夺乳头撞突不已,前脚掌宛若水泵压挤乳汁,尽情发挥动物本能的力量。或许小狗们长大了,都可以爬上土堆了,阿辉也不愿意继续喂奶了。母狗要么使劲儿摇摆着身子,要么将腹部向下方奔拉。阿辉的乳房被小狗们的爪子抓伤了,露出一道道鲜红的血绺子。

阿辉终于站立起来,甩掉吃奶的小狗,跑下土堆。一只紧抓母体不放的黑色小狗,随之从土堆上滚落下来。

落差三尺的高度,信吾大吃一惊。谁知小狗竟安然无事,再次站立起来,瞬间愣了一下,立即走过去,嗅嗅泥土的气息。

"好悬啊!"信吾想。这只小狗的长相,眼下虽属初识,但感觉上完全和以前所见一模一样。信吾思忖了好一会儿。

"可不是吗,这就是宗达①的画啊!"他自言自语。

"嗯,真了不起。"

信吾只是在写真版上瞥过一眼宗达的小狗水墨画,以为属于定型的玩具般的小狗,没想到是生动的写实。他看了深为惊奇。如今所见黑色小狗的姿态之上,更增添了品格与优美,与画面酷似。

信吾认为喝食能面是写实的,像是某人。他综合起来思考着。

那位制作喝食能面的工匠和画家宗达是同时代的人

用现在的话说,宗达画的是杂种幼犬。

"来呀,快来看呀,小狗都出来啦。"

四只小狗缩起爪子,怯生生从土堆上走下来。

信吾静心期待着,黑毛小狗和其他小狗再也看不到宗达绘画中

---

① 俵屋宗达:生卒年不详,江户初期画家,琳派之祖。

的那种模样儿了。

信吾思忖,小狗变成宗达的绘画,慈童能面变成现实的女子,抑或这两件事的两种逆反,也是偶然一时的启示吧。

信吾将喝食能面挂在墙上,慈童能面则像秘密一般藏在壁橱深部。

一经信吾呼喊,保子、菊子婆媳俩都到盥洗室里观看小狗。

"怎么,你们洗脸时都没有发现吗?"信吾说道。菊子将手轻轻搭在婆婆的肩膀上,从后面窥探。

"女人家一早都在忙活着,是吗,妈妈?"

"是的呀,阿辉呢?"保子问。

"阿辉的孩子们都像迷路或被丢弃,东一头,西一头,转来转去。它到底跑哪儿去了呢?"

"这些小狗扔掉时会舍不得啊。"信吾说。

"已经有两只要出嫁啦。"菊子说。

"是吗?有人要吗?"

"有呀,一家就是阿辉的主家,他们说想要母狗。"

"唔?阿辉变成野狗,他们是想用小母狗传种换代呢。"

"好像是这样。"

接着,菊子先回答婆婆:

"妈妈,阿辉是到哪里吃饭去了。"

然后再对公公加以说明:

"提起阿辉,它可聪明了,邻居们都感到惊讶。它知道这些家庭吃饭的时间,到时候就准时转到那里去了。"

"嗯,是这样啊?"

信吾有些失望,最近喂它早饭和晚饭,本以为它会待在家里,原来瞅准邻居家开饭时间,到那边加餐去了。

"正确地说,不是吃饭时,而是饭后收拾的时候。"菊子加了一句。

"邻居们见面都说,你们家阿辉下崽儿了,他们还问起阿辉各种情况。我还给附近的孩子们看了阿辉的小崽儿呢,趁着爸爸上班的时候。"

"看来挺有人缘啊!"

"是啊是啊,有位夫人说得很有趣,她说,阿辉来你们家生小狗了,所以家里也将添人丁呢。阿辉也是在为你家媳妇加油啊。不正是值得祝贺一番吗?"保子这么一说,菊子飞红了脸,悄悄从婆婆肩头缩回了手。

"说些什么呀,妈妈!"

"她是这么说的嘛,我只是原样转达啊。"

"狗和人能一样吗?"信吾说。这话也说得很不适当。

不料菊子竟然抬起低伏的脸孔:

"雨宫爷爷特别惦记着阿辉,他们来问了,说咱家能否把阿辉领过来饲养。老爷子那口气亲如家人,我也感到很为难。"

"是吗?可以领过来。"信吾回答,"他都来我们家这么说了。"

雨宫本是阿辉主家的邻居,事业失败,卖掉房子,搬到东京去了。原有一对老夫妇寄居在雨宫家,帮助家里干点杂活,因为东京的房子过于褊狭,他们被留在镰仓,租了房子居住。附近的人都管这位老人叫"雨宫爷爷"。

阿辉和这位雨宫爷爷最亲密,搬进租赁的房子之后,老人还来探望过阿辉。

"我立即去给老爷爷说,让他放心。"菊子说罢,趁机走开了。

信吾没有看菊子的背影。他的目光追踪着黑色小狗,随即发现窗户旁边倒伏一大片蓟草,花已凋零,根茎也折断了,但蓟草依旧郁郁青青。

"蓟草的生命力很顽强啊!"信吾说。

冬　樱

一

除夕半夜里下雨了,元旦是雨天。

打今年起,改用实际年龄计算岁数,信吾六十一,保子六十二。

元日早晨本打算睡个懒觉,房子的女儿里子一大早在走廊上跑动的响声,把信吾惊醒了。

菊子已经起床了。

"里子,欢迎。一起烤杂烩年糕好吗?里子也来帮忙吧。"菊子说着,招呼里子到厨房去,不想让她在信吾卧室廊缘上跑来跑去。里子根本不听,还是吧嗒吧嗒继续跑动。

"里子,里子!"房子在被窝里呼叫,里子也不肯回答母亲。

保子也醒了,对信吾说:

"雨日元旦啊。"

"嗯。"

"里了起来了,房子还在睡,媳妇菊子不就得起来做事吗?"

当说出"不就得"这个词的时候,保子的舌头稍稍有些不灵活,信吾感到有些奇怪。

"我也很久没在过年时节被小孩子吵醒过了。"保子说。

"今后每天都是啊。"

"那也不一定,相原家没有走廊,来到咱们家觉得很新鲜,才会到处跑动的吧?等习惯了,就不会再跑了。"

"可不是吗?这样年龄的小孩子,就喜欢在廊子上玩耍。吧嗒吧嗒,那声音仿佛都被地板吸住了。"

"腿脚还软弱哩。"保子说着,侧耳细听里子的脚步声,"里子今年本应该五岁了,突然变成只有三岁,真是莫名其妙啊。我们倒是不管算成六十四还是六十二,都没什么太大的不同。"

"那也不见得。有些事很奇怪,比如我比你生月早,打今年起,有段时间是和你同岁的。从我的诞生日到你的诞生日这段时间,年龄是相同的,不是吗?"

"啊,是这样的。"

保子也注意到了。

"怎么样,是一大发现吧?这可是一生的奇事啊!"

"是的嘛,不过即使现在同岁又有什么用呢?"保子嘀咕道。

"里子,里子,里子!"房子又在呼叫。

里子似乎跑厌了,回到母亲的被窝。

"脚不冷吗?"听到房子的问话。

信吾闭上眼睛。

过一阵子,保子说:

"那孩子在大家起床后,也到处跑跑就好了,等到大家都在,她就一句话不说,缠着母亲不放。"

外公外婆俩相互探索着,看谁对这个外孙女更疼爱,不是吗?

至少信吾觉得自己的一份情爱被保子摸清了。

或者说,信吾或许是自己在琢磨自己。

里子在廊子上吧嗒吧嗒奔跑的足音,虽然没睡足的信吾听起来有些刺耳,但也不至于因此生气。

不过,外孙女的足音也使他感觉不到舒缓轻柔,或许信吾的确少了一份亲情吧。

里子跑动的廊下,保持着挡雨窗打开前的黑暗,信吾并没有想到这一点。保子却立即感觉到了。由此看来,外婆对外孙女独有一番悲悯的深情。

二

房子不幸的婚姻,也给女儿里子留下暗影。信吾对此并非缺乏怜悯,但使他头疼的事太多太多了。信吾对于女儿婚姻的失败也无能为力。

一切都一筹莫展,信吾有些迷惑不解。

关于过门后女儿的婚后生活,父母的力量是有限的。事情闹到了不得不离婚的地步,女儿自己也无力挽回。

同相原分手,拖累着两个女儿的房子,被父母接回身边,并不等于事情已经了结。房子既没有获得精神创伤的治愈,也没有建立起生活的根基。

女人婚姻的失败,真的没有解决的办法了吗?

山　音

秋天,房子离开相原的家,没有回到娘家来,而是回信州①老家了。乡下发来电报,信吾他们这才知道房子离家出走的经过。

房子被修一领回娘家。

在娘家住了一个月光景,房子说要找相原说个明白,就离开了家门。

本来是信吾或修一去面见相原说说的,但房子听不进劝说,她要亲自跑一趟。

母亲叫她把孩子放在家里,房子歇斯底里地咬住不放:

"孩子如何处置是关键问题,不知将来会成为我的孩子,还是相原的孩子。"

她走了,就再也没回来。

不管怎么说,到底是两口子之间的事,信吾他们不知道要静待几日才有结果,接着便是一连串不得安稳的日子。

房子杳无音信。

难道又老老实实回到相原身边去了吗?

"难道房子就这样一直拖延下去了吗?"保子说。

"我们还不是一直拖延下去吗?"信吾回应道,夫妻俩都面带忧戚。

除夕那天,房子不知打哪儿突然回来了。

"哎呀,你怎么啦?"

保子怯生生地望着房子和孩子。

房子想折叠起蝙蝠伞,两手不住颤抖,伞骨似乎断了一两根。

---

① 信州:亦曰信浓,长野县古称。

保子见了问道：

"下雨啦？"

菊子走下台阶，抱起里子。

保子刚在儿媳妇菊子协助之下，正在向套盒里装炖杂烩。

房子是从厨房门进来的。

信吾以为房子是来要零花钱的，看来又不像是。

保子也擦擦手，走进餐厅，站在那儿瞧着女儿，说：

"相原君他也真是，大年夜居然把你赶出来了。"

房子没有吭声，只是流眼泪。

"这样也好，这回彻底断了缘分。"信吾说。

"可不是？哪有人过年时被赶出家门的呢？"

"我是自己出来的。"房子哭着回了一句。

"是吗，那就好，你是想回家过年，就回来了，是吧？我说话不当，向你道歉。好了，那件事等过年后再慢慢料理吧。"

保子说罢回厨房去了。

信吾一时对保子的话有些吃惊。他从中觉察出母亲对女儿的疼爱。

房子大年夜从厨房后门回到娘家来；里子在元旦早晨晦暗的廊缘上跑来跑去……对此，保子都寄予怜悯之情。尽管理所当然，但信吾也泛起疑惑，是否保子对他也有顾虑呢？

元旦早晨，房子睡到很迟，最后一个起床。

大家一边听着房子洗漱的声音，一边坐在餐桌边等着她。然而，房子化妆的时间同样很长。

修一闲着无事可做。

"饮屠苏酒之前,来杯这个。"修一在信吾的杯子里倒了日本清酒。

"爸爸的脑袋大都变白啦。"

"啊,到了我们这般年龄,一天里会猛然增添好多白发。岂止一天,瞅着瞅着,眼前的头发就白了起来。"

"果真这样?"

"是真的。你看!"信吾说着,稍稍伸过头来。

修一和保子娘儿俩看着信吾的头,菊子也极为认真地盯着公公的脑袋仔细瞧。

菊子把房子的小女儿抱在膝盖上。

三

家里为房子和孩子们又设了一处地炉,菊子进入那里了。

信吾和修一爷儿俩围着地炉饮酒,保子从一旁加入进来。

修一不大在家里饮酒,不过,碰上元旦又是雨天,喝得有些过量了。他顾不得父亲,只管自斟自酌,眼神也起了变化。

信吾听英子对他说过,修一在绢子家喝得烂醉如泥,叫绢子同室的女子唱歌给他听,惹得绢子哭起来。如今看到修一醉眼蒙眬,随即联想起这些事来。

"菊子,菊子!"保子在呼叫,"这里也放些橘子吧。"

菊子打开隔扇,拿来了橘子。

"哎,坐在这儿吧。他们爷儿俩也不说话,只顾喝闷酒。"保子说。

菊子迅即瞥了修一一眼,岔开话题:

"爸爸没有喝酒啊。"

"不,我略微考虑了一下爸爸这一生。"修一嘀咕着,似乎话里带刺儿。

"一生?一生什么事呢?"信吾问。

"漠然不得知,如果硬要做出结论,那就是到底成功了还是失败了。"修一说。

"那种事,谁能搞得清楚……"信吾顶了一句,"咳,今年讨年,沙丁鱼干和鱼肉蛋卷的味道又回到战前水平,从这种意义上说,倒是成功的。"

"沙丁鱼干和鱼肉蛋卷,是吗?"

"是啊,不就是这些东西吗?你不是说略微考虑了一下老爸这一生吗?"

"虽然我说的是'略微'。"

"啊,平凡人的一生,今年还活着,过年又吃上沙丁鱼干和鱼子酱哩。好多人不都死了吗?"

"那倒也是。"

"不过,父母这辈子成功或失败,好像也决定于孩子婚姻的成功或失败。对我来说,没办法做到。"

"这是爸爸的实际体会吗?"

保子抬起眉头说:

"别争啦,大年第一天。房子也在家里。"

保子小声地说着,问菊子:

"房子呢?"

"姐姐休息了。"

"里子呢?"

"里子和婴儿也都睡了。"

"哎呀哎呀,娘儿三个是打瞌睡吧?"保子说着,心中"咯噔"一下,脸上露出天真的表情。

大门开了,菊子去张望,谷崎英子拜年来了。

"哎呀哎呀,这么大的雨。"

信吾大为惊讶。"哎呀哎呀",是模仿刚才保子的声调。

"她说不进来了。"菊子说。

"是吗?"

信吾走向门厅。

英子挽着外套站在那里,一身玄色天鹅绒服装,剃得颇为洁净的面孔,浓妆艳抹,腰肢紧束,姿态细巧玲珑。

英子表情有些拘谨,她向信吾恭贺新年。

"这么大的雨,真是难为你啦。今天没有一个人上门,我也不打算外出了。天气很冷,进来暖和暖和吧。"

"啊,谢谢。"

英子冒着严寒风雨徒步而来,是特来诉苦的呢,还是真正有什么事呢?信吾一时无法判断。

总之,信吾只觉得,不顾风雨一路走来,实在够艰难的。

英子不想进家来。

"好吧,我也决心同你一道出去。既然一起外出,那就先进来坐着等我一会儿。板仓先生,就是前任总经理,每年元旦都要去见见面的。"

信吾今天一早就想到这件事,英子来了,他便下定决心,立即准备出行。

信吾一到门厅,修一一骨碌躺倒了,等到信吾回来换衣服,他又起来了。

"谷崎来了。"信吾说。

"哦。"

修一无动于衷,他不想会见英子。

信吾出门时,修一抬起头,目送着父亲的背影,说:

"天黑以前务必回来。"

"哎,会早些回来的。"

阿辉在门口转悠。

小黑狗不知从哪儿跑过来,学着母狗,赶在信吾前头,摇摇摆摆向门外跑去。半个身子的毛发已经濡湿了。

"啊呀,怪可怜的。"

英子正要向小狗蹲下身子。

"家里生了五只小狗崽儿,有人要,送掉四只,就剩下这一只了。"信吾说道,"这一只也有了主儿。"

横须贺线列车很空。

信吾望着车窗外横斜的雨脚,心想,这天气自己居然出来了。不知为何,他的心情很舒畅。

"每年,参拜八幡神社的人,几乎挤破车厢。"

英子点点头。

"对啦对啦,你是每年元旦都要来拜年的。"信吾说。

"是的。"

英子好一会儿低俯着身子。

"即使我不在公司了,到了元旦我还会来拜年的。"

"结了婚之后就不会再来喽。"信吾说,"怎么,你来不是有什么话要说吗?"

"没有。"

"不客气的,说吧。我头脑迟钝,有点儿痴呆。"

"说什么痴呆呀?"英子冒了句奇妙的话,"不过,我打算辞去公司的工作。"

对此,信吾不是一点没有预感,他一时难以回答。

"这种事情,本来不该在元旦一早就提出来的。"英子的话很老成,"改日再说。"

"是吗?"

信吾心情沉重起来。

信吾忽然觉得,在自己办公室里使唤了三年的英子,转眼之间变成另外的女人了,和平时明显不同了。

其实平时,信吾不曾仔细审视过英子,对于信吾来说,英子不过是个办事员而已。

瞬间,信吾自然感到要挽留英子。不过,英子原本也不受信吾制约。

"你要辞职,看来责任在我。是我教你领我到修一女人家,使你感到厌恶,不愿在公司里再见到修一,对吧?"

"我是感到厌恶。"英子明确地说,"不过,回头想想,作为父亲,本是当然的事。再说,我自己也不好,这我很清楚。我叫修一君带我去跳舞,兴奋起来又高高兴兴到绢子家里玩。这都是堕落的表现。"

"堕落？还不至于吧。"

"我学坏了。"英子悲戚地眯细着眼睛，"辞去公司的工作后，为了报答您多年的恩顾，我将力劝绢子小姐尽快离开修一君。"

信吾感到惊讶，心里痒抓抓的。

"刚才在门厅见到的，就是那位少奶奶吧？"

"是菊子吗？"

"咳，挺难为情的。下定决心，无论如何，我都要去说服绢子小姐。"

信吾感到英子说得轻飘飘的，自己的心情也随之轻松起来。

信吾忽然想，也许这种轻巧的办法，并非就一定不能解决问题。

"不过，我拜托你去做这种事，总有些不合规矩。"

"我是为了报恩，心甘情愿。"

英子凭借小嘴说着大话，信吾一时感到有些难为情。

信吾真想说，你别再多管闲事了。

不过，英子似乎被自己的"决心"感动了。

"有那样一位漂亮的太太，男人的心事真是捉摸不透。我看到他和绢子小姐调情，就感到恶心。可他要是和夫人再怎么亲密，我也不会嫉妒的。"英子说，"不过，引不起别的女子嫉妒的女人，男人也不喜欢吗？"

信吾只是苦笑。

"他常说，夫人是个孩子，是个孩子。"

"对你这么说呀？"信吾尖声地问。

"是啊，他对我，对绢子小姐都这么说……他说，因为是孩子，老爷子很满意。"

"混账!"

信吾不由得看看英子。

英子有些慌乱起来:

"不过,最近倒没说。近来,他不再提及夫人。"

信吾似乎气得哆嗦起来。

信吾觉察到,修一指的是菊子的身子。

难道修一希望新妻是个妓女吗?简直是惊人的无知!信吾认为,其中暗含着可怕的精神上的麻木。

修一竟然将妻子的事告诉绢子和英子,其原因也来自缺乏谨慎的麻木不仁。

信吾觉得修一太残忍了。不光是修一,绢子和英子对菊子也一样残忍。

修一未曾感受到菊子的纯洁吗?

作为父母最小的女儿,身材修长、皮肤细白的菊子,那副天真烂漫的面孔,随即浮现于信吾的脑际。

为了这个儿媳妇,从感觉上憎恨儿子,虽说有点异常,但信吾本人对此却无法抑制。

信吾因为向往保子的姐姐,那位姐姐死后,便同比自己大一岁的保子结为夫妻。自己的这种异常感,抑或将贯穿整个生命的底层,为菊子而忧愤终生。

修一过早有了另外的女人,看菊子的表现,似乎对什么叫嫉妒也是茫然不知。然而,正是因为修一的麻木与残忍,反而催发了菊子作为女儿身的欲情。

信吾认为,比起菊子,英子更是一个发育不健全的姑娘。

信吾随即沉默不语了,或许内心的惆怅,压抑了自己的愤怒。

英子也一声不响地脱去手套,理了理头发。

四

热海旅馆的庭院里,一月中旬,樱花盛开。

所谓"寒樱",是指年末开始绽放的樱花,信吾仿佛感受到另一个世界的春天来到了。

信吾将红梅错看成绯红的桃花,将白梅当成是杏子或别的什么的花。

他被领入房间之前,却已被泉水映照的樱花吸引,走向对岸,站在桥上观赏起来。

他到对岸观赏伞状红梅。

三四只白鸭从红梅树下逃出来,信吾从鸭子鹅黄的嘴巴以及赭红的脚蹼上,也感受到了春天。

明日,为了接待公司的客人,为了做好准备,信吾事先前来和旅馆商量一下,没有其他要事。

信吾坐在走廊的椅子上,眺望着满院花朵。

白色杜鹃花也开了。

十国岭飘来浓黑的雨云,信吾回到房间。

桌子上放着两种计时器:怀表和手表。手表快了两分钟。

信吾时时记挂着,两种表很少走得完全一致。

"要是不放心,干脆只戴一只表不就行了吗?"经保子这么一说,信吾也觉得有道理,但这是长年的习惯。

山　音

晚饭前起,暴风夹着大雨袭来。

因为停电,及早睡下了。

醒来时,院子里有狗吠。排山倒海般的风雨之声大作。

额头渗满汗水,犹如春季海边的风暴,室内混浊、凝重,空气暖湿,难以入眠。

信吾做深呼吸,突然感到吐血似的不安。还历①之年,他一度吐过少量的血,其后,再没有吐过。

"不是肺,而是胃纳不适。"信吾自言自语。

耳内拥塞着东西,沿着两侧的太阳穴,聚集在额头内。信吾揉着脖颈和前额。

山间风暴宛若海啸。响声之外,加上风雨的嚎叫,一同袭来。

这种暴风雨的底层,自远方传来轰鸣之音。

那是火车通过丹那隧道②的响声,信吾心里明白,而且肯定没错。火车钻出隧道时,鸣响了汽笛。

然而,听到汽笛后,信吾蓦地感到害怕起来,睁大了眼睛。

那响声实在太长。火车穿过七千八百米长的隧道,时间要花去七八分钟。火车从对面洞口一进来后,信吾就仿佛听到响声。不过,火车刚刚进入对面函南洞口一刹那,距离这边热海洞口七百米远的旅馆,果然能听见洞里的声音吗?

---

① 还历:即六十岁,天干地支最小公倍数为六十,生年干支自次岁起还原,周而复始,故称"还历"。
② 丹那隧道:东海道线热海至函南"在来线"(原有铁路)专用隧道,全长七千八百四十一米。一九三四年开通,工期十六年。北侧即为新丹那隧道,新干线(日本高铁)专用,全长七千九百五十九米,一九六四年完成。

信吾头脑里确实与响声同时,感受到了穿过黑暗洞穴的火车。从对面洞口到这边洞口,在这段时间里,他一直连续不断地感受到奔驰的火车。当火车驶出隧道时,信吾这才放下心来。

然而,何其怪哉。信吾想,明日早晨,询问旅馆的人,再给车站打电话,弄清真相。

信吾好一阵子没有入睡。

"信吾先生,信吾先生!"信吾于梦中蒙眬听到呼叫他的声音。

这样的呼叫,只能来自保子的姐姐。

信吾麻痹一般从甜梦中醒来。

"信吾先生,信吾先生,信吾先生!"

这喊声来自后面窗下,是偷偷走到那里呼叫的。

信吾猛然睁开眼睛。后面小河,水声哗然。传来孩子们的叫喊。

信吾起来,打开后方挡雨窗,向外看看。

朝阳明丽。冬日早晨的阳光,犹如经过春雨润泽之后,暖洋洋的。

小河对面的路上,一同走着七八个一起去上学的小学生。

今日的喊叫,莫非就是孩子们相互呼唤的声音吗?

信吾将上身探出窗外,目光透过小河这边河岸的竹丛,仔细地搜寻着。

晨　水

一

　　新年元旦，儿子修一说，父亲的头发大都变白了。信吾回答儿子道，到了我们这把年纪，一天增添好多白发。何止一天，眼睁睁看着，头发就白了。那是因为信吾想起了北本。

　　提起信吾上学时候的同学，现已都年过花甲，从战争过半时起到战争失败，命运不济者不在少数。由于五十岁以上大都已身居高位，一旦跌落即一落千丈，再也无法站起来。这个年龄段的人，多有儿子死在战火之中。

　　北本失去三个儿子，公司的工作大多转向战争时，北本成了无用之人。

　　"听说他对着镜子拔白头发，拔着拔着就疯啦。"

　　一位老朋友来看信吾，提起了北本的这个传闻。

　　"不去公司，在家里闲得无聊，为了解闷儿，就拔白头发。起初，家里人也不当回事，觉得白头发也还没那么惹眼……但是北本每天蹲在镜子前边,昨天刚拔过的地方,今天又长出来了,实在是多得拔也拔不净啊。日复一日,北本在镜子前边越待越久了,一看他不在,就知道他在镜前拔白发呢。稍微离开镜子一会儿,他又急急忙忙回到那里,继续拔白发。"

"那么说,头发全被拔光喽!"信吾笑了。

"你别笑,这可不是笑话。说得对,头发一根没剩下。"

信吾笑得更欢了。

"瞧你,我可不是说笑话啊。"朋友和信吾互相对望着,"听说北本那头一边拔白发,一边长白发,拔一根,旁边的两三根黑发很快也白了。北本一边拔白发,一边对着镜子打量着冒出过多白发的自己,一副无可奈何的眼神。头发明显变稀了。"

信吾忍住笑,问道:

"他老婆就默默允许他拔头发吗?"

朋友觉得这话问得实在多余,继续说道:

"眼看着头发剩下得不多了,就连仅存的头发也都是白色的绒毛。"

"很疼吧?"

"你说是拔的时候吗?他怕拔掉黑发,所以一根一根地很小心,倒也不怎么疼。不过据医生说,像那样拔了头发后,头皮发紧,用手摸时会疼痛。虽说没出血,但没了头发的头皮红肿起来了。最终只好把他送到精神病院。听说剩下的一点头发,北本在住院时也拔去了。好可怕呀,多么吓人的偏执症啊!他不愿老去,他一心只想返老还童。到底是疯了后拔头发,还是拔了头发之后发疯,那就不知道了。"

"最后不是好了吗？"

"是好了，真是奇迹啊，光秃秃的头上又长满了蓬蓬黑发。"

"好一个'天方夜谭'哩！"信吾又笑起来了。

"这是真的啊。"朋友没有笑，"疯子是没有年龄的，你我也一样，一旦发疯，或许会彻底返老还童。"

朋友说着，望望信吾的头。

"我是绝望啦，你很有希望。"朋友的脑袋几乎全秃了。

"我也拔拔看吧。"信吾小声说。

"试试看，不过，你可能没那份热情，拔得一根也不剩。"

"是没有啊，我不在乎白发。我也没有想长黑头发想得发疯。"

"因为你有了一定的地位。你从数万人苦难的海洋中勇敢地游过来啦。"

"你说得简单。这和对着北本说：'用不着拔掉白发，染黑了不就得啦'不是一样吗？"

"染发是糊弄人。咱们要想糊弄，就不会出现北本那种奇迹。"朋友说。

"北本不是死了吗？即便像你所说的出现奇迹，头发变黑，返老还童，也还没能……"

"你去参加葬礼了没有？"

"当时不知道。战争结束，稍稍安定了之后才听说。纵然知道了，但空袭最频繁的时候，也很难去东京。"

"不是自然出现的奇迹不会持续太久。北本拔去白发，或许是对年龄和悲惨命运的反抗，但寿命又是另一回事。虽然头发变黑了，但生命并未延续，甚至来个逆转。白发之后生黑发，消耗完剩余的精力,缩短了寿命。不过,北本拼死的冒险,我们也不要小看。"朋友下了结论之后,摇摇头。光秃的脑门,周边布满腋毛般的垂帘。

"眼下,不管见到谁都是白发。我们在战时也没有像现在这样,战后明显变白了。"信吾说。

信吾对朋友的话并不全信,只当是风吹过耳罢了。

但是,北本的死讯别的人也提起过,这个没错。

朋友回去后,信吾独自回想一下刚才的谈话,产生了奇妙的心理活动。既然北本事实上过世了,这之前的拔白发长黑发也可以看作是事实。假若长黑发是事实,这之前北本发疯也应该是事实。假若发疯是事实,那么此前北本将头发拔光也应该是事实。假若将头发拔光是事实,那么北本对镜时头发已变白,也可能是事实。如此看来,朋友的话全都是事实,不是吗?信吾想到这里,心里猛然一惊。

"忘记问他了,北本死时是怎样的呢?头发是黑的还是白的?"

信吾说着笑了。他的话和笑都没有发出声音,只有自己听得到。

就算朋友的话全是事实,没有一点夸张,还是带有嘲弄北本的口气。老人一旦谈起已逝的老人,总是轻薄而又残酷。信吾总觉得不是滋味。

信吾的同学当中,非正常死去的除了北本,还有水田。水田同年轻女子一起住进温泉旅馆,猝死在那里。信吾去年末尾,经人介绍买了水田遗物的能面。为了北本,信吾介绍谷崎英子进入公司。

水田是战后去世的,信吾也去参加葬礼了。但是,北本死在频繁空袭的时期,后来才听说。谷崎英子拿着北本女儿的介绍信到公司来,信吾这时才第一次得知,北本的家属疏散到岐阜县,并且一直住在那里。

听说英子是北本女儿的同学。不过,北本女儿介绍这位同学到他公司就职,总觉得有些突然。信吾没有见过北本的女儿。英子也说战争期间她也没见过北本的女儿。在信吾眼里,这两个姑娘都有些轻薄。倘若北本的女儿跟母亲商量,使她想到了信吾,那她亲自写信来就好了。

信吾不太相信北本女儿的介绍信。

信吾见到被介绍来的英子,觉得这女孩子体质单弱,心性轻薄。

不过,他还是让英子进入公司,就在自己办公室。英子工作三年了。

三年时光不长,但信吾觉得,对于英子来说,干得已经够长久了。这三年之间,英子跟修一一起去舞厅,倒也不算什么,但她竟然出入于修一情妇的宅邸。另外,信吾还叫英子带路,去看过那个女子的家。

所有这一切,都为此时的英子留下苦涩,对公司也厌倦了。

信吾不曾同英子谈起过北本的事,英子也不知道同学父亲发狂而死。她俩虽说是同学,但还不是热络到互相到家里来玩的程度。

信吾把英子看作是个轻佻的姑娘,然而英子一旦辞去公司工作,信吾觉得她还是有些良心和善意的。在信吾看来,这种良心与善意,来自未婚女子的那份清纯。

二

"爸,您起得挺早啊。"

菊子把自己打算用来洗脸的水放掉,又为信吾重新打好了洗脸水。

鲜血滴滴答答落到水面上,在水里扩散开来,变薄了。

信吾立即想到自己轻度的咯血,但比自己的血更加红艳。他以为菊子咯血了,原来是鼻衄。

菊子用毛巾捂住鼻子。

"仰起身子,仰起身子。"信吾挽住菊子的后背,菊子一时想躲开,向前低俯着。信吾挽住她的肩膀,向后拉着,将手伸向菊子的前额,让她将身子后仰。

"哦,爸爸,没关系的,对不起。"

菊子说话的当儿,鲜血顺着手掌一条线流到胳膊肘上。

"别动,蹲下来,躺下吧。"

菊子在信吾的扶持下,就地缩起身子,背倚墙壁。

"躺下吧。"信吾重复了一句。

菊子闭起眼睛,一动不动。失去血色的白皙的脸上,孩子般露出一副对什么都无可奈何的表情。刘海中浅淡的伤痕,引起了信吾的注意。

"还流吗？要是不再流血了,那就回卧室休息吧。"

"嗯,已经没事啦。"菊子用毛巾揩拭鼻子。

"那个洗脸盆脏了,我现在来洗洗。"

"哦,没关系。"

信吾连忙把洗脸盆里的水放掉,他想,水底下似乎溶化一层薄薄血色。

信吾没有用洗脸盆,他用手掌捧着龙头的流水洗了脸。

信吾未打算叫起来妻子,让她帮帮菊子。

然而又想,菊子或许不想让婆婆看见自己痛苦的样子。

菊子的鼻血流得很突然,信吾感到菊子的一腔痛苦仿佛一下子喷射出来了。

信吾在镜前用梳子梳头时,菊子打背后经过。

"菊子。"

"哎。"她回头看看,径直向厨房走去。她用火铲盛来炭火,信吾看到火苗炸裂的情景。她把用煤气点燃的炭火,放进餐厅的地炉里。

"哦!"信吾几乎叫出声来,他自己都感到吃惊。他似乎朦朦胧胧忘掉了回娘家来的女儿房子。昏暗的餐厅的隔壁,睡着房子和两个孩子。挡雨窗没有打开来,所以显得昏暗吧。

为了给菊子做帮手,他也可以叫女儿起来,不一定喊醒老妻。可是,他打算叫醒老伴时,脑子里想不到房子,倒是奇怪的事。

信吾将双腿垂在地炉里,菊子走过来沏好热茶。

"头脑晕乎乎的吧?"

"有点儿。"

"还早呢,今天早晨休息一下吧。"

"还是活动活动的好,我去拿报纸,吹了吹冷风就好啦。都说女人家流鼻血,不用担心。"菊子语气轻柔,"今早也很冷,爸爸为何起得这么早呀?"

"我也不知为什么,寺钟敲响之前就醒了。那座钟无论冬夏六点钟就敲响了。"

信吾第一个起床,但比修一要晚些去公司,整个冬天都是如此。

吃午饭时,他招呼修一一起去附近的西餐馆。

"菊子额头受过伤,你知道吗?"信吾问。

"知道。"

"因为难产,医生下了产钳。那虽然谈不上是出生时留下的痛苦的印记,但每当菊子伤心的时候,那伤痕似乎就很显眼。"

"今天早晨吗?"

"是的。"

"是因为流鼻血吧,脸色难看,伤痕也会突显出来的。"

菊子不知何时告诉修一她流了鼻血。信吾有点摸不清情况,他问道:

"昨夜里菊子没有入睡吗?"

修一皱起眉头,沉默了片刻,接着说:

"爸爸,您大可不必凡事都为外来人操心啊。"

"外来人,什么意思?难道她不是你媳妇?"

"所以嘛,您对儿子的媳妇用不着如此操心。"

"你这是什么意思?"

修一没有回答。

三

信吾走进会客厅,英子坐在椅子上,另一个女子站立着。

英子也站了起来。

"好久不见,天气暖和起来了。"英子连声问候道。

"好久了,两个月了吧?"

英子似乎稍稍胖了些,搽了浓浓的胭脂与白粉。信吾想起只同英子跳过一次舞,当时觉得她的乳房只有巴掌大。

"这位是池田小姐,从前曾提到过……"英子一边介绍,一边眨着哭泣般的可爱的眼睛。这是她认真时候的惯癖。

"啊,我姓尾形。"

信吾不好对女子说出"多亏你关照我儿子"。

"池田小姐不想会面,也说没有必要会面。她也很不情愿,是我硬拉她来的。"

"是吗?"

接着,转向英子:

"在这儿行吗?去哪里都可以。"

英子探询地看看池田。

"在这里,我没关系。"池田不客气地说。

信吾内心一阵困惑。

英子曾经说过,她要把和修一的情妇住在一起的同室女子带来见见面。不过,信吾听过就算了。

英子从公司辞去工作两个月后,就实行她的许诺,信吾实在有些意外。

莫非分手了吗?信吾只等池田或英子开口说话。

"英子再三劝我跑来一趟,我实在耐不过她的唠叨,虽说见您也没用,可还是来了。"池田的语调里满带着不服气,"不过,这回来访,是想告诉您一件事,以前我也曾经劝过绢子小姐,还是同修一君分手为好。我想,这回见见父亲,请他协助早些分手,不也很好吗?"

"啊。"

"英子小姐蒙您之恩,她很同情修一夫人。"

"确实是位好夫人。"英子插嘴道。

"英子小姐也对绢子小姐这么说了,不过,当今的女子,很少会因为有个好夫人就轻易放手。绢子小姐曾经对我说过:'我把别人的丈夫还回去,谁又能将死于战争的我的丈夫还给我呢?只要他能活着回来,哪怕他在外头偷腥搞女人,我也由他去!丈夫爱干啥就让他干啥。池田小姐,你觉得如何?'同是在战争中失去丈夫的女人,我不得不这样想。绢子小姐又说,我们的丈夫去打仗,我们还不是忍了?做了遗属的我们,又能怎么样呢?修一君到我这儿来,不必担心会死,我也不会伤着他,最后还不是放他回家了吗?"

信吾只有苦笑。

"尽管夫人多么好,她的丈夫总是没有战死啊。"

"啊,这话说得太粗暴啦。"

"咳,这都是酒后失态,悲戚至极的哭诉……绢子小姐和修一君两个人喝得烂醉,她教修一回家后一定对夫人这么说:'你不曾经历过等待丈夫从战场归来的苦楚。你不过就是在等一个一定会归来的丈夫嘛。'就这么跟她说。我也是个战争寡妇,但我也觉得,我们这些遗孀的恋爱,是不是有些恶劣之处啊?"

"啊,这话什么意思?"

"男子汉,就说修一君吧,喝醉酒也不能那样胡来。他对绢子小姐很粗暴,还罚她唱歌。绢子小姐讨厌唱歌,没办法,有时只好由我小声哼哼着唱。如果不这样使得修一君平静下来,将闹得街坊邻里鸡犬不宁……我被迫唱歌,觉得受到侮辱,十分苦恼。但心想,这也不是发酒疯,说不定是一种战地之癖。或许修一君在某个战场上,也这样玩过女人。果真如此,那么修一君的狂态,也使我看到自己战死疆场的丈夫玩女人的那副样子。心中一阵紧缩,头脑一片茫然,不知为何,我也产生了错觉,仿佛自己就是丈夫的那位情妇。我唱着下流的歌曲,悲切地流着眼泪。后来,我对绢子小姐也说了,她说,这种事儿只限于对自己的丈夫才会有。或许是这样的吧。打那之后,每当修一君逼我唱歌,绢子小姐就跟着一道哭……"

信吾面对病态的女子,神色黯然。

"这种事儿,为了你们自己,也应该尽早停止。"

"是啊,修一君回家后,绢子小姐曾经认真地跟我说,要是做这种事,咱们会堕落的。既然如此,看来分手还是有好处的。不过,一旦分手,其后,总感到这次会真正堕落下去。绢子小姐对这一点也很害怕。唉,女人嘛……"

"这件事,不要紧的。"英子从旁插了一句。

"是啊,一直都在正常工作,英子小姐也全都看在眼里。"

"嗯。"

"我这身衣服也是绢子小姐为我做的。"池田指着身上的西装,"她好像仅次于裁缝主任,店里对她也很器重,英子小姐的职位,一旦经她提出,店里就立即接受了。"

"你也在这家裁缝店上班?"

信吾吃惊地看着英子。

"是的。"英子点点头,稍稍脸红了。

托修一的女人,进入同一家裁缝店,今天又领着池田找上门来,信吾闹不清英子的意图何在。

"我想,绢子小姐不太会在经济上为修一君添麻烦的。"池田说。

"这是当然的。提到经济方面……"

信吾几乎要发火,但他中途还是忍住了。

"我看到绢子小姐受到修一君欺侮,我就经常劝她。"

池田低着头,两手扶在膝盖上。

"修一君也还是负伤归去了。心灵的伤兵。因此……"她仰起脸来,"不可以让他和您分开住吗?我经常这么想。他一旦同夫人小两口儿一起过日子,不就慢慢会同绢子小姐分手了吗?我做了种种考虑……"

"是啊,想想看吧。"

信吾给了肯定的回答。他反驳来客的颐指气使,自己似乎也具有同感。

四

对于这位姓池田的女子,信吾不想托她办事,所以自己没有多说什么,只管听对方滔滔不绝。

作为客人来说,尽管信吾没有曲意奉承,既然来访,总得推心置腹商谈一番才好,否则人家怎么知道来意如何呢?她虽然该说的也都说了,但又好像是专为绢子讲情来的,不过或许还有其他目的。

信吾考虑着,要不要对英子和池田表示感谢。

他对她俩的来访怀有疑惑,但也不便乱猜。

但是,信吾出于自尊心,他不甘心受辱,回去的路上,转到公司的宴会场,正要入席时,一个艺妓凑近他的耳畔小声嘀咕了一阵。

"说些什么呀?我耳朵聋,听不见。"他生气地说,随即抓住艺妓的香肩,又马上放开了。

"很疼啊!"艺妓摸摸肩膀。

信吾一脸不快。

"请到这边来一下。"艺妓的肩膀挨着信吾,将他带到廊缘上。

十一点钟左右回到家里,修一还没有回来。

"爸爸回来了?"

餐厅对面的房间,房子一边为最小的女儿喂奶,一边撑起一只胳膊肘儿,抬起脑袋。

"嗯,回来了。"信吾望望那边,"里子睡觉啦?"

"咳,姐姐刚睡下,里子刚才问我,一万元和一百万元哪个多,哪个多呀?逗得大伙儿大笑不止。我对她说,外公马上回家来了,等会儿问问看吧。结果睡下了。"

"战前的一万元和战后的一百万元吧?"信吾笑了,"菊子,给我一杯水。"

"好的,是水吗?要喝冷水吗?"

菊子觉得很稀奇,她去了。

"井里的水,不放漂白剂的井水。"

"哎。"

"里子不是战前生的,那时我还没结婚呢。"房子躺在被窝里说。

"不管战前战后,还是不结婚的好。"

听到后院井水的响声,信吾的妻子说。

"按压抽水机,发出吱嘎吱嘎的声音,那响声也变得寒冷了。冬天里,为了给您沏茶,菊子一大早就吱嘎吱嘎给您押水,那响声被窝里也听得见,让人浑身发冷。"

"唔。告诉你,我正考虑,叫修一分开住呢。"信吾小声说。

"别居吗?"

"那样更好些吧?"

"是啊,房子要是一直住下去……"

"妈妈,要是别居,我就出去住。"

房子起来了。

"我分开住,好吗?"

"同你没关系。"信吾说道。

"有关系,大有关系。相原骂我:'你父亲不疼你,才使你养成一副怪脾气。'他的话顿时堵在我的嗓子眼里,气得我说不出话来。我从来没有这样苦恼啊!"

"咳,你平静些,都三十岁了。"

"没有个平静的去处,平静不下来啊。"

房子掩上突露出肥白乳房的前胸。

信吾疲倦地站立起来。

"老太婆,睡吧。"

菊子端来一杯水,一只手拿着一枚大树叶子。信吾站着喝完了那杯水。

"那是什么?"信吾问。

"枇杷的新芽。水井前一片莹白,飘浮在薄薄的月光里,隐隐约约。我不知是什么,原来枇杷的嫩芽长大了。"

"还是女学生的爱好。"房子讥讽道。

夜　声

一

信吾在男人的呻吟声里醒过来了。

一时分不清狗吠与人声,开始时信吾听到狗的嗥叫。

他想到阿辉或许就要死了,它是吃了下毒的东西被毒死的吧。

信吾的心跳即刻加快了。

"啊。"他按住胸脯,似乎要发心脏病了。

他完全醒过来了。不是狗吠,而是人的叹息。似乎掐住脖子,牵拉着舌头。信吾一阵心寒,有人受害了。

"我听!我听!"似乎有人在喊叫。

是声音卡在喉咙管里痛苦的呼喊,不合语调。

"我听!我听!"

似乎是被杀前的叫喊,大概对方强求着什么,逼迫他听着。

门口传来有人倒地的声响。信吾耸着肩头,打算起来看看。

"菊子!菊子!"

是修一,他在叫菊子①,舌头硬了,有的声音发不出来了。他喝得烂醉如泥。

信吾精疲力竭,头放在枕头上休息。胸口依然怦怦直跳。他抚摸着胸口,调节着呼吸。

"菊子!菊子!"

修一不是用手砸门,而是摇摇晃晃用身子撞击门板。

信吾本想休息一会儿再去给他开门。

转念一想,自己起身去开门不太合适。

修一满怀凄楚的情爱和悲哀呼唤着菊子,听起来似乎要舍掉一切。人在痛楚苦闷之极,生命垂危之际,才会像幼儿唤母那样悲切呼喊。那是发自罪愆底层的呼唤。修一以一颗赤裸着的痛楚的心向着菊子撒娇。想着或许妻子听不到吧,他醉态蒙眬之中便撒起娇来。他似乎在跪拜菊子。

"菊子!菊子!"

修一的痛苦传给信吾了。

自己有过一次如此满怀绝望的情爱,呼喊妻子的名字吗?信吾自己恐怕也不知道修一有时在外地战场的那种绝望吧?

信吾侧耳倾听,要是菊子醒来就好了。儿子的哀号被儿媳听到,他也感到有点难为情。信吾想,要是菊子不起来,就把妻子保子叫醒。不过,还是菊子醒来最好。

信吾用足尖将热的汤婆子蹬到被窝一头。已经到春天了,他还用汤婆子,所以使得心跳加快了吧?

----

① 口语中"菊了"与动词"听"发音近似。

441

信吾的汤婆子由菊子负责料理。

"菊子,给我准备汤婆子吧。"信吾时常吩咐道。

菊子为他灌装的汤婆子,温度保持得最长久,瓶口也拧得最严实。

或许保子太顽固、身体还很健康的缘故,到了这个岁数,依旧不愿使用汤婆子。她的脚很热。五十多岁时,信吾一直靠妻子的肌肤焐被窝,近几年离开了。

保子从来不把脚伸向信吾的汤婆子。

"菊子!菊子!"又是一阵砸门声。

信吾打开枕畔的电灯看时间,快到两点半了。

横须贺线末班电车一点前抵达镰仓,那之后修一又泡在站前饭馆里喝酒吧?

听到修一现在的声音,信吾想到,他和那个东京女子的交往,或许到了该收场的时候了。

菊子起来了,她从厨房走出来了。

信吾放心地关了电灯。

原谅他算了,信吾在嘴里自言自语,仿佛是对菊子说的。

修一似乎攀着菊子的肩膀进来了。

"疼啊,疼啊,放开我!"菊子说。

"左手抓住我的头发啦。"

"是吗?"

小两口似乎互相牵拉着一起倒在厨房里了。

"不行啊,不能动……搁在我膝盖上……喝醉酒,脚肿了。"

"脚肿了?说谎!"

菊子把修一的脚放在自己的膝头上,她好像在为他脱鞋子。

菊子原谅了修一。信吾可以不用担心了。夫妇之间,没有越不过的坎儿。菊子能够对丈夫表示宽恕,也许心里很高兴呢。

修一的呼叫,说不定菊子也清楚地听到了。

纵然如此,修一是从情妇家里醉酒归来,作为妻子的菊子却能将他的脚放在膝盖上为他脱鞋,信吾切实感到了菊子善良温淑的心怀。

菊子让修一睡下之后,便去关上厨房后门和大门。

修一的鼾声信吾也听到了。

修一被妻子迎进家门,立即入寝了。那么,那位使得修一烂醉如泥的女人绢子,眼下如何呢?不是说修一在绢子家一喝醉酒就发酒疯,弄得绢子哭哭啼啼的吗?

还有,打从修一结识绢子起,菊子时常脸色青白,但腰肢却渐渐丰满起来。

二

修一如雷的鼾声,不久就停了,然而,信吾再也睡不着了。

保子打鼾的恶癖也传给儿子了吗?信吾想。

不会吧,或许是今夜醉酒的缘故。

近来,信吾也听不到妻子的鼾声了。

寒冷时期,保子睡得更熟了。

信吾睡眠不足的翌日,记忆力更加不好,他烦躁不安,内心伤感。

或许刚才他是在感伤的心绪中听着修一呼唤菊子的叫声吧?但修一可能只是因为舌头僵直,抑或借助醉态掩饰自己的行为不端。

信吾从语义模糊、六音不正之中,感受到修一的情爱与悲哀。其实他只不过对修一抱有一线希望罢了。

不管怎样,听到那呼叫,信吾原谅了修一。而且想到,菊子也会原谅他吧。信吾联想到此种利己性的骨肉亲情。

信吾对儿媳菊子一片温情,其根源依然为了自己的亲生儿子。

修一干出了丑事,他在东京的情妇家中醉酒归来,几乎倒在自家门前地上。

倘若信吾起来开门,看到父亲紧皱眉头,儿子也会有所清醒。幸好是菊子开的门,修一扶着菊子的肩膀走进了家门。

菊子既是修一的受害者,又是修一的赦免者。

二十出头的菊子,同修一夫妇俩过日子,要达到信吾和保子这般年龄,得反反复复多少次原谅丈夫啊!菊子将会无限地原谅下去吗?

但是,所谓夫妇,也是一座阴森可怖的沼泽,无限度地相互原谅和吸纳丑行。绢子对修一的爱,信吾对菊子的爱等,不久也会被修一和菊子的夫妇沼泽所吸纳,不留任何痕迹吗?

战后的法律,在信吾看来,从亲子改为以夫妻为家庭单位是有道理的。

"也就是夫妻沼泽。"信吾低声嘀咕着。

"还是要同修一分开住啊。"

心里所想,就会不经意地在嘴里低声咕叽,这习惯也是信吾上了年纪的缘故。

"夫妻沼泽。"他之所以犯嘀咕,那是因为这话的意思是,只有夫妻二人一起生活,互相忍受对方恶行,由此使这个沼泽越来越深。

所谓妻子的自觉,就是从正视丈夫的恶行开始吧。

信吾的眉毛很痒,随即用手揉了揉。

春天临近了。

夜半醒来,也不像冬天那般贼冷了。

信吾听到修一的叫声起来之前,已经从梦中醒过来了。当时,还清晰地记得梦的内容。然而,他被修一吵醒时,梦也大体忘记了。

抑或因自己的心慌,梦的记忆消泯了。

所记得的是十四五岁少女堕胎的事情。其余只剩一句话:

"然后,某某女子成为永恒的圣少女。"

梦中,信吾读着这则故事。这句话出现在故事的结尾。

信吾一边朗读故事,同时故事的情节,如同戏剧或电影一般,浮现于梦中。信吾自己没有出现在梦中,完全站在观众的立场上。

十四五岁堕胎,作为圣少女也太奇怪了,其实中间是一部很长的故事。信吾在梦中读了少男少女纯爱的故事名作,醒来时,剩下的只有感伤。

少女不知道是怀孕,更不觉得是堕胎,只是一心一意思恋被迫别离的少年吗?这样一来,既不自然也不清纯。

忘记的梦,其后不会再来。再有,阅读这种故事的感情,也是一场梦。

梦中,也应该出现了少女的名字,看见了少女的面孔。现在只是朦胧记得女体的大小,正确地说,身材小巧。似乎穿着和服。

信吾以为在这位少女身上梦见了保子姐姐美丽的面影,但似乎又不是。

梦的源头不过是昨晚晚报上的一篇报道。

大标题为:

少女生下一对双胞胎,青森逸闻《春的觉醒》

据青森县公共卫生科调查,县内根据优生保护法,堕胎妇女中十五岁五人;十四岁三人;十三岁一人。高中学生的年龄——十八岁至十六岁四百人,其中,高中生占百分之二十。此外,初中生妊娠,弘前市一人,青森市一人,南津轻郡四人,北津轻郡一人。而且,由于缺少性知识,虽然经专门医生之手,但还是造成严重的结果,死亡百分之零点二;重病者百分之二点五。至于那些偷偷请非专业医生处理而丧命的女孩子(幼母),更加令人寒心。

这里举出了四件分娩的实例。北津轻郡的初二学生,十四岁,去年二月,突然觉得要分娩,产下双胞胎,母子健康。年幼的母亲现在在上初中三年级,父母不知道孩子怀孕。

青森市高二学生,十七岁,和班上一位男生相约未来,去年夏天怀孕了。双方父母考虑到两人都是少男少女,还在读书,所以堕胎了。但是,男孩子却说:"我们不是闹着玩的,我们不久就要结婚。"

这篇新闻报道,使得信吾很受震动。因为此后睡着了,所以做了少女堕胎的梦。

然而,在信吾的梦中那些少男少女既没有被丑化也没有被恶化,而是作为"纯爱物语",塑造了一组"永恒的圣女"。入睡前,他不曾想到过这些。

信吾的震动化作美丽的梦境。这是为什么?

信吾在梦中,拯救了堕胎少女,或许也拯救了自己。

总之,梦中出现了善意。

信吾回想自己,自己的善意会在梦中苏醒吗?

莫非闪烁于垂暮之年的青春的流连,使他梦见少男少女的纯爱吗?信吾感伤地撒起娇来。

或许因为有了此种梦后的感伤,信吾对修一的哀叫,先是善意地倾听着,随后感到了情爱与悲哀。

三

翌日早晨,信吾躺在被窝里听到菊子将修一摇醒了。

近来,信吾老是为早醒而苦恼,爱睡懒觉的保子提醒他:

"'老年人不服老,起早洗个冷水澡。'可要惹人厌的啊!"他起得比儿媳妇还早,自己也觉得不合适,悄悄开门拿来报纸,躺在被窝里慢慢阅读。

修一去盥洗室洗漱。

他要刷牙,牙刷一放进嘴里,大概觉得不舒服,发出哼哼唧唧的声音。

菊子一路小跑进入厨房。

信吾起来了。菊子从厨房回来,走廊上遇到了。

"哦,爸爸。"

菊子差点儿撞着公公,她立即收住脚步,猝然飞红了脸颊,右手杯子里的液体溢了出来。为了消解修一昨夜的宿醉,菊子从厨房端来一杯冷酒。

这时的菊子尚未化妆,稍显白皙的面孔染上红晕,睡眼惺忪,未曾涂胭脂的素白的双唇闪露着洁白的牙齿,羞涩地笑了笑。信吾县感爱怜。

菊子至今依然保有一份天真无邪的性情吗？信吾联想起昨夜的梦境。

不过,细思忖,报纸上刊登的关于年幼少女结婚生育的事一点也不稀罕,过去早婚的人此种现象相当多。

在这些少年这个年龄段里,信吾本人也在深深思恋保子的姐姐。

菊子知道信吾坐在餐厅里,赶紧打开那里的挡雨窗。

初春的朝阳照射进来。

菊子似乎惊讶于过量的光照,同时想到被信吾盯视着背影,她双手举过头顶,倏忽绾起睡眠的乱发。

神社高大的银杏树虽然尚未发芽,但早晨的阳光和早晨的嗅觉,似乎已经感受到嫩芽的芳香。

菊子迅速装扮完毕,端来一杯玉露茶。

"给,爸爸,时间晚啦。"

睡起的信吾,玉露茶也喝热的,因为水热,沏茶方法反而困难,但菊子沏的茶对信吾来说最相宜。

倘若未婚姑娘为他沏上一杯茶,那将更加美味,信吾想。

"为醉汉送冷酒解醉,再给老糊涂沏玉露茶,菊子好忙碌啊!"信吾打趣地说。

"哎呀,爸爸,您都知道啦?"

"我那时醒了,开始还以为是阿辉在叫呢。"

"是吗?"

菊子俯身而坐,不容易一下子站立起来。

"我呀,在菊子之前就被吵醒了。"房子隔着一道隔扇说道,"哼哼唧唧,声音很可怕。我知道阿辉不会叫,是修一在哀号。"

房子依然穿着睡衣,一边为最小的女儿国子喂奶,一边走进餐厅。

面色清癯,乳房白皙而丰美。

"哎呀,怎么是这副样子?太不像话啦。"信吾说。

"我呀,因为相原邋遢,我不管怎样,也就自然变邋遢了。嫁给一个邋遢的男人,怎么能不邋遢呢?实在没办法啊。"

房子将国子由右侧奶头换为左侧奶头,继续说道.

"要是厌恶女儿邋遢,还是预先调查一下亲家是否邋遢为好。"

房子的口气颇为生硬。

"男女不一样。"

"一个样,您看看修一。"

房子走向盥洗室。

菊子伸出两手,房子粗暴地将婴儿交给她,孩子哭叫起来。

房子不顾一切地向对面走去。

保子洗完脸走过来。

"来。"随之接过孩子,"这孩子的爸爸,究竟怎么打算呢?房子大年夜回到娘家之后,都两个多月了。说房子邋遢,可老头子关键时候不是更邋遢吗?大年夜,他还说过:'这样也好,这回彻底断了缘分。'可是说归说,一直拖延到今天,相原也一直没来个说法。"

保子一边说话,一边打量着腕内婴孩的小脸。

"听修一说,您使唤的姓谷崎的那个女子,是半个寡妇,房子也成了半个被遗弃的人啦。"

"什么叫半个寡妇?"

"虽然没结婚,但心上人战死了。"

"战时,谷崎还是个小姑娘啊。"

"虚岁也有十六七了吧?也应该有心上人啦。"

信吾倒没有想到保子所说的"心上人"这个词儿。

修一没有吃早饭就外出了,或许心情不好吧?时间也很晚了。

信吾一直窝在家中,直到午前邮递员送信的时候。菊子放在信吾面前的邮件中,有一封写给菊子的信函。

"菊子!"信吾将信递给她。

菊子也不看名字,直接拿到信吾这里来了。很少有人给她写信,她从来也不等什么信。

菊子当场读过那封信,说道:

"一位老同学来信说,她堕胎了,情况不太好,住进了本乡的大学医院①。"

"唔?"

信吾摘掉眼镜,望着菊子的脸。

"大概是偷偷找了个非专业的接生婆,那是很危险的啊!"

信吾想到晚报上的报道和今天的来信,竟然如此巧合,还有昨夜堕胎的梦境。

信吾很想把昨夜的梦境说给菊子听,他感到一种诱惑。

但他很难说出口,只是望着菊子。他内心里闪烁着青春之光,蓦然间,他又联想到菊子是否也怀孕了,说不定正打算堕胎呢。信吾深感惊讶。

---

① 此处暗指东京大学医院。

四

电车通过北镰仓山谷。

"盛开的梅花真好看呀。"菊子好奇地眺望着。

北镰仓贴近车窗的地方,梅树很多。信吾每天打这里经过,有时瞧上一眼。

梅花已经过了盛时,向阳的地方,白色的花已经衰败了。

"咱们家院子里的也盛开了啊。"信吾说。其实只有两三棵,菊子也许初次看到今年的梅花。

正如很少收到别人的来信,菊子同样很少外出,只是到镰仓街道上走走,买买东西。

菊子到大学医院探望朋友,信吾同她一道出行。

修一女人的家位于大学前边,这使信吾有点担心。

还有,他想在路上顺势问问儿媳有没有怀孕。

虽然也不是什么难以启齿的事,但信吾终于没有说出口来。

信吾已经好几年了,不再听妻子保子说起女人的生理期。过了更年期,保子更是一字不提,后来与健康无关,自然断绝了吗?

就连保子不再提起这件事本身,信吾也给忘了。

信吾想问问菊子,便回忆起保子的事。

保子要是知道菊子到医院产妇科去,她也许叫儿媳顺便查一查身子。

信吾曾见过保子对菊子谈过孩子的事,菊子痛苦地听着。

菊子无疑将自己的身体状况对修一说了。一个能够听妻子诉说的男人,对于女人来说绝对重要。假若女人有了另外相好的男人,她就会犹豫不决,不知该不该对丈夫说明。信吾记得过去听朋友讲起过这类事,当时他很感动。

亲生女儿也不会对父亲坦露一切。

信吾和菊子过去一直相互避免提及修一情妇的事。

菊子若是怀孕,是因为受到修一情妇的刺激,或许说明菊子已经成熟了。虽说这种事很不光彩,但信吾认为这是人的一种欲望,所以问起菊子生孩子的事,总觉得有些残忍。

"雨宫家的老爷爷昨天来了,听妈说了没有?"菊子突然问道。

"不,没有。"

"听说东京那边可以接收他们了,特来打声招呼。叫我们照顾一下阿辉,这不,留下了两大袋子饼干呢。"

"喂狗的?"

"嗯。妈说一袋是人可以吃的。据说雨宫君生意做得很红火,扩建了宅子,老爷爷很高兴啊。"

"可不是吗,生意人很快卖了房子又建起新家,我呢,十年如一日,每天只是乘坐这条横须贺线的电车上,也要腻烦了啊。近来,饭馆里有个聚会,都是老人,几十年都在干同样的事,一成不变,又腻味,又劳累。也许很快有人来迎接啦!"

菊子对"很快有人来迎接"这句话,一下子听不明白。

"到了阎王爷那里,我最终会对阎王爷说,我们这些零部件没犯罪。我们是人生的零部件呢。活着的时候,人生的零部件,都会受到人生的惩罚,太残酷啦!"

"不过……"

"是的,问题是到了什么样的时代,又是怎么样的人,才能活过整个人生呢?例如,那座小饭馆看鞋子的老爷子怎么样呢?他管理顾客的鞋子,天天如此。有的老人随便说:零部件到了这个份上,反而更自在了。但问问侍女,据她说,那位管鞋子的老人也很苦。四周都是鞋棚子,像个盛鞋的地洞,两腿跨着火钵,为顾客擦鞋子。大门口的地洞,冬天很冷,夏天很热。咱家的老太婆也喜欢谈养老院吧。"

"您是说妈吗?不过妈说的,和年轻人经常谈到想死,不是一样吗?而且说得很轻松啊。"

"她是说她一定比我活的时间更长。不过,年轻人指的是谁呢?"

"您问是谁吗⋯⋯"菊子一时说不下去了。

"朋友的信上也这么说。"

"今天早上的信吗?"

"是的,她没有结婚。"

"唔?"

看到公公沉默不语,菊子也不再开口了。

电车正要从户冢车站开出。这里距保土谷站有很长一段距离。

"菊子。"信吾喊了一声,"我很早以前就想过,你们不打算分家过日子吗?"

菊子看看公公的脸,等待他说下去。随后,她哀求般地说道:

"这是为什么呢?爸爸。是因为姐姐回来住了吗?"

"不是的,和房子她们没关系。房子只是回来住住,还未办离婚手续,回家这段时间让你多费心了,但即使同相原分手,也不会长期住在咱家里。房了又当别论,这只是你们小两口的事。你不喜欢另立门户吗?"

"不喜欢。我呀,爸爸疼我,我只希望同爸妈住在一起。离开爸爸身边,那将是多么难过啊!"

"你说得很暖心。"

"哎呀,我是向爸爸撒娇呢。我生下来就是父母最小的女儿,在娘家时,或许父亲更疼爱我,所以总喜欢同您在一起。"

"你父亲疼爱你,这我清楚。其实,我也希望菊子你能待在我身边,那对我来说也是最大的安慰。分开住会很寂寞的,不过,修一干出那些事来,我过去一直没有同你商量过,我这个做公爹的很不配跟你住在一起。所以,我认为,还是你们小两口单独住出去,才是解决问题的好办法。"

"不不,尽管爸您什么也不说,但我心里明白,您对我知冷知热,疼爱我,我就是靠着这份温情过日子的。"

菊子硕大的眼睛噙满泪水。

"我很害怕分开来住。我做不到一个人一直等在家里,那太无聊太悲惨了,我害怕。"

"这件事,你一个人不妨等等看。不过,这种事情不便在电车上讨论,你再好好想想看。"

菊子或许真的害怕了,她的肩膀在颤抖。

在东京站下车,信吾叫了出租车,送菊子去本乡。

因为过去受到亲爹的疼爱,抑或当下感情处于错乱之中,菊子并不觉得这件事有何不自然。

修一的情妇果真走过来了?信吾感到一种危险,他叫出租车停一停,一直目送着菊子进入大学医院。

春　钟

一

百花盛开的镰仓,举办佛都七百年庆典。寺钟从早响到晚。

这钟声信吾有时听不见,而菊子不管是做活计还是说话,都能听得见。信吾不仔细倾听是听不到的。

"听。"菊子提醒他。

"钟声又响了,听!"

"哦?"

信吾歪着脑袋。

"老太婆怎么样?"信吾问保子。

"听见啦。您连敲钟都听不见吗?"保子不再理会他。

膝盖上堆积着五天来的报纸,保子慢悠悠地翻阅着。

"响了,响了。"信吾说。

耳朵一旦听到,再听就比较容易了。

"听到了? 看您高兴的!"保子摘掉老花镜,望望信吾。

"一天到晚地撞钟,寺院的和尚师傅真是够累的。"

"他们叫上香的人撞钟,撞一次十元钱,和尚师傅不撞钟。"菊子说。

"这倒是个好主意。"

"说是用于祭奠的钟来着……听说有个计划,叫十万人甚至百万人都来撞钟。"

"计划?"

信吾觉得这个词儿很好笑。

"不过,寺院的钟声很阴郁,我不爱听。"

"可也是,阴郁吗?"

信吾忖度着,拣个四月的一个星期天,围在餐厅里一边观樱花,一边听撞钟,那是多么悠闲自在啊!

"七百年,是什么七百年呢?是庆祝大佛像七百年,还是日莲上人①七百年?"保子问道。

信吾没有回答。

"菊子不知道吗?"

"不知道。"

"好生奇怪哩,我们就是这样稀里糊涂地住在镰仓。"

"妈妈膝头上的报纸没有刊登什么消息吗?"

"也许会有吧?"保子把报纸递给菊子,报纸折得仔细,撂得整整齐齐,自己手头只留下一张。

---

① 日莲(1222—1282):镰仓时代僧人,日莲宗开祖。安房(千叶县南部)人。十二岁入清澄寺学习天台宗,建长五年(1253),唱诵《南无妙法莲华经》,终生信仰和宣扬《法华经》。

"是的,我好像也在报上读到过。不过,看到了老年夫妇离家出走那篇,联想到自身,同病相怜,所以只记住那个了。您也看到了吧?"

"嗯。"

"被称为游艇界恩人的日本划船协会副会长……"保子开始读报上的报道,然后用自己的话叙述道:

"他也是游艇制造公司的总经理,六十九了,夫人六十八岁。"

"怎么就联想到自身了呢?"

"他给养子夫妇和孙子都写好了遗书。"

保子接着读报。

　　一想到只是为了活着而被社会遗忘的那种悲惨的境况,就再也不想熬到那个时候了。我很了解高木子爵的心情。我觉得作为凡人,最好消失于大家的情爱之中,为家人深深的爱所包围,在众多朋友、同辈及晚辈的友情拥抱之中离去。

"这是给养子夫妇留下的,下边是留给孙儿的。"

　　日本独立的日子临近了,但前途黯淡。害怕战祸的青年学子,若是渴望和平,必须彻底实行甘地①的无抵抗主义。你要沿着自己所信赖的正确的道路前进。我们已经老朽,不能指导你们,深感力不从心了。但一味等待"可厌的高龄"到来,硬要活到那个时候,也只能是浪费生命。只要为孙子们留下好爷爷好奶奶的印象就行了。不知道要走向哪里,只想静静安眠罢了。

---

① 甘地(Gandhi, 1869—1948):印度宗教、政治领袖,倡导非暴力不合作理论,从英国统治下赢得印度的独立。

保子读到这里,沉默片刻。

信吾转向一边,望着院子里的樱花。

保子一边读报,一边述说着:

"自打离开东京自家,去探望住在大阪的姐姐,以后就不知道到哪儿去了……那位大阪的姐姐已经八十岁了。"

"妻子没有留下遗书吗?"

"唉?"

保子不由一愣,抬起头来。

"怎么没有妻子的遗书呢?"

"您说的妻子,是那个老太太吗?"

"没错,两人去情死,妻子也应该有遗书才好。例如,我和你去情死,你肯定也有什么事情想要写成遗书留下来啊。"

"我才不要呢。"保子淡然地回答,"男女留遗书,那是年轻人情死。那也是因为不能在一起而感到悲观……要是夫妇,大都是丈夫写遗书就行了,我这号人还会有什么遗言值得留下的呢?"

"那倒也是。"

"我单独死时,那又是另一回事。"

"一个人单独死时,怨恨之事当如山积。"

"到了这个年龄,有也等于没有。"

"这老太婆既不想死,也不会死,所以她说得很轻松。"信吾笑着问道,"菊子呢?"

"是问我吗?"菊子犹豫着,语调缓慢而低微。

"假如你和修一决定情死,菊子你不想留遗书吗?"

信吾随便说出这番话,自己也觉得太孟浪了。

"不知道。到时候再说,怎么样?"菊子将右手大拇指插入腰带,一边松松腰带,一边望着公公。

"我觉得还是该给爸爸留下些话来。"

菊子的眼眸闪耀着天真的温润之情,泪眼盈盈。

信吾觉得,保子没有想到死;但菊子并非没有想到死。

菊子前倾着身子,似乎要哭倒在地,她又直起腰来离开了。

保子目送着她。

"好奇怪,干吗要哭呢?真是歇斯底里,那样子就是歇斯底里啊!"

信吾解开衬衫的扣子,将手伸进胸前。

"感到有些心慌吗?"保子问。

"不,乳部有点痒,乳头发硬,瘙痒。"

"倒像是个十四五岁的女孩子。"

信吾用指头挠着左乳。

夫妻自杀,丈夫写遗书,妻子不写。妻子是想让丈夫代写还是一人两用兼而有之呢?信吾听到保子读报,他对这一点抱有疑问,也颇感兴趣。

是出于长年相守而变得一心同体,还是老妻失去个性和遗言的缘故呢?

妻子原本就没有理由死,却为何要为丈夫自杀而殉情,并且让丈夫的遗书也要包括自己的意愿呢?难道就没有丝毫的遗憾、悔恨和迷茫吗?真是不可思议。

然而眼下,信吾的老妻也说,如果要情死,她自己不留遗书,只要丈夫写了就行了。

什么也不说,跟着男人一道死的女人——或者男女颠倒过来,也不是绝对没有,但多数是女人跟随男人——这样的女人老衰了,而且就在身边。信吾不由一惊。

菊子和修一夫妇不仅岁月尚浅,而且眼下也在经受磨炼。

在这种情况下,询问菊子他们夫妇要是情死,菊子要不要写遗书之类,实在有些残酷,也会给她伤害。

信吾明知道,菊子面临危险的深渊。

"菊子是在对爸爸撒娇来着,那样的事儿也向您淌眼泪。"保子说,"您只顾一门心思疼儿媳妇,又不肯为她解决难题。对房子也是这样。"

信吾望着满院盛开的樱花。

那棵高大的樱树下边开满了八角金盘。

信吾不喜欢八角金盘,原打算樱花开放前,把八角金盘全都砍除干净。谁知,多雪的三月又看它着花了。

三年前,曾经一度砍除过,反而蔓延起来。当时想干脆连根拔掉,现在看来要是那样就好了。

信吾经保子一阵子数落,对郁青一片的八角金盘更加厌恶起来了。本来,那棵巨大的樱树,独木而立,绿枝低垂,花繁叶茂,广盖周围;然而,如今有了八角金盘,老樱树依旧遮蔽四方。

更何况,花开满树,讨人欢心。

樱树承受着过午的阳光,硕大的花朵悬浮于天空。虽说花色花型不很显著,但给人的感觉却充满空间。眼下花开正盛,不像就要凋谢的样子。

但是,一瓣两瓣,不住飘零下来,树下堆满落花。

"报上登着年轻人杀人、死亡的消息时,只觉得这种事太多了,又来了。没想到老年人的报道一出,冲击还挺大的。"保子说。

"很想消失在众人的情爱之中。"老人夫妇的报道她似乎反复读了两三遍。

"前些日子报上刊登过着这样一篇报道:说有个六十一岁的爷爷,想把一个患小儿麻痹的十七岁男孩送进圣路加病院。老爷爷离开枥木县驮着孩子到东京看风景,但孩子死活不肯去病院。老爷爷便用手巾把孩子勒死了。"

"是吗,我没看到。"信吾淡然地应和着,心里只顾想着青森县少女们堕胎的报道,回忆着梦中见到的一切。

他和老太婆妻子是多么不同啊!

二

"菊妹!"房子喊道。

"这架缝纫机老是断线,是怎么回事,你来看看好吗?是胜家牌①,好机子。或许我不会用?或许我太歇斯底里啦?"

"也许出毛病了,还是我上女校时买的,很旧了。"

菊子走进那间屋子。

"不过,在我这儿还是挺好用的,姐姐,我来帮您缝吧。"

"是吗?里子在身边老是缠着我,心情挺急躁的。生怕穿了这孩子的手。虽说不会把手也缝在一起,可这孩子的手伸在这儿,眼盯

---

① 胜家:SINGER,一八五一年美国世界第一台电动缝纫机制造者,"胜家"缝纫机是全世界比较受欢迎的家用产品之一。

着针脚,渐渐模糊起来,布料和孩子的小手朦胧一片了。"

"姐姐,您太累啦。"

"还是情绪不稳定。要说累,当数菊子你更累。家里不累的人,只有外公和姥姥。外公年过花甲,说什么乳头发痒,真是愚弄人啊。"

菊子到大学医院探望朋友,回来的路上为房子的两个女儿买了布料。

因为在缝制那布料,房子对菊子也很好。

可是,菊子一旦坐在缝纫机前替房子缝衣服,里子就变得不高兴了。

"妗子给你买布做新衣呢,不是吗?"

房子一反往常,甚感对不起菊子。

"实在难为情,这孩子这个样子,同相原一模一样。"

菊子把手搭在里子的肩膀上,说道:

"跟外公一道去看大佛像,好吗?又有稚儿①又能看跳舞。"

经女儿房子一番劝说,信吾也上路了。

走在长谷大道上,香烟店门前盆栽里的山茶花灼灼耀眼。信吾买了"光"牌香烟,夸奖盆栽养得好。五六朵重瓣杂色花绽放着。

烟店老板说,重瓣杂色花不好看,论盆栽只限于山野山茶花。他陪信吾来到后院,四五坪②的菜地里,蔬菜前边直接摆放着盆栽。山野山茶花是根干积蓄着生命力的老树。

"不能让花抢走树干的养分,因此全都扒拉下来了。"店老板说。

---

① 稚儿:祭祀队列中盛装的小男童。
② 坪:日本土地面积单位,一坪约合三点三平方米。

"这样还能开花吗?"信吾问。

"会开很多花,好在还留下少量的几朵来。店内的山茶也开满二三十朵呢。"

烟店老板谈论起养育盆栽的经验。他还提到镰仓人爱好盆栽的一些传闻。经他这么一说,信吾联想到,商业街的橱窗里也经常摆着盆栽。

"谢谢您啦。很期待开花啊!"信吾正要跨出商店大门,店老板又说起来:

"虽说没啥好东西,但后院的山野山茶有几棵还可以……盆栽只要身边有那么一棵,为了使之保持姿态良好,不变不枯,就会产生一种责任心,是治疗懒汉的好办法。"

信吾一边走路,一边点燃一支刚买的"光"牌香烟。

"烟盒上画着大佛像,专为镰仓人制造的。"他把香烟盒递给房子。

"给我看看。"里子探着身子。

"去年秋天,房子离家出走,去过信州吧?"

"我没有离家出走。"房子顶了老爸一句。

"当时你在乡下老家没见到过盆栽吗?"

"没见到过。"

"可不是吗,那是四十年前的老话了。你乡下的外公爱好摆弄盆栽,就是你妈的父亲啊。但是你妈对此道一窍不通,她又笨,心也粗,不如姨妈那样讨得外公的喜欢。因此,姨妈被分派侍弄盆栽。她又是美人,同你妈简直不像同胞姐妹。一天早晨,盆栽架上堆满雪,额前梳着刘海的姨妈,身穿大红元禄袖①和服,扫除盆栽里面的积

---

① 元禄袖:短襟圆袖和服,便于行动的寻常服装。

雪。她的身姿至今依然浮在眼前。既明晰,又美丽。信州天冷,呼出的气是白的。"

那白色的呼气是少女的温柔与芬芳。

毕竟时代不同了,房子与此无关,倒也是好事。信吾蓦地陷入回忆之中。

"不过刚刚看到的山野山茶花,似乎不止三四十年的用心养护啊。"

树龄也相当老了。盆栽中到主干长出树瘤来,真不知有多少年了呢。

保子的姐姐去世后,供奉在佛坛上的红叶盆栽,是否经人照料,还没有枯萎呢?

三

爷儿三个一旦进入境内,稚儿就在大佛像前的石板路上练习走步了。看样子是从很远的地方走来的,有的孩子脸色显得很疲倦。

人墙后面,房子抱起里子。里子盯着身穿花枝招展的振袖和服的稚儿仔细瞧。

听说建立了与谢野晶子的歌碑,走进里院探看,似乎晶子的亲笔题字放大了,镌刻在石头上了。

"还是那首'释迦牟尼……'"信吾说。

但是,房子不知道这首脍炙人口的短歌,信吾有点失望。晶子的短歌唱道:

　　镰仓虽有大佛像,释迦牟尼是美男。

"大佛不是释迦牟尼,实际上是阿弥陀佛。弄错了,后来特作短歌加以纠正。然而在已经流行的短歌里,释迦牟尼已成定论,现在再改称阿弥陀佛,或大佛,音韵失调,'佛'字重叠。可是,一旦刻在歌碑上,依然是将错就错啊!"

歌碑一旁张起了布幕,里面有薄茶招待。临来时,菊子交给房子一张茶票。

信吾望着露天下的茶色,心想,里子也要喝的吧。不料里子一手抓住了茶碗边缘。这是一只点茶用的极为普通的茶碗,信吾帮她端起来。

"很苦呀!"

"苦吗?"

里子还没有喝,就露出一脸苦相。

少女的舞蹈队列进入布幕之中后,一半人坐在门口的马扎上。剩下的女孩子同先来的人挤在一起,几乎人人相叠了。个个浓妆艳抹,身穿振袖和服,花枝招展。

少女队群的后边,站立着两三棵小樱树,繁花似锦。但花色远逊于艳丽的振袖和服,看起来十分单薄。对面山丘上高高的小树林,映着阳光,一派翠绿。

"水,妈妈,我要喝水。"里子斜眼瞅着跳舞的少女,嘴里不住叨咕。

"没有水呀,回家再喝吧。"房子哄着女儿。

信吾也突然想喝水了。

三月里的一天,信吾乘坐横须贺线路电车,到达品川车站,从车厢里看见站台上一个和里子一样大的女孩子,打开水龙头喝自来水。一开始,女孩儿拧开龙头,水流向上蹿出来,使她吓了一跳,满脸大笑起来。母亲给女儿调节好龙头,女孩儿似乎喝得很香甜。信吾从女孩子那里感受到今年春天已经来临了。他回忆着那件事。

眼看着那群跳舞的少女,自己和外孙女都想喝水,其中是否有着某些原因呢?信吾思忖着。

此时,里子又在怄着妈妈:

"衣服,给我买衣服,我要衣服。"

房子站起身来。

少女舞蹈队群正中央,似乎有个比里子大一两岁的女孩子,眉毛描得较低,又粗又短,十分可爱。圆睁着一双铜铃似的大眼睛,眼角渗着胭脂红。

里子被妈妈领着,盯着那女孩儿看也看不够。走出布幕时,她想到那女孩儿身边去。

"我要买衣服,买衣服。"她继续粘缠妈妈。

"买衣服吗?外公说了,等里子过七五三节①时会给买的。"房子似有所指地说,"这孩子打一生下来,就没穿过和服。只有尿布,那也是旧衣服改做的,是和服的碎片。"

信吾坐在茶店歇息,要来水喝。里子咕嘟咕嘟连喝了两杯。

离开大佛境内,走了一会儿,看到一位身穿跳舞和服的女孩子,被母亲牵着手,似乎急匆匆赶回家去。那女孩儿从里子身边穿过,信吾心想,遭了,他一把抱住里子的肩膀,已经晚了。

"我要衣服。"里子很想拽住那女孩的衣袖。

---

① 七五三节:每年十一月十五日,三岁和五岁的男孩、三岁和七岁的女孩,身着漂亮的服装参拜神社,祝贺成长。

"不行呀!"女孩儿趁势逃开,不巧踩住了长袖子,向前绊倒了。

"哎呀!"信吾大叫,捂住面孔。

被车轧了？信吾只听见自己的喊声,但似乎是好多人一起喊叫。

车子骤然刹住。被吓呆了的人群里跑出三四个人来。

女孩子急忙爬起来,抱住母亲的衣裾,火烈地大哭起来。

"好啦,好啦。刹车很灵啊,是高级车。"有人说。

"那要是碰上破车,小命早没啦。"

里子仿佛抽搐了,直翻乔着白眼,脸色很可怕。

房子不停地向女孩儿的母亲赔不是,问有没有伤着哪里;振袖和服有没有撕坏。那位母亲一脸茫然。

和服女孩儿停止哭泣,浓厚的白粉凝聚在一起,双眼水洗一般闪耀着光辉。

信吾默默走回家去。

听到婴儿的哭声,菊子一边唱着摇篮曲,一边出迎。

"对不起,惹她哭啦,我不会哄孩子呢。"菊子对房子说。

或者是受妹妹哭声的引诱,或者因为家中气氛轻松,里子也跟着哇哇哭起来了。

房子不再理睬里子,她从菊子手中接过婴儿,敞开了前胸。

"啊呀,两个乳房全都是冷汗啊!"

信吾微微抬起头望着良宽①题写的《天上大风》的匾额,走了过去。这还是良宽的字较便宜的时期购买的,却是赝品。经别人提醒,信吾也明白过来了。

---

① 良宽(1758 1831):江广后期僧侣、歌人。越后(今新潟县)人,号大愚。

"我们还看了晶子的歌碑。"他对菊子说,"晶子的字写的是'释迦牟尼……'啊。"

"是吗?"

四

晚饭后,信吾独自出门,朝着服装店和估衣铺走去。

但是,找不到一件适合里子穿的和服。

越找不到,越是嘀咕。

信吾暗自惊恐起来。

女孩家尽管幼小,看到别的女孩儿穿着鲜艳的衣服,就强烈希望自己也能拥有吗?

信吾琢磨着,里子的艳羡和欲望,是比一般孩子稍强些,还是异常高涨呢?这或许是疯狂性的发作吧。

那个穿着舞蹈服装的女孩儿若是被轧死了,如今会怎么样呢?孩子美丽的振袖和服的花纹,再度鲜明地浮上信吾的脑际。如此好看的衣服,店里遍找不着。

然而,买不到回家,信吾未曾踏上归途就犯起愁来。

保子真的只用旧浴衣为里子改做尿布吗?照房子的说法,不是太可怜了吗?该不是说谎吧?孩子刚生下来以及参拜神社时就没有置过一件和服吗?说不定是房子希望为孩子购买西服呢。

"忘了。"信吾自言自语。

保子有没有同他商量过这件事呢?他一定是遗忘了。但是,如果夫妻两个多关心一下房子,这个貌丑的女儿,或许也能生下个可爱的外孙来呢。信吾怀着无可推卸的自责之念,脚步也沉重起来了。

"若知生前身,若知生前身,亦无可怜亲;既无可怜亲,亦无牵挂人……"

什么谣曲①中的这句台词又在信吾心中浮现,但也只是浮现而已,不会像身着法衣的僧人那样开悟。

"呜呼,前佛已逝去,后佛未出世,既生于梦中,该以何为实? 一度偶相与,苟且变人身……"

里子那种抓住跳舞女孩时的莽撞与凶狠的性格,是继承房子的血统,还是继承了相原血统的缘故呢? 其母房子的性格,是继承了父亲信吾的血统,还是继承了母亲保子的血统呢?

倘若信吾同保子的姐姐结婚,就不会生下房子这样的女儿,也不会有里子这样的外孙,不是吗?

出乎所料,信吾内心里依旧深深记挂着昔日的情人。

信吾自己六十三岁了,可那位二十几岁就香消玉殒的女子,信吾还是觉得她比自己大。

信吾回到家里,房子抱着婴儿,钻进被窝。

卧室同餐厅之间的隔扇敞开着,所以看得很清楚。

"睡下啦。"

信吾朝那里瞅了一眼,保子对他说。

"她老是觉得心慌,想安静一下,吃了安眠药,睡觉了。"

信吾点点头,吩咐道:"把那里关上好吗?"

"知道了。"菊子走了过去。

---

① 谣曲:古典能乐剧的辞章。

里子紧紧贴着妈妈的后背,似乎没有睡着。这孩子就这样,默默地不说一句话。

信吾没有说是给里子买和服去了。

看来房子也没有告诉母亲,因为里子想要和服,经受了一次危险的事。

信吾走向起居室,菊子端来炭火。

"啊,坐下吧。"

"哎,这就来。"菊子出去了,她把水壶放在盆里端过来了。水壶本不需要放在盆里,但旁边还放着花。

信吾拿起花来问:

"这是什么花?好像是桔梗花。"

"据说是黑百合……"

"黑百合?"

"是的,一位爱茶道的朋友刚刚送给我的。"菊子说着,打开信吾背后的壁橱,拿出一个小花瓶来。

"这就是黑百合?"信吾感到很好奇。

"这位朋友说,今年利休[1]忌日,博物馆六窗庵,在远州流本家茶席上,供奉着黑百合和盛开的白花荚蒾[2],听说挺好看的呀,适合插在古铜细口花瓶里……"

"唔?"

---

[1] 千利休(1522—1591):安土桃山时代茶人,名与四郎,号宗易。千家流鼻祖,人称"茶圣"。

[2] 荚蒾:学名 Viburnum furcatum,生长于北半球温带的一种植物。中文通称假绣球。

信吾瞧着黑百合。两枝,每一枝上开两朵花。

"今年春天,好像下了十一次到十三次雪吧。"

"经常下雪。"

"初春利休忌那天好像也下了雪,积了三四寸厚。黑百合因而更加珍贵啦,人说是高山植物呢。"

"颜色有点像黑山茶。"

"可不是嘛。"

菊子向花瓶里加水。

"听说今年利休忌纪念,利休辞世时的书法,还有利休切腹用的短刀都摆出来了。"

"是吗?那位朋友是茶道师傅吗?"

"是的,战争遗孀……以前经常做茶道,很起作用呢。"

"什么流派?"

"官休庵,就是武者小路①呀。"

不懂茶道的信吾还是不明白。

菊子等待着将黑百合插入花瓶,但信吾一直不肯放手。

"开花时稍微低垂着枝头,是不是将要萎谢了?"

"啊。因为先放入水了。"

"桔梗开花也垂着枝头吧?"

"啊?"

"看样子比桔梗要小些,对吧?"

---

① 武者小路千家:千家流之一。祖上为千宗旦次子一翁宗守,于京都武者小路千家邸内开设官休庵,始称于世。

"是小一些呢。"

"乍看是黑色,其实并不黑;又像是浓紫,但又不是紫色。又像掺进了浓浓的胭脂红。等明天吧,明天白天再仔细瞧瞧。"

"在太阳底下就会透露出紫红色。"

至于花的大小,盛开时不足一寸,七八分光景。花开六瓣,雌蕊尖端分三股,雄蕊四五根。花叶在茎上各各相隔一寸,向四方伸展。百合是小型叶子,长一寸到一寸五。

信吾终于嗅起了花的气味,顺口说道:

"有种可厌女人身上腥臭的气息。"

虽不是意味着浮艳之气,但菊子的眼睑泛红了,她低下头。

"香味不佳。"信吾加以订正,"你闻闻看。"

"我不想像爸爸那样仔细研究。"

菊子正要将花插入花瓶。

"在茶会上,四朵花显得过多,不过就这样吧?"

"好,就这样。"

菊子将黑百合放在地板上。

"壁橱里原来放花瓶的地方,放了能面了,帮我拿出来吧。"

"好的。"

刚刚想到谣曲里的一节,也就想到了能面。

他手里捧着慈童面具说:

"这是妖精,据说永远都是少年,我买的时候说过吧?"

"没听说。"

"公司里有个姓谷崎的女孩子,我买能面时,叫她戴在头上试过,很可爱,我很惊奇。"

菊子随即将慈童能面挂在脸上。

"这绳系子要系在脑后吗?"

能面内菊子的眼睛,无疑凝视着信吾的脸孔。

"非得动一动,才会有表情。"

买回来的当天,信吾差点儿要吻一吻那可爱的红唇,天赐的邪恋不时撞击他的心头。

"埋木于土中,心花自开放……"

这句话似乎也来自谣曲。

菊子戴着美艳少年的面具,做着各种各样的动作,信吾没有再看下去。

菊子脸小,下巴颏儿几乎全部遮盖在能面里,泪水顺着那似见而非见的喉头流淌下来。眼泪变成两股,三股,潸潸奔流。

"菊子!"信吾呼喊着,"菊子今天去看朋友,是不是打算一旦同修一离婚,就去做一名茶道师傅呢?"

慈童的菊子点点头。

"即便离婚,我也会待在爸爸身边,伺候您喝茶。"她在面具后边清晰地表白着。

传来一声里子的哭喊。

庭院里的阿辉一阵狂吠。

信吾有种不吉利的感觉,修一星期天也去了情妇家,菊子倾听门外,看他是否回来了。

鸟　家

一

附近寺院的钟声,冬夏六时鸣响。信吾不论冬夏,一旦听到晨钟的响声,即刻起来。

说是早起,不一定离开被窝,而是及时睁开眼睛。

虽说同是六点,但冬夏自然很不一样。寺院一年到头都是六时敲钟,信吾也一直以为是同一个六时,但夏季太阳已经老高了。

尽管枕畔放着一只大怀表,但必须开灯,戴上老花镜才能看清楚。没有眼镜,就连长针和短针也很难分清。

再说,信吾没有必要一定按钟点起床。早醒反而不好。

冬季六时有点太早,信吾醒来后不愿一直赖在被窝里,他去取报纸。

没有女佣之后,菊子早起操持家务。

"爸爸,起得好早啊。"经这么一说,信吾反而觉得难为情,随口说道:

"嗯,回去再睡一会儿。"

"您睡吧,水还没烧开呢。"

菊子起来了,信吾感到家中有了生气,放下心来。

冬令的早晨,黑暗中睁着眼睛,信吾随即感到寂寞难耐,这感觉打何时开始的呢?

春天一旦来临,信吾的早醒也渐渐温暖了。

今早已是五月过半,信吾接着晨钟的鸣响,听到鹞鹰的叫声。

"哦,还是有啊!"他嘀咕一声,在枕头上侧耳倾听。

鹞鹰在屋顶上盘旋一大圈,似乎向大海方向飞走了。

信吾起床了。

他一边刷牙,一边向天上寻找,没有发现鹞鹰的姿影。

然而,那幼稚甘美的鸣声,仿佛使得信吾家的屋脊上空更加温馨明净了。

"菊子,家里的鹞鹰叫唤了。"信吾向厨房呼喊。

菊子正把热气腾腾的米饭盛到饭柜里。

"我没留意,听漏啦。"

"它还在咱家里呢。"

"啊!"

"去年经常听它鸣叫。是哪个月啊,也许就是这个时候,脑子不记得了。"

信吾站起身看着,菊子解去头上的发带。

看来,菊子有时也是用发带束起头发就寝的。

菊子敞开着饭柜盖子,为公公准备茶水。

"有了鹞鹰,咱家的画眉鸟也应该有了。"

"也会有乌鸦啊。"

"乌鸦……?"

信吾笑了。

鹞鹰既然是"家里的鹞鹰",那么乌鸦也应该是"家里的乌鸦"。

"原以为这座宅子光是有人居住,没想到还有各种鸟儿呢。"信吾说。

"眼看就会有跳蚤、蚊子啦。"

"别说扫兴话,跳蚤、蚊子不是我们家的。不在咱家过年。"

"冬天也有跳蚤,说不定会过年的。"

"不知道跳蚤可以活多久,但不大会是去年的跳蚤。"

菊子看着信吾,笑了。

"那条蛇也到该出来的时候啦。"

"是那条把你吓坏了的大锦蛇吗?"

"是的。"

"据说它是一家之主。"

去年夏天,菊子购物回家,在后门口看见那条大锦蛇,立即吓哆嗦了。

菊子大声呼叫,阿辉跑来,发疯地狂吠起来。阿辉低头正要咬住它,又猛地向后跳四五尺远,接着又要去咬住。如此反复多次。

蛇稍稍抬起头来,吐着鲜红的芯子,连阿辉这里都不瞧一眼,迅速动作起来,顺着后门门槛爬走了。

听菊子说,那条蛇足有后门门板的二倍长,也就是相当于一间屋子的宽度。比菊子的手腕子还要粗。

菊子声音很大,保子沉静地应道:

"是我们的一家之主啊,菊子过门来之前好几年,它就住下了。"

"一旦被阿辉咬住,又会怎样呢?"

"阿辉对付不了的,若是被蛇缠绕,那就糟了……阿辉知道这一手,所以只是狂吠罢了。"

菊子受到一次惊吓,不肯走后门了,只从正门出入。

那条蛇会藏在地板底下或天花板上头吗?她有点儿害怕起来。

不过,大锦蛇似乎住在后边山里,很少显露真相。

后山不是信吾的私有地,那里不知属于谁家。

因为逼近信吾的家宅,山崖斜立,对于山间动物来说,同信吾家的院子之间没有任何界限。

后山的叶和花也纷纷飘落在院子里。

"鹞鹰回家了。"信吾嘀咕着,声音高涨起来,"菊子,鹞鹰好像回家了!"

"可不是嘛,这次我听到啦。"

菊子抬头望着天花板上面。

鹞鹰的鸣叫持续了好一阵子。

"刚才飞向大海了吗?"

"听叫声似乎向那边飞走了。"

"飞到海里找食吃,再飞回来吧。"

经菊子这么一说,信吾也觉得有道理。

"在看得见的地方,放些鱼饵怎么样呢?"

"阿辉会吃掉的。"

"放得高一些。"

去年和前午也这样做过。信吾醒着的时候,听着鹞鹰的鸣叫,感受到一股亲爱之情。

不光是信吾本人,"家里的鹞鹰"这个词儿,也通用于全家。

然而,信吾其实不知道那鹰是一只还是两只。他记得多年前,曾经看到过两只鹰在自家屋顶上联翩飞翔。

还有,多年来一直听到的鸣叫都是同一只鹰吗?没有换代吗?或许老鹰不知何时已经死去,那是小鹰的鸣叫吧。信吾今早初次想到了这一点。

若老鹰去年离世,今年新生的幼鹰在鸣叫,信吾他们不知道,一直认为都是家中同一只鹰,在梦幻中听到鹰鸣,倒也别有意味。

镰仓多小丘,但鹞鹰专门选择信吾家的后山居住下来,想起来很叫人不解。

"难遇今宵,巧遇今宵,难闻君叫,正闻君叫。鸣声悦耳,入我心窍。"今日听鹰鸣,或许也是如此吧。

然而,同鹞鹰共居一处,鹞鹰也只是让人听其美妙的鸣声罢了。

二

家里因为信吾和菊子起得早,早晨总会交谈些什么,而信吾和修一爷儿俩或许只是有时在早晚上班的电车里聊上几句吧?

渡过六乡铁桥,看到池上的森林,也就快要到站了。乘在早晨的电车上观看池上森林,已经成了信吾的癖好。

然而,好多年来来往往,直到最近才发现森林里的两棵松树。

只有这两棵松树高高挺立于森林上空。这两棵松树上身相互倾斜,似乎就要抱合在一起。树梢已经很靠近了。

这座森林,只有这两棵松树挺然而立,即使不注意也该能看到,但信吾一直没有发现。不过,一旦发现,这两棵松树便必然最先闯入眼帘。

今早,风狂雨猛之中,两棵松树依稀可辨。

"修一!"信吾喊道,"菊子哪点儿不好?"

"没什么呀。"

修一正在阅读周刊杂志。

修一在镰仓车站买了两种杂志,本交给了父亲。信吾拿在手里没有看。

"她哪点不好?"信吾温和地重复了一遍。

"她老是说头痛。"

"可不?听你妈说,昨天她去东京,傍晚回家后就睡了,看样子不寻常。她似乎在外头有些事,你妈也觉察出来了。她晚饭也没吃。你昨夜九点回来走进房间时,没发现她在小声哭泣吗?"

"过两三天会好的,没什么可担心的。"

"要知道,头痛不会那样哭泣的。今天早晨,她不是也还在哭吗?"

"啊。"

"房子给她送吃的,一进屋她就极端厌恶,捂着脸……房子对她絮絮叨叨说了些话。我想问你,究竟是怎么回事啊?"

"听起来好像全家人都在琢磨菊子的动静。"修一翻着白眼珠,"菊子她偶尔也会有个头疼脑热的。"

信吾怫然不悦。

"所以才问你是什么病嘛。"

"是流产。"

修一干脆吐露出来。

信吾暗自惊讶,看了看前面的座席。那两个都是美国兵,一开始就认为他们不懂日语,爷儿俩毫无顾忌地说着话。

信吾稍稍沙哑着嗓子问道:

"找医生看了?"

"看过了。"

"是昨天?"信吾又虚空地低声问。

修一也停止了阅读。

"是的。"

"她当天就回来了吧?"

"嗯。"

"是你叫她这么做的?"

"她不听我的话,自己坚持要这样。"

"菊子自己要这样? 胡说!"

"这是真的。"

"那又是为什么呢? 你干吗要叫菊子有这个想法呢?"

修一沉默不语。

"这都怪你不好,对吗?"

"或许是这样。但如今她坚决不想要,脾气大得很哩。"

"你要是阻止,还是能够阻止的。"

"眼下不行。"

"那么,'眼下'指的是什么?"

"爸爸您也很清楚。凭我现在这个样子,是不能生孩子的?"

"就是说,你有女人这段时间里,是吗?"

"嗯,是这样。"

"'是这样',是怎么样啊?"

信吾火冒三丈,喘不出气来。

"这是菊子的半自杀状态!你没感觉到吗?比起对你的抗议,她选择了半自杀。"

修一看到信吾一脸怒气,有点儿退让了。

"你绞杀了菊子的灵魂,无可挽救了。"

"菊子的灵魂,就是那些,脾气倔强。"

"她不是女人吗?不是你的妻子吗?就看你怎么对待她了。你若疼她,爱她,菊子肯定会高高兴兴生孩子的。至于你有相好的,那又当别论。"

"不过,那不是没有关系。"

"你妈等着抱孙子,菊子心里也应该很清楚。她觉得自己迟迟没生孩子,做个女人很没面子,不是吗?她很想要个孩子,而你偏不让她生。你这样就等于扼杀了菊子的灵魂。"

"这有些不一样啊,菊子似乎有菊子的洁癖。"

"洁癖?"

"似乎怀孩子也使她烦恼不安……"

"唔?"

这是夫妻之间的事。

修一是那么让菊子感到屈辱和厌恶吗?信吾有些怀疑。

"我不相信,菊子那样说那样做,并不是她的真心。做丈夫的,哪有把妻子的洁癖当回事的?这正说明你对她爱得不深。女人闹点别扭,作为男人根本不必放在心上。"说着说着,信吾有些泄气了。

"你妈要是知道白白丢掉个孙子,她也会有意见的。"

"不过,这么一来,妈妈知道菊子也能生孩子,她会更安心的。"

"瞧你说的,你就保证将来还能生?"

"可以保证。"

"这就更加证明你既不怕天,也不爱人。"

"您说得真难懂,其实不是很简单的事吗?"

"不简单!你好好想想吧,菊子她哭得那么伤心。"

"我也不是不想要孩子,如今两人的状态都不好,这种时候是不适宜生孩子的。"

"你说'状态',我不知你指的是什么。但菊子的状态并不坏啊。要说状态不好,那也只是你一个人不好。从菊子的性格上看,她根本不会有状态不好的时候。对于菊子的妒忌,你没有给予释放,才失去了孩子,或许不仅是孩子。"

修一不解地望着信吾的脸孔。

"当你从情人那里醉醺醺地回来,将沾满泥水的双脚搭在菊子的膝盖上,让她给你脱鞋试试看。"信吾说。

三

那天,信吾因为公司有事,绕道银行,同那里的一位朋友一道吃午饭。聊天一直聊到两点半。他从饭馆给公司挂了电话,就直接回家了。

菊子抱着国子坐在走廊上。

菊子没想到公公会及早回来，慌忙想站起身来。

"不用，坐着吧。能起来了吗？"信吾向走廊走去。

"可以，现在正打算给婴儿换尿布呢。"

"房子呢？"

"带着里子去邮局了。"

"到邮局办事，就把孩子交给你了？"

"等一下，妗子先给外公换衣服。"菊子对婴儿说。

"不用不用，还是先给婴儿换吧。"

菊子喜笑颜开地抬眼望望信吾，唇间闪露着细白的牙齿。

"外公说要给小国子先换呢。"

菊子轻松地穿着一件华美的绵绸衣裳，系着衣带子。

"爸爸，东京也不下了吧？"

"你问下雨吗？在东京站上车时还在下，走下电车，天气一片晴朗。没注意是经过哪里天气放晴的。"

"镰仓刚刚也一直在下。天晴之后，姐姐才外出的。"

"山间还是湿漉漉的。"

菊子让婴儿睡在走廊上，抬起光脚丫儿，两手抓住脚指头，腿脚比手更自由地晃动着。

"对呀对呀，看看那座山吧。"菊子揩拭着婴儿的大腿。

美国军用飞机低空飞来。孩子受轰鸣声惊动，抬头看山。虽然看不见飞机，但巨大的黑影，映着倾斜的山坡划过去了。婴儿也许看到了阴影。

望着婴儿受惊后眼睛里天真的光亮，信吾蓦地感动了。

"这孩子不懂得什么是空袭。现在出生的孩子，大多不懂得什么是战争。"

信吾凝视着国子的眼睛,目光已经平和多了。

"刚才国子的眼神,要是照下来就好了。山上飞机的影子也收进去。这样,接着,再拍的一张是……"

婴儿被飞机扫射,悲惨死去。

信吾正要说出口来,想到菊子昨日人工流产,立即中止了。

不过,这两张空想的照片,现实中有过此种遭遇的婴儿肯定不计其数。

菊子抱着国子,一只手将尿布团作一团,走向浴室。

信吾记挂着菊子早些回到家中,他先走进餐厅。

"回来得真早啊!"保子也进来了。

"哪去了?"

"洗头发呢。雨一停,顶着大太阳,头皮发痒啊。老年人的脑袋,动不动就发痒。"

"我的头倒不怎么痒。"

"也许您的脑子特别灵光。"保子笑了,"明知道您回来,但想着刚洗完就出来,怕您看了吓到,少不了挨骂呢。"

"老太婆的湿发啊,干脆剪掉,扎个竹刷子发髻不好吗?"

"那是的,其实竹刷子头,不限于老太太,江户时代男女都会扎。把头发剪得很短,在后面束起来,将头发尖儿扎成茶道用的竹刷子。歌舞伎中经常可以看到。"

"后头不用扎,散开来很好嘛。"

"那倒也可以。不过你我的头发太丰厚啦。"

信吾压低声音问道:

"菊子怎么起来了呢?"

"她是起来了……脸色不太好。"

"不要再叫她看孩子了。"

"是房子将孩子放在菊子的睡床上,出外时叫她照顾一会儿的。因为孩子睡得正香。"

"你可以接过来嘛。"

"国子开始哭闹时,我正在洗头呢。"

保子离开了,拿来信吾洗换的衣服。

"您回来得早,我还以为您也哪里不舒服呢。"

菊子好像正从浴室走回自己的卧室,信吾把她叫住:

"菊子,菊子!"

"来啦。"

"把国子领来吧。"

"好的,这就领过去。"

菊子牵着国子的手,让她走过来。她系好腰带过来了。

国子抓住外婆的肩膀。保子正在用刷子给信吾刷裤子,她直起腰来,用两个膝盖拢住婴儿。

菊子为公公拿走西服。

她将西服收置在隔壁屋子的西装衣橱后,又轻轻掩上房门。

关门时,她向门扉后的镜子里瞧了瞧自己的面颜,不由吃了一惊。她一时犯起犹豫,不知道要去餐厅还是回卧室。

"菊子,快去躺着吧。"信吾说。

"哎。"

信吾的话音使她一惊,菊子耸动一下肩膀。她没有向这边望一眼,径直回卧室了。

"菊子的样子有些怪呀。"保子蹙着眉头说。

信吾没有回应。

"也不知道她是哪里不舒服。起来走路,生怕她突然倒在地上。"

"可不是嘛。"

"总之,修一那件事早晚要解决。"

信吾点点头。

"您跟菊子好好谈谈怎么样?我领着国子去迎她妈,也照顾下晚饭的事。房子也是的。"

保子抱着婴儿走了。

"房子去邮局干什么呢?"信吾一说,保子回过头来:"我呀,也正这么想呢。或许给相原寄信去了。分开半年多了吧……回到这里来也快半年了。当时那是大年三十晚上。"

"要发信,这附近就有邮筒。"

"还是从邮局发又快又不耽误事啊。说不定突然想起相原,有些受不住了吧。"

信吾一脸苦笑,觉得老伴倒很乐观哩。

对于女人来说,若是一辈子都背着个家庭的包袱,那就扎下了乐观的根子。

信吾拿起保子看过的四五天以来的报纸,随便翻了翻。一条奇妙的新闻跳入眼帘。

两千年前莲子开花

去年春天,从千叶市检见川弥生时代①遗址的独木舟里,发现三粒莲子,推定为两千年前的果实。某莲子博士使之催芽,今年四月,将幼苗分别种植在千叶农事试验场、千叶公园池塘,以及千叶市旱田町的酒厂老板家里。这位老板据说是协助过遗迹发掘的人,他在铁锅里盛满水,将幼苗种植在内,放在庭院里。结果酒厂老板家的莲子最先开花。莲子博士得到消息,立即跑来,一边抚摸着美丽的花朵,一边说道:

"开化啦!开化啦!"

报上写着:花型次第变化,由"酒壶形""茶碗形""铜盆形",直到"瓷盘形",尽开后飘零下来。花瓣二十四枚。

这则报道下面还有一幅照片:白发皤然的博士,架起眼镜,手持半开的莲花花茎。再重读一遍,发现博士年龄六十九岁。

信吾对着莲花照片仔细瞧了好久,他手捧报纸,走向菊子房间。

这是她和修一夫妻二人的屋子。菊子陪嫁来的书桌上,放着修一的礼帽。菊子似乎打算写信,礼帽旁边摊着信笺纸。书桌抽斗前边,铺着一块绣花布巾。

闻到香水的香气。

"怎么样啊?还是不要急着起来到处走动啊。"信吾在书桌前坐下了。

菊子睁开眼睛,凝视着信吾。她正想坐起来的时候,听到信吾不让她多动,似乎有些尴尬,涨红了面颊。然而,额头却显得青白暗弱,

---

① 弥生时代:晚于"绳文"早于"古坟"时代的历史时期,相当于我国周朝至魏蜀吴三国时代。

独有眉毛秀丽。

"两千年前的莲子经培育开花了。看到报道没有?"

"是的,看到啦。"

"看到了啊。"信吾嘀咕道。

"要是预先跟我们说清楚,菊子你也不必硬要那么做嘛。当天就赶回来,会伤了身子的。"

菊子有些愕然。

"是上个月吧,谈到孩子的事……当时就知道了,是吧?"

菊子在枕头上摇摇头。

"那时我还不知道。要是知道了,不会提起孩子的事,那样太难为情了。"

"是吗,修一说你有洁癖。"

看到菊子的眼睛里涌出泪水,后半句没有说完就中止了。

"不再请医生看看吗?"

"明天再去一趟。"

第二天,信吾刚从公司回家,保子忙不迭地对他说:

"菊子啊,她回娘家去啦。听说现在正躺着呢……大约两点钟前后,佐川家打来电话,是房子接的。说菊子回了趟家里,身子有些不舒服,躺下了。预先没商量很不好意思,想让她静养些时候再回去。"

"是吗?"

"我托房子告诉对方,明天叫修一去看看菊子。电话好像是亲家母打来的。菊子是想回娘家睡觉了吧?"

"不是的。"

"究竟是怎么了呀?"

信吾脱掉上衣,慢慢解着领带,抬头仰望着,说道:

"她堕胎了。"

"什么?"保子很惊讶,"唉,瞒着我们哪……您说的是咱家的菊子吗?当今的人真有点可怕啊!"

"妈,您还蒙在鼓里。"房子抱着国子走进餐厅,"我知道得很清楚。"

"你怎么会知道?"信吾不由追问起来。

"这事儿不好说,说了扯不清。"

信吾没话可说了。

都　苑

一

"我家老爸真有意思。"房子洗涮晚饭后的菜碟子,动作粗野地摞在盆里,"对于亲生女儿比对外头嫁来的儿媳妇还客气。对吧,妈妈?"

"房子!"保子厉声喊道。

"我说得不对吗?菠菜煮过头了,就说煮过头了不好吗?也还没有烂得只能拿去喂小鸟嘛,还是菠菜的形状。您可以拿到温泉里烫呀。"

"温泉怎么烫?"

"温泉不是可以煮鸡蛋、蒸馒头吗?妈妈不是吃过哪里的含镭温泉蛋吗?说什么蛋白硬,蛋黄软⋯⋯京都丝瓜亭的手艺,您不是也曾赞不绝口吗?"

"丝瓜亭?"

"就是瓢亭①。穷措大也知道那个地方。煮菠菜也讲究什么瓢

---

① 瓢亭:日式怀食料理名店,京都本店位于南禅寺附近。

亭、丝瓜亭①吗?"保子笑了起来。

"利用含镭温泉,按照一定温度和时间煮菠菜吃,即便菊子不在身边,老爸也会像波派②那样恢复元气的。"房子说着,她没有笑。

"我不爱听,阴阳怪气的。"

随后,房子利用膝盖的力量,捧起沉甸甸的水盆,说道:

"美男俊女儿子儿媳,不在身边,吃饭也不香。"

信吾抬起头来,同保子对看一下。

"真会耍嘴皮子!"

"可不,不敢说、不敢哭,处处赔着小心。"

"小孩子哭有什么办法呢?"信吾嘟囔着,稍稍张着嘴。

"不是孩子,是我呢。"房子东倒西歪地向厨房走去,"婴儿当然是要哭的了。"

房子哐啷一声,把盛着盘碗的盆子扔进水槽里。

保子惊讶地直起腰来。

听到了房子的抽泣声。

里子翻着白眼看看外婆,立即向厨房跑去。

信吾觉得外孙女的眼神含着厌恶。

保子也站起来,抱起一旁的国子,放在信吾的膝头上。

"看着这孩子。"

说罢,向厨房走去。

---

① 丝瓜(hechima)一词,别有"劣等"之意。
② 波派(Popeye):即大力水手。美国漫画中人物,一九二九年以海员姿态出现于连环漫画中,深受欢迎。危机时,波派借助吃煮菠菜获得神奇力量,保护恋人不受敌方侵犯。

信吾抱起国子,她身子很柔软,又一下子拉到怀里。他手里握着孩子的小脚丫儿,细弱的脚脖子和胖乎乎的脚底板全都攥在信吾的手心里。

"痒痒吗?"

不过,婴儿好像不知道什么叫痒痒。

房子还在吃奶的时候,为了给她换衣服,脱光她的身子放在床上。信吾挠挠她的两肋,孩子龇着鼻子,挥舞着小手……信吾回忆着,有些事已经想不起来了。

房子幼小时期,信吾不太说女儿长得丑。每当开口欲言时,保子姐姐美丽的形象就浮现于脑际。

信吾期待着,随着年龄逐渐长大,婴儿的长相也会经过几度变化的。但信吾的这种期待似乎落空了,随着孩子一天天长大,期待也变得迟钝了。

外孙女里子的脸蛋儿比起母亲来似乎好看些,看来幼儿国子还有希望。

照这么看,信吾甚至也想在外孙女身上寻求保子姐姐的面影吗?信吾对自己厌恶起来。

信吾尽管厌恶自己,但他却陶醉于一种妄想之中:谁能知道,菊子堕胎的孩子,这个失去的孙儿或孙女,就不会是保子姐姐的转生呢?谁又敢断定她不是被强迫不能生在现世上的一位美女呢?于是,信吾对自己越发感到不可思议。

他松开握住婴儿小脚的手掌,国子即刻离开外公的膝头,朝着厨房挪去。她向前架起两只胳膊,脚步摇摇晃晃。

"危险!"信吾话音未落,孩子栽倒了。

婴儿向前倒去,躺在地上没动,好一阵子没有哭。

里子拽住房子的袖口,保子抱着国子,娘儿四个回到餐厅。

"爸爸完全犯糊涂啦,妈妈。"房子边擦桌子边说,"从公司回来,换衣服时,不论是汗衫还是外衣,大襟总是向左侧掩合,系上带子。一副奇怪的打扮站在那里。怎么会变成这样的人了呢?这恐怕是爸爸生来第一次吧?看来非同小可啊。"

"不,以前也有过一次。"信吾说。

"当时,据菊子说,琉球人向左向右都可以。"①

"哎?琉球,为什么?"

房子又改变了面色。

"菊子为了讨好爸爸,没少动脑筋,很会做人啊。琉球,真的会这样吗?"

信吾强忍怒气。

"所谓汗衫②,原来是葡萄牙语。在葡萄牙可不知左襟在前还是右襟在前。"

"菊子也懂得这些吗?"

保子从旁打圆场说:

"夏天的浴衣什么的,爸爸也经常会穿反了的。"

"无意中反穿浴衣,和稀里糊涂将前襟左掩,这是两回事。"

"你叫国子自己穿衣服看看,她知道是左还是右啊?"

"爸爸返老还童还嫌太早。"房子心里不服气,"所以,妈妈,不是

---

① 按传统,男子"右衽"女子"左衽"。就是说,男人衣服前襟扣在右侧,女人衣服前襟扣在左侧。至今不变。
② 汗衫:原文为"襦袢"(jyuban)。

太丢人了吗？儿媳妇回娘家不到一两天，爸爸就把和服衣襟弄反了，怎么会有这种事呢？亲生女儿回娘家不是快要半年了吗？"

是的，房子除夕晚上冒雨回到娘家，确实快到半年了。女婿相原没来过一句话，信吾也没有主动去见他。

"是半年啦。"保子附和着女儿，"但你的事和菊子没有关系。"

"没有关系？我认为两方面都和爸爸有关系。"

"那是孩子自己的事，你想让爸爸为你解决问题吗？"

房子低下头未作回答。

"房子，趁这个时候，把你想说的话全都说出来吧，心里也好轻松些。正好菊子不在家。"

"都怪我不好，所以也没有什么需要特别敞开说的事。纵然不是菊子亲手做的菜，我总希望爸爸只顾埋头吃喝才好。"房子继续哭着说，"不是吗？爸爸虽然只顾埋头吃喝，但吃得很不开心，我也会觉得很扫兴啊！"

"房子，你想必有好多话要说吧？房子，两三天前，你不是去邮局了吗？是不是给相原寄信的？"

房子似乎很惊讶，她摇摇头。

"我想你也没有什么人要写信去的，所以就认定是给相原发信了。"

保子说话一针见血。

"是寄钱吧？"

信吾由此觉察出保子瞒着自己给了女儿一些零花钱。

"相原在哪里？"

信吾说着转向房子，等待回答。但他却又首先说：

"好像不在家里,我托付公司的人,每月去家里一趟看看情况,其实更是给婆婆送点养老金。因为我想,如果房子继续待在婆家,她或许就是需要照顾婆婆的人。"

"啊?"保子很感意外,"您派公司的人去的?"

"那个人嘴巴很严谨,不会乱说乱问的,可以信任。相原要是在家,我想去一趟,同他谈谈房子的事。不过,假如见的只是那位腿脚不便的老太太,见了也无济于事。"

"相原他在干什么呢?"

"唉,好像是在走私毒品。他也是受人指挥,被当作手下人使唤。喝杯酒就成了毒贩子的俘虏了。"

保子恐惧地瞧着信吾,比起相原来,一直隐瞒这件事的丈夫看来更可怕。

信吾继续说:

"不过,那位腿脚不便的老母亲,好像早已不在那个家里了。别的人员已经住了进去,就是说,房子从此没有家了。"

"那么,房子的东西怎么办呢?"

"妈妈,衣橱和行李箱早已空无一物了。"房子说。

"怎么?带回一枚包袱皮来,就说明你是好人吗?唉……"保子叹了口气。

信吾怀疑房子知道相原的下落,所以才写信给他的。

此外,没有给堕落的相原以全力支持的是房子,还是信吾,还是相原本人呢?或者谁都不是呢?信吾眼望着暮霭沉沉的庭院。

二

十点钟左右,信吾到公司上班,看到谷崎英子留给他的字条:

"为少奶奶的事,我来拜见,未遇。改日再来吧。"

她所说的"少奶奶",除了菊子别无他人。

信吾询问房间里的岩村夏子,她是顶替辞职的英子的。

"谷崎是几点来的?"

"啊,她来时我刚上班,正在擦桌子,大约是八点过一点吧。"

"她在等我吗?"

"嗯,等了一会儿。"

夏子沉闷的"嗯"的语言习惯,信吾听起来很不舒服,或许是她乡下人的土语吧。

"她见修一了吗?"

"没有,她没见就回去了。"

"是吗,八点过后……"信吾自言自语。

英子可能是到裁缝店上班前路过这里,或许午休时还会再来的。

英子的字写在一张大纸的一端,字写得很小,信吾又看了一遍,随即望望窗外。

是五月里最典型的天空,一派晴朗。

信吾坐在横须贺线电车上也在抬头仰望天上。仰脸看天的乘客,全都打开了车窗。

擦着六乡川闪光的流水飞翔的鸟儿,也散射着银色的光辉。红色的公交车从北边大桥上奔驰而过,看上去也并非偶然。

"天上大风,天上大风……"信吾不由得反复念叨着那幅赝品良宽匾额上的文字。他看着池上的森林,"哎呀!"一声,几乎要从左侧窗户探出身子。

"那松树,或许不是池上森林的,太靠近了。"

高出一截的两棵松树,今朝一旦看见,似乎就在池上森林前边。

过去,春天,又是雨日,远近竟然如此一派模糊。

信吾从车窗内继续望着,他想看得更真切些。

他每天在电车中遥望,心里很想到松树生长的地方看个明白。

尽管说是每天,但发现这两棵松树还是最近的事。长年累月,过去只是朦胧地望着池上本门寺的森林一闪而过。

不过,他今天第一次发现那高高的松树不是在池上森林。也是五月早晨的空气十分清澄的缘故。

那两棵松树,互相倾斜着上半身,树梢眼看就要抱合在一起了。信吾对两棵松树有了两次发现。

昨天晚饭后,信吾说出他探访相原家,多少帮助了相原老母亲的事,愤愤不平的房子也不吭声了。

信吾有些怜悯房子。他觉得似乎在房子家里发现了什么,至于他究竟发现了什么,那就像池上的松树一样模糊。

说起那池上的松树,两三天前,信吾在电车上一边眺望松树,一边责问修一,逼使儿子说出菊子流产的事。

松树已经不单是松树了,而是和菊子堕胎的事缠绕在一起。每当上下班路上看到这两棵松树,信吾也许就不由联想起儿媳妇的事。

今天早晨同样如此。

修一袒露事实的那天早晨,两棵松树在风雨中黯然一片,同池上森林融合在一起。然而,今天早晨,松树离开森林,同堕胎缠绕,看起来颜色污秽。抑或是天气过于晴朗的缘故。

"天气很好,但人的心情很坏。"信吾沮丧地发着牢骚。他不再观察被公司的窗户切割的蓝天,着手工作了。

过午,英子打来电话。因为忙于赶制夏装,今天不能来了。

"真的这么忙吗?"

"是的。"

英子不再言语了。

"你现在从公司打来的?"

"是的,不过绢子小姐不在。"她淡淡说出了修一情妇的名字,"我是专等绢子小姐不在时打的电话。"

"唔?"

"喂喂,明天早晨,我去看您。"

"早晨?八点左右?"

"不,明天我等您来。"

"有什么急事吗?"

"是的,不是急事,又是急事。凭我的心情,是急事。我想早点给您说。我太激动啦。"

"你太激动了?是修一的事吗?"

"见面再说吧。"

英子的"激动"莫知所指,接着两天都要来找他谈话,使得信吾深感不安。

不安搅得他待不下去,下午三点光景,信吾给菊子的娘家挂电话。

佐川家的女佣来接电话,在等待菊子到来的时间内,电话里传来美妙的音乐。

自打菊子回娘家之后,信吾再未同修一提起过菊子。修一似乎躲避着这一话题。

还有,他本想到佐川家去探望菊子,但想到别把事情闹大,便控制住了。

从菊子的性格上看,信吾认为,她不大会向娘家的父母兄弟透露绢子以及堕胎的事。不过谁又能知道呢。

"……爸爸!"听筒内美妙的交响乐中传来久已怀念的菊子的呼唤。

"爸爸,让您久等啦!"

"啊。"信吾放心了,"身体怎么样?"

"已经好多啦,我太任性,实在对不起您。"

"不。"

信吾一时说不出话来。

"爸爸!"菊子再次高兴地叫了一声。

"我很想念您,我这就去看您,好吗?"

"马上就回来?能行吗?"

"能行,我想早点儿见到您,免得直接回家,太难为情啦。"

"好,我在公司等你。"

音乐声继续响着。

"喂喂,"信吾继续听着音乐,"这音乐很好听。"

"啊呀。忘了关啦……是芭蕾舞曲《仙女们》①,肖邦组曲,我把唱片要下来带回去吧。"

"马上就来吗?"

"是的,可我不愿意去公司,我在考虑呢。"

接着,菊子提议在新宿御苑会合。

信吾不由一怔,随即笑了。

菊子觉得自己想得很周到:

"那地方遍地绿色,爸爸看了会高兴的。"

"新宿御苑,记得曾经去过那里一次,是观看狗的展览会的。"

"您把我也当作小狗来看就行啦。"菊子笑着说,其后继续响着《仙子们》的芭蕾舞曲。

三

按照和菊子的约定,信吾来到新宿一丁目,从大木户门进入御苑。

值班室旁边竖立着一块告示牌,写着:出租童车,每小时三十元;草席每天二十元。

一对美国人夫妇,丈夫抱着女儿,妻子牵着德国波音达②猎犬。

进入御苑的不仅是这对美国人夫妇,还有许多年轻恋人。缓步而行的只有那对美国夫妇。

---

① 《仙女们》:原名为 Les Sylphides,亦作《林中仙子》,肖邦作曲。
② 德国波音达:germanpointer,短毛大猎犬,原产英国。

信吾自然地跟在他们身后。

道路左侧看似一片落叶松，其实是雪松树林。信吾上回来参加似乎是动物保护协会组织的慈善游园会，当时看到的优美的雪松松林，究竟位于哪一带，他已经无法判断了。

道路右侧的树木上，悬挂着"侧柏""赤松"等小木牌。

信吾以为自己先到了，他放慢了脚步。进门不远就是一座水池，没想到菊子早已坐在池畔的长椅子上，背靠一棵银杏树等他了。

菊子转过头站起身来，向公公施礼。

"来得好早啊，不到四点半呀，提前一刻钟。"信吾看看表。

"接到爸爸的电话真叫人高兴！马上就来啦，实在是高兴极了。"菊子快速地说着。

"就这么一直等着？穿得这么少，不冷吗？"

"不冷，这还是女学生时代的毛衣。"菊子略显羞惭，"娘家没有留下我穿的衣服，又不愿借穿姐姐的和服。"

菊子是八人兄弟姐妹中最小的一个，姐姐们全都出嫁了，她这里所说的姐姐就是嫂嫂。

浓绿色的毛线衣是短袖，信吾今年首次看到菊子裸露的臂腕。

菊子再次郑重地为自己来娘家住向公公表示歉意。

信吾一时不知说什么好。

"已经可以回镰仓了吗？"他只是关切地问了一句。

"可以。"

菊子听话地点点头。

"我很想回去。"说罢，耸动一下秀媚的肩膀，凝视着公公。她是如何耸动肩膀的呢？信吾的眼睛未能看得太真切，但那轻柔的馨香使得信吾深感惊奇。

"修一去看你了吗?"

"去了。不过,要是爸爸不来电话……"

她是想说"很难回去"吗?

菊子说着说着,离开银杏树荫。

高大的乔木,秾丽的绿荫,笼罩在菊子背后细白的脖颈上。

水池略显日本风情,水中的小岛上,一个白人士兵,一只脚蹬在石灯笼上,同妓女打情骂俏。岸边的长椅上,也坐着一对年轻的情侣。

信吾跟着菊子,穿过水池右侧的树林。

"很宽广啊。"信吾感到惊讶。

"爸爸也很满意吧。"菊子得意地说。

然而,信吾走到道路旁的枇杷树下站住了,他不想立即进入那片广阔的草地。

"这棵枇杷树很好看。没有东西阻挡它,就连下边的枝条也都尽情地伸展着。"

顺其自然、随意生长的树木的姿态,使得信吾获取了丰盈的感动。

"姿态优美。是的,是的,那次来看犬展,一排高大的雪松,下面的枝条尽情伸展,看起来令人心情很舒畅。记不清在哪儿了。"

"靠近新宿那边。"

"对了,上回是从新宿那边进来的。"

"刚才我在电话里听说过了,您说是来看狗展览,是吗?"

"嗯,虽然狗不很多,但动物保护协会为了募捐举办游园会,日本人很少,外国人很多。看来都是占领军的家属及外交官。那时是夏天,身披大红或水蓝罗衫的印度姑娘,十分漂亮。美国和印度的小卖部都出摊了,那真是难得一见的场景啊!"

这都是两三年前的事了,信吾记不清具体是哪一年了。

说着说着,已经离开了枇杷树前。

"家里庭院的樱花树下,那些围绕在树根上的八角金盘,要全都除掉。你回家记住这事,别忘记了。"

"好的。"

"那棵樱树没经过剪枝,所以我很喜欢。"

"小枝很多,花开满树……上个月,花事正盛,佛都举办七百年纪念,我和爸爸都听到寺钟了。"

"难得你还记得这事。"

"哎呀,我一辈子也忘不掉。听到鹞鹰的鸣叫也是。"

菊子贴近信吾身旁,从大榉树下走进广阔的草地。

满眼翠绿,信吾顿时心旷神怡。

"嘀,生长旺盛啊,仿佛不是在日本,真没想到东京竟有这样的地方。"信吾说着,朝着新宿方向遥望远方无边的绿色。

"据说在 vista① 设计上颇费苦心,看过去更有纵深感。"

"vista 是什么意思呢?"

"就是一条贯通线。草地边缘和中央道路都是和缓的曲线呀。"

菊子说,她从学校来这里时,听过老师的讲解。据说这块散种着乔木的大草地,是模仿英国风景园的样式建设的。

---

① vista:原文为英语,远景、展望之意。

宽阔的草坪上所见到的人，大都是一对对青年男女。有的双方躺在草地上，有的坐着，有的悠悠散步。也少许看到五六个结伴的女学生和一群孩子。这里是恋人们幽会的乐园，信吾甚为惊讶，觉得不该来到这里。

宛若皇室的御苑已经开放，青年男女也是一道开放的风景吧。

信吾和菊子进入草地，穿过幽会的情侣。没有任何人注意到他们，信吾尽量躲着走过去。

但是，菊子又是怎么想的呢？单单是年老的公公和年轻的儿媳妇一起逛公园吗？这对于信吾来说，太不习惯了！

菊子给他打电话说去新宿御苑见面，当时信吾并没有在意，来到这里一看，感觉完全异样了。

草地里生长着格外高大的树木，信吾被这种树木吸引住了。

信吾一边仰望，一边走过去。其间，那高耸的富于品位的绿色与量感，深深传达到他的身上，自然界为他和菊子洗涤了郁闷。"爸爸也很满意吧"，这就够了！

那是鹅掌楸，走近一看，方知原来是三棵树。竖立在一侧的告示牌上写着：花朵似百合，又像郁金香，又名郁金香树。原产北美，成长迅速，这里的树木树龄大约五十年。

"嘀，五十年？比我年轻。"信吾惊奇地抬头仰望。

广阔的枝叶仿佛要把他们俩抱住隐藏起来。

信吾坐在长椅上，然而心情一时难于平静。

信吾猝然站立起来，菊子意外地眼望着他。

"去看看那边的花吧。"信吾说。

草地对面花坛里的一群白花，看上去同鹅掌楸垂挂的枝条几乎碰到了,远望起来鲜艳夺目。

他们越过草地,向那里走去。

"日俄战争凯旋的将军欢迎典礼,就是在这座皇家园林举办的。我那时不到二十岁,住在乡下。"信吾说道。

花坛两侧是一排排整齐的树木。信吾在树木之间的长椅上坐下来。

菊子站在他面前。

"我明天早晨回家,也告诉妈妈一声,请她不要骂我……"菊子说着,随即在信吾身边坐下来。

"回家之前,倘若有什么话要对我说……"

"是对爸爸吗?想说的话太多太多了。"

四

翌日早晨,信吾静心以待,但他还是在菊子回来之前出门了。

"她说不愿意挨骂。"信吾对保子说。

"怎么会挨骂呢,我还要向她赔不是哩。"保子也显露出开朗的神情。

信吾只告诉保子,他给菊子打了电话。

"对于菊子,您这个公公的决定就是圣旨。"保子送信吾到大门口,"嗯,也好。"

信吾到了公司,不久英子来访。

"呀,变得好漂亮啊!还拿着鲜花。"信吾高兴地迎上去。

"上了班就脱不开身了,我在街上逛了一会儿。花店里很好看呢。"

然而,英子表情严肃走到信吾办公桌前,却用指头在桌面上写着"把她支开"。

"哦?"

信吾不由一愣,对夏子说:

"你暂时离开一下。"

夏子起身离去前这段时间,英子看见花瓶,将三朵玫瑰插进去。她身穿裁缝店女职员式的连衣裙,身子稍显胖了些。

"昨天太失礼了。"英子有点反常地开口说,"接连两天前来打搅,我呀……"

"啊,坐下吧。"

"谢谢。"她在椅子上坐下来,低俯着身子。

"今天让你迟到了。"

"哎,没关系。"

英子扬起脸来看着信吾,一副要哭的样子,气息不稳。

"可以说说吗？我实在感到义愤,可能过于激动了。"

"唔?"

"是少奶奶的事。"英子欲言又止,"她做人工流产了吧?"

信吾没有回答。

英子怎么会知道？修一也不会主动告诉她的。可是,英子和修一的情人同在一座店里上班。信吾有些厌恶,随即感到不安。

"做'人流'也是可以的,不过……"英子再次迟疑起来。

"是谁告诉你的?"

"那笔手术费是修一君从绢子小姐手上拿的。"

信吾错愕良久,心脏紧缩。

"我觉得太过分啦,这种手法太欺侮女人啦!简直没头脑。少奶奶太可怜啦,我实在看不下去。修一君也许给绢子小姐钱了,也可能算是他自己的钱。不过,我们总觉得腻歪。他毕竟和我们身份不同呀,这点钱修一君怎么都拿得出来。身份不同,就可以这么干吗?"

英子控制着薄薄的肩头,以免颤抖起来。

"给他钱的绢子小姐,我无法理解。我只是气不过,厌恶极了。哪怕从此不再和绢子小姐在同一家店里工作,我也要把这件事告诉您。这或许是多管闲事,有点不近人情吧。"

"不,谢谢你了。"

"我在这里时,您待我很好。我只见过少奶奶一次,我很喜欢她。"

英子泪眼盈盈,闪闪发光。

"请让他们分开吧。"

"嗯。"

她说的无疑是绢子,但听起来又像是让修一和菊子分开。

信吾被彻底打倒了。

信吾对儿子精神上的麻木和颓废大惑不解,他本人似乎也深陷泥沼之中。他害怕黑暗的恐怖。

想说的全都说了,英子打算回去。

"哦,再待会儿。"信吾有气无力地挽留她。

"改天再来看您。今天很失礼,要是哭了就太不好意思啦。"

信吾感受到英子的良心与善意。

信吾曾经认定英子靠绢子介绍来这家店里工作,认为她没头脑;岂不知修一和他自己该是多么没有头脑。

信吾心性茫然地凝视着英子留下的红玫瑰。

信吾曾经听修一说过,菊子因为洁癖,在丈夫有情妇的"现状"下不生孩子。菊子的这种洁癖,不是完全被践踏了吗?

菊子尚不知道这些,眼下或许已经回到镰仓家中了吧。信吾不由闭上眼睛。

伤　后

一

星期日早晨,信吾用锯子把樱树下边的八角金盘锯掉了。

信吾虽然估摸着,要是不把根子挖掉还会再长,但又嘀咕道:

"等每次出芽时,再砍除也行。"

以前也砍除过,反而根茎扩展,越长越旺盛了。但是,如今信吾还是不打算刨去根子,也许他已经无力彻底挖除了。

八角金盘的枝干碰到锯子立即脆断,可层层簇簇,信吾额头上逐渐渗出了汗水。

"我帮您一下吧。"修一不知何时走过来了。

"不,用不着。"信吾断然拒绝。

修一呆呆站了一会儿。

"是菊子叫我来的,她说爸爸正在清理八角金盘,叫我来帮帮您。"

"是吗?不过只剩一点了。"

信吾坐在砍倒的八角金盘上,望着家里。菊子背倚廊缘边的玻璃窗站立着,系着雅致的红色腰带。

修一拿起信吾膝头的锯子。

"全都要锯掉吧。"

"嗯。"

信吾望着修一虎虎有生气的动作。

剩下的四五棵八角金盘立即倒下了。

"这个也锯掉吗?"修一回头问道。

"那个,等等。"信吾站起身来。

长出了两三棵幼小的樱树枝条,看来都是老树根发出来的,不是单株,可能是幼枝。

粗大树干的底部,也发出小小插栓般的枝条,长出了叶子。

信吾稍稍离开来看看。

"这些地里长出的东西,清除掉也许显得疏朗些。"信吾说。

"是吗?"

不过,修一并不想马上锯掉那些樱树幼枝,他认为老爸的考虑太迂腐了。

菊子也下来走到院子里。

"爸爸他呀,正在动脑筋,要不要把这些锯掉。"修一用锯子指着樱树的幼小枝条,轻声笑着说道。

"那些,还是锯掉了好。"菊子淡然回答。

"是不是幼枝,一时难于辨认。"信吾对菊子说。

"泥土里不会长出樱树幼枝的呀。"

"树根上长出的幼枝,应该叫什么呢?"信吾也笑了。

修一默默地锯掉了樱树幼枝。

"本来打算这些樱树枝全都保留下来,任其自然而又自由地发展生长,但因为八角金盘搅乱其中,就清除掉了。"信吾说道。

"主干下边的小小枝条给保留下来。"

菊子看着公公说:

"那些可爱的幼枝又像筷子又像牙签,开着樱花时,挺好看的呢。"

"是的吗?是能开花吗?我倒没注意呢。"

"是开过花啦,小枝子上一团儿,开两朵花或三朵花……牙签般更小的枝子上只开一朵。"

"是吗?"

"不过,这种小枝子不知能不能长大。等到这种可爱的小树枝长长了,就像新宿御苑的枇杷树和山桃树的底枝一样粗壮,我也早已变成老太婆啦。"

"那也不见得,樱花树长得很快。"信吾一边说,一边瞧着菊子的面孔。

信吾没有把自己和菊子一道去新宿御苑的事告诉老妻和儿子。

菊子莫非一回到镰仓婆家,就立即把这件事跟丈夫说明了?或许,菊子并未意识到需要什么坦白,她可能会若无其事地说出来。

"听说您和菊子在新宿御苑会面了。"这话要是修一难以启齿,或许应该由信吾主动提出。但谁也没有开口,双方都有纠结之处。也许修一虽然听菊子说了,只是佯装不知罢了。

但是,菊子的神情里一无障碍。

信吾凝视着樱花树干的幼枝,头脑里不由描画着这样的图景:这些在意料之外的地方吐露出新芽的纤弱的幼枝,多年后犹如新宿御苑树木的底枝一般,向四方扩展。

倘若长条垂挂于地、繁花缀满枝头,那该是多么豪奢的景象!但信吾不曾见到过樱树这样的枝条,也没见过大樱树主干根部的枝叶向外扩展。

"锯倒的八角金盘放在哪里?"修一问。

"放到哪个角落都行啊。"

修一将八角金盘归拢在一起,夹在胳肢窝里拖着走,菊子也捧着三四棵跟在后头。

"不用了,菊子你呀……还不能太大意了。"修一关爱地说。

菊子点点头,将八角金盘放在地上,伫立不动。

信吾回到屋里。

"菊子也在院子干活吗?"

保子正在把旧蚊帐改小,供婴儿睡午觉使用。她摘下老花镜问道。

"星期天,两人都在院子里,可是很少见啊。菊子打从娘家归来后,关系好多了,真奇怪。"

"菊子也是很伤心的。"信吾嘀咕着。

"也不能光这么看。"保子强调地说,"菊子虽然是个爱笑的女孩子,但她很久没有像今天这样笑得如此开心了。看到她有点憔悴而欢乐的笑颜,我也……"

"唔。"

"这阵子,修一也下班早了,星期天都待在家里。俗话说,一场雨下得地基更瓷实了。"

信吾默默地坐着。

修一和菊子一起走进屋里,修一手里捏着一根樱树幼枝。

"爸爸,您的宝贝樱树小枝子,被里子拔掉了。"他把树枝递到信吾眼前,"里子对八角金盘很好奇,她想全给拔下来,没料到拔着拔着,拔掉了樱树的幼芽。"

"是吗?这是孩子可能会拔掉的枝子。"信吾说。

菊子站着,将半个身子藏在丈夫背后。

二

菊子从娘家回来,分别送给公公一把国产电动剃须刀、婆婆一根和服带纽①、房子两套小孩衣服。

后来,信吾问保子:

"她给修一送了什么东西?"

"一把折叠伞,听说还买了美国产梳子。梳盒子一侧嵌着小镜子……其实,梳子代表缘分已尽,不可作为礼物送人的。或许菊子不懂得这些。"

"美国不讲究这些。"

"菊子也给自己买了同样的梳子,颜色不一样,稍微小一些。房子看见了,说很喜欢,菊子就送给她了。菊子好不容易买了一件同丈夫一样的东西,这对从娘家回来的菊子来说,应是她的珍爱之物。房子不该半

---

① 和服带纽:系在和服腰带或其他服饰外的彩绳。

道上截去。就连一把不起眼的梳子,她的做法也显得很没头脑。"

保子觉得自己的女儿太没出息了。

"听说里子和国子的衣服是高级丝绸,质地很好。虽说没给房子带礼物,可是送给两个孩子不就等于送给房子吗?菊子或许认为,没给房子买点什么,有些过意不去吧。菊子并非高高兴兴回的娘家,本不该让她送礼的呀。"

"是啊。"

信吾也有同感,更有一种保子无法知晓的悒郁。

菊子购置礼物,大概也给娘家人添了不少麻烦。菊子堕胎的费用,也是修一叫绢子代出的,可见他们夫妻俩没有足够的钱购买礼品。菊子也许认为让丈夫为她出了医疗费,而向娘家索要了购买礼品的费用吧。

信吾很长时间没给菊子零花钱了,他为此很后悔。不是没有想到,而是因为菊子和修一他们夫妇关系不和,随着做公公的自己和儿媳妇变得亲近,反而使得信吾很难再私下给她零花钱了。其实,他没有设身处地为菊子考虑,就像硬把梳子截留下来的房子。

菊子不用说因为丈夫耽于玩乐而手头颇为拮据,由此很难主动向公公索要零花钱。不过,只要信吾照顾得周全些,菊子也不会受到如此侮辱,以至仰仗丈夫的情妇为自己支付堕胎费。

"还是不买礼物来为好,免得更难过。"保子思忖着,"合起来是一笔不小的数目。得花多少钱啊?"

"这个嘛。"

信吾在心里琢磨着。

"电动剃刀是多少钱来着?这个估计不到,没见过这玩意儿。"

"可不是吗。"保子也点头称是,"要是摸彩,您一定是头等。因为是儿媳妇菊子送的。又有响声,又能转动,不是吗?"

"刀齿不动。"

"动的,不动怎么刮胡子?"

"不,怎么看都不动。"

"是吗?"

保子咯咯笑起来。

"瞧您高兴的,就像孩子得到玩具。绝对是一等。每天早晨刺啦刺啦地响,吃饭时也不断摸下巴颏儿。因为太入迷了,连菊子都觉得难为情。但她心里很高兴。"

"也可以借给你用嘛。"信吾笑了,保子摇摇头。

菊子从娘家回来那天,信吾和修一爷俩一起下班回家。当晚在餐厅,全家人对菊子买的电动剃刀很感兴趣。

菊子连招呼不打就回了娘家,修一全家又逼她做了人工流产,如今一下子面对面坐下来,本来很尴尬,这回有了电动剃刀,可以说全靠这玩意调和气氛了。

房子早已为里子和国子穿上童装,对领口和袖口的绣花边儿赞叹不已,满脸喜悦。信吾一边阅读电动剃刀的"使用须知",一边当场表演。

全家人一起朝他望着,似乎都在关心电动剃刀的效果。

信吾一只手握着剃刀,在下巴颏上不停地滑动,一只手不离那张"使用须知"。

"这上面写着,女人脖颈的汗毛也很容易剃掉。"他说罢,看看菊子的面孔。

菊子鬓角和额间的发际秀媚无比,信吾似乎从未注意过那里。那一带发际之间,微妙地描画出楚楚动人的线条。

细白的肌理,整齐的黑发,鲜洁分明。

菊子略显白皙的容颜,反而衬托出两颊的红潮,双目怡悦,炯炯有神。

"爸爸得到一件心爱的玩具。"保子说。

"不是玩具,而是文明的利器,精密的机器!附带机器番号,在机检、调整和出厂栏上都盖有责任人的图章。"

信吾心情很好,先顺着胡须剃,再逆着胡须剃。

"不必担心像一般剃刀那样划伤皮肉,或者过敏,也不需要肥皂和水。"菊子说。

"嗯,上了年纪的人皱纹多,一般剃刀用起来磕磕碰碰的。这个嘛,你也能用啊!"信吾正要交给保子。

保子缩起身子躲避着。

"我没有胡须。"

信吾注视着电动剃刀的刀齿,戴上老花镜又瞧了一下。

"刀齿不动,怎么剃的呢?光是小电动机旋转,刀齿不动。"

"哪里?"修一伸过手去,信吾早已交给保子了。

"真的呢,刀齿好像不动。可能就像吸尘器,把灰尘吸进去了。"

"不知道剃掉的胡须哪里去了。"信吾这么一说,菊子低着头笑了。

"既然收到了剃刀,那就买个吸尘器作为还礼吧,怎么样?洗衣机也可以啊,对菊子来说大有用场。"

"说的是。"信吾回应老妻。

"您说的什么文明的利器,咱家一件也没有。就说冰箱吧,每年都说要买要买,今年总该要买了吧。还有烤面包机,烤好的面包片自动跳出来,电源也随着切断了,便利极啦。"

"老太太是在宣传家电论吧?"

"爸爸老说疼儿媳妇,就是不肯做实事。"

信吾拔掉电动剃刀的电线。剃刀盒子里装着两只小刷子,一只像牙签,一只像瓶刷子。两只小刷子信吾都试用过了。他用那只瓶刷子扫除刀齿的内部,突然向下一看,膝盖上落了一些极短的白毛。眼睛也只能看到白毛。

信吾悄悄掸了掸膝头。

三

信吾首先购买了吸尘器。

早饭前,菊子打扫房间的声音和信吾电动剃刀转动的响声混合在一起,使得信吾总觉得很滑稽。

不过,这也许是家庭焕然一新之后的音乐。

里子也很喜欢吸尘器,一直跟在妗子身后走着。

因为有了电动剃刀,信吾做了一个下巴颏上胡子的梦。

信吾不是梦中人物,只是个观众。因为是梦,出场人物和旁观者的区别并不明显。而且,又是信吾不曾涉足的美国的事情。后来信吾想,菊子买来的梳子也是美国产,所以做了个美国的梦吧。

信吾的梦里,美国的各州,居民有的英国人多,有的西班牙人多。因此,胡子也各有特色。至于颜色和形态有何不同,梦醒之后已经记不清楚了。可在梦中，信吾清晰地分辨出美国各州，即各人种胡须的差异。同时，尽管醒来之后忘记了州名，记得梦里在某个州出现一位集各州人种胡须特色于一身的男子。他的胡须并非将各类人种的毛发杂糅一处，而是一部分是法国人形态，一部分是印度人形态，一个人胡须中聚集着各种人种的胡须。换句话说，此人的胡须里，一束束垂挂着美国各州各个人种不同的毛发。

美国政府把这个男子的胡须指定为天然纪念物，一旦被指定为天然纪念物，此人便不得随便剃掉胡须或进行加工了。

就是这么一个梦。信吾梦见这位男子五颜六色的胡须，似乎也感到就是自己的胡须。此人关于胡须的骄傲与困惑，似乎也变成了自己的骄傲与困惑。

几乎没有什么情节，仅仅就是梦见一个长胡子的男人。

不用说，这个男子的胡须很长。或许因为信吾每天早上用电动剃刀将胡须剃得很干净，所以反而做了胡须一个劲儿疯长的梦。不过，将胡须指定为天然纪念物倒是很荒唐。

这是天真的梦，信吾想着一早醒来要讲给全家人听，他一边静听着雨声，不一会儿又入睡了。但不久又被噩梦吓醒了。

信吾触摸着尖细而下垂的乳房。那乳房只是柔软，之所以没有胀大起来，全因为女人对信吾的手无动于衷。咳，多么叫人扫兴！

他虽然触摸到乳房，但不知女人是谁。他是不知道，但他也不想知道。没有女人的面孔和身子，只有两只乳房悬在半空里。此时，他这才思忖着这女子到底是谁。于是，他想到了修一一位朋友的妹妹。然而信吾没有受到良心的谴责，他对那位姑娘的印象十分淡薄，对她的身姿也很模糊。乳房虽不像是开怀的女子，但信吾没有将这女子当作处女。他通过手指感受到了她的纯洁无垢,猛然一惊。尽管困惑不已,但并不觉得自己的行为有什么不好。

"我权且把她当作体育运动员吧。"信吾嘀咕着。

这种说法使他感到惊讶,随之梦也破灭了。

"咳,多么叫人扫兴!"

这是森鸥外①临终的话。信吾想起来了,他不知何时似乎在报纸上看到过。

一旦从可厌的梦境中醒来,立即联想到鸥外临终的遗言,并且同自己梦中的语言结合在一起,这就是信吾自己的遁词吧。

梦中的信吾既无爱情亦无欢乐,甚至没有淫乱之梦的淫乱的情思。咳,多么叫人扫兴! 随后,他从毫无意味的梦中醒过来了。

信吾梦中没有侵犯那个姑娘,或许正要侵犯她。然而,若是因感动或恐怖战战兢兢侵犯了那个姑娘,醒来之后,这种罪恶的生命还会延续下去。

信吾回忆起近年来在淫乱的梦境中所梦见的对象,大都是所谓品行低下的女子。今夜的姑娘也是如此。纵然在梦中,他也害怕因犯奸淫罪而受到道德的苛责,不是吗?

信吾想起修一那位朋友的妹妹,似乎胸脯圆润。菊子还未过门之前,那女子同修一曾经有过一段短暂的姻缘和交往。

"哦!"信吾心中划过一道闪电。

梦里的姑娘不就是菊子的化身吗? 梦中,道德依旧在起作用,菊

---

① 森鸥外(1862—1922):岛根县人。作家、翻译家、陆军军医。本名林太郎,别号观潮楼主人等。作品有小说《舞姬》《雁》,译作《于母影》等。

子不是借助修一朋友的妹妹而现身了吗?而且,为了隐蔽乱伦,淡化苛责,不是又将这位作为替身的朋友的妹妹,变成更加低下的毫无情趣的女子了吗?

倘若允许信吾为所欲为,重新任意创设人生,那么,信吾不是可以爱上处女时代的菊子,也就是尚未做自己儿媳之前的菊子吗?

此种一直受到压抑和扭曲的心理,终于在梦中丑陋地表现出来了。信吾在梦中也将这些隐瞒下来欺骗自己,不是吗?

信吾之所以假托在菊子前头曾经同修一有过一段姻缘的姑娘,并使得姑娘的姿影模糊难辨,那是因为他极为害怕那个女子就是菊子,不是吗?

事后想想,梦中人物一片模糊,梦的情节也一片模糊,他已经记忆不清,触及乳房的手也缺乏快感。信吾怀疑,梦醒之后,那些狡黠的因素是否已经在起作用,将一场梦境全然抹消了。

"这是梦。胡子被指定为天然纪念物是梦。所谓圆梦是不可信的。"信吾用手掌抹了一下脸。

梦使得信吾倍感无聊,浑身发冷,可醒来之后,心怀恐惧,汗流津津。

那场胡子梦之后,开始听到的细微的雨音,如今随风变大,哗哗哗打在屋顶上。榻榻米似乎也潮润润的。不过,这雨声听起来一场风暴过后就会停息。

信吾想起来,四五天前,在朋友家里看到一幅渡边华山①的水

---

① 渡边华山(1793—1841):江户时代末期画家、兰学学者。名定静,号登,又称愚绘堂。因批判幕府政治受株连入狱,自刃而死。

墨画。

画面是枯树顶上站着一只乌鸦。题目是：

　　枯树梢头不死乌,五月夜雨待黎明。——登

信吾读罢这首俳句,明白了绘画的意思以及华山的心情。

乌鸦立于枯木顶端,风吹雨打,期盼着黎明。画面以淡墨表现风雨之威猛。信吾已记不清枯木的姿态,只记得高大的树干拦腰被刮断了。乌鸦的身姿记得很清楚,或许因为躺着,或许被大雨淋湿,也可能两方面原因都有,乌鸦稍稍显得臃肿。一副长喙,上半边墨色浓丽,粗硬、厚实。双目虽然睁开,但又似乎半睡半醒。乌鸦整个身躯画得很大,生就一双深含嗔怒的强悍的眼睛。

信吾只知道华山出身贫窭,切腹而死。然而,他从这幅《风雨晓乌图》中,却感受到华山当时的心境。

或许朋友为了应和季节变化才将这幅画挂在壁龛里的吧。

"真是一只气宇轩昂的乌鸦啊!"信吾说,"我不太喜欢。"

"是吗？战时,我经常观看这只乌鸦,心想,这叫什么乌鸦,乌鸦哪是这副样子啊？不过也有沉静的时候。其实,如果因为华山那样的案情需要切腹,我们真不知要切几次哩！时代使然啊！"朋友说。

"我们也在等待黎明……"

今天,风雨交加的夜晚,朋友的客厅里依然悬挂着那幅乌鸦图吧。信吾仿佛看见了画面。

家里的鹞鹰和乌鸦今夜怎么样呢？信吾思忖着。

四

信吾第二次梦醒之后,再也睡不着了,他等待天亮。可他没有华山笔下那只乌鸦的意志和气魄。

即使是菊子或修一朋友的妹妹,在那种淫邪的梦境中却没有淫邪的欲念,不管怎么说,也是令人悲戚的,不是吗?

较之任何淫乱,此乃更加丑恶。这就叫老丑吧?

信吾在战争期间,不曾有过女色的牵连。而且,之后也一直是这样。他还没到那样的年龄,已经养成癖性。在战争的压抑之下,无法夺回原来的生命。考虑问题的方法,也因战争被逼入褊狭的常识般的死胡同。

到了自己这把年纪,这样的老人很多吗?信吾很想问问朋友们,但又怕受到嘲笑,说他没出息。

在梦里即便爱上菊子又怎样呢?在梦中怕什么,忌讳什么呢?纵然在现实中不是也可以暗暗爱上菊子吗?信吾试图重新换个想法。

老而欲忘少年恋,泪洒时雨透心寒。

芜村①的俳句浮上脑际,信吾的想法还是太守旧了。

修一因为有了情妇,他和菊子的夫妻关系进一步深化了。菊子

---

① 与谢芜村(1716—1783):江户中期俳人、画家。本姓谷口,芜村为俳号,别号宰鸟、紫狐庵。画号四明、长庚、谢寅等。与池大雅同为南画之集大成者。著有《新花摘》《夜半乐》《芜村句集》等。

堕胎后,小两口的感情更加温馨。一个暴风雨的夜晚,菊子对修一比寻常更加情意缠绵;即使修一深夜喝得烂醉如泥归来,菊子也是比寻常更对他百般体贴,全都给予谅解。

菊子到底是可怜呢,还是愚执呢?

这一切皆出于菊子的自愿吗?或者说,她还没有觉悟,只是老老实实服从造化之妙、生命之波罢了。

菊子以不生孩子对抗修一,又以回娘家对抗修一,其间表露了自身的不堪忍受与悲伤;然而两三天后归来,仿佛忏悔自己的罪愆,抚慰自己的创伤,又同修一言归于好了。

照信吾看来,也会觉得,咳,多么叫人扫兴!不过到底还是一件好事。

信吾甚至认为,关于绢子的问题,暂时可以不管,等待自然解决。

修一虽然是信吾的儿子,菊子就必须做出如此让步同修一结合在一起吗?他们真的是这般理想的夫妇、同命相怜的夫妇吗?信吾一旦怀疑起来,无边无际。

信吾不想惊动身边的保子,他打开枕畔的电灯,但看不清几点钟了。外面似乎已经明亮,六点的寺钟该响了。

信吾想起新宿御苑的钟声。

那是傍晚闭园的信号。

"就像教堂的钟声啊。"信吾对菊子说。那种感觉宛若走过某处西式公园的树木,前往教堂。御苑出口众人群集而去之处,似乎就有一座教堂。

信吾起来了,他睡眠不足。

信吾不便于再看菊子的面色,他和修一爷儿俩一起及早离开家门。

信吾突然问儿子：

"你在战争中杀过人吧？"

"这个嘛，大凡我的机关枪子弹射中了，总要死的。但是，机关枪不是我发射的。可以这么说。"

修一露出不悦的神色，脸孔扭向一边。

白天停止的雨，夜晚又随风猛降起来。东京笼罩在浓雾里。

公司宴会结束后，信吾走出酒馆，被迫上了最后一辆汽车，负责将艺妓送回去。

两个上了年纪的艺妓坐在信吾身旁，三个年轻女子，坐在后排人的膝盖上。信吾顺手绕到一人腰间腰带前，一边往怀里拽，一边说：

"可以过来。"

"对不起。"一位年轻艺妓放心地坐在信吾的膝头上。她约莫比菊子小四五岁。

信吾为了记住这位艺妓，乘上电车后想把她的芳名记录下来。然而这念头只是一时闪现，转眼就忘了。

雨　中

一

那天早晨,菊子首先看了报纸。

雨点似乎溅进门口的邮箱,把报纸淋湿了。菊子用煮饭的炉火烤干报纸翻阅着。

有时候信吾早醒,也会起来去拿报纸回到被窝阅读。不过,平常拿早报都是菊子的事。

一般来说,菊子都是在送走公公和丈夫以后才开始读报。

"爸爸,爸爸。"菊子在障子门外低声呼唤。

"什么事?"

"您要是醒了,请出来一下……"

"哪里不舒服吗?"

听菊子的声音,信吾如此想着,立即起身走出来。

菊子手拿报纸,站在走廊上。

"怎么啦?"

"相原君上报了。"

"相原被警察抓起来了吗？"

"不是。"

菊子后退了一下，递过来报纸。

"啊，还是湿的。"

信吾不想接过来，他只伸出一只手，濡湿的报纸啪啦垂落下来。菊子接住报纸一端，双手捧起来。

"我看不清啊，相原怎么啦？"

"他殉情自杀了。"

"殉情……？死了？"

"报上说，有望保住性命。"

"是吗？等我一下。"信吾松开报纸，正要离去，"房子还在睡吗？她在家里？"

"是的。"

昨晚很迟房子确实带着两个孩子睡在家里，不可能和相原一道殉情，也不可能登在今天的早报上。

信吾望着厕所窗外的狂风暴雨，想平静一下心情。山脚下的芒草耷拉下来，雨滴顺着长长的叶子迅速流淌。

"下得好大啊，不像是梅雨天气。"

信吾这样对菊子说着，坐在餐厅里，手里拿起报纸。刚要开始读报，老花镜从鼻子上滑下来。他咂咂舌头，摘掉眼镜，从鼻梁到眼角胡乱揉了揉。这地方油腻腻的，令人心里很烦躁。

正读着这则简短的报道，眼镜又滑下来了。

相原是在伊豆莲台寺温泉自杀的。女人死了，看样子像是二十五六岁的女招待,不过身份尚未弄清楚。男的长期吸毒,或许可以保住一条命。说是男的吸毒,又说没有遗书。看来男方其中有诈术。

眼镜滑到鼻尖上了,信吾恨不得一把拽下来扔掉。

究竟是为相原的殉情自杀而生气,还是因眼镜滑落而急躁呢?两者很难区别。

信吾用力用掌心揉搓着脸孔,走向洗漱间。

报上说,相原在旅馆的房客住址簿上,写着横滨。没有出现妻子房子的名字。

这则报道没有涉及信吾一家。

写着横滨,当然是谎言。或许他没有一定的住处,或许房子也已经不再是他的妻子。

信吾先洗脸,后刷牙。

信吾仍然认为房子是相原的妻子,他由此觉得心里既烦乱又迷惘,或许仅来自自身的优柔与感伤。

"这就是所谓的时间解决一切吗?"信吾嘀咕道。

信吾迟迟未能解决的问题,时光不是终于给解决了吗?

不过,相原落到这种地步之前,信吾难道就没办法救他一把吗?

还有,是房子逼使相原走向毁灭,还是相原引导房子堕入不幸?很难弄清楚。或许既有逼使对方走向毁灭与不幸的倾向,又有受对方引导堕入毁灭与不幸的倾向。

信吾回到餐厅,一边啜着热茶,一边说道:

"菊子,五六天前,相原把离婚申请书邮寄来了,你知道吧?"

"知道,爸爸很生气呢……"

"是啊,是很生气。房子也说,这太侮辱人了。那或许是相原临死前最后一个交代吧。相原是有所觉悟的自杀,并非骗术,倒是女人白白赔了条命。"

菊子秀眉颦蹙,默不作声。她穿着粗条纹的丝绸衣裳。

"把修一叫醒到这儿来。"信吾吩咐道。

站起身子离去的菊子,也许因为穿上了和服,似乎又长高了。

"听说相原出事了?"修一问信吾,随手拿起报纸。

"姐姐的离婚申请书送去了吧?"

"不,还没有。"

"还没有送出去吗?"修一抬起头来,"为什么?哪怕今天尽快送去也好嘛。相原要是救不活,那不等于死人提出离婚了吗?"

"可是两个孩子的户籍怎么办呢?相原丝毫没有提到孩子的事。年龄幼小的孩子,没有选择户籍的能力。"

房子也盖了章的离婚申请书,一直装在信吾的手提包里,来往于自家与公司之途。

他不时打发人去给相原的母亲送点钱。信吾本想请那人也一起将离婚申请交到区役所①,但还是一天天拖延下来了。

"反正孩子已经住到家里,没法子了。"修一泄气地说。

"警察会不会到咱家来呢?"

"来干什么?"

"问问谁负责照顾相原什么的。"

"不会来的吧。为了不出现这种情况,相原已经寄来离婚申请了。"

---

① 区役所:区级行政机关,相当于区政府。

隔扇豁然被拉开,房子穿着睡衣走出来。

她没有仔细阅读,就把报纸撕成碎片,向外面扔去。但她撕碎时过分用力,想扔也没能扔出去。房子似乎要躺倒在地,她拂开满地的报纸碎屑。

"菊子,把那里的隔扇关上吧。"信吾吩咐道。

透过房子打开的隔扇,可以看见两个孩子的睡相。

房子两手颤抖,继续将报纸撕碎。

修一和菊子默然无语。

"房子,你不想去接相原吗?"信吾问。

"不去。"

房子一只胳膊肘儿支在榻榻米上,猛然转过身来,吊起眼睛,斜睨着信吾。

"爸爸,您把自己的女儿当成什么人了?太窝囊啦!人家把亲生女儿逼到这种地步,您一点都不觉得气愤吗?爸爸要是不怕丢人现眼,可以亲自去接他嘛。究竟是谁把我许给那种男人的呢?"

菊子向厨房走去。

信吾是突然将心中浮现出来的想法不小心说出口了。信吾一直在考虑,房子趁着这时候去接相原,一时分手的两个人破镜重圆,小两口一切都可以重新开始。这在社会上也是可能的。

二

相原是死是活,后来的报纸上再也没有报道过。

区役所受理了离婚申请书,可见户籍上尚未注明已经死亡。

不过,即便已死,相原也会被当作无名尸体埋葬,不是吗?估计不会有这等事。他还有个腿脚不灵的母亲哩。即便老母亲不看报,相原的亲友中也会有人告诉她的。凭信吾的想象,看来相原是救过来了。

但是,一厢情愿地把相原两个女儿领养过来就算了结了吗?尽管修一已经态度明确,但信吾总是有所顾虑。

眼下,两个外孙女已经成为信吾的负担。最后也会成为修一的负担,修一似乎未曾想到这一点。

且不说养育的负担,房子和外孙女今后的幸福已经失掉了一半,这也关系到信吾的责任,不是吗?

还有,信吾递交离婚申请书时,相原那个相好的女子也浮上脑际。

一个女子的确死了。这个女子的生死算什么呢?

"变成精灵!"信吾嘀咕着,心中不由一惊。

"她的一生太无聊了。"

如果房子和相原彼此相安无事,那女子也不至于殉情。所以,信吾也不能完全摆脱迂回杀人的干系。这么一想,不就泛起吊慰那个女子的菩萨心肠吗?

然而,他心里无从想象那个女子的身影,倒是浮现出菊子的孩子的形象。自然不是及早打掉的胎儿的影像,信吾想到的是可爱的婴儿的形象。

这孩子没有生下来,不也是信吾迂回杀人的结果吗?

甚至连老花镜也滑腻腻的,令人烦躁的阴湿的日子还在继续。信吾的右胸感觉很沉闷。

梅雨转晴的时期,阳光猝然照射下来。

"去年夏天,盛开着葵花的家庭,今年是什么花啊,好像是种满了开白花的西洋菊嘛。好像是约好了,四五家一排,都开着同样的花,挺有意思的。去年一律都是向日葵。"信吾一边穿裤子,一边说话。

菊子手拿上衣,站在面前。

"不是因为向日葵被去年一场暴风雨刮断了吗?"

"或许是吧。菊子,这阵子你似乎长高了。"

"是的。来咱家之后,虽然也一点点逐渐变高,但这段时间似乎增长更加迅速哩。修一也感到惊奇啊。"

"什么时候……?"

菊子蓦地羞红了脸蛋儿,转到信吾身后,给公公披上上衣。

"我是觉得你是长高了,也不光因为穿和服。打从嫁来咱家之后,已经有些年头了,身高还在增长,这真好啊!"

"发育得晚,身高不够啊。"

"那倒不是,那也很可爱嘛。"信吾说罢,心里觉得菊子水灵剔透,十分可爱。菊子长高了,修一搂在怀里也会感觉得到吧?

失掉的婴儿的生命,也在菊子体内增长,信吾一边想象着,一边跨出家门。

里子蹲在路边,眼瞅着附近的女孩子们玩过家家游戏。

她们把鲍鱼贝壳和八角金盘的绿叶当菜盘子,再把青草切得细细的,盛在盘子里。信吾很感动,他停住脚步。

大丽花和雏菊花瓣也切碎,装进盘子里增加色彩。

铺上草垫,那些草垫上印下了雏菊浓丽的花影。

"是的,那是雏菊。"信吾若有所思地嘀咕一声。

三四家一排,都种植了雏菊,取代去年的向日葵。

里子年小,似乎还不能入伙。

信吾迈开步子。

"爷爷!"里子叫喊着追上来。

信吾一直牵着外孙女的小手,走到道路尽头一角。里子跑着回家的影子,也很像夏天。

公司的办公室里,夏子露出白嫩的臂膀在擦窗玻璃。

"你呀,看没看今天的早报?"

"嗯。"夏子迟钝地回答。

"说是报纸,也弄不清哪一家,那个什么来着……"

"是报纸吗?"

"忘记是在什么报上看到的了。哈佛大学和波士顿大学的社会科学家们,对千名女秘书发出问卷调查,问她们最喜欢什么,她们异口同声地回答:有人在身边时受到表扬最高兴。女孩子们,不分东西方,大概都是一样吧?你怎么样呢?"

"那是多么难为情啊!"

"羞涩和高兴大多是一致的。当受到男人求爱时,不是也很高兴吗?"

夏子望着地上,没有回答。信吾想,夏子更像一位当下时代罕见的少女。

"谷崎或许属于这一类吧?要是在人前多给几次表扬就好了。"

"刚才谷崎小姐来过了,八点半左右。"夏子多嘴多舌说了一句。

"是吗?说什么来着?"

"她说中午再来一趟。"

信吾立即有了不祥的预感。

他一直等着,没有出外吃午饭。

英子拉开门扉,伫立不动,哭丧着脸喘息着,望着信吾。

"哎呀,今天没拿鲜花来嘛。"信吾想掩饰心中的不安。

英子仿佛责备他不该如此随便,她颇为严肃地走过来。

"又要避人眼目吗?"

夏子已经外出午休了,室内只有信吾一人。

当他听说修一的情妇怀孕了,信吾不由一怔。

"我对她说,你不能生下来。"

英子颤动着薄薄的朱唇。

"昨天下班的路上,我拉住绢子小姐对她说。"

"唔。"

"难道不是吗?她太过分啦。"

信吾无法作答,阴沉着面孔。

英子因为顾及菊子,她才这样说的。

修一的妻子菊子和情妇前后怀妊,世间可能会有此等事,但发生在自己的儿子身上,信吾倒是没有料到。而且,菊子做了人工流产。

三

"看看修一在吗,叫他来一下……"

"是。"

英子掏出小镜子,犹豫了一下:"这张脸好奇怪,太难为情啦。

再说,绢子小姐或许也知道我来告她的状。"

"啊,是吗?"

"如今这家商店,哪怕为这件事辞掉工作也无妨……"

"不必了。"

信吾抄起桌上的电话询问着。这房间有别的职员在,眼下他不愿同儿子见面。修一不在公司。

信吾约英子去附近一家西餐店,两人出了公司。

身个儿矮小的英子,紧挨信吾身边,抬头看看他的脸色,低声说道:

"我在您办公室工作那阵子,跟您只跳过一次舞,还记得吗?"

"嗯,你头上还扎着白色缎带呢。"

"不是的,"英子摇摇头,"我用白色缎带扎头发,那是暴风雨过后的第二天。正是那天,您问起绢子小姐的事,使我很为难,所以我记得很清楚。"

"是这样啊。"

可不是吗,信吾想起来了,那天他从英子口中听说,绢子沙哑的嗓音很性感。

"那是去年九月,自那之后,修一的事也让你操碎了心。"

信吾出来没有戴帽子,头皮晒得热辣辣的。

"丝毫不起作用呀。"

"是我没能让你发挥作用,我们这个家令我很惭愧啊。"

"我很尊敬您。离开公司后,反而越发怀念了。"英子的语调很奇妙,吞吞吐吐好半天,这才接下去,"我对她说:'你不能生下来。'绢子小姐一副'你神气什么'的样子说:'这事儿你不懂,你知道什么呀？请你不要多管闲事！'最后她又说：'这是我自己肚子里的事……'"

"唔。"

"绢子对我说：'是什么人叫你跑来对我说出这样的怪话？要是想要修一君和我分手，只要修一君提出来就行，我也只得分手。但生孩子是我自己的事，谁都管不着。至于生下来是好是歹，有本事你问问我肚子里的胎儿看吧……'绢子小姐看我年轻，对我冷嘲热讽。但她反而对我说：'请你不要嘲笑人！'绢子小姐或许要生下那个孩子。后来仔细想想，她和那位战死疆场的前夫没有生过孩子。"

"唔？"

信吾边走边点头。

"也可能我招惹了她，她才那么说。她也许不打算把孩子生下来。"

"多长时间了？"

"四月怀胎。我倒是没注意，店里人都知道……据说老板也问清了详情，规劝她不生为好。绢子小姐手艺好，要是因为生孩子辞掉工作，那真是太可惜啦。"

英子一只手支着半边面颊说道：

"我不知内情，只是来通报一下，请您同修一君商量商量看吧……"

"嗯。"

"您要是想见绢子小姐，还是早一点好。"

信吾也在考虑这事，正巧英子也提到了。

"那个上次来过公司的女子，还和绢子小姐住在一起吗？"

"是池田小姐。"

"是的,她们谁大?"

"看样子,绢子小姐比池田小姐要小两三岁。"

饭后,英子跟着信吾走到公司门口,微笑着几乎要哭了。

"失陪啦。"

"谢谢。你现在就回商店吗?"

"是的。绢子小姐近来大都是提前下班,她在店里待到六点半回家。"

"我总不能去你们店里啊!"

英子似乎敦促信吾今天和绢子见面,这使他很郁闷。

信吾也不忍心回镰仓家见菊子。

当初菊子做流产手术,是因为她的洁癖,她不能接受在修一有情妇的情况下生孩子。可她肯定从未想过修一的情妇会怀孕。

信吾知道菊子做手术的事后,菊子在娘家住了两三天,回来后夫妻关系显得很和谐,修一每天很早回家,对妻子体贴入微,这究竟是怎么回事呢?

从好里说,修一也许对一心想生孩子的绢子也很头疼,想远远躲开她,以此表达对妻子的歉意。

然而,信吾的脑海里始终笼罩着一种不祥的颓废与背德的腐臭。

他想,甚至胎儿的生命也浸染着魔力,这感觉究竟是从哪里产生的呢?

"生下来是我孙子吗?"信吾自言自语。

蚊 群

一

信吾沿着本乡大道大学一侧走了好半天。

他从商店一侧下车，绢子的家就在这边的短巷里，但他故意穿过电车线，走到了对面。

为了去儿子情妇家，信吾苦苦犹豫了很久。这是听到绢子妊娠后的第一次相见，信吾怎么好断然说出"莫把孩子生下来"之类的话呢？

"这不就是杀人犯吗？用不着弄脏老人的手。"信吾独自嘀咕着。

"不过，一切的解决都很残酷。"

解决应该是儿子的事，由不得父母插手。信吾不曾和修一商量一下就到这里来了，这证明他已经不再相信儿子了。

究竟打从何时起，父子之间产生了意想不到的隔阂呢？信吾百思不解。到绢子家中一事，与其说他代替儿子前来解决问题，毋宁说他可怜菊子,为了菊子愤然而起,不是吗?

火烈的夕阳,仅仅残留于大学树林的梢顶,人行道上却是一片清阴。身穿雪白衫裤的大学男生们,与女同学们一起坐在校园内的草坪上,令人联想到这是个梅雨暂晴的天气。

信吾向脸上抹了一把,酒醒了。

绢子下班还有一段时间,信吾随即约了别的公司的朋友,去西餐店吃晚饭。因为是久未见面的朋友,忘记了对方是个酒豪。未上二楼餐厅前,就在一楼酒馆豪饮起来。信吾也稍稍喝了一点,其后又坐在酒馆里。

"怎么,这就回去吗?"朋友不由一愣。朋友说,因阔别已久,估计会有好多话说,所以事先向筑地那里打了电话。

信吾对那位朋友说,他要去见一个人,约莫一小时光景。说罢,走出那家酒馆。朋友在名片上标上自己筑地的住址和电话,交给信吾。信吾不打算去他家里。

他一边沿着学校的围墙行走,一边寻找马路对面小巷的入口。虽然有点记忆模糊,但并没有走错路。

跨入朝北的晦暗的玄关,粗劣的鞋柜上放着一盆西洋花草,挂着一把女用蝙蝠伞。

厨房里走出一位穿围裙的女子。

"哎呀!"她表情僵硬,脱去围裙。深蓝色的裙子,光着脚。

"是池田小姐吧?您曾去过我们的公司……"信吾说道。

"啊,那次是英子小姐带我去的,太失礼啦。"

池田将围裙团成团儿握在一只手里,跪坐地上,朝信吾瞧了一眼,似乎问他有何贵干。她的眼角也有些雀斑,大概是没有粉脂气的缘故,雀斑较为显眼。细鼻梁,单眼皮,虽然略显纤弱,却有着一副白皙而端正的面孔。

崭新的上衣依然出于绢子之手吧?

"我是来见见绢子小姐的。"

信吾似乎求她帮忙。

"是吗?她还没有回来呢,快要下班了。请进来坐一会儿吧。"

厨房里飘来煮鱼的香味。

信吾本打算等绢子回家吃过晚饭之后再来,但池田的好意难却,随之走入客厅。

八铺席的房间,壁龛里堆积着时装书籍,外国流行杂志也很多。一旁站立着两个法国偶人。装饰性的衣服的颜色,与古旧的墙壁很不协调。缝纫机上耷拉着正在缝纫的衣服,这种艳丽的花纹也越发反衬出榻榻米的杂乱无章。

缝纫机左侧放着一张小桌,桌面上摆着小学课本、男孩儿的照片。

缝纫机和小桌之间放着一张镜台,后面的壁橱前立着一面大穿衣镜,十分显眼。或许绢子将做成的服装先在自己身上比试一下,对着镜子瞧上一瞧;也可能是做些私人活计,为顾客先试试半成品用的。穿衣镜旁边安设着一只大熨衣台。

池田从厨房里端来了橘子水。她看到信吾正在盯着男孩子的照片,直截了当地说道:

"他是我儿子。"

"是吗?上学了吧?"

"不,孩子不在这里,我让他留在丈夫家里了。那些书嘛……我不像绢子小姐有份工作,我只是干点儿家庭教师之类的事,有六七家呢。"

"是吗?看起来不只是一个孩子的教科书啊。"

"是的,我教的是各个年级的孩子……和战前的小学大不一样啊。教书,我教得不很好,只是和孩子们一起学习,有时觉得似乎和自己的孩子在一起……"

信吾只是点头,面对这个战争寡妇,他无话可说。

就连绢子都有工作。

"您怎么知道这个地方的呢?"池田问,"是修一君告诉您的吗?"

"不,以前来过一次,不过没进来。好像是去年秋天。"

"哦,去年秋天?"

池田抬起头看看信吾,又低下眉来。她沉默了一会儿。

"最近,修一君没来过呀。"她似乎顶撞了一句。

信吾忖度着,该不该告诉池田他今天来这里的目的。

"听说绢子小姐怀孕了。"

池田突然耸动一下肩膀,朝着自己孩子的照片瞥了一眼。

"她打算生下来吗?"

池田继续瞧着自家孩子的照片。

"这事儿请直接问绢子小姐吧。"

"那倒是的,不过这么一来母亲和孩子都会很不幸啊。"

"绢子小姐不管生不生孩子,说不幸倒也确实不幸。"

"不过你也劝过她要和修一分手吧?"

"是呀,我也是这么想……"池田说,"可是绢子小姐比我倔强,她不听我的规劝。我呀,虽然和绢子小姐性格大不一样,但两人很合得来。自打战争遗孀会上认识后,我们就一道生活了。她经常鼓励我。我俩既离开了婆家,也不回娘家,乐得个自由之身。我俩都向往自由,丈夫的照片带是带来了,塞进了箱子;反倒把孩子的照片找出来,摆在桌面上……绢子小姐看了很多美国杂志,也利用字典看法国杂志。据她说,都是关于西式剪裁的,文字很少,大都能看明白。估计不久她也会自己开店吧。我们俩明明也谈到过,要是能再婚就再嫁一次吧,但我始终弄不明白,绢子小姐为何要同修一君泡在一起呢?"

门开了,池田立即走出去了。她的声音信吾也能听见。

"您回来了?尾形君的父亲来啦。"

"找我的吗?"声音嘶哑。

二

绢子似乎去厨房喝水,传来水龙头的响声。

"池田小姐,你也来吧。"绢子回头招呼着,走了进来。

一身华丽的西装和裙子,或许身个儿高大,信吾看不出她是否怀孕。他难以想象,绢子小巧而微细的樱唇之间,竟会吐露出嘶哑的嗓音。

客厅里有镜台,她像是用小粉盒匀过脸进来的。

信吾初见绢子并没有留下不好的印象,正中略显低平的桃圆脸,也不像池田所说的那般意志倔强。两手胖乎乎的。

"我姓尾形。"信吾说。

绢子没有回应。

池田进来了,她坐在小桌前,面对着这边。

"客人等你很久啦。"池田说罢,绢子依旧沉默不语。

绢子明朗的容颜,或许是没有露骨地显现出反感和困惑的缘故,反而是要哭的样子。信吾回想起在这个家里,修一喝得烂醉,逼使池田唱歌时,绢子啼哭的情景。

看来,绢子是沿着酷热难耐的大街急匆匆赶回来的,她满脸火红,高隆的前胸一起一伏。

信吾很难说些带有刺激的话语。

"来访的是我似乎有点奇怪,但我必须来见见面……你可以想象出我是为了什么事。"

绢子依旧不作回答。

"自然是为了修一的事。"

"要是修一君的事,没有什么好说的。要我道歉吗?"绢子愤然咬住不放。

"不,道歉的应该是我。"

"我已经同修一君分手了,不会再给你们家添麻烦啦。"

接着,绢子看看池田。

"好了,这样可以了吧?"

信吾吞吞吐吐老半天,问道:

"你不是留下个孩子吗?"

绢子的脸色蓦然变得苍白起来,憋足浑身力气说道:

"您都说些什么呀?我听不明白。"她声音低沉,嗓子更为嘶哑。

"对不起,你不是有身孕了吗?"

"这种事儿,我非得回答您不行吗?一个女人想要个孩子,旁人又怎能阻止呢？男人又怎么会明白呢？"

绢子只顾滔滔不绝说下去,早已热泪盈眶了。

"你说旁人,我可是修一的父亲,你的孩子也是有父亲的呀。"

"没有。战争寡妇下决心生个私生子罢了,我别无所求,只求您让我把孩子生下来。您还是发发慈悲放过我吧。孩子在我肚子里,是属于我的。"

"那倒是的,不过你将来结婚,也还是会生孩子的……即使不生下这个不自然的孩子了……"

"您以为不自然吗？"

"不。"

"今后我不一定会结婚,也不一定会有孩子。您是在作神灵般的预言吗？以前,我没有孩子啊。"

"说到你和孩子父亲的关系,不论对你还是对孩子,都会带来痛苦。"

"战死的人的孩子有的是,都给母亲造成痛苦。战争期间去了南方,把混血儿留在了那里,这么想就行了。女人们把男人远远忘掉的孩子抚养成人。"

"我是说修一的孩子。"

"府上可以不闻不问,我发誓,我绝对不会哭求你们。而且我已经同修一君分手了。"

"不能那么说,孩子未来的时间很长,父子情缘割也割不断。"

"不,不是修一君的孩子。"

"你也许知道,修一的媳妇还没有生过孩子。"

"少奶奶想生多少就可以生多少。不生个孩子总要后悔的。生活优越的她不会理解我的心情。"

"你也不理解菊子的心情。"

信吾无意中说出了菊子的名字。

"是修一君让您来找我的吗?"绢子一副诘问的口气,"修一君叫我不要生孩子,他打我、踩我、踢我,为了拉我去找医生,把我从楼上拖下来。他变着法儿对我施行暴力,以此对少奶奶表达夫妻情缘,不是十分充分吗?"

信吾一脸苦涩的表情。

"对吧,太凶恶啦。"绢子回头看看池田,池田点点头。

"绢子小姐眼下把做西服剪裁能用的碎布片积攒起来,打算为孩子缝尿布之类的呢。"池田对信吾说。

"因为被脚踢,担心胎儿,后来找医生看了。"绢子接过话头,"我对修一君说了,这不是修一君的孩子。不是你的孩子。就这样,我们分手了,他也不来了。"

"这么说是别人的……?"

"是的。您这么理解也可以。"

绢子仰起脸,她一直泪流不止,如今新的泪水又沿着面颊潸潸流淌。

信吾困顿难支,眼中的绢子愈加显得长相秀气。他仔细审视着她的五官,虽然谈不上端庄靓丽,但立即给信吾留下一个美人的印象。

然而,像绢子这类女子,并非因为温柔可亲而使信吾靠近一步。

三

信吾垂头丧气地离开绢子的家。

绢子接受了信吾开具的支票。

"你呀,要是真和修一君分手,还是接受的好。"池田淡然地说,绢子点点头。

"是吗?这算是分手钱,我成了领取分手钱的人了。要不要写收据?"

信吾叫了一辆出租车,他难以判断,是让她和修一言归于好,并同意去做人工流产;还是就此不再与她来往。

绢子似乎对修一的态度和信吾的来访颇为反感,愤愤难平。一个女人希望有个孩子的悲切的愿望也十分强烈。

再让修一接近她也很危险。不过,这样下去,她就会把孩子生下来。

倘若像绢子所说的,是旁人的孩子也好,可修一也弄不明白。绢子一时意气用事,修一简单相信了她,其后不再闹事,倒落得个天下太平;但出生的孩子俨然存在,哪怕自己死后,陌生的孙子还活着。

"这叫什么事啊!"信吾嘀咕着。

相原和情妇居心殉死,便急忙提出离婚。信吾领回了女儿和他们的两个孩子。修一即便同女人分手,孩子总是存在于某个地方,不是吗?这两桩事都谈不上彻底解决,不过是临时凑合罢了。

自己没有对任何一方的幸福发挥作用。

另外,和绢子对话时自己糟糕的言谈,也不愿再回想一遍。

信吾本打算从东京车站回家,但发现口袋里朋友的名片,便乘车绕到筑地住宅小区。

他想向朋友诉说一番,不过朋友同两位艺妓喝醉了,不像样子。

信吾回忆起有一次宴后坐车回家,坐到了他腿上的那位年轻艺妓。那女孩子一来找他,朋友就议论开了,什么不可轻视啦,很有眼力啦之类,净是些不入流的话题。长相记不住了,倒是记住了她的芳名。因为在信吾眼里,那是一位极为出众的可爱而高雅的艺妓。

信吾领着女孩子进入小房间,他什么也没干。

无意之间,女人亲密地将粉脸靠在信吾的胸脯上了。信吾看她似乎在谄媚,但早已睡着了。

"睡了?"信吾瞅了一眼,因为靠得太近,看不见她的脸。

信吾笑了。他在这个紧贴胸前、静谧入睡的女孩子身上,感受到温情的抚慰。她比菊子小四五岁光景,大概不到二十岁吧。

大凡娼妓都有着一份悲惨的灵魂,但这个小小年纪的女子依偎在他怀里安睡,使他感受到一种温馨的幸福。

他想,所谓幸福,或许就是瞬间即逝的渺茫之物。

信吾朦胧地觉察到,性生活中大概也包含着贫与富、幸福与不幸吧。信吾悄悄摆脱出来,乘上末班电车回家了。

保子和菊子还未就寝,婆媳俩坐在餐厅里等着。一点多了。

信吾有意避免看菊子的面孔,他问:

"修一呢?"

"他先休息了。"

"是吗?房子也睡了?"

"是的。"菊子一边整理公公的西装,一边回答,"今天晚间天气还好,眼下或许又阴下来吧。"

"是吗,我没注意啊。"

菊子站起身来时,手里信吾的西装掉落在地上,她又把裤子的褶痕抻了抻。

似乎去了美容院,信吾发现菊子的头发变短了。

听着保子的呼吸声,信吾难以成眠,入睡后立即做起梦来。

梦中,他成了一名年轻的陆军将官,全身戎装,腰插一把日本刀,佩带三把盒子枪。军刀曾给修一出征时使用过,据说是传家宝。

信吾走在夜间山路上,身后跟着一位樵夫。

"夜路危险,很少有人夜间出行。走在右侧比较安全。"樵夫对他说。

信吾随即转到右侧,他感到不安,打起手电。手电的玻璃周围镶满宝石,闪闪夺目,比一般手电明亮多了。视野明亮后,发现眼前一个黑魆魆的东西挡住去路。两三棵大杉树树干连在一起。但仔细一看,原来是蚊群聚合在一起。蚊群形似巨树,怎么办呢?信吾思索着。穿过去!信吾拔出日本刀,朝着蚊群东劈一刀,西砍一刀,挥舞不停。

蓦然回头一看,樵夫连滚带爬地逃走了。信吾的军服各处都起火了,好奇怪,信吾因而变成两个人。另一个信吾,眼睁睁瞧着军服着火的信吾。火苗沿着袖口、肩膀弧线、末端等处,明灭闪烁,不是燃烧,而是以纤细炭火的形态,发出毕毕剥剥的响声。

信吾终于回到自己家里,童年时代信州乡下老家,他也见到了保子美丽的姐姐。信吾非常疲倦,但丝毫不觉得瘙痒。

逃脱的樵夫不久也抵达信吾家中,他一到达,随即昏倒在地。

信吾从樵夫身上,捕捉满满一大铁桶蚊子。

不知是如何捕捉的,信吾明明白白看到一满铁桶蚊子。他醒了。

"蚊帐里进蚊子了吧?"他想侧耳静听,脑袋却模糊、沉重。

下起雨来了。

蛇　蛋

一

　　刚入秋之后，还残留着夏天的劳顿吧，信吾在回家的电车上有时候迷瞪着了。

　　下班时间的横须贺线，每隔一刻钟发车一次。二等车并不那么拥挤。

　　信吾如今还是迷迷糊糊很不清醒，蒙眬的脑子里浮现出洋槐树的林荫路。那些洋槐树顶端全都挂满花朵，信吾走在那里时，心想，东京的洋槐树林荫路也开花啊。这段路自九段下通往皇居护城河方向。八月中旬，下着小雨的一天，林荫路中只有一棵洋槐树，下面柏油路上撒满落花。这是怎么回事呢？信吾在车厢里回头张望，印象很深。那是青黄色的小小花朵。纵使没有那一棵树落花，洋槐树林荫路开花这一印象，也会留在信吾的脑子里。因为这是他在去医院探视一位患肝癌的朋友之后归来的途中。

　　说是朋友，其实是大学时的同年级同学，平素不大来往。

他看起来相当衰弱,病房里只有一位随身护士。

信吾也不知道这位同学的妻子是否健在。

"能见到宫本吗?即使见不到,也请给他打个电话,托他弄到那个东西好吗?"

"哪个东西?"

"过年同窗会上谈起过的那种东西。"

信吾想到了氰化钾。看起来这位病人已经知道自己是癌症了。

信吾这帮年过六十的老人的集会上,老年痴呆和恐癌心理是谈论的主题。有人说,宫本的工厂里使用氰化钾,因而,一旦患上不治之症,可以向他要点儿那种毒药。因为受不了疾病长期的残酷折磨。再说,一旦被宣布死刑,自己应该有选择死于何时的自由。

"不过那是喝酒时趁着酒兴闲扯的话啊。"信吾不太愿意说下去。

"不用,我不会用的。正如那时候说的,只是觉得应该有自由。有了这个,想到什么时候都可以死,就有了承受今后病痛的力量。是吧?我的最后的自由,唯一的反抗,不就是这一点吗?然而,我保证不使用。"

朋友说话时,眼里闪耀着光辉。护士编织着白色毛线衣,沉默不语。

信吾没托宫本办事,就那么放下了。但必死无疑的病人也许等着获得这种东西,信吾一旦想起就觉得厌烦。

信吾从医院回来,走到洋槐花盛放的林荫路旁,这才安下心来。刚才打盹的时候,脑子里浮现出洋槐树林荫路,依然是心里放不下病人的缘故。

然而，信吾睡着了，他突然醒来，电车停下了。

这里不是车站。

列车一旦停下，相邻的线路随即传来上行车的轰鸣。信吾或许是被震醒的吧。

信吾乘坐的列车走走停停，缓缓移动。

一群孩子顺着狭窄的小路向电车的方向跑来。

有的乘客从车窗探出头来，望望前方。

左侧窗户，可以看到工厂的混凝土围墙，围墙和线路之间有一条流淌着混浊污水的小沟，一股恶臭直接冲进列车车厢。

右侧窗户可以直直看见孩子们奔跑而来的小路。一只狗将鼻子伸进路边的青草中嗅了嗅，好半天不动。

小路和线路相交之处，有两三座旧木板钉成的小屋。洞穴般四边形的窗户，一个看样子痴呆的小姑娘，探出头来向电车招手。她的手软弱无力地晃动着。

"一刻钟前开出的电车在鹤见站出现事故，现在是临时停车。让大家久等了。"列车员说。

坐在信吾前排的外国人，摇醒年轻的伙伴，用英语问：

"他说些什么？"

青年两手搂着外国人一侧肥大的臂膀，面颊贴着那人的肩头睡着了。他醒了，依旧没有改换原来的姿势，撒娇般地抬眼看看外国人。青年睡眼惺忪，红红的，眼窝凹陷。染着满头赤发，发根长出些黑的，有的现出黄褐色，脏兮兮的。唯独发梢是异样的红色。信吾想，他或许是专门瞄准外国人的男妓。

青年把外国人放在膝头的手掌翻过来，掌心向上，再把自己的手叠上去,轻柔地握住,宛若一位心满意足的女子。

　　外国人穿着只到肩膀的短衫,裸露着棕熊般毛森森的臂膀。青年虽然身个儿不算太小,但外国人身高马大,青年简直就像个小孩子。他大腹便便,脖子肥粗,扭一下身子都觉得困难。看起来外国人对青年的纠缠全然无动于衷,神色惶恐不安。他满脸红润,和皮肤灰黄、精神疲惫的青年形成鲜明对比。

　　外国人的年龄一眼难辨,不过他有一个硕大的秃头,脖子上布满皱纹,裸露的臂腕上还有不少斑点,信吾想,他可能和自己的年岁差不多。信吾一想到这里,就觉得这个人像一只巨大的怪兽,来到外国就是为了征服这个国家的青年。青年穿着一件红褐色的衬衫,顶上的一只扣子敞开着,露出了胸前的骨头。

　　信吾觉得这个青年不久就会死去。随之移开了目光。

　　臭水沟两边长满一簇簇艾蒿,郁郁青青。电车依然停住不动。

二

　　信吾嫌蚊帐太憋闷,已经不挂了。

　　保子每晚叫苦连天,都要特意地打一阵蚊子。

　　"修一他们都还挂着呢。"

　　"那你就睡到他们那儿去。"信吾望着已经撤去蚊帐的天花板。

　　"我怎么好到他们那儿去呢?从明晚开始,我睡到房子那里去。"

　　"是的,还可以搂个外孙女睡。"

　　"里子下面还有个小妹妹,干吗还要那么缠着母亲不放呢?她该不会有什么异常吧,有时候眼神很怪的。"

信吾没有作答。

"也许没有父亲就会那样吧。"

"若能使她更喜欢你,会好一些。"

"我喜欢国子。"保子说,"您也该让她对外公更亲些。"

"相原到底是死是活,到现在都没人来说过。"

"他已经提出过离婚了,就算了结了吧。"

"了结了就算行了吧?"

"也是啊。不过,即便他活着,也不知道住在哪儿……唉,婚姻失败了,也就死心啦。但离婚时还撇下两个女儿,就到了这般田地。看来,结婚也是很难指望的一件事。"

"就算婚姻失败了,总还会保留点美好的情分吧。要说怪房子,那也确实是。相原白活了,他尝尽了痛苦。可房子呢,也没有给他什么温情。"

"男人自暴自弃,有的使女人束手无策,有的不愿接近女人。要是遭到遗弃依旧一味容忍下去,房子最后也只能带着孩子一道寻死。男人就算走投无路,会有别的女人陪他殉情。总还是有出路的。"保子说,"修一现在倒是变好了。但谁又能知道将来会怎么样呢?对这些事,菊子反应很强烈呀!"

"你是说孩子的事?"

信吾的话含有两层意思:菊子没有生小孩;绢子打算将孩子生下来。第二件事保子还不知道。

绢子说那不是修一的孩子,生不生下来不会受信吾的干涉。信吾虽然不知道是不是修一的孩子,但总觉得那女人是故意说给他听的。

"我要能钻进他们的蚊帐里睡就好了,也许我会同菊子商量商量那桩非常可怕的事哩。说起来好怕人的……"

"商量什么可怕的事啊?"

仰着睡觉的保子翻转身子面对信吾,打算握住丈夫的手心,由于信吾没有伸手,她就稍稍抓住他枕头的一端,诡秘地小声说:

"菊子啊,可能又怀上孩子了。"

"哦?"

信吾不由一怔。

"我觉得有点太快了,但房子却是这么说的。"

保子已经没有袒露自己怀孕的那种表现了。

"这是房子说的?"

"有点太快了。"保子重复道,"虽说第二胎是会快一点。"

"菊子或修一跟房子说的?"

"不是,这只是房子的观察。"

信吾认为,保子所说的"观察"这个词儿虽然有点可笑,但出自一个回娘家的活人妻房子之口,那就是房子对弟媳妇多管闲事。

"您要叮嘱她,这回可要当心了。"

信吾的心理负担更加沉重,听说菊子怀孕,绢子的孩子越发迫在眉睫了。

两个女人同时怀上同一个男人的孩子,倒也不算什么奇怪的事。然而,这事一旦发生在自己儿子身上,紧跟而来的就是奇怪的恐怖。仿佛某种复仇或诅咒,就会显露出地狱之相来。

从另一方面思考,这只不过是一个健康的女人极其自然的生理现象，但信吾眼下却不能做出这般豁达的考虑。

而且，这是菊子再次怀孕，菊子上回堕胎时，绢子已妊娠。绢子尚未生产，菊子又怀上孩子了。菊子不知道绢子怀孕。其时，绢子腹中小郎已许大，也常常有胎动之感了吧。

"这回我们也知道，菊子也不会随便对待了。"

"是啊。"信吾有气无力地应和着，"你也去好好跟菊子谈谈吧。"

"菊子给咱生的孙子，您肯定也会喜欢的啊。"

信吾毫无睡意。

是否有什么暴力手段，可以不许绢子生孩子呢？他心绪不宁，越想越浮现出凶恶的幻景来。

绢子也说了那不是修一的孩子，查一下绢子的品行，或许能发现可以获得安慰的线索。

院中的虫鸣不绝于耳，凌晨二时已过。不像是蛉虫或金琵琶。净是一些叫声不清晰的虫音。信吾感觉仿佛躺在黑暗潮湿的泥地里。

这阵子多梦。临近天明又做了场长梦。

记不清走在哪里，醒来时，还能看到梦中两颗白色鸟蛋般的东西。那是一片砂姜地，别无一物。两只白蛋并排在一起，一颗像鸵鸟蛋，硕大无朋；一颗小如蛇蛋，蛋壳稍破，一条可爱的小蛇伸出头来，动来动去。信吾甚是喜欢，看了又看。

不过，因为信吾一直在考虑菊子和绢子的事，所以才做了这样的梦。至于，谁的胎儿是鸵鸟蛋，谁的胎儿是蛇蛋，他当然不知道。

"哎，蛇到底是胎生还是卵生呢？"信吾自言自语。

三

第二天,礼拜天。信吾睡到九点之后。两腿酸软。

一到早晨他才觉得那鸵鸟蛋和蛇蛋中探头探脑的小蛇都很可怕。

信吾忧心忡忡,刷完牙走进餐厅。

菊子折叠报纸,用绳子捆好。是要卖掉吗?

为了婆婆翻检方便,早报归早报,晚报归晚报,按照月日顺序,折叠得整整齐齐。这件事由菊子管理。

菊子站起来走去为公公沏茶。

"爸爸,报上有两则关于两千年莲花的报道,您看到了吗?我放在另外的地方了。"菊子一边说,一边将那两天的报纸放在小桌子上了。

"啊,我好像读过了。"

不过,他还是拿过来看了一遍。

弥生时代的古代遗迹里,发现了大约两千年前的莲子。经莲子博士培养发芽,开花了。从前报纸上也报道过。信吾把报纸拿到菊子房间里给她看过,当时菊子到医院刚做完人工流产手术,正躺在床上。

从那之后,关于莲子的报道又有过两次。一次是莲子博士将莲根分开,种植在母校东京大学三四郎池子里;还有一次报道是美国的事,东北大学的某博士,从满洲泥炭层发现化石般的莲子,送到美国。在华盛顿国立公园里,将莲子硬化之后的外壳除去,包在潮湿的脱脂棉里,放入玻璃箱内。去年,长出了可爱的幼芽。

今年移栽到水池里,发出两个蓓蕾,长出淡红的花朵。据公园管理处公布,这是千年乃至五万年前的种子。

"上回读到时我就这么想过,如果说是千年乃至五万年前的种子,如此计算也落差太大了。"信吾微笑了,他仔细重读,此种说法是日本的博士根据种子发现地——满洲地层的情况想象出来的,故判定为数万年前。在美国,将种子剥掉的外层,通过碳十四放射能检验,推测为千年之前的莲子。

这是报社特派员从华盛顿发来的电讯。

"这份行吗?"菊子拿起信吾放在一旁的报纸,她的意思是,关于刊载莲子的报纸是否也可以卖呢。

信吾点点头。

"千年也罢,五万年也罢,莲子的生命是很长的。比起人的寿命来,植物种子的生命可以说是永恒的。"信吾说罢,望望菊子,"如果我们也可以埋在地下一两千年,不死而只是休息的话……"

"埋在地下……"菊子自言自语。

"不是墓穴,不是死亡,而是休憩。人真的不能埋在地底下休息吗?睡上五万年起床,自我的困难、社会的难题,就会全部解决,世界或许也会变成乐园。"

房子在厨房里喂孩子吃东西。

"菊子,你在给爸爸做饭吧?能不能过来看看?"房子喊道。

"哎。"

菊子站起身,端来公公的早餐。

"大家都吃过了,爸爸您一个人吃吧。"

"是吗,修一呢?"

"到鱼池钓鱼去了。"

"妈妈呢?"

"在院子里。"

"啊,今天不想吃鸡蛋了。"信吾说着,随手把盛有生鸡蛋的小盘子递给菊子。一想到梦中的蛇蛋感到很恶心。

房子端来一盘烤鲽鱼干,一声不响地放在矮桌上,又去孩子身边了。

信吾接过菊子手里盛满米饭的饭碗,声音虽小,但劈头就问:

"菊子啊,你要生孩子了?"

"没有啊。"

菊子仓促地回答,对信吾出乎意料的提问有些惊讶。

"没有,那是不可能的事。"她摇摇头。

"确实没有,是吧?"

"是的。"

菊子对公公的提问感到莫名其妙,看了看他,立即涨红了脸颊。

"这回可要重视了。上次我也问过修一,下回能保证菊子可以再生吗?他很简单地回应我说,可以保证。我说他,其实这是天不怕地不怕不负责的说法。他连能不能活到明天都难以自保,不是吗?孩子无疑是你们小两口的孩子,也是我们的孙子啊!菊子一定会生下一个好孩子的。"

"真是对不起呀。"菊子颇为惭愧地说。

看来菊子不像是想隐瞒什么。

房子为何要说菊子怀孩子了呢?信吾很怀疑,房子的臆测似乎太过分了。房子觉察到了,菊子本人尚不知晓,天下哪有这等事?

刚才这事厨房里的房子有没有听到呢?信吾回头看看。房子似乎带着孩子外出了。

"修一怎么突然要去鱼池钓鱼呢?以前从未有过啊。"

"是的。可能是听朋友说的吧。"菊子说。信吾依旧记挂着修一到底和绢子有没有分手。

因为礼拜天修一也曾去过女人的家。

"等会儿要不要去鱼池看看?"信吾邀菊子一起去。

"好啊。"

信吾走下院子,保子仰头望着樱树梢头站立着。

"怎么了?"

"没什么,樱树叶子大都枯落了,不知是不是招虫子了。我以为树上还有蝉在叫呢,其实已经没有叶子了。"

正说着,发黄的叶子簌簌散落。没有风,也不见翻动,垂直地飘落下来。

"你听说修一去鱼池钓鱼了吗?我想带菊子去看看。"

"是去鱼池吗?"保子转过头来问。

"我问过菊子了,她说根本没有那回事儿。看来是房子胡乱猜疑。"

"是吗?您问过她了?"保子随口问了问,"真叫人扫兴啊。"

"房子干吗一味地凭想象呢?"

"谁又能知道呢?"

"我想知道答案啊。"

老两口回到屋子里,看见菊子身穿白色毛衣,套着袜了,坐在餐厅里等待着。

她稍稍涂红了面颊,看似一个生菩萨。

四

电车玻璃窗倏忽映出一片绯红,是曼珠沙华。这花开在铁道边的土堤上,电车通过时,花朵摇曳,近在眼前。

信吾发现,户冢的樱花林荫路土堤也满是一排排曼珠沙华。刚刚盛开,一派艳红。

看到这些鲜红的花朵,令人想起秋天原野宁静的早晨。

还看到了芒草新生的穗子。

信吾脱去右脚的鞋子,将右脚放在左腿膝盖上,揉搓脚心。

"不舒服吗?"修一问。

"腿脚无力,近来登上车站台阶,有时两腿酸软。不知怎的,今年明显体力下降。到了一定岁数,总觉得活不了多久了。"

"菊子她一直担心您,说爸爸实在太累了。"

"是吗?因为我跟她说,真想钻入地下睡上五万年呢。"

修一带着一副怪讶的神色看着信吾。

"那是莲子的故事。报纸上报道说,太古时代的莲子发芽开花了。"

"啊?"修一点上一支香烟,"菊子听到爸爸您问起生孩子的事,她似乎有点难为情。"

"怎么样了?"

"还没有吧。"

"不谈这个了,我问你,绢子这个女人的孩子到底怎么回事?"

修一一愣,立时语塞,仿佛顶撞似的说:

"听说爸爸去了她家,还给了她一笔安慰费,没有这个必要啊!"

"你怎么知道的?"

"我是间接听说的。我已经同她分手啦。"

"孩子是你的吗?"

"绢子自己一口咬定不是我的。她……"

"不论对方怎么说,你凭着自己的良心回答,到底是不是?"信吾声音颤抖起来。

"凭良心,我也闹不明白。"

"什么?"

"我一个人吃苦,不在乎。可女人一旦铁了心,像疯子一般,我哪里对付得了呢?"

"人家比你还苦,菊子也一样。"

"不过,自打分手之后,我觉得至今为止,绢子依然是绢子,她一个人活得很自在。"

"那就算完了吗?你真的不想知道那是不是你的孩子,还是良心上明白又不敢承认呢?"

修一没有回答,只顾一个劲儿眨巴眼睛。作为男人,他有一双过于漂亮的双眼皮。

公司里信吾的办公桌上,放着一张画着黑框框的明信片。是那位患肝癌的朋友,身体衰弱而死,似乎过早了些。

有人送他毒药了吗?也许他托付的人不止信吾一个;他也可能通过别的办法自杀身亡。

还有一封信函是谷崎英子寄来的。信里写道,她已经辞去那家西服裁缝店,跳槽到另一家商店去了。绢子比英子稍后也辞职了,听说回沼津了。她跟英子说过,她说东京很难混日子,打算在沼津开个私家小店铺。

英子信里虽说没有提及,但信吾猜想,绢子可能躲到沼津生孩子去了。

难道真的像修一所说,绢子既不靠修一,也不靠信吾,就可以自由生活下去吗?

信吾望着映照在玻璃窗上的明丽的阳光,心里一派茫然。

同绢子住在一起的那个姓池田的女子,孤身一人,不知怎么样了。

信吾也很想见见池田或英子,问问绢子的情况。

午后去吊唁故友,其妻七年前已经辞世,信吾这次才知道。他长年和长子夫妇住在一起,家中有五个孙子孙女。儿孙辈都不太像死去的朋友。

信吾怀疑朋友是自杀,这事自然是不好问的。灵前摆满鲜艳的菊花。

信吾回到公司,同夏子一起翻阅材料的时候,不料菊子打来电话。信吾不知发生了什么事,他很感不安。

"菊子,你在哪里?在东京吗?"

"是的。我走娘家来啦。"菊子笑声朗朗,"母亲有事找我商量,回来一看,啥事儿也没有。她说有些寂寞,很想见见我。"

"是吗?"

信吾心里立即浸入一股暖流。或许因为菊子电话里的声音如妙龄少女一般娇媚无比,但又似乎不光是这一点。

"爸爸,该下班了吧?"

"是的。娘家人他们都好吗?"

"都好。我想同您一起回家,所以先打个电话来。"

"是吗?菊子,你可以再待些时候嘛。这里我可以跟修一说说。"

"不,我该回家了。"

"那么说,你来趟公司吧。"

"我可以去吗?我本想到车站等着的。"

"到这儿来吧,我给修一联络一下。爷儿仨吃完晚饭再回家。"

"听说他到什么地方去了,不在座位上。"

"是吗?"

"现在马上就走,我已经做好出发的准备了。"

信吾的眼皮潮温温的,窗外的大街立即看得清晰起来了。

秋　鱼

一

十月早晨，信吾正打着领带，突然停下手来：

"哎？这个……？"

他停下手来，脸上现出困惑的神色。

"怎么回事？"

打了一半又解开来，再重新打，却怎么也打不起来。

他拽住领带的两端，举到胸间，歪着头瞧着。

"爸您怎么了呀？"

菊子站在公公背后一侧，准备帮他穿上装，这时转到前边来。

"打不起来领带了，忘记怎么打了，真好笑。"

信吾用拙笨的办法将领带慢慢卷到手指上，想把另一头穿过去，结果缠成一团了。他似乎一直觉得好奇怪，但眼神里却显现出阴郁的恐怖和绝望。这些使得菊子深感惊讶。

"爸爸！"她喊叫了一声。

"怎么打领带来着？"

信吾似乎连回想的力气也没有了，他呆然兀立。

菊子看不下去了，她把公公的上装搭在一只腕子上，走近他胸前。

"怎么打呀？"

菊子手持领带，她的玉指在信吾的老花眼里朦胧可见。

"偏偏忘记了怎么打法。"

"爸爸每天不都是亲自打的吗？"

"是呀。"

四十年公司生涯，每天都要打领带，今早怎么突然不会了呢？即使不特别思考打结的步骤，手也会自然运动，无意中也就结成了。

信吾突然觉察到自己意识的丧失与身体的衰老。他有点恐惧起来。

"我每天虽说都看到您在打，可是……"菊子一脸认真的表情，将公公的领带一遍又一遍时而卷起来，又时而拉直。

信吾任她摆弄。内心里朦胧升起一丝幼年时代寂寥撒娇的感情。

四围飘荡着菊子的发香。

菊子蓦地停住手，飞红了两颊。

"我不会呀。"

"修一呢？你没有帮他打过吗？"

"没有。"

"只是在他喝醉酒回来时，帮他解过领带吗？"

菊子稍稍离开些，她一边带着紧张的心情，一边凝神注视着信吾挂在脖子上的领带。

"妈妈或许知道的。"她舒了口气,"妈妈,妈妈!"菊子高声呼喊。

"爸爸说忘记怎么打领带了……请过来一下好吗?"

"又怎么啦?"

保子带着一副呆呆的表情走来了。

"自己打不就好了?"

"爸爸说忘记如何打了。"

"一不小心就弄不明白了,好不奇怪啊。"

"那确实奇怪哩。"

菊子让到一侧,保子站到信吾面前。

"哎呀,我也不会呀。忘记怎么打啦。"保子边说边拿着领带,轻轻向上杵了一下丈夫的下巴颏儿。信吾闭着眼睛。

保子想尽办法为丈夫绾结领带。

信吾被迫扬起面孔,或许后脑勺受到挤压,似乎一下子意识不明起来。两眼金星闪烁,仿佛晚霞照耀着巨大雪崩后的团团冰雾,似乎听见阵阵轰鸣。

难道发生了脑溢血了吗?信吾吓得猛然睁开眼来。

菊子屏住呼吸,注视着婆婆两手的动作。

从前,信吾在故乡的山上看见过雪崩,幻觉中出现了当年的情景。

"这样子行吗?"

保子结好领带,又整了整形状。

信吾伸手一摸,碰到妻子的手指。

"啊。"

信吾想起来了。大学毕业后第一次穿西装时,当时给他打领带的,是保子那位俊俏的姐姐。

信吾仿佛有意躲避婆媳二人的目光,转脸看着西服衣橱的镜子:

"这样可以了。哎呀哎呀,老糊涂了,连领带都突然不会打啦!真叫人丧气!"

信吾盯着保子结好的地方,随之想起新婚时,是否也请她给打过领带呢?可是怎么也想不起来了。

姐姐死后保子去帮助处理善后,是否也给她那位英俊的姐夫打过领带呢?

菊子趿拉着一双木制凉鞋,担心地送公公到大门口。

"今晚上呢?"

"没有集会,会早些归来的。"

"请早些回家。"

电车抵达大船一带地方,透过车窗可以望见秋天晴空下的富士山。信吾用手摸摸领带,左右相反了。左边留得很长,卷起来打着结子。保子站在自己对面,她弄错了方向。

"怎么搞的呀?"

信吾解开领带,顺利地重新结好了。

刚才全然忘记领带打法,说给谁听人家都不会相信。

二

近来,修一和父亲两人一道回家的日子也不少。

每隔半小时发一趟车的横须贺线,到了晚间改成一刻钟一趟,有时反而空席多了起来。

在东京站,信吾和修一父子并排而坐,前边座席上坐着一个年轻女子。

"拜托了,请照看一下。"她向修一说着,将红色翻皮手提包搁在座位上,站起来了。

"两个人的吗?"

"啊。"

年轻女子回答暧昧。涂着厚厚白粉的脸孔毫无羞愧之色,早已转身到月台上去了。一件颇为合体的海蓝色大衣,将细削的双肩两厢耸起,向下流动的曲线,衬托出小蛮腰愈加妩媚动人。

信吾对于修一一眼就能看出是两个人甚为佩服,他觉得儿子很机灵。他怎么知道那女子在等待所约之人呢?

信吾听儿子这么说后,也觉得女子是去看那个同伴来了没有。

女子坐在信吾正前排车窗一侧,她为何先跟修一打招呼呢?或许是站起身时直接面向了修一,但修一也许确实使得女人更加容易接近吧。

信吾望着儿子的侧影。

修一在阅读晚报。

不一会儿,年轻女子回到车厢内,抓住车门入口,再次回头环顾一下月台。相约的人似乎没有来。回到座席上来的身穿浅色大衣的女子,从肩头到衣裾,步履翩然,胸前一颗硕大的纽扣。衣服的口袋开得既靠前又很低,女子一只手插进口袋,风摆荷叶。看样子,缝纫有方,尤为合体。

与离开时不同,这回她坐到修一前边。从她三次回头望着车厢入口来看,她是想尽量坐在更靠近通道,并且易于观察入口的位置上。

信吾前边的座席上,放着女子的手提包。椭圆形式样,呈圆筒状,宽阔的金属卡扣。

钻石的耳坠子,像是仿制品,闪闪放光。女人紧绷着的脸孔上,长着一个显眼的大鼻子。樱桃小口,稍嫌吊起的浓黑而短小的秀眉,美丽的双眼皮,两条眼线未到眼角就消隐了。下巴颏内收,别是一种美人。

眼睛稍含倦怠与悒郁,猜不出芳龄几何。

入口处传来一阵骚动,年轻女人和信吾一起朝那边张望。只见五六个汉子扛着巨大的枫树枝干走入车厢。看样子是旅行归来,他们都很兴奋。

看到那枫叶的艳红之色,信吾想是寒冷地带之物。

从男人们毫无顾忌的大声谈话中,信吾知道那是越后山里的枫叶。

"信州的枫叶也正是泛红的时候吧?"信吾问修一。

然而,信吾想到的枫叶不是故乡山野的红叶,而是保子的姐姐佛坛上巨大的红叶盆栽。

不用说,那时候修一尚未出生。

电车里点染了季节色彩,信吾出神地凝视着座席上的红叶。

信吾突然回过神来,发现那位年轻女子的父亲就坐在他的前边。

女子是等待父亲啊,信吾心里也安堵下来。

父女两个都长着大鼻子,并排坐在一起显得很滑稽。他们脖颈的发际也完全一样。父亲架着一副黑边眼镜。

父女二人似乎互相都漠不关心,既不说话,也不看对方一眼。父亲直到品川站前都在打盹,女儿也闭目养神。在别人眼里,两人连睫毛都长得酷似。

修一和信吾的长相就不太相像。

信吾时时等待着,很希望那对父女彼此说上一两句话,但他们父女互不理睬,形同陌路,信吾心里又有点羡慕。

或许家庭很平和吧。

因此,年轻女子一人从横滨站下车时,信吾心中猛然一惊。看来,他们哪里是父女血亲,而是素不相识的陌生人。

信吾十分失望,满心悲凉。

邻座的男子眯细着两眼望望电车开出横滨车站,继续毫不在乎地打盹儿。

年轻女人一走,那个中年男人一副松散的神态,立即突显在信吾眼前。

三

信吾用胳膊肘悄悄触及一下修一。

"不是父女啊。"他低声说。

修一没有像老子期待的那样,他毫无反应。

"看到了,还是没看到?"

修一"嗯"的一声点点头。

"好奇怪啊。"

修一似乎并不觉得奇怪。

"长相好像啊。"

"是的。"

虽说男人睡着了,电车也在轰鸣,但对眼前的人也不能大声议论。

这样盯着人家也不好。信吾低伏眉头,满心寂寥。

他本觉得那男子很孤寂,不久,此种凄清之感反而潜入信吾自己心底。

电车行进在保土谷站和户冢站之间的远距离线路上①。长空秋暮。

男子似乎比信吾年轻,五十过半的样子。在横滨下车的女子,年龄大致和菊子相仿。但同菊子一双美丽的眼眉相较大不一样。

然而,信吾在思忖,那女子为何不是这个男子的女儿呢?

信吾的疑惑越发深沉了。

社会上,有些人看起来酷似父母子女,但这样的人毕竟不多。对于那个女子来说,和她长相酷似的也许只是这一个男人;同样,对于这个男子来说,同他长相酷似的也许只是这一个女子。他们相互都是唯一酷似对方的男女。抑或类似这两个人的情况,世界上仅此一双。但他们各自毫不相干地活着,彼此没有任何联络,做梦都不会想到存在个"对方"。

这样的男女二人在电车上不期而遇,首次有了交集,不大会有第二次。漫长人生,只不过半小时。没有交谈一句就又各奔东西。相邻而坐,互不相识。既不看对方一眼,更无感于彼此长相酷似。奇迹

---

① 其间后来似乎增设了东户冢车站。

之人相互不知奇迹而去。

不可理解的打击落在第三者信吾头上。

然而,两人偶然坐在自己前面,自己也观察到奇迹,或许也参与了奇迹。信吾一直琢磨着。

究竟是何方大神,创造这一对父女般长相酷似的男女,让他们一生只有半小时相遇,而且正巧使信吾看到了呢?

而且,这位年轻女子所等待的人没有来,随后她就和父亲一般的男人促膝同乘一趟电车。

这就是人生?信吾只能独自嘀咕。

列车停靠户冢车站,打盹的男子慌忙站起身来,将行李架上的帽子碰掉了,落在信吾的脚边。信吾给他拾起来。

"哎呀,谢谢!"

男子没有掸灰尘,戴在头上就走了。

"真是不可思议,那两人全然是素昧平生。"信吾放开嗓门说。

"相貌相似,穿戴不同啊。"

"穿戴……?"

"女儿干净利落。刚才那男子老气横秋。"

"女儿穿戴光鲜,父亲一身褴褛,这世界上有的是,不是吗?"

"不过,质地不同啊!"

"嗯。"信吾点头称是,"女子在横滨下车,这男子转眼成了孤身一人。此时,我也觉得他突然情绪低落下来……"

"是啊,一开始就是这样啊。"

"但是,看到他突然心情悲戚,我也觉得不可思议,心里同样受到压抑。其实他比我年轻得多呀……"

"老人一旦身边跟随着年轻漂亮的女伴,必定显得精神抖擞起来。爸爸不妨也试试看?"修一似乎说走嘴了。

"因为像你这样的年轻人,总觉得别人都比自己强啊。"信吾也故意打起马虎眼来。

"我一点也不羡慕。美男艳女走在一起,总觉得心里不踏实。若是丑男伴美女,显得可怜又悲戚。还是美女托付给老人比较稳妥。"

信吾觉得,刚才那对男女实在不可思议,这想法还没有消失。

"不过,两人也可能真的是父女。我忽然想到,可能是他在别处跟另外的女子生的。互相没有见过面,也不知姓名,父亲女儿彼此素不相识……"

修一转头看着别处。

信吾说罢,后悔了。

考虑到修一可能已经想到老爸有意讥刺自己,干脆说:

"譬如你吧,二十年后,你或许就是如此。"

"爸爸想说的就是这个吗?我不是一个悲叹命运的人。敌人的枪弹打耳边嗖嗖穿过,一颗也没有击中。中原与南洋一带,也许会有私生子活着。偶然邂逅又偶然分别,彼此互不相知。这比起子弹呼呼飞过耳畔,又算得了什么?没有生命危险。更何况,绢子未必一定生下女孩子。绢子她说不是我的孩子,我也就认为不是我的好了。"

"战时与和平时代毕竟不同。"

"如今,新的战争也许正向我们逼近。我们心中前回的战争也许亡灵一般追逼着我们。"修一满怀憎恶地说,"爸爸看到那女孩子与众不同,暗暗地有些着迷,转弯抹角,说来说去。一个女人只要同其他女人在某些方面非同一般,就能吸引住男人。"

"你觉得女方与众不同时,就叫她给你生孩子,养孩子,是这样的吗?"

"我并不希望这样,是女方有这个想法。"

信吾一时说不出话来。

"在横滨下车的那个女子,是个自由身。"

"什么叫自由身?"

"未结婚,有求必应。看起来高雅,实际上生活不正常,不安稳。"

信吾对儿子的观察有点惶恐不安。

"我对你也失望了,何时起堕落成这个样子的啊?"

"菊子也是个自由身,她是真正的自由。既不是兵士,也不是囚犯。"修一挑战似的一吐为快。

"说自己的老婆是自由身,什么意思呢?你对菊子也这么说过吗?"

"请爸爸跟菊子说说看。"

信吾极力控制住情绪。

"你是叫我跟菊子说,你想同她离婚是吗?"

"我不是这个意思。"修一压低嗓音。

"横滨下车的女子,我说了她是自由身……正因为那姑娘和菊子年龄相仿,所以您才将他们看成父女,不是吗?"

"唔?"

信吾突然被儿子将了一军,他有点茫然失措。

"不是,我是说如果不是父女,那般长相酷似不是一个奇迹吗?"

"但也不像爸爸您说的那般令人感动。"

"不,我很感动。"信吾虽然这么回答,内心里有个菊子,一旦被儿子挑明,那就只能无语了。

扛着红枫的乘客们在大船车站下车了。信吾目送着红枫的枝叶走出站台后,说道:

"回一趟信州看看红叶吧,她们婆媳也一起。"

"好啊。不过,我对观赏红叶不感兴趣。"

"总想看看故乡的山峦。你妈在梦里梦见娘家宅第荒废不堪了。"

"是荒废掉了。"

"能修整时不加修整,很快就荒废了。"

"骨架很结实,还没破烂不堪,不过要加固的话……但是,改修后干什么用呢?"

"这个嘛,我们或许回去养老,弄不好再次疏散时,你们也可以回老家住住。"

"这次我留下看家,菊子还没有跟爸妈去过老家,还是让她走一趟为好。"

"最近菊子怎么样了?"

"我和那女人分手后,菊子似乎也倦怠得可怕。"

信吾只是苦笑。

四

修　礼拜天下午好像又去了钓鱼池。

信吾将在廊下晒过的坐垫并作一排,枕着胳膊肘儿躺在上头,沐浴在和暖的秋阳之下。

阿辉睡在台阶前放拖鞋的石头上。

保子坐在餐厅里,将十天来的报纸堆在膝盖上翻阅。

但凡有趣的记事,她总是喊丈夫念给他听。一次又一次,信吾爱理不理地应上一声之后,便说:

"礼拜天,你就别再看报了。"说罢,他就懒洋洋地翻一下身子。

菊子正在客厅的壁龛前整理王瓜。

"菊子,这个,你是从后山上找来的吗?"

"是的,这个很好看呢。"

"山上还有吧?"

"有的,山上还剩下五六个呢。"

菊子手里的蔓子上,还钉着三颗小瓜。

后山上的王瓜着色了。信吾每天早晨去洗脸,都能从芒草上方看到。走进客厅后,眼睛里还保留一份爽目的殷红。

看着王瓜,菊子也进入眼帘。

自下巴颏到脖颈,无可言状的一副洗练而优美的线条。一代传承不大可能形成这样的线条,经过几代血统,方可产生如此之美。想到这里,信吾心里充满悲戚。

抑或发型衬托出脖颈的秀媚,菊子看起来面孔显得清瘦了些。

菊子修长的颈线美艳无比,信吾早已十分清楚。今天这般在恰当距离内躺下后,从眼睛的角度望过去,显得更加姣好动人。

抑或秋日的光线也很好的缘故。

起自下巴颏的颈线,依然散发着菊子少女时代的馨香。

然而,随着脖颈阴柔而渐趋鼓胀,线条所表露的少女风情眼看就要消泯了。

"还有一条……"保子呼叫信吾,"这条很有趣啊!"

"是吗?"

"这是关于美国的报道。纽约州布法罗这个地方,布法罗……一个男子遭遇车祸,左耳朵掉了,去医院急救。医生急忙出了医院,跑到现场,找到鲜血淋淋的耳朵,快速赶回来,将耳朵缝合起来。此后,直到现在情况都很好。"

"指头切断后立即再接上,也能长得很好。"

"是吗?"

保子读了一会儿别的报道,又想起了什么。

"夫妻不也是吗,离婚后不久又言归于好,有时感情会比先前更深。不过,要是别居太久……"

"你在说什么。"信吾似问非问。

"房子不就是这样吗?"

"相原生死不明,不知去向。"信吾轻声应和。

"他的去向只要托人一调查不就弄清楚了吗? 不过……如今不知怎么样了。"

"老太婆真是情思未断啊,离婚申请书都送达很久了,你就彻底断念吧。"

"断念可是我自打年轻时代起就有的长处,不过一想到房子带着两个孩子住在这里,到底不是个办法。"

信吾沉默不语。

"房子貌丑,即使再婚,也是抛下两个人孩子而去。那可要累死菊子了。"

"要是这样,菊子他们必定要分居,孩子只能由你这个外婆抚养了。"

"我呀,不是顾惜力气,你以为我六十几岁了?"

"尽人事而待天命。房子又去哪儿了?"

"去看大佛菩萨了,孩子们也有些莫名奇妙的爱好。里子那次去看大佛,回来的路上差点儿被汽车撞伤了。她还是喜欢大佛,经常想再去看看呢。"

"她不是喜欢大佛本身这尊雕像吧?"

"她是喜欢大佛呀。"

"唔?"

"房子干吗不回老家呢?可以回去继承家业嘛。"

"老家的家业用不着谁继承。"信吾断然地说。

保子不再说话,继续读报。

"爸爸!"这次是菊子呼喊。

"听妈妈提到耳朵的事,想起爸爸谈过的,不知能否把脑袋从躯干上卸下来寄给医院,洗涤和修理一番。"

"是啊,是啊。那时是因为看到附近的向日葵,现在越来越觉得有必要。连打领带的方法都忘了,或许不久把报纸倒过来看都不觉得了。"

"我也经常想起您说的。我还想到过,把脑袋存在医院后会是什么样子。"

信吾看看菊子。

"嗯,因为每天晚上都像是把脑袋寄存在睡眠医院里一样。也许是年龄的缘故,经常做梦。心有痛苦事,梦中即现实,梦境就是现实的继续——记得我曾读过表达这种意思的一首和歌。虽然我的梦不能算是现实的继续。"

菊子对着自己插好的王瓜左看右看。

信吾也瞧着那些花朵,唐突地说道:

"菊子,还是搬出去住吧。"

菊子猝然回头看看,站起来走到公公身旁坐下。

"我害怕搬出去。修一挺吓人的。"菊子为了不让婆婆听到,压低声音说。

"你打算同修一离婚吗?"

菊子一脸认真的表情:

"要是离婚了,请爸爸继续叫我照顾您,做什么都行。"

"这是菊子你的不幸。"

"不,我会很高兴,没什么不幸的。"

菊子仿佛第一次表现出如此的热情,信吾不由一怔。他感到危险。

"菊子对我这么好,是不是出于错觉,把我误认为修一了?这样反而会和修一之间造成隔阂。"

"他有些地方我无法理解。有时会突然觉得他好可怕,使我难以应付。"菊子望着信吾,面色惨白地诉说着。

"是啊,他自从出征以后人就变了。他也不让我了解他的真正意图。他是故意地……不是指刚说的那件事,不过,仿佛撕掉的血淋淋的耳朵,即便胡乱地连接起来,也能自然长得很好。"

菊子一直认真地听着。

"修一有没有对你说过,菊子你是自由的呢?"

"没有。"菊子怪讶地抬起眼睛,"什么自由……?"

"嗯,我也不懂。我反问过他,说自己的妻子是自由的,到底出于何意呢……?仔细一想,修一也许是这个意思:你从我这里变得更加自由;我也给你更多的自由。"

"所谓'我',是指爸爸您自己吗?"

"是的。修一叫我对菊子你说,你是自由的。"

此时,天上传来声音。信吾真的从天上听到了响声。

抬头一看,五六只鸽子在庭院上空低低斜斜地飞翔。

菊子似乎也听到了,走到廊子一头。

"我是自由的吗?"她目送着鸽子,眼含热泪。

睡在拖鞋石头上的阿辉也追赶着鸽子的羽音,向庭院对面跑去。

五

这个礼拜天的晚饭,一家七口围在一起吃。

婚后回娘家久住的房子和两个孩子,如今自然也是家族成员。

"鱼店只有三条香鱼卖,给里子一条。"菊子一边说着,一边将香鱼分给公公、丈夫面前各一条,然后给里子面前放一条。

"小孩子不要吃香鱼。"房子伸出手,"给外婆吃吧。"

"不。"里子捂住盘子不放。

保子亲切地说:

"好大的香鱼,可能是今年最后一次吃了。外婆不要,外婆吃外公那条,妗子吃舅舅那条……"

这么一来,这里自然分成三组。看来,也应该有三个家。

里子最先吃刚烤好的盐渍香鱼。

"香吗?瞧你那副吃相,真不像样啊!"房子哭丧着脸,用筷子夹上一些鱼子送到小女儿国子嘴里,里子倒没有不愿意。

"鱼子……"保子嘀咕着,用自己的筷子从信吾盘子里扒拉下来一些鱼子。

"过去在乡下,我在你们大姨妈的鼓动下,作过一些俳句,其中包括秋天的香鱼、顺流而下的香鱼和红褐色香鱼之类的季题①。"

信吾说到这里,突然看看老妻的脸,继续下去:

"产卵下蛋,疲惫了,姿色也消失得无影无踪了,写的就是那摇摇晃晃游向海里的香鱼。"

"就是我。"房子立即接过话头,"不过我没有香鱼般的容姿,一开始就没有。"

信吾装作没听见。

"从前就有这样的俳句:'秋天的香鱼,如今寄身于海水''明知身必死,一道道浅滩,香鱼偏要入海去'。瞧,这多么像我。"

"这就是我。"保子说。

"产卵后游到海里,就要死了吗?"

"肯定是要死的。也有躲在河潭里过年的,叫作留栖香鱼。"

"我也许就是留栖香鱼。"

"看来我不会留栖的。"房子说。

---

① 季题:俳句中含有季节特征的词语,一般一首俳句只包含一个季题。香鱼是夏季的季语,如夏目漱石友人东洋城所作:"香鱼香飘散,饭盘里盛着千曲川。"

"不过,房子回来后,也胖起来了,气色也好多了。"保子望着女儿说。

"我可不喜欢胖。"

"回到娘家,就像躲藏在河潭里啊。"修一说。

"我不会长久住下去的。我感到厌恶,我愿意下海。"房子提高嗓门,"里子,别再啃了,净剩鱼刺了。"

保子一脸奇怪的表情:

"爸爸关于香鱼的谈论,弄得好不容易吃到一次的香鱼也不香了。"

房子低着头,嘴巴迅速动了一下,郑重地说道:

"爸爸,我想开办一家小商铺,可以吗?比如化妆品店,还有文具店……哪怕位于近郊也没关系。我也想搞个小摊子或小酒馆呢。"

修一似乎一愣:

"姐姐能做个小酒馆的女招待吗?"

"怎么不能?顾客也不是要喝女人的脸蛋子,是想喝酒来着。以为有个漂亮的老婆,就可以胡扯乱说吗?"

"我不是这意思。"

"姐姐完全能做好,女人家个个都会接待客人的。"菊子不假思索地说,"姐姐要是开店,也让我帮帮您吧。"

"哦,那可真是了不起啊!"

修一显得一脸惊讶,晚饭的饭桌立即静寂下来了。

菊子独自脸红到耳根。

"怎么样,下周星期天,我们一起去乡下看红叶吧?"信吾说。

"看红叶吗,很想去啊。"

保子眼睛发亮了。

"菊子也去吧,你还没有看到过我们的故乡呢。"

"好啊。"

房子和修一依旧怒气冲冲。

"谁留下看家?"房子问。

"我留下。"修一回答。

"我留下!"房子硬是顶他一句。

"不过去信州之前,请爸爸务必回答我刚才的请求。"

"那就得出个结论吧?"信吾一边说着,一边想起怀着孩子回到沼津开办小型西服裁缝铺的绢子。

吃完饭,修一第一个离开了。

信吾揉搓着僵直的脖颈站起来,无心地望了一眼客厅,打开了电灯。

"菊子,王瓜蔓拉下来了。太重了吧?"信吾喊道。

对方似乎没听见,传来洗涤盘碗的响声。

译 后 记

《山音》的创作起始于一九四九年,同《千羽鹤》相伴发表。这一年,作者关闭了一九四五年成立的镰仓文库。

川端康成的《山音》是以家庭生活为题材的小说,日本评论家山本健吉推之为战后日本文学的最高峰。这部作品在对同一家族人物感情的发掘与描写上,笔触细致入微,时时动人心弦,的确是现代日本文学中一部优秀的"家庭小说"。

全书由十六章组成,每一章有一个小标题,自成一个小中心、一个小故事。主人公尾形信吾男女老少一家,经过战争的洗礼,各自的生活道路与精神境界都大有改变,夫妇、亲子、翁媳、婆媳、姐弟之间等,似乎都笼罩着一团暗影。事实上,作者当年也是断断续续将《山音》发表在各家杂志上的,这种结构形式也被应用于《雪国》(没有章节题名)、《千羽鹤》、《舞姬》等写作之中了。一个个细微周至的小场景,逐一缝合连缀起来,浑然一体,成为一部完整的作品。这些全靠作者对故事发展的编织综合与构词组句的统摄能力。

开篇第一章《山音》点题,也为全书定下基调。信吾深夜听见后山发出一种莫名其妙的轰鸣,殷殷不绝于耳。这种自然之声,使他联想到死亡的恐怖、战后社会的难以预测。

作者曾经做过如下的表白：

> 战败后时代的我，只好回归日本自古以来的悲哀之中。我对战后的世相、风俗，一概不予置信。我不相信现实中一切东西。（《哀愁》一九四七年十月）

作者写作这部小说，正值刚刚步入人生老年阶段，以老人心态厕身于家人与社会其间，想是别有一番滋味在心头。主人公面对家庭与社会两种矛盾，始终背负着一种无形的压力，弄得他身心交瘁。他的那种对社会和家庭失去希望的黯然情绪，于我心有戚戚焉。全家人只有儿媳菊子理解他，照顾他，甚至爱他。但小说又不好直接挑明这层关系，欲擒故纵，欲言又止，直到最后都扑朔迷离，不了了之。这是川端文学的惯用手法，也是日本人审美意识的一个特点。

《山音》所描写的"日本自古以来的悲哀"，正是日本中流家庭一种无可名状的黑暗的生存环境。本属于自古以来代代传承下来的哀愁，如今渗入每个家庭成员的肌肤之中。作者一方面深入这些人物感情的角角落落，加以细致描摹；另一方面又让遭受丈夫离弃的房子母女闯入这个老少两对夫妇的家庭，此外还有儿子情妇等人的搅和掺入，使得日常还算平静的一家生活，呈现出意想不到的复杂状态。这里，不单是一对一的夫妇关系，而是夫妻、父子、母子、婆媳、翁媳、母女、父女、情人、同事等种种关系。这些错综复杂的人物关系网相互交合编织，分别给予每个人不同程度的隐微的心理影响。在诸多关系中，信吾和菊子翁媳的关系，在作者笔下获得扩展，占据了不少场景，成为小说中的一大亮点。

总之,《山音》是战后现代日本老龄社会家庭小说的代表,是川端文学天空的一颗璀璨的明星。

译　者

二〇二一年秋草于春日井

二〇二二年秋改订

附录

川端康成简谱

明治三十二年(1899)

六月十四日,生于大阪市北区此花町医师川端家,父亲荣吉,母亲 GEN,长子,上边有比他大四岁的长姊芳子。

明治三十四年(1901)**两岁**

一月十七日,父亲死于肺病。

明治三十五年(1902)**三岁**

一月十日,母亲亦死于肺病,康成遂由祖父三八郎(大正三年改名康筹)、祖母 KANE 领养于原籍地大阪府三导郡丰川村大字宿久庄字东村(今茨木市宿久庄)。川端家族世世代代担当本村的"庄屋"(村长),大地主。然而,后来祖父将家产抛散精光,一时离开村子。康成母亲死后,祖父祖母又回到昔日村内,建造更小宅邸而居,养育幼孙。姊芳子寄养于姨族儿女婚家,大阪府东成郡鲶江村蒲生的素封秋冈之家。康成姨父乃众议院议员,母死留有遗金,为川端一族老小生活费之来源。

明治三十九年(1906)七岁

四月,进入丰川普通高小读书,九月九日,祖母 KANE 去世(67岁)。

明治四十五年·大正元年(1912)十三岁

三月,高小六年级毕业。四月,以第一名优异成绩考入大阪府立茨木中学,早晚徒步往返六公里走读。遂使生来虚弱的身子受到锻炼。

大正三年(1914)十五岁(初中三年级学生)

五月二十五日,祖父死去(73岁),写作《十六岁日记》。八月,被领养于母亲娘家大地主黑田家。

大正四年(1915)十六岁

三月开始住校,立志当作家。向《文章世界》等杂志投稿,皆无反应。

大正五年(1916)十七岁

相继于当地《京阪新报》连载《H中尉》等习作。四月,任学生宿舍舍长,为低班生小笠原义人所友爱。此种体验后来写入《少年》(1948)一作。秋,同祖父一起生活过的故宅被出售给川端岩次郎。

大正六年(1917)十八岁

三月,茨木中学毕业。赴东京寄寓于母亲亲戚家里,准备投考第一高等学校(简称"一高")文科。九月进入乙类(英语)学习。

大正七年(1918)十九岁

十月末,到伊豆旅行。偶遇江湖艺人,同行途中。获得十四岁舞女之好意与温情。

大正八年(1919)二十岁

六月于校友会杂志发表小说《千代》。其后,去本乡元町埃拉西咖啡屋,会见名曰"千代"的少女(本名伊藤初代),随之与学友经常出入于该家咖啡屋。

大正九年(1920)二十一岁

九月,进入东京帝国大学文学部英文科。秋,与石浜金作、铃木彦次郎、今东光等人创立同人杂志《新思潮》,结识菊池宽,长期受其恩顾。

大正十年(1921)二十二岁

二月,第六次新思潮创刊,二号(四月)刊出《招魂祭一景》,引起注目。四号(七月)刊载《油》。十月,往访十六岁的初代,签署婚约。一月之后,初代毁约。以后康成经数度努力,终未成功。

大正十一年(1922)二十三岁

六月,转入国文科。带着失恋的悲痛,住在汤岛,著文记述当年同舞女和小笠原初遇之情景。

大正十二年(1923)二十四岁

一月,加入菊池宽所创立的《文艺春秋》,为同人。开始写作有关"千代"的《南方之火》。(《新思潮》,七月)。九月一日,关东大地震。

大正十三年(1924)二十五岁

三月,东京帝国大学文学科毕业。十月,与横光利一、片冈铁兵、今东光等共同创办同人杂志《文艺时代》。千叶龟雄称这一流派的出现为"新感觉派的诞生"(《世纪》,十一月),此后,人们渐渐以此名呼之。

大正十四年(1925)二十六岁

《新进作家的新倾向解说》(刊载于《文艺时代》,一月)。《十七岁日记》(《文艺春秋》,八九月),后改为《十六岁日记》发表。这一年几乎都住在伊豆。

大正十五年·昭和元年(1926)二十七岁

《伊豆的舞女》(《文艺时代》,一二月)。四月,住在市谷左内町,与留守的松林秀(夫人秀子)开始一起生活。和横光利一等结成新感觉派电影联盟。六月,出版处女作品集《感情装饰》(金星堂)。

昭和二年(1927)二十八岁

在汤岛疗养的梶井基次郎经常去汤本馆看望川端康成,帮助校对作品集《伊豆的舞女》(金星堂三月)。四月,去东京参加横光利一结婚典礼。此后一直未回汤岛,入住于杉井区马桥。五月,《文艺时代》终刊。最初报纸连载小说《海的火祭》,连载于《中外商业新报八月至十月》。十二月,租住热海小泽的鸟尾子爵别庄,至翌年春。

昭和三年(1928)二十九岁

无产阶级文学隆盛,结交片冈铁兵等众多左倾势力。当局加强镇压左翼人士,林房雄、村山知义等一时寄居于川端之处。五月,移居大森。附近宇野千代夫妇、萩原朔太郎、广津和郎群集,交际频繁。开始爱好养犬。

昭和四年(1929)三十岁

九月,移居上野樱町。往返于浅草,为写作《浅草红团》取材,发表于《东京朝日新闻》十二月至二月。十月,加入堀辰雄主编的《文学》杂志同人集团。

昭和五年(1930)三十一岁

加入中村武罗夫等十三人俱乐部,同新兴艺术派新人交往。为倡导新心理主义,横光利一写作《机械》(《改造》,九月),川端写作

《针和玻璃和雾》(《文学时代》,十一月)《水晶幻想》(《改造》,翌年一月)。

昭和六年(1931)三十二岁

九月,"九一八"事变。说服奉舞蹈家梅园龙子脱离浅草喜剧团,劝其学习西洋舞蹈音乐及英语等。十二月,同秀子订婚。

昭和七年(1932)三十三岁

三月,千代(婚后为樱井初代)拜访川端家。创作《致父母的信》《抒情歌》《化妆和口哨》等。

昭和八年(1933)三十四岁

二月,《伊豆的舞女》首次拍制电影(田中绢代主演)。无产阶级作家小林多喜二遭虐杀。写作《禽兽》《临终的眼》等。

昭和九年(1934)三十五岁

六月,初访越后汤泽,十二月再访。《雪国》执笔。

昭和十年(1935)三十六岁

以《暮景中的镜子》为起始,《雪国》各章连载于各个报纸杂志。一月,担任芥川文学奖铨衡委员。同被遗漏的太宰治往来交信。十二月,听林房雄劝,迁居镰仓。

昭和十一年(1936)三十七岁

向《文学界》推荐北条民雄《生命的初夜》,震动文坛。夏,赴轻井泽,开始关注信州。

昭和十二年(1937)三十八岁

七月,《雪国》(创元社,六月)荣获文艺恳话会奖。战争开始,写作《牧歌》,以信州为舞台,描写战争时代社会百相。九月,购买轻井泽别墅。

昭和十三年(1938)三十九岁

《川端康成选集》(九卷,改造社)。观看本因坊秀哉退隐比赛,于《东京日日新闻》连载观战纪实。后来,据此创作《名人》。

昭和十五年(1940)四十一岁

《爱的人们》(副题《母亲的初恋》)《逝去的人》《年暮》等九篇,相继发表于《妇人公论》。

昭和十八年(1943)四十四岁

三月,领养表兄黑田秀孝三女麻纱子为养女。创作《故园》,发表于《文艺》六月至翌年一月。四月,为梅园龙子做媒,并出席婚礼。

昭和十九年(1944)四十五岁

战争激烈时期,亲近《源氏物语》和中世文学等等典籍。

昭和二十年(1945)四十六岁

四月,作为海军报道班成员,采访鹿儿岛鹿屋海军航空队特攻基地,停驻月余。五月,同久米正雄、小林秀雄等开办租书屋"镰仓文库"。八月,日本投降,二战结束。镰仓文库改为大同造纸工厂旗下的大同出版社。

昭和二十一年(1946)四十七岁

一月,接待三岛由纪夫来访。推荐《香烟》发表于《人间》杂志六月号。十月,转居于镰仓长谷二六四番地,终生居于此地。

昭和二十三年(1948)四十九岁

五月,《川端康成全集》(十六卷本),新潮社出版。六月,任日本笔会第四届会长。十二月,完结版《雪国》,创元社出版。

昭和二十四年(1949)五十岁

《千羽鹤》《山音》等相继问世。这年,镰仓文库倒闭。

昭和二十五年(1950)五十一岁

二月,《天授之子》发表于《文学界》,十二月,《舞姬》连载于《朝日新闻》。

昭和二十六年(1951)五十二岁

八月,《名人》连载于《新潮》杂志。

昭和二十八年(1953)五十四岁

四月,《波千鸟》连载于《小说新潮》。十一月,当选为艺术院会员。

昭和二十九年(1954)五十五岁

一月至十二月,《湖》连载于《新潮》;五月,《东京人》连载于《北海道新闻》等。

昭和三十一年(1956)五十七岁

英译《雪国》在美国出版。三月,《身为女人》连载于《朝日新闻》。

昭和三十二年(1957)五十八年

三月,与松冈洋子一起赴欧,出席国际笔会执行委员会会议。九月,主持召开第二十九届国际笔会东京大会。事前为筹措资金四方奔波。

昭和三十三年(1958)五十九岁

二月,当选为国际笔会副会长。十一月至翌年四月,因胆结石住院。

昭和三十五年(1960)六十一岁

《睡美人》,一月至翌年十一月,连载于《新潮》杂志。

昭和三十六年(1961)六十二岁

《美丽与哀愁》,一月至后年十月,连载于《妇人公论》。《古都》,十月至翌年一月,连载于《朝日新闻》。十一月,荣获文化勋章。

昭和三十七年(1962)六十三岁

二月,因停服睡眠药出现异常而住院。六月,《古都》由新潮社出版。十月,当选为保卫世界和平七人委员会委员。

昭和三十八年(1963)六十四岁

四月,财团法人日本近代文学馆成立,任监事。《一只胳膊》,八月至翌年一月,连载于《新潮》。

昭和三十九年(1964)六十五岁

《蒲公英》,六月至昭和四十三年十月,连载于《新潮》。

昭和四十年(1965)六十六岁

四月起一年间,NHK播送连续电视剧《玉响》。十月,辞去日本笔会会长职务,由芹泽光治良接任。

昭和四十三年(1968)六十九岁

七月,担任今东光参议院议员选举委员会事务局长。十月,作为日本人,首次荣获诺贝尔文学奖。十二月应邀前往斯德哥尔摩出席授奖式。会上发表演讲《我在美丽的日本——序说》。

昭和四十五年(1970)七十一岁

十一月二十五日,三岛由纪夫剖腹自杀时曾赶到现场。

昭和四十六年(1971)七十二岁

一月,担任三岛葬仪委员会委员长。

昭和四十七年(1972)七十三岁

三月,因阑尾炎而住院。四月十六日,于逗子马丽娜公寓含煤气管自杀。十月,财团法人川端康成纪念会成立。

昭和五十六年(1981)

为纪念川端康成逝世十周年,新潮社出版新版《川端康成全集》(三十五卷,增补两卷,凡三十七卷)。

(二〇二〇年夏据羽鸟彻哉所编年谱并参阅其他诸家作成)